U0513491

西藏民族学院资助出版

朱熹《楚辞集注》研究

李永明 著

上海古籍出版社

图书在版编目（CIP）数据

朱熹《楚辞集注》研究 / 李永明著. —上海：上
海古籍出版社，2015.3
　ISBN 978 - 7 - 5325 - 7511 - 4

Ⅰ.①朱… Ⅱ.①李… Ⅲ.①古典诗歌—作品集—中
国—战国时代②楚辞—注释 Ⅳ.①I222.3

中国版本图书馆 CIP 数据核字（2015）第 002240 号

朱熹《楚辞集注》研究

李永明　著

上海世纪出版股份有限公司
上　海　古　籍　出　版　社　出版
（上海瑞金二路 272 号　邮政编码 200020）
　（1）网址：www. guji. com. cn
　（2）E－mail：guji1@ guji. com. cn
　（3）易文网网址：www. ewen. co
上海世纪出版股份有限公司发行中心发行经销
上海惠顿实业印刷有限公司印刷

开本 850 × 1168　1/32　印张 11.25　插页 2　字数 260,000
2015 年 3 月第 1 版　2015 年 3 月第 1 次印刷
印数：1—1,100
ISBN 978 - 7 - 5325 - 7511 - 4
I · 2890　定价：45.00 元
如有质量问题，请与承印厂联系

序　一

黄灵庚

自东汉王逸《楚辞章句》问世以来,魏晋隋唐五代至北宋八百年间,楚辞研究进展不大。及至南宋之时,方见两部皇皇名著:一则作于高宗绍兴年间洪兴祖《楚辞补注》,一则作于宁宗庆元四年间朱熹《楚辞集注》。尤其是后者,为楚辞学史上一部标志性经典著作。

屈原于宋代理学硕师眼里盖属另类,若周敦颐、程颢、程颐、张载、陆九渊等人于《楚辞》、屈原均不肯措一言,似不足以为后世法。而朱熹乃宋代理学集大成者,其于屈原耿耿不已,"每有味于其言,而不敢直以词人之赋视之",乃"聊据旧编,粗加檃括",于晚年成其《楚辞集注》。这既是理学史上绝无仅有之特例,又是繁复纷杂之学术难题。

永明博士论文选择此论题,确实需要有足够勇气。此论题前人说得够多了,要说出点新意来,真是戛戛乎其难哉。而永明凭着年盛气锐,不畏其难,偏选此等"硬骨头"来啃,做为人所不敢涉及的论题,精神委实可嘉。学者正需要此等勇气与精神,逆流而上,其研究才有希望度越前人。尤为可贵者,永明此书系统、全面、深入地研究《楚辞集注》成书、版本流传、文字训诂及诗学内涵等等问题,有不少创见,后人研究朱子及《楚辞集注》,当读永明此书,盖无得绕行矣。

余览观此书,其特色盖有三焉:一是于辨析众说是非之际而得取舍之中。若论《楚辞集注》之成书因素,永明以为未可以"作牧于楚之后"或"有感于赵忠定之变"简单了事,既感于宁宗朝奸臣当政、贤良被斥而类似楚怀局面之政治因素,又有朱子多层面之"情感动因",即"异代知己"、"父子之情"、"知遇之恩",又出于对《楚辞》特别嗜好而志在考究古人得失之学术责任等等。创获迭出而新颖,内容详实而丰赡。人固习知道前人不能道者为独创,安知疏理原委、弥缝众说亦为独创乎?二是文献征引与理论阐述相结合。若概括《楚辞集注》"训诂体例",发凡"训诂方法"、"体式"、"义理"等等,务必旁征博引,以书例、书证为基址,而不作向壁虚空之想。设若引例未足以概其论,则辅以"案语"佐成之,疏通之。故每发一"凡"、每下一"论",稳似泰山而不可移易。执此以观朱子《楚辞集注》,其训义之渊源,发明之新义,体式之条贯,则一览无余矣。三是将朱子诗学思想与其理学思想结合起来考察。盖永明意谓,朱子虽批评"原之为人,其志行虽或过于中庸而不可以为法",然其从文学固有规律着眼,谓屈子"生于缱绻恻怛,不能自已之至意","感物道情,吟咏情性"而赋《离骚》诸作。是以朱子对屈原评价,既有拘泥于理学思想的一面,企图以"诗无邪"、"诗六义"等律条绳约《楚辞》;又有超越、挣脱理学范畴的一面,承认其"跌宕怪神,怨怼激发","不知学于北方以求周公、仲尼之道,而独驰骋于变风、变雅之末流"。即是说,朱子之"楚辞学"是二重性的。

诚然,前两大问题说得比较透彻,似无疑义可析;后一问题还相当模糊,有待商讨者夥颐,需要深入研讨。条陈朱子"美人香草"之喻，似停留在章句训诂上，缺乏宏观把握、整体观照。殊不知若游国恩氏发明"《楚辞》女性中心说"，实因朱子"男妇君臣"之喻矣。相信永明伴随阅历不断丰富，思考不断锐进，对于朱子理学思想与《楚辞集注》关系，会有更加深刻领悟与精辟见解。永明，其勉之乎！其勉之乎！

庚寅十月序于金华芙蓉山下

序　二

李　浩

　　永明2008年毕业后,回到原来工作的学校,一边上班,一边打磨修订论文,孜孜矻矻,刮垢磨光。又过了六年,始把修订后的书稿呈上,问序于我。这个题目从提出,到付梓出版,他差不多花了十个年头。在学术生产只争朝夕的时代,他能坦然示人以慢,咬定一个题目不放松,做到自己较少遗憾,也真不容易。

　　永明来西大攻读博士学位前,曾师从著名楚辞学家黄灵庚先生,故在确定选题时,我建议他尽量朝楚辞学靠近。楚辞的传播接受长达两千多年,文献汗牛充栋,问题与疑难处如恒河沙数,对于永明确实是一个考验。我们最后确定以一部文献为重点考察对象,或者说从相对独立的一个点来切入。开始写作后,永明很快就进入状态。完成初稿、送外审及答辩各个环节均比较顺利,永明的辛苦努力得到了大家的认可。

　　关于本书的学术特色,黄灵庚先生序中有深入的阐发,较一致的看法我就不多重复了,我仅对本书在文献研究上的一些特色稍作强调。

　　一是对《楚辞集注》版本源流的全面梳理。作者从宋代的晁《志》、陈《录》、《中兴馆阁书目》等公私书目以及《景定建康志》、《玉海》等方志类书开始,直到近现代的历代书目著作及文献资料中爬梳有关《楚辞集注》的材料,呈现了《楚辞集注》版本流传及存佚的整体情况,对域外刊刻及收藏情况也有揭示。

二是以《楚辞集注》全书为语料,分析朱熹《楚辞集注》的训诂方法、理念及特色。朱熹虽身为宋学的翘楚,却非常重视汉学训诂的成就,他说:"祖宗以来,学者但守注疏,其后便论道,如二苏直是要论道,但注疏如何弃得?"(《朱子语类》卷一百二十九)"某寻常解经,只要依训诂说字。"(《朱子语类》卷七十二)"先儒训诂,直是不草草。"(朱熹《答李晦》,《朱文公文集》卷五十九),他重视汉学训诂的理念在宋儒尤其是理学家中较少见。《楚辞集注》就是在继承汉唐训诂成果的基础上,阐发他的理学思想,既重汉唐训诂,又重宋学义理。

关于本书的学术创新,首先表现在选题具有开拓性。《楚辞集注》是楚辞学史上的最重要注本,但学术界对其综合研究较为薄弱。本书就《楚辞集注》的成书、版本、训诂、诗学观做了全面的研究,对楚辞学上点的深入有助益。其次,关于《楚辞集注》成书时间和原因,前贤与今人多强调赵汝愚事件对成书的影响,本书作者指出朱熹本人的经历与屈原有极大的相似性,即使没有赵汝愚事件,朱熹仍然会有充足的情感和学术理由来整理研究这部典籍。再次,在诗学观上,作者指出朱熹的"《楚词》不甚怨君"是朱熹对《楚辞》思想内容的一种体认;"《楚词》平易"是朱熹独特的楚辞艺术风格论,这些都是过去被有意无意忽略掉的。

本书是永明君楚辞学研究的处女作,他能坐十年冷板凳,从原典文献出发,通过文献的内证来抉发朱子的微意。这是应该肯定的。当然,在我看来本书也有不足之处,比如说没有能从宋代楚辞学的视野来观照朱熹《楚辞集注》,特别是没有能将洪兴祖的《补注》与朱熹的《集注》进行深入细致的比较研究。又比如,未能联系朱熹在宋学上的整体成就来定位《楚辞集注》的学术意义与学术方法。还有,文献学的研究如何与学术思想史相结合,如何在对文献的梳理中凸显出思想演变的脉络,如何使文字表述更加直观简明,等等。我认为,这些都是永明君在今后的学术道路上应该不断努力的。

2014 年 9 月 4 日于桃园校区

目　录

引　言

宋代理学的集大成者朱熹,是宋代理学家中最重视文学也最有文学鉴赏力的大家。其作《诗集传》、评陶渊明诗都说明了这一点,而其作《楚辞集注》就更是他对文学重视的显证。他对待屈原作品"不敢直以词人之赋视之"[①],而是把它视作其理学思想文化体系的重要思想资源。因此《楚辞集注》不仅体现着朱熹的文学观,也渗透着他的理学思想,是其建构理学文化体系的重要一环。《楚辞集注》在注释方面特别重视义理的阐发,而对于字词训诂方面则力求简明扼要,这是对汉代经学烦琐注疏体系的一种反拨,为楚辞研究注入了新的活泼因子,实际上开创了楚辞研究的宋学新路。元、明、清各代学者对《楚辞集注》大多持推崇态度。现代楚辞研究界评价《楚辞集注》是"中国楚辞学第二座丰碑"[②]。

第一节　朱熹以前的楚辞研究

朱熹的楚辞研究广泛吸收前人成果,综罗百家,融会贯通,

---

① 朱熹《楚辞集注》序,上海古籍出版社 1979 年版(按,以后出现该书,不再标明版本)。
② 易重廉《中国楚辞学史》,湖南出版社 1991 年版。

形成以《楚辞集注》为核心的朱子楚辞研究体系。为了正确认识朱熹楚辞研究的思想学术来源及其在思想史、学术史、文学史上的地位，有必要对朱熹之前的楚辞研究成果及其得失做一梳理。

一、汉代楚辞研究的初兴及经学特色

汉代是楚辞创作的繁盛期，楚辞研究也发端于汉代，而且楚辞研究的范畴、命题在汉代就已大备，如楚辞作品的结集、楚辞作品的注疏、楚辞作品的评论、楚辞作家的评论等楚辞学主要范畴和命题皆在此时期开创。

楚辞研究之发源当首推西汉淮南王刘安作《离骚传》[①]。该书已亡佚，《史记·屈原列传》中有部分征引，其文曰：

> 《国风》好色而不淫，《小雅》怨诽而不乱，若《离骚》者，可谓兼之矣。上称帝喾，下道齐桓，中述汤武，以刺世事，明道德之广崇，治乱之条贯，靡不毕见。其文约，其辞微，其志洁，其行廉，其称文小而其指极大，举类迩而见义远。其志洁，故其称物芳；其行廉，故死而不容自疏。濯淖污泥之中，蝉蜕于浊秽，以浮游尘埃之外，不获世之滋垢，皭然泥而不滓者也。推此志也，虽与日月争光可也。[②]

刘安的《离骚传》是对《离骚》的解释及评论，"传"是汉代经学的训诂术语，就是对经典作解释及评论的一种文体。后汉章帝

---

① 刘安曾为汉武帝作《离骚传》，《汉书·淮南王安传》载其事，《史记·屈原列传》引用其文。

② 司马迁《屈原贾生列传》，《史记》卷八十四，中华书局1973年版，第2482页。（以后简称《史记》）。

时,班固、贾逵各作《离骚经章句》,亦是与刘安《离骚传》类似的著作,"传"和"章句"皆是汉代注经的注疏体例,区别并不大。王逸《离骚叙》曰:"至于孝武帝,恢廓道训,使淮南王安作《离骚经章句》,……孝章即位,深弘道艺,而班固、贾逵复以所见改易前疑,各作《离骚经章句》。"①王逸把刘安《离骚传》称作《离骚经章句》,与班固、贾逵二人各自所作《离骚经章句》同名,一方面说明"传"和"章句"可以混用;另一方面说明三人所作,在文体上是相类的。可见"传"和"章句"在汉人那里似乎并不需严格的区别,都是对"经"的训解。"传"和"章句"这种文体的名称本身就带有汉代经学的特色,而刘安《离骚传》和班固、贾逵各自所作《离骚经章句》亦是汉代经学在楚辞研究中的反映。

刘安《离骚传》和班、贾各自所作《离骚经章句》现皆已亡佚。但从班固《离骚序》我们可以推知刘安《离骚传》的部分内容,班固《离骚序》批评刘安《离骚传》时说:

> 又说五子以失家巷,谓五子胥也。及至羿、浇、少康、二姚、有娀佚女,皆各以所识有所增损,然犹未得其正也。故博采经书、传记、本文,以为之解。②

可见刘安《离骚传》有对"五子"、"羿"、"浇"、"少康"、"二姚"、"有娀佚女"等人物进行训解的内容。当然刘安《离骚传》的内容不仅限于此,因为这只是班固批驳刘安时为需要而引的内容。从班固的话可以看出班固的《离骚经章句》也是"博采经书、传记、本文"来训解名物的训诂之作。刘安《离骚传》、班固《离骚

---

① 王逸《离骚叙》,《楚辞补注》,中华书局1983年版,第48页。
② 洪兴祖《楚辞补注》,中华书局1983年版(按,以后出现该书,不再标明版本),第49页。

经章句》在注释上重视名物的训诂，并且引经据典不厌其烦，这是将汉代经学的解经方法引入到对《离骚》的注疏上来，显示了汉代楚辞研究的经学特色。

刘安在《离骚传》中高度评价屈原及其《离骚》，认为《离骚》体兼《风》、《雅》，继承了《诗经》的精神；认为屈原"志洁"、"行廉"，"与日月争光可也。"他对屈原人格的评论，开创了对屈原人格评论的楚辞学命题。有关屈原精神人格和思想行为的评论成为历代楚辞学研究的重要命题。在褒扬屈原一派中，司马迁直接引用刘安的《离骚传》来表达自己对屈原人格的赞美；王褒、刘向、梁竦等人都同情屈原的遭遇，肯定屈原的忠直高洁，守志不移的精神；王逸更是通过对班固的批驳，对屈原给予了很高的评价，他说："今若屈原，膺忠贞之质，体清洁之性，直若砥矢，言若丹青，进不隐其谋，退不顾其命，此诚绝世之行，俊彦之英也。"①肯定了屈原忠贞高洁的品格和正道直行的思想行为，是对汉代褒扬屈原一派的总结。在贬损屈原者中，班固是影响最大的，他在《离骚序》中指责屈原"露才扬己"、"责数怀王"、"怨恶椒兰"，这是用迂腐的儒家君臣观来苛责屈原，并不符合屈原思想行为的实际；而班固之前的扬雄则是一方面同情屈原的遭遇，另一方面又不赞同屈原的行为，他说"君子得时则大行，不得时则龙蛇，遇不遇命也，何必湛身哉！"②他是用全身远患的人生观来指责屈原的忠直行为。汉代以王逸为代表的对屈原的褒扬的观点为后来大多数有气节的仁人志士所赞同，宋代的洪兴祖、朱熹等人都继承了他的评屈观点；而班固、扬雄对屈原的贬

---

① 《楚辞补注》，第48页。
② 班固《汉书·扬雄传》，《汉书》卷八十七，中华书局1964年版，第3515页。

损观点在历代评骚者中也不乏拥趸,如南北朝颜之推说"屈原露才扬己,显暴君过",完全承袭班固的观点。

楚辞作品的结集是汉代对后世楚辞研究作出的最大贡献。先有刘向所辑《楚辞》十六卷为楚辞作品的最早结集,后又继之王逸《楚辞章句》十七卷之编集。虽然刘向所辑《楚辞》十六卷早已不传,但其所定框架或为王逸《楚辞章句》所继承。王逸《楚辞章句》一般认为是在刘向所辑《楚辞》十六卷的基础上,又收录了自己所作的《九思》,成为《楚辞章句》十七卷本的。王逸《楚辞章句》是现存最早的楚辞作品集。王逸《楚辞章句》是楚辞研究史上的第一座丰碑,它代表了汉代楚辞学研究的最高成就,在许多方面具有开创意义。首先它确定了楚辞作品的篇目,后代的楚辞作品的篇目及排序皆以王逸《楚辞章句》所载为依据;其次《楚辞章句》里的每一篇作品都有小序,用以介绍作品主旨和背景;再次对作品诗句音义的注释都依汉儒注经之规范,引经据典,多有根据;王逸是楚人,对屈原作品中楚语楚音多有亲切认同,他对屈原作品中楚语的揭示,为后人对楚辞作品的正确解读提供了很大的帮助。王逸还是一位对屈原人格、作品皆非常热爱推崇之人,所以他和《楚辞章句》也成为历代热爱屈原作品的忠直之士的知音。王逸的《楚辞章句》是楚辞研究发源期的代表,因此它也不可避免地带有汉代学术整体风格的经学烙印。

综观汉代的楚辞研究,无不具有经学特色。首先在著述的名称上,有《离骚传》、《离骚经章句》、《楚辞章句》等,明显带有汉代章句之学的特色。《离骚》称"经"显然是把《离骚》抬高到了儒家经典著作的高度来对待;而名称中的"传"和"章句"皆是汉代经学注疏体系中对"经"注释评论的文体,也是汉代经学所特有。其次在注疏内容上，汉代楚辞研究著作，皆重名物训诂，全依汉儒注经之规范，引经据典多多益善、不厌其烦。再次在注疏特点上，多联系时事，将《楚辞》诗句比附现实政治人事，这是汉儒治经的"美刺说"和"微言大义说"在《楚辞》注疏中的反映。汉代学术的经学特点在学术史上具有重要影响和地位，故而学术界以"汉学"来概括汉代学术的总体风貌，而汉代的楚辞研究也带有浓厚的汉学风格，因此我们在这里用"楚辞汉学"这个范畴来概括这种楚辞研究的经学风格。

二、魏晋南北朝隋唐时期楚辞研究的低潮

魏晋南北朝时期及隋唐时期，楚辞研究处于低潮，虽然其间也时有对楚辞的研究和评论以及有关楚辞的著述，但比起此前汉代楚辞创作及研究的繁荣，和此后宋代楚辞研究的勃兴来说，魏晋南北朝隋唐这一漫长时期，楚辞研究处于低潮时期。而魏晋南北朝时期和隋唐时期楚辞研究还各具不同特点，即魏晋南北朝时期楚辞研究中儒释道思想杂糅的特点和唐代楚辞研究中儒家思想恢复统治地位的特点。

魏晋南北朝时期，由于政治上战乱频仍，社会动荡不安，儒家思想已经失去了像汉代那样的独尊地位，玄学之风盛行，佛教也于此时传入，因此魏晋南北朝时期是一个思想相对自由的时期。在楚辞研究方面，魏晋南北朝人具有更明显的文学意识。汉代楚辞学的主要成就是在名物训诂方面，很少有文学方面的分析。刘安、司马迁肯定了屈原作品的"文约"、"辞微"、"称小指大"、"类迩义远"[1]，这是对屈原作品思想内涵概括化特点的

---

[1]《史记》卷八十四，第 2484 页。

总结；班固认为屈原的作品"其文弘博丽雅，为辞赋宗"①，但他们主要地还是用经学的标准来衡量楚辞作品，《文心雕龙·辨骚》说："四家举以方经，而孟坚谓不合传"②，就是说汉代刘安、王逸等四家都认为楚辞作品合乎儒家经义，而班固则认为楚辞不合乎儒家经义，可见他们褒扬或者贬损楚辞作品都是以是否合乎"经"为标准的。汉代的楚辞研究总是脱离不了经学的藩篱，魏晋南北朝时期人们冲破经学的樊笼，直言不讳地肯定文学的价值。

首先打破儒家诗论的是曹丕的"诗赋欲丽说"，他说屈原的作品风格是"优游案衍"，指出屈原作品中譬喻的应用与意旨的表达浑然一体，游刃有余。其后挚虞、皇甫谧等人皆重视对楚辞的文学性评价。挚虞说屈原赋"颇有古诗之义"、"《楚辞》之赋，赋之善者也"，可见挚虞对屈原赋是推崇的。皇甫谧评论楚辞作家时，他首先评论荀卿、屈原之作品："遗文炳然，辞义可观，存其所感，咸有古诗之意，皆因文以寄其心，托理以全其制，赋之首也。"③他又分别说到宋玉和贾谊："及宋玉之徒，淫文放发，言过于实，夸竞之兴，体失之渐，风雅之则，于是乎乖。逮汉贾谊，颇节之以礼。自时厥后，缀文之士，不率典言，并务恢张，其文博诞空类。"④挚虞、皇甫谧之评论楚辞虽然仍染经学批评之旧习，但已经很重视对作品本身艺术特色的分析。

魏晋时期继承楚辞汉学传统并做出较大贡献的是郭璞。郭

---

① 《楚辞补注》，第50页。
② 黄霖《文心雕龙汇评》，上海古籍出版社2005年版（按，以后出现该书，不再标明版本），第24页。
③④ 皇甫谧《三都赋序》，萧统《文选》卷四五，上海古籍出版社1986年版，第2038—2039页。

璞学问渊博,他的学术涉猎极广,曾注释《尔雅》、《方言》、《穆天子传》、《山海经》,在语言学、神话学方面都有很深的造诣。他著有《楚辞注》三卷,引证赅博,在楚辞作品的校勘、楚辞作品的方言、训诂、音韵等诸多方面都做出重要贡献。

　　魏晋南北朝时期刘勰的《文心雕龙·辨骚》是一篇楚辞研究的专论,根据《文心雕龙·序志》的说明,《辨骚》与《原道》、《征圣》、《宗经》、《正纬》五篇为全书的枢纽,刘勰是将楚辞作品与儒家经典作品放在一起作为全书的总纲来看待的。在《辨骚》篇中,刘勰首先高度评价楚辞作品,认为它是继《诗经》之后的伟大作品,他用儒家的经学标准来衡量楚辞作品,既肯定其“同于风雅”之处,又指出其“异乎经典”之处[①],从经学的角度指出楚辞作品的优劣。但刘勰还是非常推崇屈原其人的,他说:“不有屈原,岂见《离骚》。惊才风逸,壮志烟高”[②],钦佩屈原的“惊才风逸”;他高度评价屈原其文,他说:“观其骨鲠所树,肌肤所附,虽取熔经意,亦自铸伟辞”[③],认为屈原作品,是将儒家的经意熔铸在其中的,在形式和语言风格方面又有伟大的创新,这是很高的评价。刘勰对《楚辞》及屈原的评论,融汇了佛、道的思想,但从表面上看他是以儒家思想为指导的。

　　南朝的刘勰在楚辞研究史上有重要的地位,而北朝颜之推有关楚辞的评论也深具影响。但与刘勰不同的是颜之推完全承袭班固对屈原的评价,他说“自古文人,多陷轻薄。屈原露才扬己,显暴君过。宋玉体貌容冶,见遇俳优。”[④]他说自古文人,多陷轻薄,虽然是对文人总的评价,但也包括大量的楚辞作家,如

---

①③《文心雕龙汇评》,第 25 页。
② 同上,第 26 页。
④ 颜之推《颜氏家训》,中华书局 1993 年版,第 237—238 页。

屈原、宋玉、东方朔、司马相如、王褒、扬雄等人。他认为屈原
"露才扬己,显暴君过",这是用自己迂腐的儒家伦理观来苛责
屈原,显然是不公正的;他认为宋玉"体貌容冶,见遇俳优",更
是出脱文学批评的范畴,甚至出脱了儒家伦理的批评,完全成了
长舌妇式的诋毁。颜之推的楚辞观、文学观显然是迂腐和错
误的。

　　隋唐时期,政治、经济、社会、文化思潮都发生很大的变化,
特别是唐代形成统一强盛的封建国家,在文学创作和文学研究
上出现了新的气象。汉代用经学研究《楚辞》,《楚辞》大体上被
纳入到经学的轨道;魏晋以来,随着文学意识的觉醒,在思想上
挣脱儒家传统的束缚,在艺术上追求语言形式的华美。楚辞研
究中也渐渐重视其艺术形式方面的伟大成就,这无疑是文学研
究和楚辞研究的一个进步。但文学意识的觉醒和对形式方面的
强调及追求是不符合儒家重道轻文的传统文学观的。唐代出现
的新乐府运动、古文运动就是对魏晋以来文学创作和评论的形
式主义、唯美主义的匡正和反拨,这虽然有利于克服魏晋以来逐
渐形成的形式主义的绮靡文风,但也是对文学自觉意识的严重
压抑。本来就不尽合儒家教义的"铺采摛文"的《楚辞》,在强调
儒家教化,反对六朝文风的喧哗声中,受到新乐府运动和古文运
动的理论家们的冷遇,就是自然而然的事情了。在隋唐时期的
楚辞研究中,初唐史家令狐德棻、魏徵、刘知几的历史著作中涉
及《楚辞》的评论,如令狐德棻《周书·王褒庾信传论》说:"逐臣
屈平,作《离骚》以叙志,宏才艳发,有恻隐之美。"①令狐氏对《离

---

① 令狐德棻《周书·王褒庾信传论》,《周书》卷四十一,中华书局1971年版,第
　743页。

骚》恻隐之美的评价是准确的;唐代的文学家如陈子昂、李白、杜甫、白居易、韩愈等人都曾有过评论楚辞的言论。尽管隋唐是楚辞研究的低潮时期,但也有两部有关《楚辞》的著述为这一时期的楚辞研究增补了空白:一是骞公《楚辞音》;一是柳宗元的《天对》。《楚辞音》最早见于《隋书·经籍志》的著录①,为隋释道骞所作,道骞精通楚声,善读《楚辞》,其所作《楚辞音》残存二百八十一则,有音注的达二百七十六则;在正字方面,他征录传本,校勘文字异同,考正六书,通其文字训诂。《楚辞音》在注音、正字、考证方面都对《楚辞》作品的释读做出了贡献。柳宗元的《天对》在楚辞学史上也是一部有影响的著作。柳宗元是朴素唯物主义者,他对自然现象充满了探索和思考的精神,屈原的《天问》里面表达的奇幻世界引起他极大兴趣,他作《天对》力图回答屈原《天问》中的诘问,尽管他的《天对》未尽与屈原本意相合,但许多文句仍然相互发明,对于理解《天问》非常有益。

三、宋代楚辞研究的中兴

宋代的楚辞研究,相较于魏晋南北朝隋唐时期的沉寂,又迎来一个兴盛的时期。宋代楚辞研究的中兴,是与宋代政治情势和外交状况相关的,特别是两宋交替之际,其整个环境与屈原所处时代有很大的相似处;宋代儒学的革新,文化之繁荣,超越魏晋隋唐,远迈汉代,接续先秦,宋人对待传统典籍采取重新审视的态度,在思想和文化上形成一个创新的时代;宋代随着印刷术的发明,书籍较易得到,人们对知识学术的追求也很强烈,有以

---

① 魏徵《隋书·经籍志》曰:"《楚辞音》一卷,释道骞撰",其《序录》云:"隋时有释道骞,善读之,能为楚声,音韵清切,至今传楚辞者,皆祖骞公之音。"见于《隋书》卷三十五,中华书局 1973 年版,第 1055—1056 页。

学问为诗、以学问为文的风尚,这也促使宋代学术的发展。这些因素对楚辞研究产生重大影响。

首先,宋代的内忧外患局面,与战国末年楚国的情势极其相似,特别是两宋交替之际的靖康之变,更是让宋代有气节的人士感到耻辱。他们主张抗金,恢复中原,但是却遭到权奸秦桧等投降派的排挤和迫害,他们的报国之志难舒,常怀悒郁不平之气,他们从楚辞作品中得到强烈的感情共鸣,借助楚辞研究表达自己对现实政治的不满。如洪兴祖《楚辞补注》、朱熹《楚辞集注》及吴仁杰《离骚草木疏》即是如此。

其次,宋代印刷出版业发达、大型类书的编订出版也推动了学术的发展。宋代文人风尚特重学问,在诗歌创作中也表现出"以学问为诗"的倾向。王安石与欧阳修有关"秋菊落不落蕊"的公案就是二人夸饰学问之争①。在这种文化氛围下,对待传统典籍,宋人也有潜心研究的内在学术追求。如洪兴祖作《楚辞补注》广泛征引前代典籍,补充王逸《章句》之未备,在楚辞训诂学上达到很高的成就,可以代表宋代楚辞汉学的最高成就。随着楚辞整体研究水平的提高,楚辞的专篇研究和专门研究在宋代也出现了新成果,如杨万里《天问天对解》、钱杲之《离骚集传》、吴仁杰《离骚草木疏》、谢翱《楚辞芳草谱》、吴棫《楚辞音释》等。宋代较重要的楚辞研究成果还有黄伯思的《校定楚辞》十卷(附《翼骚》)和高似孙的《骚略》。黄伯思还提出一个楚辞的定义:"盖屈、宋诸骚,皆书楚语,作楚声,纪楚地,名楚物,故可谓之楚辞。"②这个定义应该说比较准确地概括了楚辞的形式

---

① 胡仔《渔隐丛话前集》卷三十四,影印文渊阁四库全书本。
② 黄伯思《新校楚辞序》,《宋文鉴》卷九十二,影印文渊阁四库全书本。

特征。

再次，宋代学术的进步也推动了思想的发展，儒学进入到一个新的阶段，理学，或称道学风行天下。理学重性命义理的探讨，不甚措意于文字训诂，这是与汉代经学的最大不同，因此被后世称为宋学。宋代理学家对待包括《楚辞》在内传统典籍的态度，也与汉唐儒有了很大的不同：一是怀疑精神。汉儒尊经，唐儒不仅尊经，而且尊注，有"疏不破注"的说法。宋儒则有很大不同，在学术上力求创新，他们对待传统经典敢于采取一种怀疑和重新审视的态度，对儒家传统典籍的元典性表示怀疑，如欧阳修、刘敞等人就对《诗》和《礼》发表质疑的言论。最激烈的疑古派是郑樵，他说《诗序》并非圣人所作，而是"村野妄人所作"①。在楚辞研究领域也打破僵局，晁补之编《变离骚》、《续楚辞》二书，这是楚辞研究史上首次对楚辞作品进行了大规模增广，极具创新精神；二是重视义理的阐发。宋代的"道学"或"理学"，是为宋代统治者寻求治道的哲学思想，它十分注意阐发儒家学说的微言大义，对汉唐以来的繁琐的训诂注疏之学持厌恶和否定态度。这是企图从经学的绝对权威下挣脱出来的一场思想解放运动。朱熹曾说："要人虚心平气，本文之下打叠，教空荡荡地不要留一字先儒旧说，莫问他是何人所说、所尊、所亲、所憎、所恶，一切莫问，而唯本文本意是求，则圣贤之指得矣。"②朱熹有感于儒家经典著作注释的繁琐，已将原文掩没在重重注疏之中，读者往往重视读注，反倒忽略了原文，所以他要求人们读

---

① 黎靖德《朱子语类》卷八十，中华书局 1986 年版（按，以后出现该书，不再标明版本），第 2076 页。
② 朱熹《答吕子约·八》，朱熹《晦庵集》卷四十八，影印文渊阁四库全书本，上海古籍出版社 1987 年版（按，以后出现该书，不再标明版本）。

经时"空荡荡的不要留一点先儒旧说",他注释《诗经》和《楚辞》时,在名物训诂方面都力求简明扼要,释意皆从文本本身出发,重视对文本义旨的阐发,力戒空谈心性和穿凿附会之弊,这在楚辞研究中带来了新的气象。朱熹《楚辞集注》完全扭转了此前楚辞注疏中只重视名物训诂的汉学风格,他特别重视楚辞诗句义理的阐发,解释字义简洁明了,释义时"以诗解诗",从诗句本身的诗义去解读其意旨,不做穿凿附会的比附。朱熹在《楚辞集注》中开创的这种注疏风格完全不同于汉唐旧注,带有明显的宋学风格,我们把这种楚辞研究的新风格称作"楚辞宋学"。

第二节　朱熹的楚辞研究

一、朱熹的楚辞研究著述

朱熹少年时就有强烈的求知欲,他说:"某旧时亦要无所不学,禅、文章、《楚辞》、《诗》、兵法,事事要学。"①楚辞亦为其所喜爱,他自少时就学习楚辞,并能熟读成诵,晚年著成《楚辞集注》,并时常捧读楚辞作品,直到临终前还在修改楚辞注释。朱熹的楚辞研究是以《楚辞集注》的著述为核心的,此外还有一些书信、序跋也是与楚辞学有关的。他还著有《楚辞协韵》、《楚辞音考》等楚辞释音著作。

朱熹《楚辞集注》实际由三部分组成:《楚辞集注》八卷、《楚辞辩证》二卷、《楚辞后语》六卷,这三部分在楚辞研究中具有不同的功用特点:(一)《楚辞集注》八卷是对楚辞作品的注释。他在注疏中既吸收了王逸、洪兴祖等人的训诂成果,又在注

---

① 《朱子语类》卷一百四,第 2620 页。

疏体例和注疏内容上做了重大变革：在字义训诂方面简明扼
要，在诗句释义方面从诗句本身的意旨来解读诗歌，而不是像汉
儒解经那样做政治或时事的比附，更加注重大义的阐发。这种
注疏风格完全不同于楚辞注疏的汉学注经传统，开创了楚辞注
疏的宋学新路。《楚辞集注》还对楚辞旧本的篇目做了增删调
整。朱熹认为楚辞原有的《七谏》、《九怀》、《九叹》、《九思》四
篇"虽为骚体，然其词气平缓，意不深切，如无所疾痛而强为呻
吟者"①，故删去了这四篇，另增入了贾谊的《吊屈原》、《服赋》
两篇。（二）《楚辞辩证》是朱熹对注释中的一些复杂问题集中
起来专门论述的学术札记。朱熹在进行《楚辞集注》的注释写
作中，有些问题很难用简略的文字讲清楚，而用大量的文字作为
注释又影响整个文本的结构，不便于阅读吟诵，于是就形成了
《楚辞辩证》之作。（三）《楚辞后语》是楚辞作品的广续之作。
《楚辞》作品的流传，长期以来以王逸《楚辞章句》所收篇目为标
准，宋代晁补之始为增广，成《变离骚》二十卷和《续楚辞》二十
卷。朱熹即以晁氏二书所收篇目为基础，对其进行增删，并作新
的注释。但《楚辞后语》为朱熹未完成之遗稿，后由其子朱在将
《后语》遗稿整理誊写成编。·

　　朱熹的楚辞研究除《楚辞》集注之外，还特别重视音释，很
重要的原因在于他特别强调讽诵在学习经典时的作用。他作
《诗集传》和《楚辞集注》时，对诗、骚诗句中的生僻字及韵脚字
都加注了读音，这就满足了读者诵读的需要。朱熹在注音时，采
用的是直音和反切的方法。他又常常使用叶音，叶音的目的就
是为了韵脚和谐。朱熹不仅在《诗集传》和《楚辞集注》中对诗

---

① 朱熹《楚辞集注》，第172页。

句进行注音,而且他还著有音韵专书。现已亡佚的《楚辞协韵》一卷,就是他与黄铢合著。朱熹还著有《楚辞音考》一卷,现已亡佚。尽管二书皆已亡佚,但朱熹的楚辞音韵学成果却在《楚辞集注》的注释中得到了保留。

二、朱熹楚辞研究的内容

(一) 对楚辞作家的评价

首先是对屈原的评价,历代对屈原的评价分为褒扬和贬损两类。朱熹批判了班固、扬雄等人对屈原人格的诋毁,继承了王逸、洪兴祖等人对屈原伟大人格的推崇和褒扬,对屈原人格进行了知人论世的评价。首次提出屈原"忠君爱国"的楚辞学命题。班固说屈原"露才扬己"、颜之推说"屈原露才扬己,显暴君过",诋毁屈原人格。王逸批判班固的论调,他认为屈原"风谏之语"堪比"大雅",他是用"诗可怨"的思想来批驳班固的;宋代洪兴祖高度赞扬屈原的人格,他说:"余观自古忠臣义士,慨然发愤,不顾其死,特立独行,自信而不回者,其英烈之气,岂与身俱亡哉!"①朱熹就是在王、洪的基础上,进一步赞扬屈原的人格,他在《九歌序》里说屈原写作此篇是"因彼事神之心,以寄吾忠君爱国眷恋不忘之意。"②明确指出屈原的思想行为是"忠君爱国";在《反离骚》的篇末,朱熹进一步剖析屈原的"忠",他说:"屈原之忠,忠而过者也。屈原之过,过于忠者也。"论屈原之"忠",他说:"屈原之心,其为忠清洁白"、"忠臣之行,发其心之所不得已者,而不暇顾世俗之毁誉",高度评价屈原之忠"乃千

---

① 《楚辞补注》,第50页。
② 《楚辞集注》,第29页。

载而一人";论屈原之过,他认为屈原之行为不尽合乎儒家"中庸之道",然而在他看来,这个"过"是"细行"之有弊,即细枝末节方面的过失。他认为正确的观人之法是"观其大节而略其细行",所以他说:"故论原者,论其大节,则其他可以一切置之而不问。"①屈原的大节就是"忠君爱国"。面对历史上有关屈原人格的诸多评论,朱熹作为理学宗师能够对屈原人格做出积极评价,是难能可贵的,他的评价不但高度肯定了屈原"忠君爱国"、"志行高洁"的大节,而且指出屈原行为不尽合乎儒家中庸之道的微小瑕疵。他是用儒家"忠恕之道"来评价屈原的思想行为的,既对其忠极力褒扬,又对其"过"抱以理解的态度。他对屈原的评价总体说是全面客观的,纠正了历史上对屈原评价"抑扬过实"之弊。

其次是对其他《楚辞》作家的评论。朱熹对《楚辞》的许多作家都有评论,他比较推崇的作家是贾谊,他对贾谊的评价较高,他说:

> 谊有经世之才,文章盖其余事,其奇伟卓绝,亦非司马相如辈所能仿佛。而扬雄之论,常高彼而下此,韩愈亦以马、扬厕于孟子、屈原之列,而无一言以及谊,余皆不能识其何说也。②

他推崇贾谊有经世之才,认为贾谊在楚辞作家中,奇伟卓绝,成就要高于司马相如等人。他在《吊屈原赋》中说:"后之君子,盖亦高其志,惜其才,而狭其量云。"③可见他一方面认为贾谊志行

---

① 《楚辞集注》,第242—243 页。
② 同上,第159 页。
③ 同上,第157 页。

"高洁"，有经世之才，另一方面认为贾谊气量较小，这后一方面大概是朱熹对贾谊死非其所而言的。

朱熹批判最力的楚辞作家是扬雄。他在《反离骚序》中说："雄固为屈原之罪人，而此文乃《离骚》之谗贼矣。"①朱熹对扬雄的批判是由于扬雄偷生免死的不光彩经历，以及他对屈原忠直行为责难、嘲讽的行径，都让崇尚气节的朱熹感到极为痛恨。扬雄用消极避世的人生态度批评屈原不能全身远祸，"以为君子得时则大行，不得则龙蛇，遇不遇命也，何必湛身哉！"②他自己有愧于儒家"取义成仁"之大义，却对屈原的忠直行为责难、嘲讽，认为君子应当明哲保身、全身远害、随时而化。朱熹对扬雄的其人其言至为不屑，他批评扬雄说：

> 圣贤之心如此，原虽未及，而其拳拳于宗国，尤见臣子之至情，岂忍逆料其君之不可谏，而先自已哉！此等义理，雄皆不足以知之，唯有偷生惜死一路，则见之明而行之熟耳。以此讥原，是以鸱枭而笑凤皇也。③

> 老聃之学，私于为我，而无君臣之义，亦雄所知。至此乃以为言，亦其贪生惜生之心胜，是以溺焉而不自知耳。④

朱熹在批判扬雄"偷生惜死"、"贪生惜生之心胜"之丑陋行径，他嘲讽扬雄根本不懂忠孝仁义的臣子尽忠之大义，只对苟且偷生之道"见之明而行之熟耳"，从而更加突显了屈原人格之伟大。

---

① 《楚辞集注》，第237页。
② 同上，第236页。
③ 同上，第240页。
④ 同上，第241页。

（二）对楚辞作品整体意旨的把握

朱熹在评论楚辞时,在思想内容方面着力挖掘屈原思想中符合儒家义理的成分。他的有关"楚词不甚怨君"的说法是他对楚辞作品意旨的总体把握,这是站在儒家忠君思想的基础上来评论楚辞作品的,可以说是朱熹对楚辞内容特点的总体概括。他说:

> 楚词不甚怨君。今被诸家解得都成怨君,不成模样。《九歌》是托神以为君,言人间隔,不可企及,如己不得亲近于君之意。以此观之,他便不是怨君。至《山鬼》篇,不可以君为山鬼,又倒说山鬼欲亲人而不可得之意。今人解文字不看大意,只逐句解,意却不贯。①

朱熹举《九歌》为例证明"楚词不甚怨君",《九歌》是屈原根据楚国南郢沅、湘之间的祭祀乐歌改编而成,当地习俗"信鬼而好祀,其祀必使巫觋作乐,歌舞以娱神。"②屈原据此作成《九歌》,《九歌》诗句内容皆为歌舞娱神之词,屈原是"托神以为君",他借对神的仰慕、敬爱、眷恋来寄寓自己"忠君爱国眷恋不忘之意"③,朱熹因此说:"以此观之,他便不是怨君。"朱熹说"楚词不甚怨君",是有感于历代评者对楚辞作品内容的误读而发的。屈原作品感情激越,如朱熹所说"盖屈子者,穷而呼天、疾痛而呼父母之词也"④,这种作品当然不尽合乎儒家"温柔敦厚"的诗教规范,所以遭到历代所谓"醇儒庄士"的质疑。班固、扬雄、颜之推等人皆指责屈原怨君,贬损屈原的忠贞高洁人格。朱熹认

---

① 《朱子语类》卷一百三十九,第 3297 页。
②③ 《楚辞集注》,第 29 页。
④ 《楚辞集注·楚辞后语》目录后跋。

为观人应当观其大节,略其细行,他说:"故君子之于人也,取其大节之纯全,而略其细行之不能无弊。"①屈原的大节就是"忠君爱国"。朱熹认为屈原作品的思想感情虽然不尽合乎儒家"中庸"之道,但却是出于"忠君爱国"的真情实感,客观上可以起到"正人心"的作用,同时也符合儒家"吟咏性情之正"之诗教理想。屈原作品的感情表达过于"跌宕怪神、怨怼激发",不尽符合儒家"温柔敦厚"的诗教主张,但其皆出于"缱绻恻怛、不能自已之至意"。屈原对楚王、对楚国爱之深,故而责之切;对郑袖、子兰误国害国之流深为憎恶,故而发为言辞必然激越忿恚。可见屈原作品皆是屈原"忠君爱国"诚心的自然流露,感情真挚,无暇顾及感情表达的方式,因此朱熹认为楚辞作品的内容思想绝不是"怨君",而是"忠君"。楚辞作品情感表达的方式虽然过于激烈,但这非但不是怨君的表现,反而是忠君太过的深情至意难以遏制的流露。

（三）对楚辞作品注释的继承与创新

在《楚辞集注目录序》里,朱熹谈到自己写作《楚辞集注》的原因,他认为当时通行的楚辞本子王逸《楚辞章句》和洪兴祖《楚辞补注》,详于"训诂名物",疏于义理的阐发,他论二书之失曰:

> （王、洪二书）至其大义,则又皆未尝沈潜反复、嗟叹咏歌,以寻其文词指意之所出,而遽欲取喻立说,旁引曲证,以强附于其事之已然,是以或以迂滞而远于性情,或以迫切而害于义理,使原之所为壹郁而不得申于当年者,又晦昧而不

---

① 《楚辞集注》,第242页。

见白于后世。①

因此,他要借《楚辞集注》的著述来阐发其"大义",希望使屈原"壹郁"不平之气和"忠君爱国"之志得以伸张,使楚辞作品的意旨和蕴含的儒家伦理价值得以彰显。朱熹强调义理阐发,但并不轻视文字训诂,因此《楚辞集注》并非是一部空谈义理心性之作。

《楚辞集注》继承了汉唐旧注的训诂成果。朱熹注释古书非常重视旧注,他力矫同时代人轻视训诂的弊病,他说:"祖宗以来,学者但守注疏,其后便论道,如二苏直要论道,但注疏如何弃得?"②(《语类》卷一二九)。因此朱熹作《楚辞集注》广泛吸收汉唐旧注和宋代时贤的楚辞训诂成果,他对王逸《章句》和洪兴祖《补注》的训诂成果充分加以吸收,此外还吸收了郭璞、《文选》李善注、五臣注的楚辞训诂成果。

《楚辞集注》又是创新之作。虽然朱熹《集注》于训诂字义多依旧注,但也时有发明,如:"女嬃之婵媛兮,申申其詈予,曰鲧婞直以亡身兮,终然夭乎羽之野。"一句,《集注》曰:"婵媛,眷恋牵持之意。申申,舒缓貌也。"③"婵媛"之释义,王逸《章句》曰:"婵媛,犹牵引也。"④洪兴祖无注。朱熹曰:"婵媛,眷恋牵持之意。"王逸《章句》之释义,诗句意旨难通;朱熹《集注》释义于诗句文义较为贴切。又如:"汝何博謇而好修兮,纷独有此姱节? 薋菉葹以盈室兮,判独离而不服。"集注:"博謇,谓广博而

①《楚辞集注》目录后跋。
②《朱子语类》卷一百二十九,第3091页。
③《楚辞集注》,第11页。
④ 同上,第18页。

忠直。"①"博謇"之释义,王逸章句和洪兴祖补注皆语焉不详,朱熹释之,可解读者之疑。上述两例可见朱熹在训诂上的发明创新之处。朱熹《集注》开创新知尤在于对诗句大义阐发上,如:

> 屈心而抑志兮,忍尤而攘诟。伏清白以死直兮,固前圣之所厚。

> 集注:赋也。……言与世已不同矣,则但可屈心而抑志,虽或见尤于人,亦当一切隐忍而不与之校,虽所遭者或有耻辱,亦当以理解遣,若攘却之而不受于怀。盖宁伏清白而死于直道,尚足为前圣之所厚,如比干谏死,而武王封其墓,孔子称其仁也。②

王逸《章句》、洪兴祖《补注》皆措意于字义、名物训诂,于整句文意不能会通,断裂隔绝,且甚为疏略。朱熹《集注》则会通文意,串讲整章文意,极便览者理解。如上"屈心"一章,朱熹《集注》先串讲章旨,然后举例论证:"如比干谏死,而武王封其墓,孔子称其仁也。"朱熹《集注》谓:"虽所遭者或有耻辱,亦当以理解遣,若攘却之而不受于怀。"朱熹"以理解遣"之语,为王逸、洪兴祖所未言,所未能言,见朱熹创新之处,亦见朱熹理学精神。

朱熹《楚辞集注》在继承汉唐旧注训诂成果的基础上,并不拘泥旧说,不穿凿附会,能在训诂字义上择善而从,表现了实事求是的精神;《楚辞集注》特别重视大义的阐发,既表现了宋学重理论义理探讨的优长,又能从文本本身出发,避免了空疏不实的弊病;《楚辞集注》在注释体例和全书作品构成上也做了调整增删,在注释体例上的革新,使《楚辞集注》一书整体上完全不

---

① 《楚辞集注》,第11页。
② 同上,第9页。

同于旧注,既在字义训诂和诗句注音方面方便了读者,又在义理
阐发和章旨阐释上便于朱熹的发挥。因此《楚辞集注》一书,正
像朱子的其他著作一样,具有朱子"旧学邃密"、"新知深沉"的
整体学术风格,从而成为楚辞学史上一部"致广大"、"尽精微"
的集大成式的里程碑著作。

第三节　《楚辞集注》研究综述

　　朱熹《楚辞集注》是楚辞学史上最重要的著作之一。后人
对其研究,宋元明清时期,多见于《楚辞集注》刊刻时的序跋以
及公私书目的著录中。如《郡斋读书附志》记载有赵希弁的评
论:"《骚》自楚兴,公之加意此书,则作牧于楚之后也。或曰,有
感于赵忠定之变而然。"①这条评论对确定《楚辞集注》的成书时
间和缘由都有所助益。宋元明清时期其他楚辞著作中,也常有
评论《楚辞集注》的言论,如明张京元《删注楚辞》焦竑序曰:
"先儒称孔子之删诗,朱子之定骚,其心同,其功同。"②又如清
吴世尚《楚辞疏》叙目曰:"右《楚辞》八卷,其去取皆遵朱子所
论定。"③这些评论朱熹及《楚辞集注》的言论虽然零星散见,
缺乏系统性,但其数量众多,其中亦不乏精当高明的见解,还
未被学术界所充分重视。我们今天进行《楚辞集注》的研究,
应该重视这部分成果,本文在写作中也尽其所能地进行了一
些爬梳整理的工作。

---

① 赵希弁《郡斋读书附志》,见于晁公武《郡斋读书志》,上海古籍出版社 1990 年
　 版,第 1166 页。
② 姜亮夫《楚辞书目五种》,上海古籍出版社 1993 年版(按,以后出现该书,不再
　 标明版本),第 81 页。
③ 同上,第 158 页。

　　建国后《楚辞集注》的研究，总体而言是较为沉寂的。莫砺锋在检核了林庆彰主编《朱子学研究书目》中所载朱子学研究成果后不无感慨地说："声势浩大的朱熹研究中，仍有一个相当冷寂的角落很少受到学者的注意，那就是关于朱熹文学的研究。"①这个评估是真实的，而《楚辞集注》研究作为朱熹文学研究或者朱子研究的一部分就更显冷清。尽管如此，我们还是从众多的朱子学研究著作中爬梳整理出前人时贤对《楚辞集注》的研究成果，综述如下，时间不拘于建国后，大约以1900年以来为限。

　　在文献出版与整理方面，1953年人民文学出版社影印北京图书馆藏宋端平二年朱鉴刻本；1979年上海古籍出版社据宋端平本出版了《楚辞集注》标点排印本，由上海复旦大学李庆甲校点；2001年上海古籍出版社与安徽教育出版社合作出版由安徽师大蒋立甫校点的排印本，这两个校点本的出版展现了新时期朱熹《楚辞集注》文献整理的新成果，也为进一步研究朱熹《楚辞集注》提供了便利条件。姜亮夫《楚辞书目五种》和崔富章《楚辞书目五种续编》是楚辞文献学的奠基性作品，其中"《楚辞集注》"条目下，搜集有关《楚辞集注》的版本、序跋等信息殆尽，对《楚辞集注》的研究提供了大量参考资料，其功至伟。

　　在研究专著方面，至今仍是空白，但在有关专著中涉及《楚辞集注》的研究内容，亦具有很高的学术水准。如钱穆《朱子新学案》在《朱子之文学》一章的最后部分集中论述了他对《楚辞集注》的研究，他考释了《楚辞集注》的成书时间及注书动机，分析了朱子评屈的内在心理；在《朱子之校勘学》一章中，他论到《楚辞集注》的音韵、校勘、版本等问题。易重廉《中国楚辞学

---

① 莫砺锋《朱熹文学研究·前言》，南京大学出版社2000年版。

史》、李中华《楚辞学史》皆设专门章节论述《楚辞集注》。束景南《朱子大传》也曾专门论到《楚辞集注》的成书及其成就。莫砺锋《朱熹文学研究》专设《朱熹的楚辞学》一章详细论述朱熹《楚辞集注》的文学成就，包括"朱熹对屈赋思想意义的阐发"、"朱熹对屈赋内容的解读"、"朱熹对《楚辞》比兴手法的分析"、"朱熹对屈赋以外的楚辞作品的观点"等内容，是评析《楚辞集注》文学成就的开创性著作。

　　有关《楚辞集注》的研究论文数量并不多，我们在中国知网（www. cnki. net）通过《中国期刊全文数据库》、《中国博士学位论文全文数据库》和《中国优秀硕士学位论文全文数据库》的跨库检索（1979—2008），共检得题名中有《楚辞集注》的论文 12 篇，可见专门研究《楚辞集注》的论文数量是很少的。虽然有关《楚辞集注》的研究论文不尽载于上述数据库，但大致可以反映《楚辞集注》研究的冷清状况。现就上述 12 篇论文及笔者所见其他有关《楚辞集注》的论文作一概括性介绍：对《楚辞集注》进行概括性研究的论文有林维纯《略论朱熹注〈楚辞〉》[①]、莫砺锋《朱熹楚辞学略说》[②]、陈尚敏《〈楚辞集注〉成书概述》[③]；分析《楚辞集注》思想意旨和哲学内涵的有：韩钟文《朱熹论屈原与〈楚辞〉（一）：朱熹撰注〈楚辞集注〉意旨发微》[④]、刘文英《从〈楚辞集注·天问篇〉看朱熹的哲学》[⑤]、卢平忠《理学的困

[①] 《文学遗产》1982 年第 3 期。
[②] 《求索》1983 年第 3 期，崔富章《楚辞书目五种续编》，上海古籍出版社 1993 年版（按，以后出现该书，不再标明版本）第 453 页著录篇名。
[③] 《甘肃高师学报》2004 年第 4 期。
[④] 《上饶师专学报（社科版）》1986 年第 3 期。
[⑤] 《社会科学》1983 年第 6 期。

惑——〈楚辞集注〉思想初探》①；考证朱熹《楚辞集注》音韵、训
诂的有：刘晓南《论朱熹诗骚叶音的语音根据及其价值》②、汪
业全《〈楚辞集注〉叶音古韵分部考》③、杨曦《〈楚辞集注〉校勘
补零》④；博硕士论文仅有西北师大陈尚敏的硕士论文：《〈楚辞
集注〉研究》，该论文由"《楚辞集注》的成书和社会文化背景"、
"《楚辞集注》的学术贡献"、"朱熹对楚辞内容的解读"三章组
成。港台研究者的成果有傅锡壬《朱熹〈楚辞集注〉与王洪二家
注的比较及价值重估》⑤。

　　国外《楚辞集注》研究成果主要以日本为多，如林田慎之助
《朱熹〈楚辞集注〉写作的动机——历代楚辞评价的过程》⑥；山
根三芳《〈楚辞集注〉所体现的思想》⑦，山根三芳的《朱子伦理
思想研究》(东京：东海大学出版会 1983 年版)一书中有"见于
《楚辞集注》的思想"一节专门探讨朱子《楚辞集注》所蕴含的伦
理思想⑧；吹野安正在撰写《楚辞集注全注释》，此书计划出八
册，现已出版了前两册(东京：明德出版社 2004、2005 年版)⑨。

　　总体来说：我们现在对朱熹《楚辞集注》的研究还是很薄弱
的，特别是与朱熹《诗集传》研究的繁荣相比较，学术界对朱熹

---

① 《四川师范大学学报(社科版)》1989 年第 5 期。
② 《古汉语研究》2003 年第 4 期。
③ 《广西师范大学学报(哲社版)》2007 年第 6 期。
④ 《成都大学学报(教育科学版)》2008 年第 5 期。
⑤ 《淡江学报(文学门)》十一期，1973 年 3 月，崔富章《楚辞书目五种续编》，第
　 458 页。
⑥ 《九州中国学会报》九，1963 年 5 月，崔富章《楚辞书目五种续编》，第 460 页。
⑦ 《广岛大学文学部纪要二七一一》，1967 年 12 月，崔富章《楚辞书目五种续编》，
　 第 453 页。
⑧ 石立善《战后日本的朱子学研究史述评：1946～2006》，载于《鉴往瞻来——儒学
　 文化研究的回顾与展望》，复旦大学出版社 2006 年版，第 288 页。
⑨ 同上，第 307 页。

《楚辞集注》的研究就显得很冷清了，已有的研究成果集中在对《楚辞集注》的概括性描述上，对《楚辞集注》文本本身较少深入研究，研究成果零散，也缺乏系统性。这种状况与朱熹的学术地位、《楚辞集注》的学术价值都是极不相称的。

第四节　本论文的思路、方法与突破

鉴于《楚辞集注》的研究现状，本文拟对《楚辞集注》做一基础性考察与探讨。首先对《楚辞集注》成书的原因、过程及《集注》的内容、结构进行考察，其次从版本、训诂、诗学等角度对《楚辞集注》做深入研究。

先是全面搜集历代书目题跋及其他著作中有关《楚辞集注》的记载，做成《历代文献对〈楚辞集注〉的著录》资料集，将历代题跋中评论《楚辞集注》的言论，作为研究《楚辞集注》成书及影响的部分史料资源。

继而在细读《楚辞集注》文本的基础上，对集注的训诂体例、训诂内容、训诂方法、训诂术语等方面做了系统的考察，并从《集注》与《楚辞章句》、《楚辞补注》的对比中，揭示《楚辞集注》的训诂学特点和优长。

以"理学"为代表的宋代人文精神，是对传统儒、释、道思想的传承与整合，成为宋代的时代精神。朱熹作为宋代理学的宗师，他的楚辞研究也具有继承传统，开创新知的品格。本文在研究《楚辞集注》时，既关注到朱熹思想中对释、道思想在批判中的吸收，从而形成融汇释、道思想的中和圆融的理学思想体系，也关注到朱熹在楚辞研究中的继承和创新的宋学风貌。《楚辞集注》作为朱熹晚年作品，蕴含了他成熟的理学思想。《楚辞集注》继承了楚辞旧注的训诂成果，吸收了宋代晁补之的《续楚辞》、《变离骚》二书对楚辞作品增广的学术创见，形成了自己新的注疏风格。本文也在写作过程中力图揭示朱熹所开创的这种楚辞宋学的新风貌。

朱熹的楚辞学以《楚辞集注》的著述为核心，同时《朱子语类》和《文集》中的许多书信、序跋也涉及朱熹楚辞学的内容，本文以朱熹研究《楚辞》的有关资料为基础，对朱熹《楚辞集注》的诗学思想及成就作了尝试性的考察与分析。

本文在对《楚辞集注》进行全面系统研究的基础上，对一些有争议的问题及一些学术空白进行了探讨与考证，如在《楚辞集注》的成书时间、动机的探讨上，指出朱熹作《楚辞集注》并非是一时激愤所作，而是他建构其思想文化体系的自觉规划；在《楚辞集注》版本的考证上，考定宋嘉定六年癸酉章贡郡斋刊本的刊刻者王泳为襄阳人，并补该刊本题记中的阙文一字，此为前贤所未尝论到；对《楚辞集注》的训诂体例、训诂内容、训诂方法、训诂术语做了全面考察，这在《楚辞集注》研究上似属首次；指出朱熹评价屈原思想行为的"忠君爱国"论，是朱熹对历代评屈观点的批判和总结，成为楚辞学史上的重要命题，后代多尊尚之，即或间有质疑，亦围绕此命题展开。

朱子理学博大精深，《楚辞集注》内涵深邃，对其研究有相当的难度。笔者由于曾经从事过《楚辞》的学习和探究，对朱熹《楚辞集注》也有初步认识，故不揣浅陋，乐于将朱熹《楚辞集注》作为博士论文研究的课题进行深入探讨。由于笔者才疏学浅，故论文中一定存在许多不足之处，恳请方家、同好不吝赐教。

第一章　朱熹《楚辞集注》
成书考论

《楚辞集注》是朱子晚年作品，全书由《集注》八卷、《辩证》二卷、《后语》六卷组成。《楚辞集注》在继承楚辞研究已有成果的基础上，开创了楚辞研究的宋学新路。对于朱熹《楚辞集注》的成书，论者多谓有感于"赵忠定之变"，而较少深入的分析。我们认为朱熹《楚辞集注》的成书，偶然事变只是一个诱因，其背后所蕴涵的时代政治、情感心理、学术发展以及文化价值等诸多因素是深刻而复杂的，有必要做进一步的探讨和分析。

第一节　《楚辞集注》的成书过程

一、《楚辞集注》成书过程

《楚辞集注》作于朱熹晚年，宋人赵希弁的《郡斋读书附志》著录此书，曰：

> 骚自楚兴，公之加意此书，则作牧于楚之后也。或曰有感于赵忠定之变而然。①

---

① 赵希弁《郡斋读书附志》，见于晁公武《郡斋读书志》，上海古籍出版社 1990 年版，第 1166 页。

这里面谈到两个与《集注》的成书时间关系甚大的事件：一是朱熹"作牧于楚"；一是"赵忠定之变"。

朱熹"作牧于楚"，是指朱熹在湖南长沙担任地方大员一事。据束景南《朱熹年谱长编》：宋光宗绍熙四年（1193）十一月，因留正、赵汝愚的推荐，朱熹除知潭州、荆湖南路安抚使；绍熙五年（1194）四月启程赴任，五月到所；同年七月，以赵汝愚荐，召赴行在奏事；八月，除知焕章阁待制兼侍讲，离潭州赴京。朱熹在潭州任上共两个多月时间。潭州即今湖南长沙，是旧楚故地，所以朱熹在潭州的两个月任职经历，被称作"作牧于楚"。朱熹在潭州任上时，曾修屈原祠。他在楚地任职，的确有感兴时事，追悯屈原的情形，人们自然把朱熹撰《楚辞集注》与之联系起来。朱熹"作牧于楚"对其做《集注》应当有情感触发的作用，但必谓《集注》撰于此时，证据并不确凿。但朱熹"作牧于楚"仅有两个多月的时间，时间太短，并且政事繁忙。在此期间，他先是招抚起义的蒲矢来瑶民并取得成功；后又着手潭州城的重修；又扩建岳麓书院，重修湘西精舍，以进行理学教育和学术活动；同时大力进行军治、吏治改革。正在他倾心尽力地实践其"美政"理想的时候，突然朝廷征召他到中央。他在长沙的政治改革也未及全面展开就草草收场了。朱熹在长沙以一种积极有为的精神去进行政治革新和理学传播时，他的精力皆关注于民生政治和理学传播等方面。在这样的情势下，他是难有余暇从事《集注》写作的。论者谓《集注》撰于此时，非"知人论世"之说也。

"赵忠定之变"是指赵汝愚罢相一事。赵汝愚（1140—1196），字子直，谥忠定。宋宁宗即位，赵汝愚拥戴定策有首功，因命汝愚为光禄大夫、右丞相。汝愚为相后，努力改革弊政，命朱熹待制经筵;起用和团结了一批有主张、有节操的士大夫,以安定朝政。这时,外戚韩侂胄亦以拥戴定策之功,出入皇宫,渐见亲幸。韩侂胄遍植党羽,垄断言路,排斥贤良,赵汝愚已被其孤立起来。宋宁宗庆元元年(1195)韩侂胄以"同姓居相位,将不利于社稷"①的名义罢赵汝愚相,继之贬放永州。宁宗庆元二年(1196)正月,汝愚在往永州途中,路经衡州得病,受到守臣钱鍪迫害,暴卒衡州。汝愚任相在绍熙五年(1194)六月,到宁宗庆元元年(1195)二月罢相,这之间只有几个月时间,再到庆元二年正月暴卒。这一系列事件主要在庆元元年(1195)。朱熹作牧于楚(1194)与赵忠定之变(1195)在时间上是相连的,而朱熹作牧于楚和离楚赴京皆由于赵汝愚的推荐,朱熹晚年的政治皆与汝愚休戚相关,因此朱熹晚年作《楚辞集注》与赵汝愚事件一定是有联系的。如果据赵希弁《郡斋读书附志》所载,则《集注》的写作当在庆元元年(1195)前后。又朱熹门人杨楫为《楚辞辩证》嘉定四年同安郡斋刊本所写的跋语曰:

> 庆元乙卯,楫自长溪往侍先生于考亭之精舍,时朝廷治党人方急,丞相赵公谪死于道。先生忧时之意,屡形于色。忽一日出示学者以所释《楚辞》一编。楫退而思之:先生平居教学者,首以《大学》、《语》、《孟》、《中庸》四书,次而六经,又次而史传,至于秦汉以后词章,特余论及之耳,乃独为《楚辞》解释,其义何也? 然先生终不言,楫辈亦不敢窃有请焉。②

---

① 脱脱《宋史·赵汝愚传》,《宋史》卷三百九十二,中华书局 1977 年版,第 11988 页。
② 姜亮夫《楚辞书目五种》,第 342 页。

庆元乙卯,即庆元元年(1195),杨楫是朱熹门人,他于庆元乙卯(1195)亲侍朱子身边,他说"时朝廷治党人方急"、"赵公谪死于道",这两个事件都是庆元党禁的一部分:庆元元年(1195)赵汝愚罢相后,国子祭酒李祥、博士杨简、太府丞吕祖俭上书祈求宁宗挽留汝愚,皆因此获罪;太学生杨宏中、周端朝、张衢、林仲麟、蒋傅、徐范等人亦上书为汝愚求情,结果遭到"悉送五百里外羁管"①的"待遇",这是杨楫所谓"治党人方急"之事;"赵汝愚谪死于道"是指庆元二年(1196)正月赵汝愚死于衡州之事。杨楫说他于此时见到朱熹所作的一篇《楚辞》注释,可见庆元元年(1195)及二年,朱熹已经从事《集注》的写作了,跋语文字中透出庆元党禁下令人窒息的学术氛围。

庆元三年(1197),朱熹写信给方士繇讨论韩文考异的编写情况时说:

> 近又看《楚词》,抄得数卷。大抵世间文字,无不错误,可叹也!②

可见朱熹在编辑《韩文考异》的同时,亦从事《楚辞》的注释。

庆元四年(1198)朱熹《答郑子上》的书信中说:

> 病中不敢劳心看经书,闲取《楚词》遮眼。亦便有无限合整理处,但恐犯忌,不敢形纸墨耳。因思古人是费多少心思,做下此文字,只隔一手,便无人理会得,深可叹息也。③

上述史料证明,庆元三四年朱熹都是在从事《楚辞集注》的

---

① 脱脱《宋史·赵汝愚传》,《宋史》卷三百九十二,中华书局 1977 年版,第 11989 页。
② 朱熹《与方伯谟》,《晦庵集》卷四十四。
③ 朱熹《答郑子上》,《晦庵集》卷五十六。

写作。令人注意的是，《集注》的写作似乎处于暗密状态，这与庆元党禁时的政治高压有关，朱熹本人很少提及《集注》的写作盖缘于此。朱熹在信中说"但恐犯忌"突出地表现了当时的政治情势。《日本大正三年内阁目》著录有《楚辞集注》宋庆元四年戊午刻本①，则《集注》的成书至迟应在庆元四年（1198）。又朱熹在《楚辞辩证》的题记中说：

> 余既集王、洪骚注，顾其训故文义之外，犹有不可不知者。然虑文字之太繁，览者或没溺而失其要也，别记于后，以备参考。庆元己未三月戊辰。②

庆元己未即庆元五年（1199），"是年三月无戊辰，则必是二月戊辰之误"③，据此，则《楚辞辩证》完成于庆元五年二月。《辩证》是继《集注》之后而成书，其内容大致与《集注》同时完成，只是为了观览的方便，所以"别记于后"成为独立著作。所以《集注》之成书必在《辩证》成书之前，即庆元四年（1198）。

朱熹在完成《集注》和《辩证》的写作后，又从事《楚辞后语》的编辑和注释。他是根据晁补之的《续楚辞》和《变离骚》二书，进行删补，最后定著为五十二篇，成为《楚辞后语》，然后对所收录的这五十二篇著作进行注释。直至朱熹辞世前，他一直从事《后语》的注释工作，但朱熹并未完成《后语》全部著作的注释，因此后语是一部未完成的著作。朱熹子朱在为端平本《楚辞集注》写的跋语中说明了《后语》成书及刊刻的经过：

> 先君晚岁草定此编，盖本诸晁氏《续》、《变》二书，其去

---

① 姜亮夫《楚辞书目五种》，第 342 页。
② 《楚辞集注》，第 171 页。
③ 束景南《朱熹年谱长编》，华东师范大学出版社 2001 年版，第 1350 页。

取之义精矣。然未尝以示人也。每章之首,皆略叙其述作
之由,而因以著其是非得失之迹。独《思玄》、《悲愤》及《复
志赋》以下至于《幽怀》,则仅存其目,而未及有所论
述。……嘉定壬申仲秋,在始取遗藁誊写成编,捧玩手泽如
新,而音容不复可见矣。因涕泣而书其后。又五年,岁在丁
丑,补外来守星江,实嗣世职。既取郡斋所刊《楚辞集注》,
重加校定,复并刻此书,庶几并行,且以识予心之悲也。中
秋日在谨记。①

朱熹"晚岁"编辑《楚辞后语》,亦"未尝以示人",朱熹去世 12 年
后,即嘉定五年(1212),朱在才将《后语》遗稿整理誊写成编,
"又五年",即嘉定十年(1217),与《集注》合刻刊行面世。

从现有史料看:朱熹进行《集注》的写作当在庆元元年
(1195)开始,庆元四年(1198)完成集注的写作,同年刊刻行世;
庆元五年(1199)二月《楚辞辩证》编定,宋嘉定四年(1211)朱熹
门人杨楫在同安郡斋刊刻《楚辞辩证》行世;《楚辞后语》是朱熹
未完成的著作,当时"未尝以示人",嘉定五年(1212),才由其子
朱在将《后语》遗稿整理誊写成编,嘉定十年(1217),与集注合
刊问世。嘉定十年刻本是将《楚辞集注》八卷、《楚辞辩证》二
卷、《楚辞后语》六卷首次合刻而成,以后的通行本《楚辞集注》
皆由上述三个部分合刻组成。

二、《楚辞集注》成书时间理惑

有关《楚辞集注》的始作和成书时间多有争议:李中华《楚
辞学史》曰:"朱熹注《楚辞》,是在他任职潭州——即'作牧于

---

① 《楚辞集注》,第 307 页。

楚'之后"①;易重廉《中国楚辞学史》虽也间接涉及,但未明确谈论此问题,两种楚辞学史著作对此问题皆失之简略。上海古籍出版社 1979 年版《楚辞集注》出版说明曰:

> 《楚辞集注》始于朱熹一一九三年"作牧于楚之后",大约完成于赵汝愚罢相的一一九五年左右(见《郡斋读书志》卷五下赵希弁语)。《楚辞辩证》作于宋宁宗庆元己未(一一九九年)。②

这个论定只有《楚辞辩证》的成书时间是对的,其他皆误。

钱穆《朱子新学案》依据王懋竑《朱子年谱》考证《集注》成书时间曰:

> 王氏《年谱》:庆元五年己未,朱子年七十,楚辞集注后语成。按李洪年谱旧本,皆以《楚辞集注》成于乙卯,白田《年谱考异》以《楚辞辨证》前题署庆元己未三月,定在此年。然又曰:《集注》或成于戊午,而《后语》、《辨证》当在其后。……惟其成书或在戊午,或在己未,则难可确指。今依王谱系于此年。……己未春,朱子《楚辞集注》后语、《辨证》成。③

王懋竑《朱子年谱》及《考异》对《楚辞集注》的成书时间未能正确考辨,钱穆因其误,将《楚辞集注》、《楚辞后语》、《楚辞辩证》三书成书皆定于庆元己未(庆元五年,1199)。这个论定是不正确的,因为三书成书时间不一,只有《楚辞辩证》成于庆元

---

① 李中华《楚辞学史》,武汉出版社 1996 年版,第 120 页。
② 《楚辞集注·出版说明》。
③ 钱穆《朱子新学案》,巴蜀书社 1986 年版,第 1720—1721 页。

己未(庆元五年,1199)春二月,《集注》成于此前一年,即庆元戊午(庆元四年,1198),而《后语》为朱子未完成稿,就更不可能说是成书于庆元五年了。

束景南《朱熹年谱长编》搜罗大量有关资料,考定认为:

> 朱熹于庆元二年始作《楚辞集注》,是年亦方成一篇。……《楚辞辨证》既序定于庆元五年二月,以时推之,《楚辞集注》当序定于庆元四年冬间可知矣。①

上述诸家,以束景南所论得其情实,最可信服,但他论定《楚辞集注》始作于庆元二年(1196),也有失拘泥。笔者认为《楚辞集注》的始作时间应当定为庆元元年(1195)。因为首先杨楫虽然说在赵汝愚死后才见到朱熹所释的一篇《楚辞》,但这并不表明朱熹始做《楚辞》必在赵汝愚死后。朱熹绍熙五年(1194)作牧于楚时对屈原的追悯;同年“立朝四十日”的经历对他的打击,他的经历与当年屈原始被楚王信任到终被放逐的经历极其相似,这些都是他做《楚辞集注》内在情感动因。而且杨楫说见到朱熹所释《楚辞》一篇之前“先生忧时之意,屡形于色”,此处所谓“忧时”的“时”,杨楫是指“朝廷治党人方急”,“赵公谪死于道”这两件时事,这两件事主要在庆元元年,赵汝愚被贬谪在庆元元年二月,赵汝愚被贬后,韩侂胄主导的朝廷开始大肆排挤打击理学人士,至庆元二年正月赵汝愚死,这一系列事件主要在庆元元年发生。而此时朱熹赋闲在福建考亭,一个个打击接踵而来,他更觉得自己、赵汝愚及理学人士都特别地与楚国那个逐臣屈原相似,他于此时动笔写作《楚辞集注》是有充

---

① 束景南《朱熹年谱长编》,华东师范大学出版社2001年版,第1345页。

裕时间的。朱熹于绍熙五年(1194)闰十月底离临安,同年十一月
二十日还至考亭,十二月十二日建成“沧洲精舍”,在此处赋闲读
书、著作、讲学。从绍熙五年(1194)十二月至庆元二年(1196)正
月赵汝愚死于衡州,这一年多的时间,朱熹皆是赋闲在家,这段时
间的主要时间段在庆元元年(1195)。因此我们论定朱熹于庆元
元年(1195)开始《楚辞集注》的写作,因为这一整年的赋闲他有足
够的时间和精力从事《楚辞集注》的构思与写作。

　　论者大多把朱熹《楚辞集注》之作定为追悯赵汝愚之作,其
实过于拘泥,因为虽然赵汝愚是朱熹敬重之人,但朱熹作《楚辞
集注》与其说是为哀悼汝愚而作,不如说是自哀之作,因为朱熹
本人的经历也与屈原非常相似,他的思想感情也与屈原是相通
的。如他的这次被疏远,他虽然失望,但并不反皇上,他还是爱
君的。他被礼貌地逐出朝廷,对官场生活已经彻底失望,说:
“今番死亦不出,才出,便只是死”,但他却于庆元元年五月致书
杨万里,劝其听从朝廷的召唤担任官职,希望杨万里能劝说、感
动宁宗赵扩,冀其醒悟。可见他和屈原“系心怀王”一样,也是系
心宁宗,冀其“悟过更改”,他反对的是宁宗身边的奸佞之人。这
一切都是与屈原爱君忧国反奸佞的思想行为是相似的。他对赵
汝愚的敬重也是有分析的,他对赵汝愚的疏坦是不满意的,因为
正是赵汝愚的疏坦少虑才导致理学治政的大好局面丧失了。他
在《答黄仁卿书》中说:“赵公相见有何语?……今日弄得朝廷事
体郎当,自家亦立不住,毕竟何益?且是群小动辄以篡逆之罪加
人,置人于族灭之地,以苟自己一时之利,亦不复为国家计,此可
为寒心者。惜乎此公有忧国之心,而无其术,以至于此也。”[1]认为

---

① 朱熹《答黄仁卿书》,《晦庵集》卷二十九。

赵汝愚有"忧国之心,而无其术",因此学术界一味夸大赵汝愚的死与《楚辞集注》成书的因果关系是欠妥的。我们认为朱熹作《楚辞集注》或有哀悼赵汝愚的因素,但更多的是朱熹对自我的伤悼,以及对整个理学集团的伤悼,明乎此,则我们在确定朱熹《楚辞集注》始作时间的问题上就不会那么拘泥了。

第二节　《楚辞集注》的内容结构

朱熹《楚辞集注》实际由三部分组成:《楚辞集注》八卷、《楚辞辩证》二卷、《楚辞后语》六卷,这三部分在楚辞研究中具有不同的功用特点。

一、《楚辞集注》乃注疏之作

《楚辞集注》八卷是对楚辞作品的注释。楚辞作品的结集自汉代刘向首次编集《楚辞》十六卷始。东汉王逸《楚辞章句》十七卷是在刘向编集的基础上增入自己的《九思》一篇,并对楚辞作品进行注释。刘向编集的《楚辞》十六卷早已亡佚,而王逸《楚辞章句》传世。宋代洪兴祖对王逸《楚辞章句》的注释进行了补充证明,洪氏征引典籍宏富,补《章句》之未备,极具文献价值。王逸《章句》和洪氏《补注》为宋代流传的主要传本。朱熹继承了王、洪二氏的楚辞研究成果,对宋代的楚辞研究成果亦加以批判吸收,对楚辞作品进行了新注释。他认为楚辞原有的《七谏》、《九怀》、《九叹》、《九思》四篇"虽为骚体,然其词气平缓,意不深切,如无所疾痛而强为呻吟者"①,故删去了这四篇,

---

① 《楚辞集注》,第172页。

另增入了贾谊的《吊屈原》、《服赋》两篇。朱熹对王逸《章句》及洪兴祖《补注》的详于训诂而疏于义理感到不满,他说:

> 而独东京王逸《章句》与近世洪兴祖《补注》并行于世,其于训诂名物之间,则已详矣。顾王书之所取舍,与其题号离合之间,多可议者,而洪皆不能有所是正。至其大义,则又皆未尝沈潜反复、嗟叹咏歌,以寻其文词指意之所出,而遽欲取喻立说,旁引曲证,以强附于其事之已然,是以或以迂滞而远于性情,或以迫切而害于义理,使原之所为壹郁而不得申于当年者,又晦昧而不见白于后世。①

因此朱熹《楚辞集注》在消化吸收王、洪二人训诂成果基础上,对待字义的解释方面力求简明扼要,择善而从,偶有自己的发明。而朱熹更加重视楚辞作品大义的阐发,对王、洪二人在大义解释上的牵强附会非常不满。《楚辞集注》每篇篇题下有小序,概括本章主旨,吸收王、洪二氏之说,又多有新见。如《招魂》题下,王逸原序为:

> 《招魂》者,宋玉之所作也。招者,召也。以手曰招,以言曰召。魂者,身之精也。宋玉怜哀屈原,忠而斥弃,愁闷山泽,魂魄放佚,阙命将落。故作《招魂》,欲以复其精神,延其年寿,外陈四方之恶,内崇楚国之美,以讽谏怀王,冀其觉悟而还之也。②

王逸以"讽谏说"解读《招魂》意旨,认为《招魂》为宋玉怜哀屈原之作,用以招屈原之魂,这是正确的,但又说"以讽谏怀王",

---

① 《楚辞集注》序。
② 《楚辞补注》,第197页。

则用"讽谏说"解释《招魂》意旨,落入汉人解经的窠臼,不免有些牵强附会。朱熹则只从《招魂》本文来解读其义旨,并不做牵强附会的引申。其实朱熹并非完全不同意"讽谏说",只是认为注释首先应以解读本文自身所含意旨为准的,至于由此意旨引发的联想以及此意旨蕴含的寓意,则为推测之言,亦是言人人殊之事,对错优劣随解读者所定。由此观之,朱熹所写《招魂》序阐释文本本身意旨的做法是正确的,他说:

> 招魂者,宋玉之所作也。古者人死,则使人以其上服升屋,履危北面而号曰:"皋!某复。"遂以其衣三招之,乃下以覆尸。此礼所谓复。而说者以为招魂复魄,又以为尽爱之道而有祷祠之心者,盖犹冀其复生也。如是而不生,则不生矣,于是乃行死事。此制礼者之意也。而荆楚之俗,乃或以是施之生人,故宋玉哀闵屈原无罪放逐,恐其魂魄离散而不复还,遂因国俗,托帝命,假巫语以招之。以礼言之,固为鄙野,然其尽爱以致祷,则犹古人之遗意也。是以太史公读之而哀其志焉。若其谲怪之谈,荒淫之志,则昔人盖已误其讥于屈原,今皆不复论也。[1]

朱熹小序从古人"招魂"的礼俗来还原《招魂》的创作背景,又指出荆楚之俗,不仅招已死之人,而且可以施于活人。朱熹为学特别博洽,他对三代礼制非常熟悉。钱穆《朱子学提纲》说:"朱子于经学中特重《礼》,其生平极多考《礼》议《礼》之大文章。尤其于晚年,编修《礼》书,所耗精力绝大"[2],《楚辞集注·招魂序》显示了朱熹的"礼"学造诣,序文中对"招魂"礼俗的介绍有

---

[1]《楚辞集注》,第133页。
[2] 钱穆《朱子学提纲》,生活·读书·新知三联书店2002年版,第179页。

助于读者了解《招魂》一文的文化背景。朱熹的这种小序反映了朱熹注释楚辞的创新之处。

《楚辞集注》的正文以韵分章,一章大体四句(偶有六句、八句之例),按章作注。这有利于对《楚辞》大义的阐发,他说:"凡说诗者,固当句为之释,然亦但能见其句中之训故字义而已。至于一章之内,上下相承,首尾相应之大旨,自当通全章而论之,乃得其意。"[①]他批评王逸说:"今王逸为《骚》解,乃于上半句下,便入训诂,而下半句下,又通上半句文义而重释之,则其重复而繁碎甚矣。"[②]又批评洪兴祖说:"《补注》既不能正,又因其误。"[③]于是,"今并删去,而仿《诗传》之例,一以全章为断,先释字义,然后通解章内之意云"[④]。朱熹采用这种注释方式,既便于楚辞作品大义的阐发,又能做到注释文字较为集中简明,极便读者使用。

二、《楚辞辩证》乃考辨之作

朱熹在进行《楚辞集注》的注释写作中,有些问题,很难用简略的文字讲清楚,而用大量的文字作为注释又影响整个文本的结构,不便于阅读吟诵,于是朱熹将注释中的一些复杂问题集中起来专门论述,形成《楚辞辩证》之作。他在《楚辞辩证·序》中说:

　　余既集王、洪骚注,顾其训故文义之外,犹有不可不知者。然虑文字太繁,览者或没溺而失其要也,别记于后,以备参考。[⑤]

---

①②③④《楚辞集注》,第174页。
⑤ 同上,第171页。

可见朱熹认为注释文字太繁,不便于读者阅读和对文本要旨的把握。朱熹正是用《楚辞辩证》这种编辑方式来集中论述注释中的复杂和专门问题,使《楚辞集注》在诗句注释时做到了简明扼要。《楚辞辩证》所述问题涉及楚辞作品中的许多专门学术问题。朱熹利用《楚辞辩证》这样学术札记的方式来组织成书,在楚辞研究史上也是首创,对后来的楚辞研究的著述方式也有影响。

三、《楚辞后语》乃楚辞作品的广续之作

《楚辞》作品的流传,长期以来以王逸《楚辞章句》所收篇目为标准,宋代晁补之始为增广之作,编成《变离骚》二十卷和《续楚辞》二十卷。朱熹对晁氏的工作是肯定的,他说:“近世晁无咎以其所载不尽古今词赋之美,因别录《续楚辞》、《变离骚》为两书,则凡词之如骚者已略备矣。”[①]他的《楚辞后语》即以晁氏二书所收篇目为基础,对其进行增删,并作新的注释。相对于晁氏二书,朱熹的创新改进之处在篇目和注释两个方面。一是对晁氏二书的篇目有所增删,他说:

> 宋、马辞有余而理不足,长于颂美而短于规过;雄乃专为偷生苟免之计,既与原异趣矣,其文又以摹拟掇拾之故,斧凿呈露,脉理断续,其视宋、马犹不逮也;独贾太傅以卓然命世英杰之材,俯就骚律,所出三篇,皆非一时诸人所及。[②]

可见他对宋玉、司马相如、扬雄等人的赋作的态度。他认为宋、马二人的赋作与屈原作品的讽谏君过的意旨是貌合神离的;对

①② 《楚辞集注》,第206页。

扬雄的人品更为不屑,认为扬雄的赋作又在宋、马之下;而对贾谊其人其作,朱熹则给以很高评价。因此他的《楚辞后语》删除了晁氏二书中宋玉的《高唐赋》、《神女赋》、《大言》、《小言》、《登徒子好色赋》和司马相如的《大人赋》、《李夫人赋》,同时增加了贾谊的《吊屈原》、《服赋》。朱熹《楚辞后语》还增入了蔡琰的《胡笳》,他说此篇"虽不规规于楚语,而其哀怨发中,不能自已之言,要为贤于不病而呻吟者也"①,他选入蔡琰《胡笳》也是为了与扬雄的《反离骚》对比,以明确自己对扬雄的贬斥态度。他说:

> 琰失身胡虏,不能死义,固无可言。然犹能知其可耻,则与扬雄反骚之意又有间矣。今录此词,非恕琰也,亦以甚雄之恶云尔。②

蔡琰《胡笳》感情真挚,为泣血之作,在这点上是与屈原作品有着内在感情的相通之处。朱熹对此篇的选入,只说是为了"甚雄之恶",其实朱熹也是有感于此篇的感情真挚。他在《楚辞后语·目录序》中说到自己的选文标准:"盖屈子者,穷而呼天,疾痛而呼父母之词也。故今所欲取而使继之者,必其出于幽忧穷蹙、怨慕凄凉之意,乃为得其余韵,而宏衍巨丽之观、欢愉快适之语,宜不得而与焉。"③可见他重视的是作品在情感内涵上与屈子作品的情感相通。这就不奇怪屈子为什么要收录《胡笳》了。

二是在注释方面,朱熹有许多创新之处。他说:

> 晁书新序,多为义例,辨说纷挐,而无所发于义理,殊不

---

① ②《楚辞集注》,第255页。
③《楚辞集注·楚辞后语》目录后跋。

足以为此书之轻重。且复自谓尝为史官，古文国书，职当损益。不惟其学，而论其官，固已可笑，况其所谓笔削者，又徒能移易其篇次，而于其文字之同异得失，犹不能有所正也。浮华之习，徇名饰外，其弊乃至于此，可不戒哉！①

朱熹不满于晁氏选文之失当，亦不满于其注释，认为晁氏"所谓笔削者，又徒能移易其篇次，而于其文字之同异得失，犹不能有所正也"，批评其"浮华之习，徇名饰外"。朱熹《楚辞后语》在选文上重视作品的内在情感，在注释上力求简明扼要，对词句的读音多有注释，以便于览者讽诵。但《楚辞后语》为朱熹未完成之遗稿，他收录的许多篇目都未及一一作注，影响了《后语》整书的完整性和学术价值，这不能不说是一个遗憾。

《楚辞集注》分三部分构成，这在《楚辞》注疏史上是一个创举，这样的安排既是楚辞研究成果积累的产物，也是宋代时代精神的产物，朱熹通过《楚辞集注》的著述将这二者融汇于一体，产生了一部划时代的楚辞学著作。

第三节　《楚辞集注》的成书原因

一、《楚辞集注》成书的政治原因

《楚辞》现在被当作文学作品，而在屈原本人何尝是有意识的文学创作，他只是因为对现实政治强烈不满，从而借《楚辞》作品表达其激愤情感。他竭忠尽智为楚国，为怀王，数谏不听，以死殉国明志。汉淮南王刘安对他高度评价："推此志，与日月

---

① 《楚辞集注》，第207页。

争光可也"①；所以朱熹极度推崇屈原其人其文："不敢直以词人之赋视之也。"②一部《楚辞》蕴涵深刻的政治情愫，朱熹有感于此，崇敬屈子之志行，推重屈子之作品，认为屈原作品绝不是一般的艺文之作，而是一部"缱绻恻怛、不能自已"③的泣血心史。朱熹《楚辞集注》之作深刻地寄寓了朱子的政治情怀，而这就不得不联系到宋代现实政治。

　　宋代虽然在经济和文化上都很发达，但在政治上却是一个积弱的时代。两宋之际的靖康之变，更是令宋朝的汉人蒙受家国之耻。北宋为金所灭，南宋因高宗之故，偏安江南一隅，不思恢复中原。朝政亦为投降派所把持，奉行投降政策，打击抗金之士。爱国将领韩世忠、岳飞被打击迫害，权奸秦桧将岳飞迫害致死，罪名竟是"莫须有"。朱熹的父亲朱松也是一位抗金派，他性情刚直，反对和议，力主恢复。南宋初，"秦桧决策议和，松与同列上章，极言其不可"④，结果激怒了秦桧，说他"怀异自贤"，贬他"出知饶州"⑤，不久朱松即病死于福建建瓯。当时国势危难，外有虎狼之国的金兵入侵，内有一再受辱的惑主高宗、投降的奸佞小人秦桧之辈当权，这与战国末期楚国的情势何其相似。朱熹的父亲朱松因强谏而被贬，竟至病死；《楚辞补注》的作者洪兴祖也因反对和议，得罪秦桧，而编管昭州卒。他们的悲剧和屈原当时的悲剧何其相似。不仅他们，当时的许多忠臣义士的遭际与悒郁悲愤之情与屈原当时的遭际与心境也是相似的。《楚辞》作品表达的情感引起忠臣义士的强烈共鸣。洪兴祖注释楚辞就是引屈原为百代知音，他在此时做《楚辞补注》显然寄

---

① 司马迁《屈原贾生列传》，《史记》卷八十四，中华书局1973年版，第2482页。
②③《楚辞集注》目录后跋。
④⑤ 脱脱《宋史·朱熹传》，《宋史》卷四百二十九，中华书局1977年版，第12751页。

寓了自己对现实政治的不满。虽然《楚辞补注》在楚辞学史上
具有的重要地位,不是由于其政治的寄寓性,而是由于这是一部
学术价值极高的《楚辞》注释作品。但他为《楚辞》作注本身就
是一种政治象征,当时的政治环境不可能让他直斥秦桧等卖国
求荣之辈,他对政治的强烈不满只能通过这种曲折的方式表达。
尽管这样,洪兴祖还是通过《补注》抒发了当时忠臣义士放臣逐
子的抑郁不平之情。

　　洪兴祖和朱松所处时代的内忧外患局面,到了朱熹的时代,
并没有改观,仍然是外有强虏,内有惑主佞臣;仍然是忠贤被逐,
奸邪当道。朱熹作为放逐之臣,伪学逆党之籍,比之屈原的遭际
亦有无限相似之处,当然会将屈原引为异代知己,以洪兴祖为同
调。屈原著《离骚》,讽谏怀王,不忍楚国之亡;洪兴祖撰《补
注》,申扬屈子之忠,暗斥秦桧卖国;朱熹对此当然深有感触,因
此他撰《楚辞集注》也是寄寓了对当下政治的不满。南宋的政
治风云、他的政治生涯与他撰《楚辞集注》有深刻的关系。

　　朱熹的从政生涯自宋高宗绍兴十八年(1148)登第,绍兴二
十一年(1151)授泉州同安县主簿开始,至宋宁宗庆元四年
(1198)致仕为止,将近50年。黄榦《朱先生行状》云:

　　　　五十年间历事四朝(按:高、孝、光、宁),仕于外者仅九
　　考,立于朝者四十日。①

　　朱熹的政治生涯虽然很长,但居官处理政务的时间并不长,
大多处于讲学、著书和研究学术的活动中。观他文集中的作品,
似乎他喜欢的生活就是读书治学,看他的《病中呈诸友》诗:

―――――――――

① 黄榦《朱先生行状》,《勉斋集》卷三六,影印文渊阁四库全书本。

> 穷居值秋晦，抱疾独斋居。行稀草生径，一雨复旬余。
> 交亲各所营，旷若音尘疏。始悟端居乐，复理北窗书。读诵
> 兴已阑，起坐方踟躇。绿树满空庭，策策凉飔初。良时不复
> 停，烦苦未云祛。还思对君子，日夕伫轩车。①

"始悟端居乐，复理北窗书"，言静居读书之乐。诗的风格也颇
似陶渊明。他的确是最为推崇陶诗的，希望像陶潜那样做个隐
者。他说"岩居秉贞操，所慕在玄虚"；"失志堕尘网，浩思属沧
洲"，这些都像是陶渊明的口气。他的《读道书作六首》颇能反
映其心迹，我们看其中的五首：

> 岩居秉贞操，所慕在玄虚。清夜眠斋宇，终朝观道书。
> 形忘气自冲，性达理不余。于道虽未庶，已超名迹拘。至乐
> 在襟怀，山水非所娱。寄语狂驰子，营营竟焉如。
>
> 失志堕尘网，浩思属沧洲。灵芝不可得，岁月逐江流。
> 碧草晚未凋，悲风飒已秋。仰首鸾鹤期，白云但悠悠。
>
> 白露坠秋节，碧阴生夕凉。起步广庭内，仰见天苍苍。
> 东华绿发翁，授我不死方。愿言勤修学，接景三玄乡。
>
> 四山起秋云，白日照长道。西风何萧索，极目但烟草。
> 不学飞仙术，日日成丑老。空瞻王子乔，吹笙碧天杪。
>
> 王乔吹笙去，列子御风还。至人绝华念，出入有无间。
> 千载但闻名，不见冰玉颜。长啸空宇碧，何许蓬莱山。②

这些诗作表达了他对仙道生活的羡慕，似有出世之想。他早年
喜欢佛、道，而不好"举子业"。绍兴十四年（1144），朱熹十五岁

---

① 朱熹《病中呈诸友》，《晦庵集》卷一。
② 朱熹《读道书作六首》，《晦庵集》卷一。

时,初见道谦禅师,向其学禅,从此"出入于释、老者十余年"①。
他一而再再而三地推辞、拒绝朝廷的任命,达数十次之多,似乎
真的要做一个隐逸高蹈之人。

　　然而这只是朱熹的一面,他其实是有着热切的政治抱负和
理想的。洪兴祖说:"屈原之忧,忧国也;其乐,乐天也。"②朱熹
也是这样的人,他乐天知命,体悟到佛道的出世生活也许可以达
到一己身心的自由,但他却不为,因为他更有儒家的济世之心。
对他来说,"为天地立心,为生民立道,为去圣继绝学,为万世开
太平"③才是他的政治理想和抱负。但是由于南宋政权执行的
是投降议和的政策,跟他的政治主张完全相悖。他一再拒绝朝
廷的任命,一再辞官,不是他厌恶做官,也不是他嫌官小,只是因
为当时的朝政都被投降派所把持,他认识到做官不但不能实现
自己的政治理想,而且以他的耿直性格反倒会招致祸端。等到
赵汝愚拜相后,他的政治热情才真正爆发了出来。

　　赵汝愚为相后,延揽大量理学名士入朝参政。赵汝愚本人
亦服膺于理学,这样就形成一个理学治政的局面,使许多理学人
士认为新政治格局就要形成了。这对有着儒家治国平天下理想
的理学士人是一个极大的鼓舞。朱熹也对这样的政治形势感到
兴奋,因赵汝愚推荐,被宁宗召赴行在奏事,除知焕章阁待制兼
侍讲,要做宁宗皇帝的老师。朱熹没有像以往那样力辞新职,而
是从潭州任上欣然前往临安,因为对他而言,这是他实现政治理
想和政治抱负的大好时机。他精心为新皇帝准备了讲义,每次
都特别认真地讲述。他对宁宗寄予了极大的希望,希望宁宗能

---

① 朱熹《答江元适书》,《晦庵集》卷三八。
② 《楚辞补注》,第50页。
③ 张载《近思录拾遗》,《张载集》,中华书局1978年版,第376页。

够成为一代明主,实现儒家的美政理想。

从现有的史料看,朱熹与宁宗开始时关系是相当融洽的,一如屈原当时"王甚任之"的状况,然而好景不长,不久奸佞小人韩侂胄得势。当时朱熹已觉察到韩侂胄窃柄弄权的迹象,他建议赵汝愚以厚赏酬劳韩侂胄"定策"之功,而勿使干预朝政,"而汝愚谓其易制不为虑"①。他又面奏宁宗,希望宁宗远离韩侂胄等小人。可见他在政治上是有远见的。但宁宗又是一个亲小人,远贤臣,没有主见的惑主,他以冠冕堂皇的理由辞退了朱熹。朱熹于绍熙五年十月初旬入临安,闰十月底离去,共四十六日,这就是他整个政治生涯的高潮:即"立朝四十日"。他此行真可谓"乘兴而来,败兴而返"。这与屈原当年被放逐是何其相似,只不过他比屈原更体面些。经此挫折,他对官场政治彻底绝望。归程中朝廷任命他知江陵,他坚辞,从《语类》的记载中还可想见他当时的心境:

> 正卿问:"命江陵之命,将止于三辞?"曰:"今番死亦不出,才出,便只是死。"②

这是他告别宦途的坚决誓词。

综观朱熹的政治生涯,他始终主张抗金,始终被皇帝疏远③。宁宗即位后,得到信任,被宁宗招至身边侍讲,这是"王甚任之"的阶段,旋即又被疏远,很快韩侂胄专权,又对他进行了迫害,将他打入了"伪学逆党籍",至死都没有平反。朱熹认为屈原的作品是放臣弃子忠诚恻怛之心声,而他正是屈原笔下的那个"放

---

① 脱脱《宋史·赵汝愚传》,《宋史》卷三百九十二,中华书局1977年版,第11987页。
② 《朱子语类》卷一百七,第2669页。
③ 朱熹历南宋高、孝、光、宁四帝,四帝皆以"和议"为国事,即以和议为国家的根本国策,因此朱熹这样的抗金派自然会受到冷落。

臣"。朱熹所处时代的政治风云和他的政治生涯都与战国时期楚国的形势及屈原的政治经历有很大的内在相似之处,这就使他对屈原的《楚辞》作品有强烈的共鸣,从而借《集注》来表达自己对现实政治的不满,这正是朱熹作《楚辞集注》的政治原因。

二、朱熹作《楚辞集注》的情感原因

朱熹做《楚辞集注》有其深刻的情感原因。综观朱熹的政治生涯、著书讲学和生活经历、性格特点、思想价值观等诸多方面,我们认为朱熹晚年作《楚辞集注》有三方面的情感动因:异代知己;父子之情;知遇之恩。

首先,朱熹是将屈原其人其文视为自己的异代知己和千代知音的。青少年时代的朱熹求知欲极强,极其好学,对一切文化遗产皆广泛涉猎,他自己说:

> 某旧时亦要无所不学,禅、道、文章、《楚辞》、《诗》、兵法,事事要学。①

《楚辞》作品亦为其所热爱,他对《楚辞》作品的评价也极高,他说:"《三百篇》,性情之本;《离骚》,词赋之宗,学诗而不本之于此,是亦浅矣。"②因此他特别重视对《诗》、《骚》的学习,以此为学诗的根本。他的文集中有许多作品都可以看到《楚辞》对他的影响。试摘数例:

> 九歌兮招舞,嗟莫报兮皇之祜。皇欲下兮俨相羊,烈风雷兮暮雨。　　　　　　　　（《虞帝庙迎送神乐歌词》）

---

① 《朱子语类》卷一百四,第2620页。
② 李幼武《宋名臣言行录外集》卷十二,影印文渊阁四库全书本。

悼芳月之既徂兮,思美人而不见。　　(《感春赋》)

何孟秋之玄夜兮,心憯戾而弗怡。偃予躯之既宁兮,神
杳杳兮寒闺。……灵修顾予而一笑兮,……超吾升彼昆仑
兮,路修远而焉穷。……信真际之明融兮,又何必怀此
梦也。　　　　　　　　　　　　　　　　　(《空同赋》)

淮南小山作《招隐》,极道山中穷苦之状,……予感其
言,因为推本小山遗意,戏作一阕,又为一阕,以反之。

闻说山中虎豹昼嗥,闻说山中熊罴夜咆。丛薄深林鹿
呦呦。猕猴与君居,山鬼伴君游,君独胡为自聊。岁云莫矣
将焉求? 思君不见,我心徒离忧。　　(《招隐操》)

离骚感迟暮,惜誓闵蹉跎　　(《拟古八首》之六)

南国富嘉树,骚人留恨词　　　(《柚花甲戌》)①

一幅潇湘不易求,新诗谁遣送闲愁。遥知水远天长外,
更有离骚极目秋。

(《夜闻择之诵师曾题画绝句遐想高致偶成小诗》)②

弱植愧兰荪,高操摧冰霜。湘君谢遗褋,汉水羞捐琚。
　　　　　　　　　　　　　　　　　　　(《赋水仙花》)③

潇湘木落时,玉佩秋风起。日暮怅何之? 寂寞寒江水。
　　　　　　　　　　　　　　　　　　　　　(湘夫人)

夫君行不归,日夕空凝伫。目断九疑岑,回头泪如雨。
　　　　　　　　　　　　　　　　　　　　　　(湘君)
　　　　　　　　　　　　　　(《题尤溪宗室所藏二姬图》)④

---

① 上述六首皆引自《晦庵集》卷一。
② 《晦庵集》卷六。
③ 同上卷五。
④ 同上卷十。

　　朱熹诗作有的篇题直接化用《楚辞》的篇目,如《招隐操》之与《楚辞》淮南小山《招隐士》,《远游篇》之与《楚辞·远游》。有的诗句直接引用《楚辞》的篇题,有的诗作整体风格模拟楚辞作品,有的诗作在意象、用典、属词命意等方面都有楚辞的影子。

　　朱熹是宋代理学的集大成者,但他对文学始终不能忘情,他对楚辞作品也是如此。他对楚辞,先是作为学诗之根本,再到对楚辞发生强烈共鸣,晚年对《楚辞》更是不能释卷,从而作成《楚辞集注》。从李默《朱熹年谱》可以看出青少年时期朱熹对楚辞的喜爱情况:

> 　　先是婺源乡丈人俞仲猷尝得先生少年翰墨,以示其友董颖,相与嗟赏,颖有诗云:"共叹韦斋老,有子笔扛鼎"。时董琦尝侍先生于乡人之坐,酒酣,坐客以次歌诵。先生独歌《离骚经》一章,吐音洪畅,坐客竦然。[①]

　　这是绍兴十九年(1149)之事,当时朱熹二十岁,进士及第后回婺源老家展墓,与乡人宴饮时,歌诵诗赋的情形。朱熹"独歌《离骚经》,吐音洪畅,坐客竦然。"朱熹在宴饮场合,声情并茂地歌诵《离骚》,并感染了当时在座之人。可见他青少年时代,经常诵读《离骚》,对《离骚》其文非常熟悉,亦可见其对《离骚》的钟爱之情。而他对《楚辞》的钟爱之情是伴随终身的,朱熹晚年亦是如此,庆元四年(1198)朱熹在《答郑子上》的书信中说:"病中不敢劳心看经书,闲取楚词遮眼"[②],朱熹晚年常常捧读《楚辞》,驱除心中的烦闷,在病中更是成为自己最大心灵安慰。

---

① 《朱熹年谱长编》,第131页。
② 朱熹《答郑子上》,《晦庵集》卷五十六。

朱熹之所以引屈原《楚辞》为百代知音,是因为屈原之忠君爱国与自己的忠君之诚心发生了强烈的共鸣,这种心灵共鸣虽隔异代,却能情感沟通。朱熹对班固、颜之推等人对屈原的评价非常不满,他认为屈原不是怨君,而是忠君。他说"原之为人,其志行虽或过于中庸,而不可以为法,然皆出于忠君爱国之诚心。"①"《楚辞》不甚怨君,今被诸家解得都成怨君,不成模样。"②他在《楚辞后语》中收录扬雄的《反离骚》,也是为了借洪氏之贬词,指斥扬雄,褒扬屈原之忠。朱熹是放逐之臣,又入伪学逆党籍,与屈原的遭际亦有无限相似之处,自然会将屈原引为异代知己。

其次,父子之情也是朱熹作《楚辞集注》的一个情感原因。朱熹晚年曾追忆父亲说:

> 建隆庚申,距今己未,二百四十年矣!尝记年十岁时,先君慨然顾语熹曰:"太祖受命,至今百八十年矣!"叹息久之。铭佩先训,于今甲子又复一周,而衰病零落,终无以少塞臣子之责。因和此诗并记其语,以示儿辈,为之蘁然感涕云。(《蒙恩许遂休致陈昭远丈以诗见贺已和答之复赋一首》附记)③

已未即庆元己未(1199),朱熹这时刚刚完成《楚辞集注》写作和《楚辞辩证》的编定。这时的朱熹衰病毕至,并被打入"伪学逆党籍",受到韩侂胄之流的迫害,这与他父亲朱松临终时被秦桧迫害的情形是相似的。六十年前,赵构定都临安,元旦布诏天

---

① 《楚辞集注》目录后跋。
② 《朱子语类》卷一百三十九,第3297页。
③ 《晦庵集》卷九。

下,与金议和,主战抗金的朱松闻此,对朱熹感慨叹息良久:"太祖受命,至今百八十年矣!"惋叹之情溢于言表。他和父亲都是忠君为国,都被奸佞所迫害。当他完成了《楚辞集注》的写作之后,不禁想起父亲六十年前的遗恨,而他的时代,仍然国势不堪,抚今追昔,他不禁感叹"建隆庚申,距今己未,二百四十年矣!",这正是父亲当年之声气。他虽衰病,仍然系念君国,深恨不能为君分忧,认为"无以少塞臣子之责"。父子之情与家国之恨,在朱熹对父亲的纪念中纠结在一起。

朱熹幼时,父亲朱松常向他灌输爱国思想,朱松《书昆阳赋》记载:

> 为儿甥读《光武纪》,至昆阳之战,熹问:"何以能若是?"为道梗概,欣然领解。故书苏子瞻《昆阳赋》畀之。①

朱熹《跋韦斋书昆阳赋》:

> 绍兴庚申,熹年十一岁,先君罢官行朝,来寓建阳,登高丘氏之居。暇日,手书此赋以授熹,为说古今成败兴亡大致,慨然久之。②

绍兴庚申(1140)六月,刘锜在顺昌以五千精兵大破十万金兵。此时朱松奉祠罢归在家,听此消息,非常振奋,大喜过望,遂为朱熹及外甥丘羲诵读《光武纪》,讲解刘秀何能以三千精兵击破王寻包围昆阳之四十二万大军,并为朱熹大书苏轼《昆阳赋》。朱松是热诚的爱国之士,他这样做既是自己激动心情的流露,也是为了激发朱熹等子侄辈从小就砥砺气概,忠心报国,恢复中原。朱熹对此事件记忆犹新,对父亲的感慨,体会至深,因为自己也

---

①② 见于朱熹《跋韦斋书昆阳赋》,《晦庵集》续集卷四。

是希望南宋国势振作,恢复中原。朱熹通过《楚辞集注》所表达的忠臣义士之诚心与他父亲的心意是相通的。他完成《楚辞集注》后忆起父亲"太祖受命,至今百八十年矣!"的感慨,自己也不禁发出同样的感慨"建隆庚申,距今己未,二百四十年矣!"其实正是对父亲纪念之情的表露。

再次,知遇之恩也在朱熹作《楚辞集注》时起到了情感触发的作用。朱熹晚年在政治上的作为皆由于赵汝愚的举荐,赵汝愚对朱熹有知遇之恩。朱熹"作牧于楚"就是由赵汝愚和留正的举荐;宁宗继位后,以赵汝愚荐,召朱熹赴行在奏事;后除知焕章阁待制兼侍讲。正因赵汝愚的推荐,"立朝四十日",朱熹走上了他政治生涯的最高峰,因此后来赵汝愚的悲剧对朱熹震动也最大。他作《楚辞集注》的确有追悯赵汝愚的因素。还有赵汝愚与整个理学家集团的关系,也使朱熹对赵汝愚之死的追悯带有对整个理学家集团悲剧追悯的性质。《宋史·赵汝愚传》云:

> 汝愚学务有用,常以司马光、富弼、韩琦、范仲淹自期。凡平昔所闻于师友,如张栻、朱熹、吕祖谦、汪应辰、王十朋、胡铨、李焘、林光朝之言,欲次第行之,未果。[1]

从以上记述看,"汝愚一方面继承了北宋儒学重治道的传统,另一方面则服膺南宋理学的'外王'理想"[2],他对朱熹为首的当世理学诸大家充满敬意,服膺其说,欲力行之。赵汝愚在绍熙五年定策,将宁宗扶上帝位,紧接着便延揽大批理学家入中枢,助他推行新政。显然他认定这是一个实现孝宗遗志的大好时机。他

---

① 脱脱《宋史·赵汝愚传》,《宋史》卷三百九十二,中华书局 1977 年版,第 11989 页。
② 余英时《朱熹的历史世界》,生活·读书·新知三联书店 2004 年版,第 541 页。

的热诚、对理学的一贯服膺和他表面上所拥有的权位感染了理学集团，使他们也发生了幻觉，以为一个新的"致君行道"的时刻又来临了。而久居不出的朱熹也受他的感召，认为实现儒家政治理想的大有为时刻到了，终于出山了，实现了朱熹"立朝四十日"的政治高潮。但只有四十六日，朱熹就被宁宗皇帝请出了临安，这是理学集团失败的前兆，而赵汝愚的罢相以至暴死途中，不仅是汝愚一身之悲剧，也是整个理学集团的悲剧；也是所有有气节的理学忠臣义士的悲剧。因此对汝愚之死事件的悲愤心情是复杂多元的，而这些情感与朱熹《楚辞集注》之作是有内在联系的。

三、《楚辞集注》成书的学术及文化原因

我们分析了朱熹作《楚辞集注》的政治背景和情感动因，这是社会学、心理学的分析，这些因素是要借《楚辞集注》这个文本发生作用的。而从学术角度讲，到了朱熹的时代，楚辞学发展而积累起来的学术资源和宋代活跃的学术思潮，都使对楚辞文本本身的研究要求有新的突破。朱熹正是完成这个历史使命的人。他的《楚辞集注》就成了上承楚辞汉学成就，下开楚辞宋学先河的里程碑式的著作。

朱熹自少年开始就熟读《楚辞》，一直到晚年亦披览不辍，在阅读《楚辞》的过程中，朱熹认识到《楚辞》注释方面的不能令人满意之处。他说："近又看《楚词》，抄得数卷。大抵世间文字，无不错误，可叹也！"[1]又说："病中不敢劳心看经书，闲取《楚词》遮眼。亦便有无限合整理处，但恐犯忌，不敢形纸墨耳。因

---

[1] 朱熹《与方伯谟》，《晦庵集》卷四四。

思古人是费多少心思，做下此文字，只隔一手，便无人理会得，深可叹息也。"①正是基于这种对《楚辞》传本注释的不满，朱熹才觉得有必要对《楚辞》进行新注释。朱熹以其广博的学术背景和对《楚辞》文本的熟悉完成了这一学术使命。

朱熹对楚辞研究的历史、现状和亟待突破之处都非常清楚，他说：

> 然自原著此词，至汉未久，而说者已失其趣，如太史公盖未能免，而刘安、班固、贾逵之书，世不复传。及隋唐间，为训解者尚五六家，又有僧道骞者，能为楚声之读，今亦漫不复存，无以考其说之得失。而独东京王逸章句与近世洪兴祖补注并行于世，其于训诂名物之间，则已详矣。顾王书之所取舍，与其题号离合之间，多可议者，而洪皆不能有所是正。至其大义，则又皆未尝沈潜反复、嗟叹咏歌，以寻其文词指意之所出，而遽欲取喻立说，旁引曲证，以强附于其事之已然，是以或以迂滞而远于性情，或以迫切而害于义理，使原之所为壹郁而不得申于当年者，又晦昧而不见白于后世。②

在这里，朱熹首先概括了汉代和隋唐时期楚辞研究的情况，他指出汉代人在楚辞注释上"已失其趣"，认为司马迁的楚辞研究也是也这样，而汉代刘安的《离骚传》、班固、贾逵各作的《离骚经章句》等书现在也已亡佚。对于隋唐时期的楚辞研究："为训解者尚五六家"以及僧道骞的楚辞音读之作，他感慨"今亦漫不复存，无以考其说之得失。"朱熹要言不烦地概括了汉、唐楚

----

① 朱熹《答郑子上》，《晦庵集》卷五六。
② 朱熹《楚辞集注》目录后跋。

辞研究的历史状况。

其次，朱熹指出当下楚辞研究的现状："独东京王逸章句与近世洪兴祖补注并行于世"，并进而重点分析了王、洪二书的优劣。他指出王、洪二书"于训诂名物之间，则已详矣"，这是他对王、洪二书的汉学注疏风格的体认。其实王、洪二书的注疏风格是宋以前楚辞研究的总体特点，也是宋以前经典注释的总体特点，这就是汉学的特点，即重训诂，轻义理。这种学术注疏风格在字词的训诂方面非常详细，引用例证不厌其烦，的确对字词的理解有益，同时对于后世而言保存了大量文献，甚至许多失传文献也得以保存部分佚文。但从注释本身而言，这种注疏极为繁琐，不便读者阅读，也影响读者对原文的理解。朱熹治学过程中认识到汉学治经的偏颇之处，他要把经典本文从纷纭繁复的注疏中解放出来。他的《诗集传》就是这样的。他认为注释不能篇幅过大，那样就将经典本文遮蔽了，因此他的注释都简明扼要。从上述序言中可以看出，朱熹认为应该重点阐释《楚辞》本文的大义，而不是被繁琐的训诂所束缚。他批评以往的注释"旁引曲证"、"或以迂滞而远于性情，或以迫切而害于义理"，所以出现"原之所为壹郁而不得申于当年者，又晦昧而不见白于后世"的状况。

朱熹正是基于对《楚辞》旧注的注疏风格的不满，才决定对《楚辞》进行新的注释，创造一种全新的楚辞注疏的学术风格。他作《楚辞集注》，一方面继承了汉唐旧注的字词训诂成果，并力求字义训诂简明扼要，另一方面着重在大义阐发上有所开拓创新。正是由于楚辞研究的不断积累，加之朱熹所代表的新的学术和思想潮流，再加之朱熹的深刻学术洞见，最后又有朱熹对《楚辞》的熟悉以至热爱，所以朱熹的《楚辞集注》就兼具汉学朴实和宋学精微的双重学术风貌。

朱熹作《楚辞集注》亦有其深刻的文化原因。他是将《楚辞集注》作为其思想知识体系建构的一部分来对待的,因此他作《楚辞集注》是一种有意为之,他是自觉地将《楚辞》作为他知识思想体系的重要一环,而《楚辞集注》的写作也是纳入到他的著述计划和建构理学思想知识体系过程中的。

朱熹在治学过程中,先是广泛吸取一切文化遗产的营养。他无所不学,在求知方面,有无限的活力和热情。他说:"某旧时亦要无所不学,禅、道、文章、《楚辞》、《诗》、兵法,事事要学。"[①]他最早是对佛、老感兴趣,尤喜禅学,后来思想发生转折,转而服膺理学,最后成为宋代理学的集大成者。他之所以能够成为"综罗百代"的一代理学宗师,就是因为他的思想资源来源极广。他的兴趣所在特别广泛,他的知识追求领域特别众多。他是有意识地建立一种文化的体系,就正如他建立他的思想体系和伦理体系一样。这就是所谓"格物致知",即他对各种事情都去"格",从众多事物的"格"的过程,达到"致知"的高度。而《楚辞》也是他格物致知的对象。

其实《楚辞》作品里面蕴涵的思想价值观念有许多是儒家可资利用的思想资源,朱熹正是看到这一点,他才有意识地将《楚辞》纳入到他的思想文化建构之中,从而丰富了理学体系的思想基础。他认为对《楚辞》的正确解读可以起到"增夫三纲五典之重"的作用,他高度评价屈原和《楚辞》里面的忠君爱国思想。他作《楚辞集注》更加提高了《楚辞》的政治地位,从而使《楚辞》所代表的一种文化价值得到更广泛的认同。而这种思

---

① 《朱子语类》卷一百四,第2620页。

想文化价值的实现不是"无心插柳"之举,而是朱熹对《楚辞》所蕴涵的丰富思想内涵所作的一种有意识的发掘,是朱熹作为思想家对文化传承的自觉承担。

第二章 《楚辞集注》版本研究

楚辞作品的结集,自汉刘向始,刘向所辑《楚辞》十六卷,现已不传。流传下来最早的是东汉王逸的《楚辞章句》十七卷。宋代洪兴祖征引大量典籍,对王逸《章句》的注释做了很大的补充,著成《楚辞补注》一书,代表了楚辞汉学的最高成就。朱熹《楚辞集注》则在吸收和借鉴王、洪二氏及晁补之的楚辞研究成果的基础上,有了较大的创新。王逸《章句》、洪氏《补注》和朱熹《集注》,是楚辞学史上最重要的三种楚辞注本。在这三种最有影响的注本中,《楚辞集注》现存版本最古、刊本数量最多,而且海外亦有刊刻和收藏,因此《楚辞集注》的版本和文献价值最高,版本流传更广,影响更大。为了更清楚地了解《楚辞集注》版本的历史和现状,我们试图对《楚辞集注》的刊刻、流传、收藏情况做一考察,以利于对《楚辞集注》更好地利用和研究。

第一节 《楚辞集注》版本概述

一、《楚辞集注》名称的沿革

朱熹《楚辞集注》的名称有总名和单名之别。总名《楚辞集注》是指:《楚辞集注》八卷、《楚辞辩证》二卷、《楚辞后语》六卷三部分的总合。单名则仅指《楚辞集注》八卷而言,不包括《辩

证》、《后语》两部分。《集注》八卷最早成书,《辩证》和《后语》
后来成书,与《集注》一并刊刻,形成《集注》八卷附《辩证》二
卷、《后语》六卷的《楚辞集注》的版刻流传形式。根据历代书目
题跋的著录,《楚辞集注》的名称一般是指单名,即《楚辞集注》
就是仅指《楚辞集注》八卷而言,这名称里并不天然地包括《辩
证》、《后语》两部分。如果《辩证》、《后语》与《集注》合刊,一般
都会详细著录二者的名称与卷数。尽管书目著作中《楚辞集
注》仅指《集注》八卷而言,但随着《辩证》与《后语》附刊于《集
注》八卷之后的版本的不断流传,学界也有浑言不分的状况,即
提到《楚辞集注》时,很可能包括《辩证》和《后语》两部分,因此
要结合语境来具体考察。我们今天研究《楚辞集注》时,也往往
包括了对《辩证》和《后语》的研究。

　　《楚辞集注》的名称,在朱熹《楚词集注目录序》中就已确
定,其文曰:"右楚词集注八卷……疾病呻吟之暇,聊据旧编,粗
加隐括,定为《集注》八卷。"①但《集注》在流传中也有异名出
现。如宋王应麟《玉海》著录为:"朱熹《集注》八卷《辩证》二
卷"②,这是简略的称谓,省去"楚辞"二字;又如马端临《文献通
考·经籍考》曰:"《楚辞集说》八卷《辩证》二卷"③,将"集注"著
录为"集说";《徐氏红雨楼书目》曰:"《楚辞朱子集注》八卷"④、
钱谦益《绛云楼书目》:"《朱文公集注楚辞》八卷"⑤,则是将著
者也加入书名中加以著录的;钱曾《述古堂藏书目》曰:"《楚辞

---

① 《楚辞集注》目录后跋。
② 王应麟《玉海》卷五十四,影印文渊阁四库全书本。
③ 马端临《文献通考·经籍考》,华东师范大学出版社1985年版,第1305页。
④ 徐𤊹《徐氏红雨楼书目》,上海古籍出版社2005年版,第364页。
⑤ 钱谦益《绛云楼书目》,中华书局1985年版丛书集成初编本,第90页。

考亭注》八卷四本,宋板;《考亭楚辞后语》六卷;《楚辞考亭辩证》一卷二本,宋板"①,钱遵王是将朱熹的号加入了书名中加以著录的。书目著作中的这些不同的书名,其实都是指《楚辞集注》,是异名同实。至于有的书目著作中"楚辞"写作"楚词",这里"词"和"辞"是通用的,不属异称的范畴。

二、《楚辞集注》的组成和卷数变化

现在通行的《楚辞集注》由三部分合刻而成:一是《楚辞集注》八卷;二是《楚辞辩证》二卷;三是《楚辞后语》六卷。三者成书时间不一:《集注》八卷成书于宋庆元四年(1198);《辩证》成书于庆元五年(1199);《后语》是朱子未完成的遗著,当时"未尝以示人",宋嘉定五年(1212),才由其子朱在将《后语》遗稿整理誊写成编。

《楚辞集注》三部分的卷数比较固定,但偶有变化:《楚辞集注》八卷,《中国善本书目提要》著录有一种《楚辞集注》七卷,明刻本;《北京师范大学图书馆中文古籍书目》亦著录有一种七卷本《楚辞集注》,为1934年上海新文化书社铅印本。《北京师范大学图书馆中文古籍书目》还著录有两种《楚辞》五卷本:一是明黄象彝等校刻本;一为康熙三十年(1691)重刻明来钦之述注本。《西谛书目》著录有"《楚辞》十卷,宋朱熹集注。明末刊本"②,疑为《集注》八卷与《辩证》二卷的合刊本。

《楚辞辩证》原本为二卷,赵希弁《郡斋读书附志》著录《辩证》为一卷;《宋史·艺文志》亦著录《辩证》为一卷。钱曾《述

---

① 钱曾《述古堂藏书目》,中华书局1985年版丛书集成初编本,第14页。
② 北京图书馆《西谛书目》卷三,文物出版社1963年版。

古堂藏书目》云:"《楚辞考亭辩证》一卷二本,宋板,附《述古堂宋板书目》:《考亭楚辞辩证》二卷一本"①钱氏著录《楚辞辩证》卷数前后矛盾,前者疑是笔误,后者"二卷一本"为是。

《楚辞后语》各代著录皆为六卷,惟《徐氏红雨楼书目》著录为八卷。

另外,王重民《中国善本书提要》著录有一种《楚辞》二十卷本,为明天启刻本。集注三部分合刻的卷数应该为十六卷。此本为二十卷。原题:"宋新安朱熹集注,明槜李蒋之翘评校。"②是书就朱熹《集注》而广之,凡分四集:一、《楚辞》八卷,即朱注,惟增眉评;二、《附览》二卷,辑《七谏》、《九怀》、《九叹》、《九思》四篇,朱子之所删,存以附览;三、《辩证》二卷;四、《后语》八卷,《后语》原为六卷,后二卷之翘所补续也。

三、《楚辞集注》的刊刻和卷帙分合

《楚辞集注》的刊刻,朱子在世时,即有其事。如《日本大正三年内阁目》著录有《楚辞集注》宋庆元四年戊午刻本,朱熹于庆元四年刚完成《集注》的写作,此时就有了刻本,应该是最早的《集注》刻本了,但这个刻本不见于其他著录,还有待进一步证实。现存的《楚辞集注》刻本,最早的都是在朱子去世后才刊刻的,如宋嘉定六年章贡郡斋刻本、宋端平二年熹孙朱鉴刻本、宋咸淳三年丁卯施南向文龙刊本等,元明清各代的刻本就更多了。《楚辞集注》刊刻时,《集注》八卷、《辩证》二卷、《后语》六卷的卷帙分合,情况复杂,既有三部分各自独立的单刻本,也有

---

① 钱曾《述古堂藏书目》,中华书局1985年版丛书集成初编本,第14、53页。
② 王重民《中国善本书提要》,上海古籍出版社1983年版,第490页。

其中两部分的合刻，但最多、最通行的本子是将《集注》八卷、《辩证》二卷、《后语》六卷三部分合刊的本子。下面详细考查《楚辞集注》卷帙分合的情况：

（一）单刻本

1.《楚辞集注》八卷单刻本

《楚辞集注》八卷单刻本，最早为庆元四年戊午刻本。《日本大正三年内阁目》著录有：宋庆元四年戊午刻本，而此时《辩证》和《后语》皆未成书，则庆元四年戊午刻本为《楚辞集注》最早单刻本。《中国古籍善本书目》共著录有《集注》单刻本七种，分别为：宋刻一种；元刻一种；明刻五种。其中有明确版本记录的有：明嘉靖十七年杨上林刻本和明嘉靖三十八年叶邦荣刻本。另外著录有明崇祯十年吴郡八咏楼刻本《楚辞评林》八卷、《总评》一卷，题宋朱熹集注、明沈云翔辑评，是《楚辞集注》单刻本的明人辑评本。所见历代书目著录《集注》八卷单刻本的还有：

季振宜《季沧苇藏书目》："《楚词》八卷，三宋本，宋板"①即《楚辞集注》八卷宋板单刻本。疑与《中国古籍善本书目》著录的宋刻一种为同一版本，待考。

傅增湘《藏园群书经眼录》著录《集注》单刻本三种：

一为元天历三年陈忠甫宅刊本《楚辞集注》八卷，十一行二十字，注双行二十四字。卷后有牌子，文曰："天历庚午孟夏陈忠甫宅新刊。"（壬子冬见于况夔生处）

二为元刊本《楚辞集注》八卷，十一行，行二十字，与黎刻《古逸丛书》同，但有圈点为异耳。（海虞瞿氏藏。乙卯）

---

① 季振宜《季沧苇藏书目》，中华书局 1985 年版 丛书集成初编本，第 60 页。

　　三为明嘉靖十七年杨上林刊本《楚辞集注》八卷,十行二十字,注双行。前嘉靖戊戌顾应祥序,又唐枢序,次目录,次各家楚辞书目,次朱熹序,次屈原传。本书首叶次行题:"山阳杨上林校刊"(余藏。丙辰)①

　　李盛铎《木犀轩藏书题记及书录》著录集注单刻本一种:"明刊白绵纸印本。半叶十行,行十八字。白口,左右双边。有朱笔圈点、黑笔校语。以有'惠栋'连珠印,故书衣旧题惠校云。"②

　　王献唐《双行精舍书跋辑存》著录一种:"《楚辞集注》八卷,宋朱熹撰,明嘉靖十四年刻本,二册,山东图书馆藏。"③

　　《北京师范大学图书馆中文古籍书目》著录两种:"《楚辞评林》八卷,宋朱熹集注,清吴郡宝翰楼重刻古与堂本,四册;《楚辞集注》八卷,宋朱熹撰,乾隆五十三年(1788)听雨斋刻本,六册。"④

　　《中国历史博物馆藏普通古籍目录》著录一种:"《楚辞集注》八卷,宋朱熹撰,清刻本,六册　存卷四至卷八(史1614)"⑤

　　《西谛书目》著录一种:"《楚辞集注》八卷,宋朱熹撰,清听雨斋刊八十四家评点朱墨套印本,十二册"⑥

　　姜寻《中国古旧书刊拍卖目录》著录有两种清刻本:清听雨斋刊朱墨套印本八卷四册白纸线装《楚辞集注》;清乾隆戊申刻朱墨套印本八卷四册连史纸线装《楚辞集注》。

---

① 傅增湘《藏园群书经眼录》,中华书局1983年版,第978—980页。
② 李盛铎《木犀轩藏书题记及书录》,北京大学出版社1985年版,第251页。
③ 王献唐《双行精舍书跋辑存》(续编),齐鲁社1986年版,第162页。
④ 《北京师范大学图书馆中文古籍书目》,北京师范大学图书馆1983年版,第313页。
⑤ 《中国历史博物馆藏普通古籍目录》,北京图书馆出版社2006年版,第319页。
⑥ 《西谛书目》,文物出版社1963年版。

姜亮夫《楚辞书目五种》著录有三种：一为《传书堂善本书目》所载元刊集注，九行，行十七字，不著《辩证》、《后语》两种；二为明隆庆五年辛未豫章夫容馆重刊宋本集注，无《辩证》与《后语》二种；三为明嘉靖十七年戊戌山阳杨士林刊本集注八卷，叶十行，行大小均二十字，翻元本。

2. 《楚辞辩证》单刻本

《楚辞辩证》篇幅较小，只有二卷，一般与《集注》、《后语》合刊，但亦有一种单刻本。姜亮夫云："考《辩证》单刻本以熹门人杨楫所刻为最早。"①杨楫所刻是指宋嘉定四年同安郡斋刊本。傅增湘《藏园群书经眼录》亦著录有此本："《楚辞辩证》二卷，宋朱熹撰。宋嘉定四年杨楫刊于同安郡斋，半叶八行，每行十九字，白口，左右双栏。版心上计字数，下记人名，中缝题下正上下，宋讳殷、贞、恒、顼、让、诟、悬、匡诸字均缺末笔。字体秀劲，是闽版之最佳者。有门人杨楫跋，……收藏钤有'清誉堂藏书记'、'范从楫印'朱文印。（余藏）"②

叶德辉《郎园读书志》亦著录有一种《辩证》单刻本，叶氏定为"高丽仿刻南宋嘉定本"，云："此高丽仿南宋嘉定刻本《楚辞辩证》二卷。书中'桓'、'匡'、'贞'、'顼'、'让'、'緪'等字避讳缺笔；'桓'嫌名'完'，'玄'嫌名'县'、'悬'避；'殷'字有避有不避；'让（讓）'之嫌名'攘'、'壤'均不避，岂以已祧之庙故耶。因取黎庶昌刻元翻宋本校之。……又卷上十三叶'沈约'条，元本在十二叶'王逸'条后，其次第亦复相歧，盖彼为元人重刊，此为门人初刻，一切皆当以此为定本也。每叶八行，行十九

---

① 姜亮夫《楚辞书目五种》，第 342 页。
② 傅增湘《藏园群书经眼录》，中华书局 1983 年版，第 978—980 页。

字,字近柳体。与昔年在厂肆所见《资治通鉴》无注本同,盖一时风气为之。但彼为硬黄纸刷印,不及此本细茧纸之精,字迹亦无此明朗。前有'范从楷印'、'清誉堂藏书记'两朱文印。曾藏长沙周侍郎家,侍郎名寿昌,字荇农,晚号'自庵老人'。近为予得。书估坚持以为宋本,余亦漫应之。然不敢自欺以欺来者,故揭明之。光绪甲午冬月郋园主人德辉志。"①

此本叶氏定为"高丽仿刻南宋嘉定本",但并无证明的根据,其所著录与傅增湘《经眼录》著录的本子,在版式、行款字数、避讳字方面都是相同的,甚至连藏印都是一样的,此本当与傅氏所著录的本子为同一版本,即杨楫所刻宋嘉定刊本,非高丽仿宋本。姜亮夫先生在《楚辞书目五种》中认为此本即杨楫所刻宋嘉定四年同安郡斋刊本,他说:"叶德辉以为高丽刊本(见《郋园读书志》)者误也"②,这是有见地的。

另外贾晋华《香港所藏古籍书目》著录有两种《楚辞辩证》:一为明正德十四年(1519)沈圻刻本;一为清光绪三年(1877)武昌湖北崇文书局刻本。这两个本子都不是《辩证》的单刻本,而是与《集注》的合刊本。正德沈圻刻本,《郘亭知见传本书目》云:"正德乙(当为己之误)卯沈圻于休宁刻本。善。行款与上成化十年本同,亦附何乔新序。集注卷八后有正德张旭跋。《辨证》后有正德己卯冬十二月知休宁县事平湖沈圻跋,略谓'幼承家君以原明吴君所刊《楚辞》授读,迄承尹休阳,会婺源乡进士汪济民以吴君旧本送圻,乃请于郡守新淦文林张公,遂捐奉锓梓'云云,则本刻出吴原明本至明。丁丙《善本书志》有跋,以

---

① 叶德辉:《郋园读书志》,台北:明文书局1990年版,第758页。
② 姜亮夫《楚辞书目五种》,第342页。

为从宋本,恐不足信。"①据此,可知正德十四年(1519)沈圻刻本
乃《集注》与《辩证》的合刊本;清光绪三年崇文书局刻本,北京
图书馆现藏有此本,著录《楚辞辩证》两卷一册,为崇文书局汇
刻书,与贾晋华《香港所藏古籍书目》所著录之《楚辞辩证》为同
一版本。据施廷镛《丛书子目书名索引》和上海图书馆编《中国
丛书综录》所著录,清光绪三年崇文书局刻本皆为《集注》八卷
与《辩证》二卷的合刊本,非《辩证》单刻本。

　　3. 《楚辞后语》单刻本

　　《楚辞后语》一般在《楚辞集注》及《辩证》各本中附刊,单
刻本少见。潘祖荫《滂喜斋藏书记》著录有一种宋刻本:"宋刻
《楚辞后语》六卷,二册……旧时必附《集注》并行,又有《辩证》
二卷,此其佚存者耳。怡府藏书,通体朱笔句读,颇多误。附藏
印'安乐堂藏书记'、'明善堂览书画印记'、'叔正'、'同消万古
愁'。"②据其著录则此本为宋刻佚存本,非《后语》单刻本。《中
国古籍善本书目》著录有两种《楚辞后语》元刻本。姜亮夫《楚
辞书目五种》著录三种《后语》版本:一为宋刻佚存本,见《滂喜
斋藏书记》;一为元刻单行本,见故宫所藏《观海堂书目》;一为
明刊本《楚辞后语》,浙江图书馆藏本。《张元济古籍书目序
跋汇编》著录有一种元刊本《后语》:"《楚辞后语》残二卷,宋
朱熹辑,元刊本,一册。半叶十行,行二十字。全书六卷,卷一
到四佚。"③施廷镛《中国丛书综录续编》著录1918年西安清麓
书局刊印本《楚辞后语》六卷一种,此本为清麓丛书续编之
一种。

---

① 姜亮夫《楚辞书目五种》,第47页。
② 潘祖荫《滂喜斋藏书记》,上海古籍出版社2007年版,第71页。
③ 张人凤编《张元济古籍书目序跋汇编》(中册),商务印书馆2003年版,第646页。

（二）合刻本

1.《集注》与《辩证》的合刻本

由于《后语》写定较晚，早期的本子大多是《集注》与《辩证》的合刊本，如宋嘉定六年癸酉章贡郡斋刊本。早期的书目著作也是将《集注》八卷与《辩证》二卷合起来著录，而将《后语》另行分开著录，如陈振孙《直斋书录解题》、王应麟《玉海》、马端临《文献通考·经籍考》、脱脱《宋史·艺文志》（《宋史·艺文志》未著录《后语》），都是如此。嘉定十年章贡郡斋刊本，首次将《后语》与《集注》八卷、《辩证》二卷合刊之后，成为通行的本子，而《集注》与《辩证》的合刊本，遂变而成为少数。后代书目著录的《集注》与《辩证》合刊本亦不多见，如瞿镛《铁琴铜剑楼藏书目录》著录一种："《楚辞集注》八卷《辩证》二卷，宋刊本，……嘉定六年刊本也。"①；《中国丛书综录》著录一种清刻本："清光绪元年（1875）湖北崇文书局刊本《楚辞集注》八卷《辩证》二卷，（宋）朱熹撰。"②

2.《集注》与《后语》的合刻本

《中国古籍善本书目》将《集注》八卷和《后语》六卷合并著录的有三种：一为宋刻本；一为明嘉靖十四年袁褧刻本，有秦更年校并跋；一为明胡尧元刻本（集注卷三、四配抄本）。将二者合并著录的还有黄裳《来燕榭读书记》和森立之《经籍访古志》。黄裳《来燕榭读书记》曰：

楚辞集注后语

此万历刊本《楚辞》三册，亦山阴祁氏藏书，而无其家

---

① 瞿镛《铁琴铜剑楼藏书目录》，上海古籍出版社2000年版，第479页。
② 上海图书馆编《中国丛书综录》，上海古籍出版社1982年版，第231页。

藏记，与奕庆手批《指月录》同出绍兴。余久见于石麒许而未携归。今夜又访之，无新书可得，仍检归藏之。东书堂亦祁氏斋馆之一。漫识卷端。癸巳上元之夜，黄裳书。

得此本后一日，又收萧尺木《九歌天问图》棉纸初印本，甚得意也。小雁更记。

此祁旷翁家书，书根题东书堂，旷翁课子之所也。余所收此种颇多，皆晚明通行刻本，皆有祁氏诸子手迹。

此山阴祁氏遗书。余所见其家所藏插架者，书根往往书"寓山"二字，又有书"杏庵"二字者，奕庆别号也。书"东书堂"者只此《楚辞》三册。堂为夷度读书之所，仁和赵谷林母朱氏，出自祁家，为祁班孙妻抚育长成。谷林父东白翁就婚山阴，成礼即在东书堂中，时澹生遗籍尚未散去。赵东潜《旷亭读书歌》云"先祖就婚东书堂"，即谓此也。后其书未归赵氏，终为沙弥零散窃出，又为黄黎洲吕晚村载而俱去矣。此为劫余，三百年来与承爍、彪佳父子手书遗稿并储。近始渐出，余收得不少。有稿本，有刻本，有手批阅本，亦有通常读本。余每见必收，不问其书秘否。重是祁氏故物，残笺碎楮，皆当收之。因记祁氏故事于此，以为此书增重。癸巳二月初五日，黄裳。

《楚辞》八卷，朱子集注。《后语》六卷，万历刻。九行，十八字。白口，单边。前有成化十一年盱江何乔新序。次序目，次冯开之先生《读楚辞语》。①

森立之《经籍访古志》曰：

----

① 黄裳《来燕榭读书记》（上），辽宁教育出版社 2001 年版，第 263 页。

楚辞集注八卷,后语六卷,朝鲜国刊本,求古楼藏。卷首末有默轩懒斋题名,俱为天龙寺铁山和尚别号。①

《集注》八卷与《后语》六卷的合刻本中,有两种域外刊本,其一为上述森立之《经籍访古志》所载之朝鲜国刊本;另外一种为姜亮夫《楚辞书目五种》和崔富章《楚辞书目五种续编》所著录之日本庆安四年(即清顺治八年)刊本,崔富章《楚辞书目五种续编》曰:"日本庆安四年(清顺治八年)刊本,题:《注解楚辞全集》十一册,《集注》八卷,《后语》六卷,无《辨证》。《集注》卷八末有刊记:'庆安四年三月吉祥二条通玉屋町村上平乐寺'。首朱熹《楚辞后语》原序,次何乔新《楚辞序》,次朱子叙目,次冯开之先生《读楚辞语》附,次入正文(半叶九行,行十八字)。此本作为《楚辞》的日本刻本,是最为古老的,并作了详细精密的日语训读,把音训两读的所谓'文选读'方式推到登峰造极地步,在汉文训读史上占有特殊地位。至享保年间,由八尾平兵卫将《辨证》刊入,有刊记云:'享保甲辰年三月吉旦八尾平兵卫文台屋治郎兵卫。'"②其篇目顺序与黄裳所著录之本是相同的,可见同出一源。

3. 《辩证》与《后语》的合刻本

《中国古籍善本书目》著录两种《楚辞辩证》二卷《后语》六卷合刻的元代刻本,其中一种有清丁丙跋。南京国学图书馆编《盋山书影》著录有一种:"《楚辞辩证》二卷《后语》六卷。前皆有朱子识语。《辩证》后有嘉定壬申重九后一日邵武邹应龙跋。又五年丁丑中秋子在谨记。又有端平乙未孙鉴敬识。全书一百

---

① 姜亮夫《楚辞书目五种》,第54页。
② 崔富章《楚辞书目五种续编》,第66—67页。

五十一叶,版匡高营造尺五寸八分,宽七寸八分。半叶九行,行十八字,小字双行。"①此外《辩证》二卷与《后语》六卷的合刻,则未见明确著录。

4.《集注》八卷、《辩证》二卷、《后语》六卷三部分的合刻本

这是《楚辞集注》通行的主要版本形式。宋庆元四年(1198),《集注》八卷首先刊刻行世,宋嘉定六年(1213),章贡郡斋刊本将《集注》八卷与《辩证》二卷合刊,嘉定十年(1217),章贡郡斋刊本将《后语》六卷收入一并刊刻,这就首次形成《集注》八卷、《辩证》二卷、《后语》六卷的合刊本,而这种将三部分合并刊刻的《楚辞集注》的版本形式成为以后《楚辞集注》的主要刊刻形式和流传版本。宋理宗端平乙未(1235),朱熹之孙朱鉴把《集注》八卷、《辩证》二卷、《后语》六卷合刊在一起,其中《集注》八卷删去了复见于《后语》的扬雄《反离骚》,在《后语》里删去了复见于《集注》的《吊屈原》、《服赋》两篇,是谓宋端平本。端平本《楚辞集注》是现存最早最完备的朱熹《楚辞集注》刊本。

第二节　《楚辞集注》早期刻本研究

一、《楚辞集注》宋刻本研究

《楚辞集注》是朱熹晚年作品,《集注》八卷完成于宋庆元四年(1198),两年后朱熹病逝。朱子在世时,《集注》八卷就已刊刻成书,据姜亮夫先生《楚辞书目五种》:《集注》最早刻本为宋庆元四年戊午刻本(见《日本大正三年内阁目》)。传世的《楚辞

---

① 南京国学图书馆编《盋山书影》,北京图书馆出版社 2003 年版,第 125 页。

集注》宋刻本,《中国古籍善本书目》著录有四种:

　　《楚辞集注》八卷《辩证》二卷　宋朱熹撰　反离骚一卷
　　　汉扬雄撰　宋嘉定六年章贡郡斋刻本(卷一至二配清影
　　　宋抄本)　杨讷庵圈点批校。
　　《楚辞集注》八卷《辩证》二卷《后语》六卷　宋朱熹撰　宋
　　　端平刻本。
　　《楚辞集注》八卷《后语》六卷　宋朱熹撰　宋刻本。
　　《楚辞集注》八卷　宋朱熹撰　宋刻本(卷一、三至四配清
　　　影宋抄本)。①

这个著录,并不全面,版本刊刻记录很简略,也没有说明收藏地
点。姜亮夫《楚辞书目五种》及崔富章《楚辞书目五种续编》二
书于《楚辞集注》之版本考证精详,著录全面,著录有明确刊刻
年代的《集注》宋刻本五种:
　　① 宋庆元四年戊午刻本
　　② 宋嘉定四年同安郡斋刊本《楚辞辩证》
　　③ 宋嘉定六年癸酉章贡郡斋刊本
　　④ 宋端平二年乙未朱鉴刊本
　　⑤ 宋咸淳三年丁卯施南向文龙刊本
此外二书还著录有数种具体刊刻年代不详的宋刻本。我们主要
考察上述五个本子的版本情况。

　　(一)宋庆元四年戊午刻本
　　此本是《集注》八卷的单刻本,因为庆元四年《辩证》和《后
语》均尚未成书。姜亮夫先生是据《日本大正三年内阁目》的记

---

① 《中国古籍善本书目·集部》,上海古籍出版社 1998 年版,第4—5 页。

录来著录此本的。此本是朱子生前唯一《楚辞集注》的刻本。国内未见收藏。

　　（二）宋嘉定四年同安郡斋刊本《楚辞辩证》

　　《楚辞辩证》写定于庆元五年（1199）二月。朱熹在该书题记中说：

> 余既集王、洪《骚》注，顾其训故文义之外，犹有不可不知者。然虑文字之太繁，览者或没溺而失其要也，别记于后，以备参考。庆元己未三月戊辰。①

日期题署："庆元己未三月"，庆元己未即庆元五年（1199），据束景南先生考证：是年三月无戊辰，则必是二月戊辰之误，因此《楚辞辩证》实际于庆元五年二月即已编定。《辩证》是继《集注》之后而成书，其内容与集注同时完成，只是为了观览的方便，所以"别记于后"成为独立著作。宋嘉定四年（1211）朱熹门人杨楫在同安郡斋刊刻《楚辞辩证》，此本是现知最早的刻本。傅增湘《藏园群书经眼录》著录此本曰：

> 宋嘉定四年杨楫刊于同安郡斋，半叶八行，每行十九字，白口，左右双栏。版心上记字数，下记人名，中缝题下正上下，宋讳殷、贞、恒、顼、譲、诟、愚、匡诸字均缺末笔。字体秀劲，是闽版之最佳者。有门人杨楫跋……收藏钤有"清誉堂藏书记"、"范从楫印"朱文印。（余藏）②

明确著录此本为傅氏藏书，现不知藏于何处。杨楫跋文叙述了刊刻此本的始末，其文曰：

---

① 《楚辞集注》，第 171 页。
② 傅增湘《藏园群书经眼录》，中华书局 1983 年版，第 978—980 页。

庆元乙卯，楫自长溪往侍先生于考亭之精舍。时朝廷治党人方急，丞相赵公谪死于道。先生忧时之意，屡形于色。忽一日出示学者以释《楚辞》一编。楫退而思之，先生平居教学者，首以《大学》、《论》、《孟》、《中庸》四书，次而六经，又次而史传。至于秦汉以后词章，特余论及之耳，乃独为《楚辞》解释，其义何也？然先生终不言，楫辈亦不敢窃有请焉。岁在己巳，忝属胄监，与先生嗣子将作薄同朝，因得录而藏之。今以属广文游君参校而刊于同安郡斋。嘉定四年七月朔日门人长乐杨楫谨述。①

杨楫是朱熹的门人，曾于宋宁宗庆元元年（1195），侍读朱子身边。见到朱子注释的《楚辞》一编，他很好奇，但在当时的政治高压下，师徒之间无法畅论注释《楚辞》之事。后来杨楫与朱熹的儿子一起作官共事，有幸见到当初朱熹注释之楚辞作品，于是抄录收藏，并于嘉定四年"刊于同安郡斋"。姜亮夫先生说："考《辩证》单刻本以熹门人杨楫所刻为最早"，对此说法，窃常疑之。因为这篇跋文说明刊刻经过时始终没有提到《楚辞辩证》，朱熹"出示学者以释《楚辞》一篇"、后来杨楫从朱熹嗣子处"录而藏之"，以及"刊于同安郡斋"者，都没有明确说明是《楚辞辩证》，似当为《楚辞集注》八卷及《楚辞辩证》二卷的合刊本。王文进《文禄堂访书记》曰：

> 宋嘉定同安郡斋刻大字本。存《辩证》。半叶八行，行十七字。白口。板心刊"卞正"，上记字数，下记刻工姓名。门人长乐杨楫跋。有范从楫"清誉堂藏书记"印。②

---

① 姜亮夫《楚辞书目五种》，第 343 页。
② 王文进《文禄堂访书记》，上海古籍出版社 2007 年版，第 239 页。

可见王文进是将此本当作《集注》与《辩证》合刊本的佚存本来对待的。王文进是民国时期著名书商,1906年就学于京师文昌会馆,自设书肆,名为"文禄堂",数十年间,广搜珍本书籍,择其中之精要者,考其源流,别其真伪,辑成《文禄堂访书记》一书。王氏著录之书皆为其藏书,故其著录较为可信。因此嘉定四年同安郡斋《楚辞辩证》刊本是与《集注》合刊本的佚存本还是单刻本,还有待进一步研究,并非必为《辩证》单刻。

此本的刊刻者杨楫,乃朱熹门人,也是一位有气节的理学人士。"杨楫,字通老,长溪人,刚介不苟合。与杨方、杨简,俱朱门高弟,号'三杨'"①他是孝宗淳熙五年进士,历莆田尉、司农寺薄、国子博士,累官江西运判,著有《悦堂文集》。他于庆元乙卯,随侍朱子身边。当时正是庆元党禁之时,韩侂胄专权,迫害理学人士,朱熹首当其冲。这个时候许多人都与朱熹尽量疏远,以免惹祸,甚至有许多人以构陷朱熹为进阶荣华的手段。其情形《宋史全文》卷二十九有载:"台谏汹汹,争欲以熹为奇货。门人杨楫闻乡曲射利者多撰造事迹以投合言者,亟以书告熹。熹报曰:'死生祸福,久已置之度外,不烦过虑。'"②当别人急于陷害朱熹时,朱熹态度从容,杨楫却心急如焚为朱熹担心着急,可见杨楫对朱熹的敬爱之意,也可见杨楫的刚直性格。宋吴潜《上史相书》曰:"四曰:用老成廉洁之人。窃见嘉定五六年间,丞相收用老成如汪逵……杨楫诸君子,布满中外,一时气象,人以为小庆历、元祐,此更化之盛际也。"③可见吴潜是把杨楫当作老成廉洁之君子的。老成的评价非常贴切,联系他于庆元党禁

① 李清馥《闽中理学渊源考》卷二十四。影印文渊阁四库全书本。
② 《宋史全文》卷二十九,影印文渊阁四库全书本。
③ 吴潜《履斋遗稿》卷四,影印文渊阁四库全书本。

之时，随侍朱子身边事迹，杨楫的确是老成之人。就连朱熹的学术论敌陆九渊也对这位朱熹门人敬重有加，评价甚高，他在《送杨通老》中说："长溪杨楫通老，忠实恳到，有志于学，相见虽未久，而其切磋于此甚力。"①

此本的刊刻地点同安郡，隋置，唐改舒州，寻仍曰同安郡，又复为舒州，北宋初年曰舒州同安郡，南宋绍兴十七年（1147）改安庆军，宋宁宗庆元元年（1195）改安庆府。李清馥《闽中理学渊源考》记载杨楫事迹："寻出知安庆，移湖南提刑、江西运判。"②此条史料可证杨楫有在安庆任职的经历，他刊刻《楚辞辩证》的地点同安郡即安庆。参校者广文游君，不详何人，待考。

著录此本的除傅增湘《藏园群书经眼录》、王文进《文禄堂访书记》外，姜亮夫《楚辞书目五种》对此本的著录和考证，较为翔实。姜氏指出丁丙《善本书室藏书志》及叶德辉《郎园读书记》亦著录此本，惟叶氏定此本为"高丽仿刻南宋嘉定本"，姜氏以为误也。

（三）宋嘉定六年癸酉章贡郡斋刊本

此本现藏于北京图书馆，崔富章于北图亲见此本。此本有王瀹的刻书题记，据崔富章《楚辞书目五种续编》的著录，其文曰：

> 晦庵先生□□□证楚辞得□□□因是正之刊于□贡郡
> 斋俾学者□风雅之变云嘉□癸酉三月甲子□阳王瀹

---

① 陆九渊《送杨通老》，《象山集》卷二十，上海书店 1989 年版四部丛刊本。
② 李清馥《闽中理学渊源考》卷二十四，影印文渊阁四库全书本。

敬书。①

王淥序文中刊刻时间"嘉□癸酉三月甲子"和刊刻地点"□贡郡斋",皆有缺文。关于此本的刊刻时间,已经考定为嘉定癸酉三月甲子,即宋宁宗嘉定六年(1213)三月甲子。较早著录此本的瞿镛《铁琴铜剑楼藏书目录》曰:"前有嘉定癸酉三月甲子□阳王淥序,云:'刊于□□贡郡斋,俾学者□风雅之变云',则嘉定六年刊本也。"②此本乃瞿镛铁琴铜剑楼所藏,瞿启甲《铁琴铜剑楼藏书影》留其真影,并著录曰:

> **《楚辞集注》八卷《辩证》二卷　　宋刊本**
>
> 　　后附扬子雄《反离骚》一篇,并洪兴祖论。卷一、卷二钞补全。《辩证》行式悉同。前有嘉定癸酉□阳王淥序,云:"刊于□□贡郡斋",嘉定六年刊本也。旧为太仓陆氏藏书。卷首有"听松老人"朱记。③

瞿氏当年收藏此本时,王淥序文中刊刻时间或不曾有缺文,所以著录定为嘉定癸酉所刻。

此本的刊刻地点瞿氏著录时亦有缺文,与崔富章不同者"贡"前缺两字,作"刊于□□贡郡斋",叶德辉《书林清话》"宋司库州军郡府县书院刻书"条下著录此本:"□贡郡斋刻朱子《楚辞集注》八卷,《辩证》二卷,见《瞿目》"④。叶氏说自己引自《瞿目》,但刊刻地"贡"缺文只有一字,与崔富章所著录相同。

---

① 崔富章《楚辞书目五种续编》,第48页。

② 瞿镛《铁琴铜剑楼藏书目录》,见于《铁琴铜剑楼藏书目录》、《楹书隅录》、《湆喜斋藏书志》,中华书局1990年版,第269页。

③ 瞿启甲编《铁琴铜剑楼藏书影》,北京图书馆出版社2003年版,第589页。

④ 叶德辉《书林清话》卷三,中华书局1957年版,第70页。

我们认为缺一字者为是,此本已考定为章贡郡斋刊本,所缺一字为"章"字。章贡郡即今江西赣州,"赣州,郡号章贡"①,现在赣州市有章贡区。"赣州府,《禹贡》扬州之域,天文斗分野。春秋属吴越,战国属楚,秦属九江,汉曰章贡,属豫章郡,晋曰南康,隋唐曰虔州,宋元曰赣州"②,可见章贡之得名,早在汉代。章贡之得名由于章水与贡水,章水出自广东,贡水源自福建,二水合汇于赣江,二水合汇之间即为赣州,亦称章贡。"城北即章贡合流处,章自粤来,贡自闽来,交会于此,郡名所自得也"③。宋赵抃《登章贡台》诗:

> 章贡东西派,并流作赣川。奔湍出城曲,离合向台前。
>
> 把酒来凭槛,鸣挐见放船。滔滔归底处,沧海路三千。④

据史载章贡台为赵抃所建,赵抃知虔州(虔州即今赣州。当时名虔州,南宋绍兴二十三年后改称赣州),为民谋利,兴农建渠,后人称清献渠,而虔州地方政通人和。赣州地处偏远,民风剽悍,经过宋代赵抃以来等历代士人的建设和兴学,渐成文物昌盛之邦,在嘉定年间俨然已是图书刊刻的重镇之一。

此本刊刻者王淙,生平不详,宋范成大《吴郡志》"浙西提点刑狱司"条下载王淙之名,曰:"王淙,朝奉郎,新福建提刑改除,嘉定九年五月到任"⑤,可见王淙曾于嘉定九年在苏州任过浙西提点刑狱司之职;据《广东通志》卷二十六职官志载:绍定年间,王淙任知惠州军州事,题襄阳人。据此则王淙刻书题记中"□

---

① 潘自牧《记纂渊海》卷十一,影印文渊阁四库全书本。
② 张英《渊鉴类函》卷三百三十八,中国书店 1985 年版。
③ 杜臻《粤闽巡视纪略》卷一,影印文渊阁四库全书本。
④ 赵抃《登章贡台》,《清献集》卷二,影印文渊阁四库全书本。
⑤ 范成大《吴郡志》卷七,中华书局 1985 年版,第 55 页。

阳王涔"的缺文,当为襄阳王涔。

历代著录此本的有:瞿镛《铁琴铜剑楼藏书目录》、瞿启甲《铁琴铜剑楼藏书影》、叶德辉《书林清话》、姜亮夫《楚辞书目五种》、崔富章编著《楚辞书目五种续编》、《中国古籍善本书目》。崔富章在北京图书馆亲见此本,并做了详细的著录,对此本的版式、行款、各卷样式、刻工、序跋、藏印等诸多细节皆有描述,其文曰:

宋嘉定六年章贡郡斋刻本:《楚辞集注》八卷《辩证》二卷,附扬雄反离骚。

北京图书馆藏本,八册。目录、卷一、卷二配清影宋抄本。杨讷庵圈点批校。卷三、五、六、七、八等卷前后有"湖山讷庵手校遗书"、"湖山讷庵杨氏手校"题识,卷中有朱、墨笔圈点批注。每半叶七行,行十五字,注双行(字数同)。上黑口(或白口),左右双边。

一九八〇年冬,我目睹此书,尝作笔记云:首册:目录、卷一(离骚)、卷二(九歌)系影宋抄本,白口,不录刻工,共六十四叶。钤"陆时化印"、"铁琴铜剑楼"、"绶珊经眼"、"听松老人"诸印记。(陆时化,号听松,字润之,太仓州国子监生,乾隆四十四年病殁。)　第二册(六十五至九十七叶):首行题:"楚辞卷第三　朱熹集注",次行题"天问第三",三行起小序,次入正文。有行线,顺鱼尾,两鱼尾间镌"离蚤"二字。下有刻工:文显、成、遇、云荣、云源、珍、文超、虎丙、谅等。有"铁琴铜剑楼"、"陆时化字润之"诸印记。　第三册(九十八至一百四十三叶):"楚辞卷第四"(九章),上黑口间白口者,刻字数,有刻工:文显、邓勉等。　第四册(一百四十四至一百六十二叶):"楚辞卷第五"（远游、卜居、渔父）。"楚辞卷第六"（九辩第八），鱼尾间刻"续离骚"三字，下刻页码，另起页，第一至十八叶。 第五册（十九至四十七叶）："楚辞卷第七"（招魂第九），钤"江南陆润之好读书稽古"印记。 第六册（四十八至七十二叶）："楚辞卷第八"（惜誓第十一、吊屈原第十二、服赋第十三、哀时命第十四、招隐士第十五。）此后为《反离骚》，不标卷次。首小序云："《反离骚》者，汉给事黄门郎新莽诸吏中散大夫扬雄之所作也。……以为君子得时则大行，不得时则龙蛇。……然则雄固为屈原之罪人，而此文乃离骚之谀贼矣，它尚何说哉！"版心鱼尾间刻"反离骚"三字，八叶。第九叶起《反骚》正文，后引"洪兴祖曰：'扬雄所以议屈原者如此……'呜呼，余观洪氏之论，其所以发屈原之心者至矣，……余是以取而附之《反骚》之篇云。"计十五叶。盖嘉定六年刻书时，后语未编定，故《反离骚》附卷末。嘉定十年刊《后语》，《反骚》遂入《后语》中。 第七册：首王淰刻书题识："晦庵先生□□□证楚辞得□□□因是正之刊于□贡郡斋俾学者□风雅之变云嘉□癸酉三月甲子□阳王淰敬书"，手写上版，围以方框（蠹蚀残破）。卷端题"楚辞辩证上"，先小序，次入正文。另起页，第一至三十八叶。白口，上刻字数，顺鱼尾，鱼尾间刻"楚辩"二字。第八册："楚辞辩证下"。上黑口，间白口刻字数，顺鱼尾，鱼尾间刻"楚辞"，或"楚辩"，或"楚"。三十九至六十九叶。此本为瞿氏铁琴铜剑楼旧藏。板框广十二点二公分（内边），外边至口度十三点一公分；高十九公分。①

---

① 崔富章《楚辞书目五种续编》，第47—49页。

通过崔富章的详尽著录,嘉定六年章贡郡斋刻本的概貌约略可
见。惟其中"盖嘉定六年刻书时,后语未编定"之断语,为百密
一疏之漏。因为《楚辞后语》于嘉定五年就已编定,只是此本刊
刻者王涔未曾见到而已。《楚辞后语》的整理编定者朱熹之子
朱在《楚辞集注》嘉定十年章贡郡斋刊本跋文中说:

> 先君晚岁草定此编,盖本诸晁氏《续》、《变》二书,其去
> 取之义精矣。然未尝以示人也。……嘉定壬申仲秋,在始
> 取遗薰誊写成编,捧玩手泽如新,而音容不复可见矣。因涕
> 泣而书其后。又五年,岁在丁丑补外,来守星江,寔嗣世职,
> 既取郡斋所刊《楚辞集注》,重加校定。复并刻此书,庶几
> 并行,且以识予心之悲也。中秋日在谨记。①

朱在明确说自己于嘉定壬申仲秋写定《楚辞后语》,嘉定壬申即
嘉定五年(1212)。在邹应龙写的《楚辞后语》序文中也证实了
这一点,其文曰:

> 《楚辞后语》者,我宋文公朱先生之所作也……应龙生
> 晚,不及侍先生函丈。独幸与监簿君同朝。及来温陵,又为
> 僚,相好也。暇日因从问先生平日述作大概,以为它书已行
> 于世,独此编乃晚年所定,犹未及卒业,故人未及见,而首以
> 示应龙,因得伏而读之……因以是说谂于监簿君,君曰然。
> 乃敬书其后而归之。嘉定壬申重九后一日,邵武邹应龙书
> 于温陵郡斋。②

邹应龙序文中的"先生之季子通守监簿君"即朱熹之季子朱在,
邹应龙在序中说:"及来温陵,又为僚,相好也","温陵郡"即泉

州府的郡名,嘉定壬申邹应龙知泉州为郡首,而此时朱在亦在泉州任职,嘉定间朱在任泉州府添差通判军州事,二人同在泉州为官,实际上朱在是邹应龙的属下。邹应龙服膺朱熹理学,因此与朱熹之子朱在"相好也",朱在于嘉定壬申仲秋写定《楚辞后语》,首先让邹应龙过目,邹应龙"因得伏而读之",并在书后写了自己的一些读书评论,成为这篇序文,序文的写作时间是嘉定壬申重九后一日,与朱在编成《后语》的嘉定壬申仲秋相去不远,在时间上也是相互印证的。朱熹与邹应龙交流学术,并非只此一事,"应龙尝就监簿君借先生所作《资治通鉴纲目》之书读之",于此可见邹应龙对朱熹著作之重视。朱在《楚辞后语》编定于嘉定五年,王淶于嘉定六年章贡郡斋刊本未收录《后语》部分,可能当时他未能及时见到朱在编定甫毕的《楚辞后语》,毕竟赣州章贡郡和泉州温陵郡不在一地,而当时《后语》还没有刻本流传,自然不易获得。

朱在《楚辞后语》编定五年后,却与嘉定六年章贡郡斋刻本发生了关系。嘉定十年朱在以"大理正知南康军",南康军即在赣州章贡郡。朱在正是在南康任上"取郡斋所刊楚辞集注,重加校定,复并刻此书",朱在跋文中所说"郡斋所刊楚辞集注"正是王淶于嘉定六年所刊章贡郡斋《楚辞集注》,朱在正是在此本基础上,加入了《楚辞后语》部分,刊成嘉定十年本,因此章贡郡斋嘉定十年刊本是《集注》八卷、《辩证》二卷、《后语》六卷的合刊本。

（四）宋端平二年乙未朱鉴刊本

与章贡郡斋刻本,甚至与更早的同安郡斋刻本相比,现藏北京图书馆的端平二年乙未朱鉴刊本是《楚辞集注》现存最古、保存原貌最完整的一个宋刻本。章贡郡斋刻本,虽然早于端平本,但嘉定六年章贡郡斋刻本只有《集注》八卷和《辩证》二卷两部分，未收入《后语》，且其现存藏本的目录、卷一、卷二均系补配清影宋抄本，并非宋刻全帙；嘉定十年章贡刻本虽然收录了《楚辞后语》，但此本现在未见藏本。端平本还附刻有邹应龙、朱在、朱鉴的三篇跋文，对了解《楚辞集注》早期的成书、刊刻流变以及《楚辞辩证》的刊刻始末都有重要参考价值，而这三篇跋文，在其他刊本中都佚去了，因此宋端平二年乙未朱鉴刊本就更显得弥足珍贵了。端平二年朱鉴刊本原藏于山东聊城杨氏海源阁，现藏于北京图书馆。有鉴于端平本的珍贵文献和学术价值，1953 年为纪念屈原逝世 2230 年，人民文学出版社据北京图书馆藏本将此书影印出版，1979 年上海古籍出版社又据此本出版繁体竖排标点本。

　　北图所藏端平本有"杨绍和印"、"杨绍和鉴定"等藏印。杨绍和，字彦合，号勰卿，清藏书家，山东聊城人。其父杨以增以藏书宏富闻名，创"海源阁"。杨绍和继承父志，亦专心于收藏图书，曾收有怡亲王弘晓的后裔端华所藏之书及黄丕烈、汪士钟等人旧藏，与瞿氏"铁琴铜剑楼"南北相鼎峙，时有"南瞿北杨"之称，为北方图书之府。藏书楼除"海源阁"外，另辟"宋存书室"、"四经四史之斋"等，藏书几十万卷。北图所藏的这本端平本即为杨氏海源阁旧藏。杨绍和《楹书偶录》为其藏书的书目著作，收书二百六十余种，考核诸书异同，检校得失，详载行款、题跋、收藏印记。《楹书偶录》对端平本《楚辞集注》亦有著录，其文曰：

宋本《楚辞集注》八卷《辩证》二卷《后语》六卷　十二册二函

　　　每半叶九行，行大小皆十八字，通体完善，字大悦目。

惟第一卷序首一叶影宋钞补,字极工。后语末有子在跋及嘉定壬申邹应龙后序。盖南宋椠初印本。镌刻精善,装池古雅,可宝也。卷一、卷四、卷七、辩证上,有源字印四,无姓不可考。[①]

杨绍和《楹书偶录》著录此本时,只称宋本,并未如现在我们通称的那样著录为宋端平二年乙未朱鉴刊本。姜亮夫《楚辞书目五种》和崔富章《楚辞书目五种续编》著录此本时还著录了刊刻在此本之上的刻工名和此本流传时钤盖的藏印,所录刻工有:李仝、刘方、刘政、刘正、刘珏、刘才、李可、共、信、友、袁、刘等名;藏印有:"东郡宋存书室"、"东莱刘占洪字少山藏书之印"、"宋存书室"、"杨绍和印"、"杨绍和鉴定"、"彦合珍玩"、"彦合"、"刘占洪少山氏珍藏"、"瀛海仙班"、"绍和筑畾"诸印记。

端平本的刊刻者朱鉴,《闽中理学渊源考》载其履历:"朱鉴,字子明,文公嫡长孙也。荫补迪功郎,累迁奉直大夫,湖广总领。宝庆间随季父在迁居建安之紫霞州,建文公祠于所居左,子孙入建安自鉴始。"[②]这是极为简略的一个履历。朱鉴是朱熹的嫡长孙,朱熹有子三人,长曰朱塾;次曰朱埜;季曰朱在,朱鉴为朱塾之子。据史载他的为官经历还曾有知无为军巢县事兼义武民兵军正总辖屯戍兵马借绯、将作监丞淮西制参兼运判、权知兴国军事等职务。

朱鉴端平本对《楚辞集注》中三部分因为成书及刊刻时间不一而造成的篇目重复问题进行了整理统一。《吊屈原赋》、《服赋》、《反离骚》这三篇复见于《楚辞集注》和《楚辞后语》,朱

---

① 杨绍和《楹书隅录》,中华书局 1990 年版,第 499 页。
② 李清馥《闽中理学渊源考》卷十五,影印文渊阁四库全书本。

鉴把《楚辞后语》中的《吊屈原赋》和《服赋》两篇删去,只保留篇名,而在《楚辞集注》中保留这两篇;同时把《楚辞集注》中的《反离骚》删去,保留篇名,而《楚辞后语》中的《反离骚》则仍其旧。两部分互见,相互为用。朱鉴的刻书识语曰:

> 《吊屈》、《服赋》已见《续骚》。《反骚》一篇,亦附卷末。而《后语》之作,皆复收入。其本旨既不可知,而二集并存,则为重复,今以《反骚》著于此,而贾赋二章则存其目,庶几二集若相为用,不可偏废。而纂辑之意,或以是而得之。①

通过朱鉴的整理,相互错见复出的《楚辞集注》三部分,成为完善的统一的三个有机部分。

朱鉴端平本的刊刻地点诸家较少论及,我们从朱鉴端平本刻书识语或可窥其端倪,朱鉴的刻书识语最后题署曰:"端平乙未秋七月朔,孙承议郎权知兴国军兼管内劝农营田事节制屯戍军马鉴百拜敬识"②,可见朱鉴刊刻此本时正在权知兴国军的任上,因此端平本的刊刻地点可定为兴国军。兴国军即今湖北东南部大冶、通山、阳新一带地方。宋代兴国军领永兴、大冶、通山三县,郡名富川③。朱鉴在兴国军任上时,致力于整理编定刊刻朱熹著作,不惟刊刻《楚辞集注》一事。赵希弁《郡斋读书志·附志》曰:

> **《师诲》三卷《附録》一卷**
> 右吴必大记录晦庵先生之语,朱鉴刻于兴国。④

---

①② 《楚辞集注》,第308页。
③ 祝穆《方舆胜览》卷二十二,中华书局2003年版,第400页。
④ 赵希弁《郡斋读书附志》,见于晁公武《郡斋读书志》,上海古籍出版社1990年版。

此为朱鉴在兴国军刻书之一事。又《四库全书总目》曰:"《诗传遗说》……是编乃理宗端平乙未鉴以承议郎权知兴国军事时所成。盖因重椠《朱子集传》,而取文集语录所载论诗之语,足与《集传》相发明者,汇而编之,故曰《遗说》……鉴自序有曰'先文公《诗集传》豫章、长沙、后山皆有本,而后山校雠最精。第初脱稿时,音训间有未备,刻板已竟,不容增益,欲著补脱,终弗克就,仍用旧板,茸为全书,补缀趱那,久将漫漶。暨来富川,郡事余暇,辄取家本,新加是正,刻寘学宫'云云"①。《诗传遗说》朱鉴自序说此书刻于富川学宫,富川即兴国军的郡名,自序时间题为端平乙未五月朔,此与朱鉴《楚辞集注》本刊刻时间一致,据此推断端平乙未《楚辞集注》朱鉴刻本与朱鉴《诗传遗说》刊于同时同地,皆在端平二年兴国军之富川学宫刊刻。综上朱鉴在兴国军刊刻之书有朱鉴《诗传遗说》、吴必大《师海》三卷《附录》一卷及此端平乙未朱熹《楚辞集注》等。

(五)宋咸淳三年丁卯施南向文龙刊本

此本现已亡佚,清于敏中《天禄琳琅书目》著录有此本,可见此本曾为清乾隆帝御藏。崔富章《楚辞书目五种续编》曰:"《天禄琳琅书目后编》不见著录,则已毁于昭仁殿之火矣,惜哉!"②我们现在只能从《天禄琳琅书目》的著录中了解此本的梗概,其文曰:

《楚辞》 一函四册

周屈平撰,附宋玉、景差、贾谊、庄忌、刘安拟《骚》诸篇,共八卷。宋朱子集注。目录后载朱子序,前有宋罗荷、

---

① 《四库全书总目提要》卷15,中华书局1965年版,第125页。
② 《楚辞书目五种续编》,第53页。

向文龙二序,《汨罗山水图》,屈平、朱子二像。……是书刻
于咸淳丁卯,系宋度宗三年。所绘《汨罗山水图》中有清烈
公庙及墓。……又按汨罗在湘阴县北,宋为潭州所属。施
南向文龙序称:学制湘阴,汨罗隶焉,欲索《楚辞集注》善
本,与邑之贤士大夫共读之,则未之有,乃辍俸刻梓于县斋。
庐陵罗荷者,时为文学掾,故亦为序之。其刻是书,盖欲求
为善本,宜其雕椠精良也。①

《天禄琳琅书目》所载书籍皆乾隆御藏之宝,此宋咸淳三年丁卯
施南向文龙刊本,因宋版而更受珍爱,乾隆亲笔御题本上:"信
是身清志犹烈,允宜朱注向为刊。害公有疾托萧艾,正道无妨拟
蕙兰。论古恒明论今暗,责人则易责躬难。罘然惕若披芸处,敢
作寻芳漱润观。"②此本在归入乾隆"天禄琳琅"书室之前,曾分
别被明代文徵明及槜李项氏、泰兴季氏诸家收藏。

　　此本各家著录时,名称并非一致:《天禄琳琅书目》只称宋
版《楚辞》一函四册;姜亮夫《楚辞书目五种》称:宋咸淳三年
丁卯施南向文龙刊本;崔富章《楚辞书目五种续编》称"宋咸
淳三年向文龙湘阴刻本《楚辞集注》八卷"③;叶德辉《书林清
话》著录曰"咸淳丁卯(三年)湘阴县斋向文龙刻朱子《楚辞集
注》八卷"④。

　　此本各家著录皆为八卷,似为《楚辞集注》八卷本单刻本,
不包括《辩证》和《后语》,叶德辉《书林清话》曰"应有《辩证》二
卷,《后语》六卷,此残本不全"⑤,叶氏的推测并无可靠的根据,

---

① ② 于敏中《天禄琳琅书目》卷三,影印文渊阁四库全书本。
③ 崔富章《楚辞书目五种续编》,第 52 页。
④ ⑤ 叶德辉《书林清话》卷三,中华书局 1957 年版,第 73 页。

我们认为这个本子更有可能是《楚辞集注》八卷的单刻本。钱曾《述古堂藏书目》曰"《楚辞考亭注》八卷四本,宋板"[①];季振宜《季沧苇藏书目》曰"《楚词》八卷,三宋本,宋板"[②],钱氏、季氏所著录的这个《楚辞集注》八卷本疑即"咸淳三年丁卯施南向文龙刊本",因为钱遵王著录的这个宋本《楚辞集注》八卷四本与《天禄琳琅书目》著录的一函四册共八卷在册数上是一致的;而《天禄琳琅书目》著录此本钤有多枚季氏藏印,如"季振宜印"、"季振宜藏书"、"沧苇"诸印记,明为季振宜藏书,所以季振宜《季沧苇藏书目》所著录之《楚辞》八卷宋板为天禄琳琅所藏之宋咸淳三年丁卯施南向文龙刊本,则为不刊之事实。

此本由向文龙于咸淳三年刊刻于湘阴县斋,刊刻者向文龙时任湘阴令,向文龙刊本序言曰:"学制湘阴,汨罗隶焉。欲索《楚辞集注》善本,与邑之贤士大夫共读之,则未之有。乃辍俸刻梓于县斋"[③]。汨罗乃屈子投江处,宋咸淳时隶属于湘阴管辖,向文龙在此屈子行吟之地任职,追缅屈子,与当地的贤士大夫共同诵读屈原作品,恨无善本可读,于是向文龙拿出自己的俸禄来刊刻朱熹的《楚辞集注》,可见向文龙也是一个热切的忠君爱国志士。咸淳三年已是南宋最后的几年,南宋政权处于风雨飘摇的末路,蒙元入主中原已是大势。这样的时代背景与屈子所处的时代何其相似,在此背景下,向文龙"与邑之贤士大夫共读"屈子作品,用自己的俸禄刊刻朱子《楚辞集注》,这些都寄寓了向文龙与屈子相同的家国之痛,他是屈子的又一个隔代知音。向文龙题为"施南人",施南在今湖北恩施地区。咸淳三年向文

---

① 钱曾《述古堂藏书目》,中华书局 1985 年版丛书集成初编本,第 14、53 页。
② 季振宜《季沧苇藏书目》,中华书局 1985 年版丛书集成初编本,第 60 页。
③ 于敏中《天禄琳琅书目》卷三,影印文渊阁四库全书本。

龙刊本有明代蒋之奇重刻本。

（六）其他宋刻本

历代书目中，对具体刊刻时间和地点的记述详略有差，对于未著录具体刊刻时间地点的本子，学者往往根据其著录信息，有所推断，如钱曾《述古堂藏书目》著录："《楚辞考亭注》八卷四本宋板；《考亭楚辞后语》六卷；《楚辞考亭辩证》一卷二本宋板"；季振宜《季沧苇藏书目》"《楚词》八卷。三宋本，宋板"，这两个书目著录的《楚辞集注》但云宋板，未详何本。姜亮夫将此附于宋咸淳三年向文龙刊本之下，即出于推断。但季振宜《季沧苇藏书目》著录的藏本，因《天禄琳琅书目》所载咸淳三年向文龙刊本著录有季振宜的藏书印，铁定为向文龙刊本，则姜氏之论确为明见。对具体的刊刻时间和地点难以考知的，只能付诸阙如，如崔富章《楚辞书目五种续编》著录有两种宋刻，即不著具体刊刻时间与地点，但云"宋刻本"，其文曰：

宋刻本：《楚辞集注》八卷

北京图书馆藏本，八册。卷一、三、四配清影宋抄本。各卷第一行题"楚辞卷第×　晦庵集注"。每半叶八行，行十六字。集注用大字，音注、引证小字。左右双边。白口，上刻字数，顺鱼尾，有刻工：简宗、彭佑、柒、刘、胡、张等。首册《离骚》影宋补抄，录刻工：张荣、方云、李信、王荀、陆弘。板框广十四点七公分（内边），高二十一公分。钤"五福五禄堂古稀天子之宝"、"太上皇帝之宝"、"乾隆御览之宝"、"天禄琳琅"诸印记，清内府藏本也。考天禄琳琅书目后编卷六宋版集部："楚辞集注一函七册"，"此宋大字本，极清朗。虽印本祇四卷，而卷一、卷三、卷四影钞亦甚工致。

以其希觏足珍收之。每册前有大印，割补，仅存一亭字可辨。"（按："四卷"乃五卷之误，"七册"为八册之误。）天禄琳琅书目前编未载此书，是为乾隆四十年以后入藏内府者。

宋刻本：《楚辞集注》八卷《后语》六卷（《辩证》散入集注各篇章之下）

北京图书馆藏本，十二册。北图藏楚辞四宋本，前三本皆残缺抄配而成，目录尤甚。此本完整无缺，诚可宝也。兹将目录照录，以见宋时面貌。

……

以上皆原本照录。卷端题"楚辞卷第一 晦庵集注"，次行低一格题"离骚经第一 离骚一"，三行低二格为小序，次入正文（顶格），次朱注（低一格），次辩证（墨钉白文，低一格）。凡引证、校字、音释作小字，朱注作大字。"桓"、"贞"避讳缺笔，"慎"、"廓"不避。后语末有嘉定壬申邹应龙序、嘉定丁丑朱在序、端平乙未朱鉴序。每半叶九行，行十七字。白麻纸印本。左右双栏。白口，对鱼尾，上刻大、小字数，鱼尾间刻卷次，下刻页码。有刻工：莫赝、莫公、阳永、李、冯、仲、刘等。版框广十五点六公分（内边），高二十一点四公分。目录页钤翰林院印（满汉文）、"武林高璃南家藏书画印"、"献陵纪氏家藏"、"臣许乃普"、"慎之"、"关蔚煌印"、"拙生"及"厔德堂章"葫芦水印一颗，卷端钤"叶氏家藏"、"竹泉"、"樵雪后裔"诸印记。是书由关蔚煌子孙售与中国书店，后归北京图书馆。蔚煌，近人，交通界人士，喜诗词，与赵万里友善。①

① 崔富章《楚辞书目五种续编》，第50—52页。

尽管这两个宋刻本的具体刊刻时间现未考知,但其文献价值仍然很大,特别后者为《楚辞集注》宋刻全帙,对于了解《楚辞集注》早期刊本的原貌,具有很大的价值,对于《楚辞集注》的校勘也是很有参考价值的本子。

二、《楚辞集注》元刻本研究

现存《楚辞集注》元刻本较宋刻为多,《中国古籍善本书目》著录有元刻本十二种,其中两种有详细刊刻时间地点:

> 《楚辞集注》八卷《辩证》二卷《后语》六卷　宋朱熹撰　元
> 　　至治六年建安虞信亨宅刻本。
>
> 《楚辞集注》八卷《辩证》二卷《后语》六卷　宋朱熹撰　元
> 　　至元二年建安傅子安刻本。①

另外几种只称"元刻本",具体刊刻时地皆未交待:

> 《楚辞集注》八卷《辩证》二卷《后语》六卷　宋朱熹撰　元
> 　　刻本
>
> 《楚辞集注》八卷《辩证》二卷《后语》六卷　宋朱熹撰　元
> 　　刻本
>
> 《楚辞集注》八卷《辩证》二卷《后语》六卷　宋朱熹撰　元
> 　　刻本
>
> 《楚辞集注》八卷《辩证》二卷《后语》六卷　宋朱熹撰　元
> 　　刻本
>
> 　　存十一卷　集注四到八,辩证全,后语三至六
>
> 《楚辞集注》八卷　宋朱熹撰　元刻本

---

① 《中国古籍善本书目·集部》,上海古籍出版社 1998 年版,第 5 页。

《楚辞集注》八卷 宋朱熹撰 元刻本

存十一卷 一、三至八

《楚辞辩证》二卷《后语》六卷 宋朱熹撰 元刻本

《楚辞辩证》二卷《后语》六卷 宋朱熹撰 元刻本 清丁丙跋

《楚辞后语》六卷 宋朱熹撰 元刻本

《楚辞后语》六卷 宋朱熹撰 元刻本

存二卷 五至六①

《中国古籍善本书目》对《楚辞集注》元刊本的著录过于简略,大多没有注明刊刻具体时间和地点,对于行款字数及版本的其他详情更是付诸阙如。姜亮夫《楚辞书目五种》和崔富章《楚辞书目五种续编》对于《楚辞集注》版本情况考辨精详,二书所著录的有具体刊刻时间地点的本子有下列四种:

① 元至治元年建安虞信亨宅刻本(至治辛酉,1321)

② 元天历三年陈忠甫宅刊本(天历庚午,1330)

③ 元后至元丙子建安傅子安宅刊本(至元丙子,1336)

④ 元至正二十三年癸卯高日新刊本(至正癸卯,1363)

下面具体考查这四个元刊本的概况:

(一)元至治元年建安虞信亨宅刻本

崔富章《楚辞书目五种续编》著录有此本,其文曰:

元至治元年建安虞信亨宅刻本

山东图书馆藏本:《楚辞集注》八卷《后语》六卷《辩证》二卷,全,四册。每半叶十一行,行二十字。上下细黑口。左右双边,或四周单边。有牌记:"建安虞信亨宅重刊

---

①《中国古籍善本书目·集部》,上海古籍出版社1998年版,第5—6页。

至治辛酉腊月印行"。

中国历史博物馆藏本,六册。牌记挖掉。"楚辞辩证下"末墨笔题"至正癸巳年仲秋日置"一行。①

至治元年,即元英宗至治辛酉,1321年;建安即今福建建阳;虞信亨其人未详,题为虞信亨宅重刊印行,则虞信亨宅为私人坊刻之所也。此本为现存最早的《楚辞集注》元刊本。崔氏著录版本情况较为全面,著录有山东图书馆藏本和中国历史博物馆两藏本,唯中国历史博物馆藏本定为虞信亨宅刻本似可商榷。因为中国历史博物馆藏本牌记既被挖掉,没有证据证明该藏本为虞信亨宅刻本;又山东图书馆藏虞信亨宅刻本为全四册,中国历史博物馆藏本为六册,装帧册数亦不同,因此中国历史博物馆藏本不能遽定为虞信亨宅刻本。根据其上的墨笔题识:"至正癸巳年仲秋日置",至正癸巳为至正十三年,则中国历史博物馆藏本为元至正十三年(1353)以前之刻本。

(二)元天历三年陈忠甫宅刊本

此本见于《增订四库简明目录标注》、《文禄堂访书记》、《藏园群书经眼录》、《楚辞书目五种》等书目所著录。

邵懿辰撰,邵章续录《增订四库简明目录标注》曰:

《楚辞集注》八卷《辩证》二卷《后语》六卷　宋朱熹撰

[续录]况夔生有元天历刊本,十一行二十字,小字双行二十四字,卷后有牌子曰:天历庚午孟夏陈忠甫宅新刊。②

王文进《文禄堂访书记》曰:

---

① 崔富章《楚辞书目五种续编》,第53—54页。
② 邵懿辰《增订四库简明目录标注》,上海古籍出版社1959年版,第632页。

又元天历刻本。半叶十一行,行二十字。注双行二十四字。黑口。后语目末:"天历庚午孟夏陈忠甫宅新刊"十二字双边木记。①

傅增湘《藏园群书经眼录》曰:

《楚辞集注》八卷　　宋朱熹撰

元天历三年陈忠甫宅刊本,十一行二十字,注双行二十四字。卷后有牌子,文曰:

(壬子冬见于况夔生处)②

姜亮夫《楚辞书目五种》

元天历三年庚午陈忠甫宅刊本

有《辩证》、后语。半页十一行。大字二十,小字二十四。黑口。末有"天历庚午孟夏陈忠甫宅新刊"十二字。双边。见《文禄堂访书记》。但王氏以为与《集注》合刻皆误也。此本仅有《后语》、《辩证》二种。日本内阁文库藏。③

上述四书目皆著录此本牌记,傅增湘《经眼录》更是照原式摹

---

① 王文进《文禄堂访书记》,上海古籍出版社 2007 年版,第 239 页。
② 傅增湘《藏园群书经眼录》,中华书局 1983 年版,第 978—980 页。
③ 《楚辞书目五种》,第 343 页。

写，牌记曰："天历庚午孟夏陈忠甫宅新刊"，天历庚午即元文宗天历三年（1330），此年改元至顺，故又为至顺元年。陈忠甫史籍不载，未详何人。陈忠甫宅，刻书之所也。此本《增订四库简明目录标注》称况夔生收藏，傅增湘称自己于壬子（1912）冬在况夔生处亲见之。

　　况夔生即况周颐（1859—1926），近代词人。临桂（今广西桂林）人。原籍湖南宝庆。光绪五年（1879）举人。后官内阁中书、会典馆纂修，以知府分发浙江，曾入两江总督张之洞、端方幕府。其间，复执教于武进龙城书院和南京师范学堂。辛亥革命后，以清遗老自居，寄迹上海，鬻文为生。况周颐以词为专业，致力50年，为晚清四大家之一，朱疆村曰："新会陈述叔、临桂况夔生，并世两雄，无与抗手也"①，推誉陈洵与况周颐为晚清词坛两大领军人物。况氏精于词评，著有《蕙风词话》五卷，是近代词坛上一部有较大影响的重要著作。况氏收藏的这部元天历三年陈忠甫宅刊本《楚辞集注》后归何处不得而知。

　　（三）元后至元丙子建安傅子安宅刊本

　　《增订四库简明目录标注》、《藏园群书经眼录》较早著录此本。《藏园群书经眼录》曰："辛酉岁以三百元收得。"考傅增湘的生平，此"辛酉岁"当为民国十年（1921），是年傅增湘购得此本，则此本为傅增湘私人藏书；傅氏《藏园群书经眼录》又曰：

　　　　《后语》目录后有牌子两行，文曰：

　　　　建安傅子安宅重刊

　　　　至元丙子孟春印行②

---

① 陈洵《海绡词笺注》，上海古籍出版社 2002 年版，前言第 2 页。
② 傅增湘《藏园群书经眼录》，中华书局 1983 年版，第 978—980 页。

傅氏著录的这个牌记对确定此本刊刻时间和地点都很重要。此本刊刻地建安即今福建建阳；傅子安未详何人；傅子安宅则为其私人坊刻图书之所。此本刊刻时间为至元丙子，考至元年号在元代出现两次，一为世祖忽必烈年号，一为顺帝妥欢帖木儿年号。世祖至元丙子即元世祖至元十三年（1276）；顺帝至元丙子即元顺帝至元二年（1336）。世祖至元十三年（1276）正是宋元战乱之际，这一年，元军攻陷南宋都城临安。这样的战乱纷仍之时，风雨飘摇的南宋于此年被蒙元灭亡，东南一隅福建建安一带虽称版刻繁盛之地，但于此时已遭蒙元之侵入，难为版刻之事。显然牌记所说"至元丙子"当为元顺帝至元丙子年。傅增湘著录此本曰："元后至元二年丙子建安傅子安刊本"，所谓"后至元"即指顺帝至元。后来《楚辞书目五种》、《楚辞书目五种续编》、《中国古籍善本书目》亦著录此本，但傅氏著录最为精确。姜亮夫《楚辞书目五种》著录此本为"元至元二年丙子建安傅氏刊本"；《楚辞书目五种续编》著录为"元至元二年建安傅子安宅刻本"；《中国古籍善本书目》著录为"元至元二年建安傅子安刻本"，我们认为此本应当著录为"元后至元丙子建安傅子安宅刊本"，这样才不至于混淆。此本牌记称"重刊"，姜亮夫以为是覆宋本，则重刊之底本为宋本。姜氏校读此本，发现其误字极多：

> 本书虽为覆宋本，而误字极多。如《离骚》"高阳之苗裔兮"句之"裔"字，注"故以为远夫子孙之称"，"夫"为"末"字之误。"重之以修能"句注"能一作态"之"态"字误作"熊"字。"朝搴阰之木兰兮"句之"搴"字注"说文作攓"，"攓"误作"□"等。①

---

① 姜亮夫《楚辞书目五种》，第44页。

此本虽为宋板重刊,但校对刊刻不精,故而出现较多误字。崔富章《楚辞书目五种续编》著录此本较为详细,对于了解此本的行款字数、版刻样式有直接帮助,其文曰:

元至元二年建安傅子安宅刻本

    北京图书馆藏本:《楚辞集注》八卷《辩证》二卷《后语》六卷,全,六册。首"楚辞集注目录",与端平本同(惟"第一卷"、"第二卷"等改为"卷一"、"卷二"等,墨钉白文)。卷端题"楚辞卷第一朱子集注",次行题"离骚经第一　离骚一",次朱子小序,次入正文。原文用大字,朱注用小字。《楚辞辩证》上卷共十九叶,五至十九系抄补;下卷共十五叶,一至四系抄补。《楚辞后语》目录后有牌记:"建安傅子安宅重刊至元丙子孟春印行"。每半叶十一行,每行二十字,小字双行二十四字。上下细黑口。三鱼尾:上、中顺鱼尾,其间刻卷次(辞×),中、下对鱼尾,其间刻页码,每卷换页。左右双边。《集注》目录、《后语》目录首钤有"翁"字印记,盖常熟翁氏旧藏也。民国后,扫叶山房尝据此影印流传。[①]

据崔富章所载,则此本现藏于北京图书馆,为《楚辞集注》八卷、《楚辞辩证》二卷、《楚辞后语》六卷的合刊本,六册全帙,曾经为常熟翁氏所藏,扫叶山房本《楚辞集注》亦据此影印。

(四)元至正二十三年癸卯高日新宅刊本

此本见于姜亮夫《楚辞书目五种》和崔富章《楚辞书目五种续编》之著录。

---

① 崔富章《楚辞书目五种续编》,第54页。

姜亮夫《楚辞书目五种》：

元至正二十三年癸卯高日新刊本

　　黎庶昌《古逸丛书》据此覆刻，有"宝胜院印"结款。字数与丙子傅本同。《后语》自序目后，有记云："岁在癸卯孟春高日新宅新刊。"四册。

　　《古逸丛书》本又一部，有"星吾校字监刊督印记"一记。[①]

崔富章编著《楚辞书目五种续编》：

元至正二十三年高日新刊本

　　原本不知藏何处。黎庶昌《古逸丛书》据以覆刻，二册。目录、卷端、行款、版口、边栏（左右双边），悉与至元傅子安本同。惟《后语》目录后牌记不同："岁在癸卯孟春高日新宅新刊"。有"宝胜院"印。一九六二年，江苏人民出版社补刻重印《古逸丛书》本，四册。一九八〇年，扬州广陵古籍刻印社重印之，四册，末附校记，以宋端平校之，四十一处有差异也。[②]

姜氏著录此本为四册；崔氏著录为二册，不详孰是。崔富章称此本"目录、卷端、行款、版口、边栏（左右双边），悉与至元傅子安本同"，可见此本或与至元丙子傅子安刊本有承续关系。此本牌记曰："岁在癸卯孟春高日新宅新刊"，考元代癸卯有二：一为元成宗大德七年（1303）；一为元顺帝至正二十三年（1363）。成宗大德七年，元朝甫定，版刻事业未兴，此本当是顺帝至正二十三年所刊。刊刻者高日新未详何人，牌记题："高日新宅新刊"，

---

① 《楚辞书目五种》，第45页。
② 《楚辞书目五种续编》，第56页。

则高日新宅为刊刻之所。此本有"宝胜院"印,宝胜院在杭州西湖,此本为其藏本。

（五）其他元刻本

《楚辞集注》元代刻本,历代书目多有记载,除上述四种外,另有数种刊刻时地不详之元代刻本。最早著录《楚辞集注》元代刻本的书目是明代赵用贤《赵定宇书目》,其文曰:

元板书
《楚辞后语》
《楚辞辩证》①

此外《铁琴铜剑楼藏书目录》、《铁琴铜剑楼藏书题跋集录》、《张元济古籍书目序跋汇编》、《藏园群书经眼录》、《楚辞书目五种》、《楚辞书目五种续编》等书目皆著录有数种具体年代不可考之元代《楚辞集注》刻本:

瞿镛《铁琴铜剑楼藏书目录》曰:

《楚辞集注》八卷附《辩证》二卷《后语》六卷　元刊本

朱子既作《集注》,复订旧注之谬为《辩证》。又以晁补之所辑《续楚辞》二十卷、《变离骚》二十卷,删定五十二篇为《后语》,二书皆自为之序。每卷有"求是室藏本"朱记,卷四有"赵印子印"朱记。②

瞿良士辑《铁琴铜剑楼藏书题跋集录》曰:

《楚辞》八卷附《辩证》二卷《后语》六卷　元刊本

万历癸丑初秋,书贾持此二帙至,云是宋版,余漫应之

① 赵用贤《赵定宇书目》,上海古籍出版社 2005 年版,第 83 页。
② 瞿镛《铁琴铜剑楼藏书目录》,中华书局 1990 年版,第 269 页。

曰:"此元版翻刻耳。"因售之。即质诸家兄虎臣先生,兄细谛之曰:"此宋版而刷工手不佳,故少精采,然不失买王得羊之意。"祉退而识之。后人得此书者,幸勿忽。天启元年纯祉追记。

　　此为七世堂叔祖藏本。公字受蕃,万历戊午举人,顺治己丑会试,头场已定会元,二场以微疾不入。南还后,号曰烬叟,遂绝意功名。公藏书甚富,转徙百余年,零落殆尽,今得此编,不胜我生已晚之感。①

张人凤编《张元济古籍书目序跋汇编》曰:

《楚辞后语》残二卷　**宋朱熹辑　元刊本　一册**

　　宋朱子辑。半叶十行行二十字。全书六卷,卷一到四佚。②

傅增湘《藏园群书经眼录》曰:

《楚辞集注》八卷　**宋朱熹撰**

　　元刊本,十一行,行二十字,与黎刻《古逸丛书》同,但有圈点为异耳。(海虞瞿氏藏。乙卯)③

海虞即今江苏常熟海虞镇,海虞瞿氏即江苏常熟瞿绍基、瞿镛父子。瞿绍基(1772—1836),字荫棠,好蓄书,收藏多宋、元善本,兼及金石。瞿绍基藏书室名恬裕斋,收得张金吾爱日精庐与陈揆稽瑞楼两家所藏宋、元善本,并汪士钟旧藏,价值极高。瞿镛继承父志,复大力搜求,积书至10余万卷。后又因获古铁琴与古铜剑,遂名藏书室为"铁琴铜剑楼"。瞿氏铁琴铜剑楼所藏皆

---

① 瞿良士辑《铁琴铜剑楼藏书题跋集录》,上海古籍出版社2005年版,第215页。
② 张人凤编《张元济古籍书目序跋汇编》(中册),商务印书馆2003年版,第646页。
③ 傅增湘《藏园群书经眼录》,中华书局1983年版,第978—980页。

宋元旧刻旧抄之本,拥书之多,藏书之精,当时无人超过,与山东聊城杨以增"海源阁"藏书相对峙,时有"南瞿北杨"之称。瞿镛子瞿秉渊、瞿秉浚,亦苦守先人之书,并多有增补;孙瞿启甲,编撰有《铁琴铜剑楼藏书目录》,著录古籍一千三百余种。海虞瞿氏祖孙世代藏书长达百余年,解放后,大部分藏书归于北京图书馆。

崔富章编著《楚辞书目五种续编》曰:

元刻本十一种(年月难以考定)

北京图书馆藏本 八册,全。每半叶十一行,行二十字,小字双行二十四字,黑口,左右双边。《辩证》卷下后有割裂。

北京图书馆藏本 四册,全。每半叶十一行,行二十字,小字双行二十四字,细黑口,四周单边。有残破、蠹蚀、撕去藏印处。《辩证》卷下第十二至十五叶抄配。《后语》末朱在、邹应龙序抄配二叶。

北京图书馆藏本 一册,残。《集注》卷一存十六叶(二至七),卷二存一叶(十一),卷三存八叶(一至八),卷四存十七叶(五至二十一),卷五、六、七、八四卷全。每半叶十一行,行二十字;小字双行二十四字。黑口,左右双边。

北京图书馆藏本 一册,残。存《后语》二卷(五,六)。每半叶十行,行二十字,小字双行二十三字。黑口,左右双边。

上海图书馆藏本 六册,残。存《集注》五卷(卷四至八),《辩证》二卷,《后语》四卷(三至六)。每半叶十一行,行二十字,小字双行二十四字。细黑口,左右双边。三鱼尾,间有双鱼尾。

上海图书馆藏本 二册,残。存《后语》六卷,每半叶十一行,行二十字,上下细黑口,左右双边。三鱼尾。与上部不同版。

上海图书馆藏本 一册,残。存《集注》卷一。每半叶十一行,行二十字,上下细黑口,左右双边。三鱼尾。

西南师院藏本 四册,残。存《集注》八卷全。每半叶十一行,行二十字。黑口,左右双边,或四周单边。此书与《古逸丛书》翻元高日新本不同,一有圈点,一无。又与有正书局板宋元书影中所收元刻《楚辞集注》均有细微差别,不同版。

南开大学藏本 六册,残。存《辩证》二卷《后语》六卷。每半叶十一行,行二十字,小字双行二十四字。黑口,左右双边。《后语》叙目缺半叶,抄补。无牌记。

南京图书馆藏本 四册,残。存《辩证》二卷《后语》六卷。清丁丙跋。每半叶九行,行十八字,小黑口,左右双边。无刻工。丁氏《善本书室藏书志》卷二十三著录为"宋刻本",误。

北京大学藏本 一册,残。存《集注》八叶:《湘君》一叶半,《湘夫人》一叶半,《大司命》一叶,《少司命》一叶,《东君》一叶,《河伯》一叶,《山鬼》一叶。每半叶十一行,行二十字,小字双行二十四字。细黑口,四周单边,双鱼尾。[①]

第三节 《楚辞集注》明清刻本研究

一、明代《楚辞集注》刊刻的繁荣局面

明代刻书业繁盛,加之明代尊崇理学,朱熹已被奉为宗师,

---

① 《楚辞书目五种续编》,第54—56页。

朱熹著作刊刻极多,《楚辞集注》刻本也较宋元两代大为增加。《中国古籍善本书目》著录的《楚辞集注》明代刻本多达二十三种:

> 《楚辞集注》八卷《辩证》二卷《后语》六卷　宋朱熹撰　明成化十一年吴原明刻本
>
> 《楚辞集注》八卷《辩证》二卷《后语》六卷　宋朱熹撰　明书林魏氏仁实堂刻本　存五卷　集注一　辩证全　后语五至六
>
> 《楚辞集注》八卷《辩证》二卷《后语》六卷　宋朱熹撰　明正德十四年沈圻刻本
>
> 《楚辞集注》八卷《辩证》二卷《后语》六卷　宋朱熹撰　明正德十四年沈圻刻本　清丁丙跋
>
> 《楚辞集注》八卷《辩证》二卷《后语》六卷　宋朱熹撰　反离骚一卷　汉扬雄撰　明嘉靖十四年袁聚刻本
>
> 《楚辞集注》八卷《辩证》二卷《后语》六卷　宋朱熹撰　反离骚一卷　汉扬雄撰　明嘉靖十四年袁聚刻本　清何煌校
>
> 《楚辞集注》八卷《辩证》二卷《后语》六卷　宋朱熹撰　反离骚一卷　汉扬雄撰　明嘉靖十四年袁聚刻本　清何煌校　清丁丙跋
>
> 《楚辞辩证》二卷　宋朱熹撰　反离骚一卷　汉扬雄撰　明嘉靖十四年袁聚刻本　傅增湘校
>
> 《楚辞集注》八卷《后语》六卷　宋朱熹撰　明嘉靖十四年袁聚刻本　秦更年校并跋
>
> 《楚辞集注》八卷　宋朱熹撰　明嘉靖十七年杨上林刻本

《楚辞集注》八卷 宋朱熹撰 明嘉靖三十八年叶邦荣刻本

《刻京本三闾大夫楚辞集注》八卷《辩证》二卷《注解后语》六卷 宋朱熹撰 明万历六年闽建书林积善堂陈氏昆泉子刻 三十五年陈氏奇泉子印本

《刻京本三闾大夫楚辞辩证》二卷《注解后语》六卷 宋朱熹撰 明万历二年陈氏昆泉子刻本

《楚辞集注》八卷《辩证》二卷《后语》六卷 宋朱熹撰 明万历二十五年吉府刻本

《楚辞集注》八卷《辩证》二卷《后语》六卷 宋朱熹撰 明刻本

《楚辞集注》八卷《辩证》二卷《后语》六卷 宋朱熹撰 明万历朱崇沐刻本

《楚辞集注》八卷《后语》六卷 宋朱熹撰 明胡尧元刻本（集注卷三、四配抄本）

《楚辞集注》八卷《辩证》二卷《后语》六卷 宋朱熹撰 明万历杨鹤刻本

《楚辞集注》八卷《辩证》二卷《后语》六卷 宋朱熹撰 明刻本

《楚辞集注》八卷《辩证》二卷《后语》六卷 宋朱熹撰 明刻本

《楚辞集注》八卷《辩证》二卷《后语》六卷 宋朱熹撰 明刻本

《楚辞集注》八卷 宋朱熹撰 《各家楚词书目》一卷 明

刻本

《楚辞集注》八卷　宋朱熹撰　明刻本

《楚辞集注》七卷　宋朱熹撰　明刻本

《楚辞集注》八卷　宋朱熹撰　明蒋之翘补辑并评校　《附览》
二卷《总评》一卷　明蒋之翘辑　明天启六年蒋之翘刻本

《楚辞集注》八卷　宋朱熹撰　明蒋之翘补辑并评校
《附览》二卷《总评》一卷　明蒋之翘辑　明天启六年蒋
之翘刻本　清林佶批校　卢弨批校

《楚辞评林》八卷《总评》一卷　宋朱熹集注　明沈云翔辑
评　明崇祯十八年吴郡八咏楼刻本

《楚辞评林》八卷《总评》一卷　宋朱熹集注　明沈云翔辑
评　明崇祯十八年吴郡八咏楼刻本　清王庆麟批

《楚辞》五卷《后语》一卷　宋朱熹集注　清王镛抄本①

《中国古籍善本书目》对这些刻本的著录,大都有详细的刊刻时
间和刊刻者记录,这与该书目著录的元代刻本大多不详刊刻时
间和刊刻者信息有明显区别。现择取明刻之善本佳刻数种,研
究《楚辞集注》明刻本之版本情况。

（一）明成化十一年吴原明刊本

此本有何乔新序,知此本刊刻时间为明宪宗成化十一年
（1475）,为现知最早的明刊《楚辞集注》刻本。姜亮夫曰:"诸家
书目,多误以为何乔新刊本,其实乔新为之序而已,刊则吴原明
也。"②诸家书目失之检核,误将吴原明刊本当作何乔新刊本,如
《增订四库简明目录标注》即将此本著录为"明成化乙未何乔新

---

①《中国古籍善本书目·集部》,上海古籍出版社 1998 年版,第 6—8 页。
②《楚辞书目五种》,第 46 页。

刊本"①,其实何乔新序中对刊刻者已有明确交待:

> 《楚辞》八卷,紫阳朱夫子之所校定。《后语》六卷,则朱子以晁氏所集录而刊补定著者也。……予少时得此书而读之,爱其词调铿锵,气格高古。徐察其忧愁郁邑缱绻恻怛之意,则又怅然兴悲,三复其辞,不能自已。顾书坊旧本,刓缺不可读。尝欲重刊以惠学者,而未能也。及承乏浔台,公暇与金宪吴君原明,论朱子著述,偶及此书,因道予所欲为者。吴君欣然出家藏善本,正其讹,补其缺,命工锓梓以传。既而以书属予曰:"书成矣,子其序之。"……成化十一年乙未八月既望,赐进士出身嘉议大夫河南按察使司按察使盱江何乔新书。②

此序可看出三点:一、何乔新确曾有刊刻《楚辞集注》之愿望,但未能成其事,序中说:"尝欲重刊以惠学者,而未能也。"二、成化十一年本乃吴原明刊刻,何乔新作序。吴原明有家藏的《楚辞集注》善本,他以此为底本校勘刊刻,成此成化本《楚辞集注》,并请何乔新为序;三、《楚辞集注》在明代成化年间的流传刊刻情况。据序所言,则《楚辞集注》的传本,在成化年间皆书坊旧本,"刓缺不可读",善本较为奇缺。成化十一年(1475)上距明朝开国洪武元年(1368)已达百年,其间应当有《楚辞集注》刊刻之事,何乔新序中所说吴原明家藏善本或为明代刊刻之《楚辞集注》,若是宋元刻本,何乔新一定会以其珍贵而特别提到的。实情如何,史籍无载,附此以待考。

浙江图书馆有藏本,姜亮夫记其行款版式:

---

① 邵懿辰《增订四库简明目录标注》,上海古籍出版社1959年版,第632页。
② 《楚辞书目五种》,第57—58页。

　　　　半叶九行,行十七字,小字同。成化刊书,字大板宽,多
　　　　用白纸,此本亦同。双栏。有行线,上下白口。书口上刻
　　　　"楚辞集",鱼尾下中缝刊"卷之几"等字。下刻叶数。余旧
　　　　藏与此本全同。①

姜亮夫亦藏有此本,此本还曾被清代藏书家陆时化所收藏。崔
富章《楚辞书目五种续编》还发现此本"何乔新序末叶中缝下有
'吴国柏刊',卷一第三叶中缝有蒋承德等刻工名"②,崔富章著
录的收藏单位除浙江图书馆外,山东图书馆有藏本,八册全,与
浙江图书馆藏本六册全不同;杭州大学藏本,残。

　　成化十一年吴原明刊本对明代《楚辞集注》的刊刻深有影
响,明正德十四年己卯休宁沈圻刊本、明万历二十六年丁酉吉藩
府承奉司常山旸谷魏椿刊本、明万历南京柏芝挺刊本,皆据成化
本重刊。

　　(二)明嘉靖十四年乙未吴县袁聚仿宋刊本
　　姜亮夫《楚辞书目五种》著录此本字数、行款、版式曰:

　　　　　起"楚辞集注目录"及"叙目"。正文起"楚辞卷第
　　　　一"、"集注",其他与通行本全同。白口,左右双阑,上下单
　　　　阑,鱼尾下上刊题名及页数。半页十行,行十八字。粉白
　　　　纸,墨色厚重。字划端劲,嘉靖精刊也。③

可见此本刊刻精美,被姜亮夫喻为"嘉靖精刊",较早著录此本
的有《增订四库简明目录标注》(嘉靖乙未袁氏仿宋刊本)、傅增
湘《藏园群书经眼录》。傅增湘《藏园群书经眼录》曰:

---

① 《楚辞书目五种》,第46页。
② 《楚辞书目五种续编》,第56页。
③ 《楚辞书目五种》,第48页。

《楚辞集注》八卷《辩证》二卷《后语》六卷　宋朱熹撰
《反离骚》一卷

　　明嘉靖十四年袁褧刊本,十行十八字,白口,左右双栏。首行题:"楚辞卷第一",下题"集注"二字,次行低一格题"离骚经第一",下题"离骚一"。《后语》卷第六后有"嘉靖乙未汝南袁氏校刊"一行。《辩证》板心作"卞正",犹有宋刻之遗。

　　铃明钱毅藏印。(余藏。丙辰)①

据《后语》卷六后之刊刻记,知刊刻时间为嘉靖乙未,即嘉靖十四年(1535)。著录此本的书目还有:

王献唐《双行精舍书跋辑存》

《楚辞集注》八卷

　　宋朱熹撰　明嘉靖十四年刻本　二册　山东图书馆藏。②

王重民《中国善本书提要》

《楚辞集注》八卷《后语》六卷《反离骚》一卷《辩证》二卷

　　四册(《四库总目》卷一百四十八)(国会)

　　明翻宋刻本　[十行十八字(19.4＊14.4)]

　　宋朱熹撰。按此本无刻书年月及序跋,又无牌记。考版心所记刻工,有李福、李俊、李进、张铎、张政、张胜、沈祥、王友、王海、王銮、王元、杨忠等名。卷内恒、贞、桓等字缺笔;《辩证》版心作"卞正",均与袁褧刻本相同,版心、高宽、

① 傅增湘《藏园群书经眼录》,中华书局1983年版,第978—980页。
② 王献唐《双行精舍书跋辑存》(续编),齐鲁书社1986年版,第162页。

行款、字数,亦莫不与袁本相同。《艺风堂藏书续记》有一明翻宋本,卷末挖去牌子,殆是袁本?《善本书室藏书志》著录本无牌记。则疑为此本也。此本与袁本同出一源,或即翻袁本,因无序跋,不可知矣。

《楚辞集注》八卷《辩证》二卷《反离骚》一卷《后语》六卷

六册(北图)

明嘉靖间刻本　〔十行十八字(19.7 * 14.6)〕

宋朱熹撰。《后语》卷第六有:"嘉靖乙未汝南袁氏校刊"一行。书《楚辞》目后

《楚辞集注》八卷《辩证》二卷《反离骚》一卷《后语》六卷

六册(国会)

明嘉靖间刻本　〔十行十八字(19.5 * 14.5)〕

宋朱熹撰。卷末有:"嘉靖乙未汝南袁氏校刊"一行。卷内有:"屠印用明""屠用明""屠沽儿"等印记。

朱熹序①

此本为端平本之仿刻本,姜亮夫曰:"余细为比勘,此本盖出端平本,所不同者,端平九行,此作十行尔。而字体书式,全仍旧贯,惟将《反离骚》一篇,移在《后语》之后,与端平为异云。"②姜亮夫先生勘验此本,从字体版式等方面皆与端平本无殊,显然袁褧刊本是仿端平本而刊刻的。据《中国古籍善本书目》,袁褧刊本的传本中有清何煌校本、何煌校丁丙跋本、傅增湘校本、秦更年校并跋本。

此本的现存藏本许多钤有藏印,可反映其递藏过程。杭州

---

① 王重民《中国善本书提要》,上海古籍出版社 1983 年版,第 490 页。
② 《楚辞书目五种》,第 48 页。

大学图书馆藏本,有"穄农藏书"、"昭声藏书"、"穄农"、"如皋祝寿慈藏书印"、"汉鹿斋藏书印"、"寿慈悦目"等印记。穄农,是钱士馨的字。钱士馨,浙江平湖人。明崇祯十五年(1642)贡生。尝受知于吴伟业。甲申(1644)后不仕,以任侠往来河朔。工书、画。穷老以死。此本所钤"穄农藏书"、"穄农"即钱士馨的藏书印鉴,可见此本曾为钱士馨所收藏。汉鹿斋盖最后藏者。美国国会图书馆藏本,有"屠印用明"、"屠用明"、"屠沽儿"等印记。屠用明,明季嘉兴人。

嘉靖乙未袁褧刊本有多个藏本:嘉业堂藏翻宋本、浙江大学图书馆藏本、浙江图书馆藏本、北京图书馆藏清何煌校本、北京图书馆藏民国二十五年傅增湘据元刊本朱笔校、南开大学藏秦更年校并跋本、美国国会图书馆藏本。

此本刊刻者袁褧,明嘉靖间人,字尚之,晚耕谢湖,自号谢湖居士,吴县人(今江苏苏州)。工诗、文、书、画,与其兄及徒弟时称袁氏六俊。书法风格俊迈,法米芾,与文徵明齐名。画山水潇洒。任意写竹枝花朵,饶有兴趣。卒年近八十。有《田舍集》。袁褧更是著名的出版家,刊刻古籍善本良多,如《世说新语》、《文选》及此《楚辞集注》翻宋本等,所谓嘉趣堂本者也。嘉趣堂,袁氏刻书之所也。

(三)明天启六年丙寅橇李忠雅堂蒋之翘楚穄评校本

明天启六年蒋之翘刻本是《楚辞集注》中较为特别一个的本子,他对《楚辞集注》的篇目有所增加,结构有所增益。在结构上,《楚辞集注》的结构由三部分组成:《楚辞集注》八卷;《楚辞辩证》二卷、《楚辞后语》六卷。蒋之翘刻本则除上述三部分外,增益第四部分《附览》二卷于《集注》八卷之后;另外卷首有一卷收录吊屈原的诗文与《楚辞总评》也属结构的增益。在篇目上增加有二：一是《附览》二卷是将朱子《楚辞集注》所删的《七谏》、《九怀》、《九叹》、《九思》四篇重加收录，存以附览；二是《楚辞后语》原为六卷，蒋之翘刻本为八卷，后二卷为蒋之翘所补续篇目。

此本刊刻时间据蒋之翘自序及黄汝亨序，定为明天启六年（1626），因此姜亮夫《楚辞书目五种》著录此本为"明天启六年丙寅檇李忠雅堂蒋之翘楚稺评校本"①、崔富章《楚辞书目五种续编》著录此本为"明天启六年蒋之翘忠雅堂刻本"②，但是较早著录此本的书目对此本的刊刻时间断定则更谨慎些，如王重民《中国善本书提要》著录此本为"明天启间刻本"③、孙殿起《贩书偶记》著录此本曰"天启间刊"④。

此本刊刻者蒋之翘，字楚稺，秀水（今浙江嘉兴）人，明末藏书家。甲申后避兵乱而隐居于襄城。家虽贫而笃志于藏书，收罗明人遗集数十种。镂板刊行有《晋书》、《韩柳文集》及此《楚辞集注》评校本等。又辑《檇李诗乘》四十卷。编纂有《晋书校注》、《昌黎河东集》。家有"三径草堂"。藏书家钱谦益因编《国朝诗集》，曾到他家借阅图书。著有《天启宫词》。忠雅堂盖其刻书之所也。

此本行款每半叶九行，行二十一字，白口，四周单边。书眉上刻有七十二家评语。故此本又题为《七十二家评楚辞》。蒋之翘自序云："王逸、洪兴祖二家训诂仅详，会意处不无贻讥。惟紫阳朱子注甚得所解。原其始意，似亦欲与六经诸书并垂不

① 《楚辞书目五种》，第50页。
② 《楚辞书目五种续编》，第63页。
③ 王重民《中国善本书提要》，上海古籍出版社1983年版，第490页。
④ 孙殿起《贩书偶记》，上海古籍出版社1982年版，第315页。

朽。惜其明晦相半,故余敢参古今名家评,暨家传李长吉、桑民
怿未刻本,裁以臆说,谋诸剞劂氏。"①即所谓七十二家评也。

姜亮夫藏有此本,为其撰写提要,考证甚详,兹录如次:

　　余自藏天启六年刊蒋氏评校本《楚辞集注》八卷、《辩
证》二卷、《后语》八卷,及蒋所自撰之《附览》二卷,起蒋之
翘天启六年序。宋体字,次为天启柔兆摄提格抄秋黄汝亨
序,行书,体近松雪翁。次为司马与沈氏两传。次为李赞传
赞。次为颜延之祭文。次为之翘自为之《哀屈原文》。次
为许国《屈原论》。次为吊屈原诗,录李白、刘长卿至陆佃
等十一家之作。(余别庋一部,无外传以后各部,盖书估裁
去矣。)次为评《楚辞》姓氏,自司马迁至陆时雍,凡七十二
家。次为《楚辞》总目及《楚辞》目录二页。再次为《楚辞》
总评,起司马迁至陆佃,大抵即评《楚辞》姓氏中人也。余
所庋别本,尚有《楚辞集注》原序,则录熹叙目,而省总目
者。正文起"楚辞卷一",题"宋新安朱熹集注"、"明樵李蒋
之翘评校"二行。每章逐节眉注,即七十二家评也。每卷
之末,亦有各家评语。自卷一《离骚经》至卷八《招隐士》皆
然。《集注》八卷。后为《辩证》二卷。首有朱熹小序。《辩
证》卷上起目录,次《离骚经》,次《九歌》;卷下起《天问》,
次《九章》,次《远游》,次《卜居》,次《渔父》,次《九辩》,次
《招魂》,次《大招》,次晁《录》。其后为《楚辞后语》八卷,
首有蒋氏序文(文见下)及目录。(余所庋别本,尚有朱熹
原序,而删去目录,又删起句"右"字,非也。)《后语》起卷
一,下题"宋新安朱熹辑""明樵李蒋之翘校"二行。以下至

---

① 《楚辞书目五种续编》,第64页。

卷六皆同。然熹原本每文皆录晁氏旧叙。而本书全将"晁
氏曰"三字删去，则名实乖矣。卷七卷八，则题"檇李蒋之
翘补撰"（别详）。最后为《楚辞附览》二卷，亦有序，曰：
"汉本《楚辞》载谏、怀、叹、思四篇，朱子删之，谓其无病呻
吟，是矣。奈读者罔闻其说，犹抱遗珠之痛。予聊附之篇
外，以备览"云云。则从王逸本，将熹所删四篇，附之书末
者也。三篇皆用王逸小序，九思则否。且阙"逸南阳人，博
雅多览，读《楚辞》而伤愍屈原，故为之作解，又以"廿三字，
及末"故聊叙训谊焉"句之"叙"字，与冯绍祖校本同。"辞
曰"二字亦阙。[①]

姜亮夫藏有此本的两个本子，对于书目篇章的安排顺序，与别本
的区别都一一做出交待，此本面貌于此约略可睹。

　　明人刻书，有擅改原书的痼疾，此本则校勘精审，多存宋刻
之旧貌，因此版本价值很高。姜亮夫将此本与端平本校读，认为
此本为"有明一代佳椠也"，其文曰：

　　　　明以后俗刻，讹误极多。此本尚多存宋人之旧，姑以端
　　平本照之，则俗误者，此本多与端平本同。如（一）《离骚》
　　"高阳之苗裔"句之"裔"字注，明刻他本多作"故以为远夫
　　子孙之称也"。此与端平本"夫"字并作"末"，是也。
　　（二）"皇览揆余于初度兮"之"于"字，俗本作"於"，此本
　　与端平本并作"于"，又注"余下一无于字"之"于"，此本与
　　端平本作"于"，俗本亦作"於"。（三）"重之以修能"注：
　　"能一作态"之"态"字，此本与端平本同，俗本做"熊"。

---

①《楚辞书目五种》，第50—51页。

（四）"恐年岁之不吾与"注："恐丘用反"，此与端平本同，俗本"丘"作"上"。（五）"彼尧舜之耿介兮"注"耿古逈反"，此本与端平本同，俗本"逈"作"迥"。……则或存唐以来流行之体，或存古正之则，是蒋氏校理盖极精审，当亦有明一代佳椠也。惟亦偶有俗讹，如已巳之讹巳等。盖差在点划，或为手民之讹，不必为校者之失矣。①

可见此本在明刻中较多地保留了宋刻的原貌，其校勘写刻底本或与端平本有渊源。此本在文献版本价值上很高，同时在注释上面汇集了七十二家评注，因此在内容上也堪称善本。

此本现存藏本较多，北京、上海、浙江、江西等数十家图书馆皆有收藏。崔富章考证了此本的南开大学藏本的递藏过程，其文曰：

> 唯南开大学藏本，四册，有清林佶、民国卢弼批校。初为明昆山叶树廉旧藏，钤"归来艸堂"朱文方印。后归侯官林佶，钤"朴学斋"朱文方印。民国间归沔阳卢弼，钤"卢弼"、"慎始基斋"诸方印。②

可见南开大学藏本分别经历过明昆山叶树廉、侯官林佶、民国间沔阳卢弼等人收藏。

二、清代《楚辞集注》刊刻的衰落

清代《楚辞集注》的刊刻极为衰落，见于著录的版本极少，姜亮夫《楚辞书目五种》著录清代《楚辞集注》的版本情况如下：

---

① 《楚辞书目五种》，第51—52页。
② 《楚辞书目五种续编》，第63页。

清康熙三十年重刊明王謷校定陈洪绶绘画本

　　上海图书馆藏本。

　　按此即来钦之述注本,详来书下。

清乾隆五十三年戊申吴堂听雨楼朱墨套印本

　　单刊集注,无辩证、后语两种。全袭沈云翔本。江苏国学图书馆藏范书。北京图书馆藏本。上海图书馆藏本。误题:"明听雨斋刻"。

清文津阁四库全书本

清文澜阁四库全书本

清同治十年洪汝奎刊唐石经馆丛刊本

清光绪三年乙亥崇文书局三十三种本　　无后语

清光绪八年江苏书局本　　无后语

清宣统三年石印　　四册①

姜氏还著录有清代湖北刊本《楚辞辩证》二卷、《后语》六卷。崇文书局三十三种丛书第七十五册一种。崔富章《楚辞书目五种续编》著录的清代《楚辞集注》版本情况如下:

清康熙听雨斋重刊套印沈云翔辑八十四家评本:《朱文公楚辞集注》八卷《总评》一卷

　　杭州大学藏本,八册。每半叶八行,行二十二字。白口,左右双边。黑鱼尾,版心镌"听雨斋"。卷末皆有"听雨斋开雕"一行。考听雨斋为清初秀水曹溶室名。书中"玄"、"鲧"、"眩"、"弦"皆缺笔,"祯"、"历"不缺笔,当刻于康熙间。

---

① 《楚辞书目五种》,第53—54页。

　　福建省图书馆藏本,四册,扉页镌:"朱文公楚辞集注",左右署"八十四家评点"、"听雨斋开雕"。

　　泉州图书馆藏本,四册,扉页镌:"朱文公楚辞集注",左右题"八十四家评点"、"宝仁堂藏板"。

　　又,清华大学藏本,八册,行款同。惟扉页有别,题"楚辞集注",右为"八十四家评点　文奎堂梓",左为"乾隆戊申新镌　听雨斋开雕"。次《楚辞集注》目序(朱熹八卷目及叙目),次批评《楚辞集注》姓氏(八十四家),次沈亚之《屈原外传》,次司马迁《屈原列传》,次《总评》二十一页。卷端题"楚辞集注卷之一"、"朱熹集注"。"贞"、"玄"、"历"等字皆缺笔。眉间朱印评,行间朱印圈点(三角点),亦间有评语。浙江衢县文管会藏本同。"祯"、"历"皆缺笔。则系乾隆五十三年文奎堂重刊也。然综观全书,似为修版重印本。

清康熙内府抄本:《集注》八卷《辩证》二卷《后语》六卷

　　故宫藏本,二册。每半叶九行,行二十二字,小字双行,白口,四周单边。前有成化十一年何乔新序。文中避讳至"玄"字。

文澜阁四库全书本:《集注》八卷《辩证》二卷《后语》六卷

　　浙江图书馆藏,六册。第一册卷一至三为原抄本,第二册以下为清光绪间丁氏补抄本。据《四库全书总目》著录,此书底本为"内府藏本"。考《天禄琳琅书目》卷三载宋版《楚辞》四册,四库本当据以传录。

清光绪三年湖北崇文书局刊本:《集注》八卷《辩证》二卷

　　浙江图书馆藏本,三册。扉页镌"楚辞集注"(篆文),背面有"光绪三年三月湖北崇文书局开雕"牌记。首何乔

新序,次陆长庚序,次庄天合序,次目录。卷端题"楚辞卷
第一　朱子集注"。每半叶十二行、行二十四字。四周双
边。上下黑口,对鱼尾。盖翻明万历吉藩本,惟行款稍殊。
规正大方,刻印俱佳。

清光绪八年江苏书局刻本:《集注》八卷《辩证》二卷《后
语》六卷

浙江图书馆藏本,四册。扉页镌"《楚辞集注》八卷《辩
证》二卷《后语》六卷"(篆文),背面有"光绪壬午十月江苏
书局开雕"牌记。首何乔新序,次目录(同崇文书局本)。
每半叶九行,行十七字,小字双行。左右双边。上下黑口,
单鱼尾。①

清代《楚辞集注》的版本情况大略如此,清代刻本较重要者为清
初康熙间听雨斋重刊套印沈云翔辑八十四家评本。据崔富章著
录,此版在浙江大学、福建省图书馆、泉州图书馆、清华大学等单
位有收藏。清末光绪三年湖北崇文书局刊本《楚辞集注》八卷、
《辩证》二卷亦是清代较重要刊本,据崔富章著录,此版盖翻明
万历吉藩本,规正大方,刻印俱佳。

第四节　《楚辞集注》的域外流传

一、《楚辞集注》的域外刻本

《楚辞集注》在域外的刊刻,主要在日本和朝鲜:

(一)《楚辞集注》和刻本

在日本刻印的汉籍称作和刻本,《楚辞集注》和刻本见于历

---

① 《楚辞书目五种续编》,第64—66页。

代书目著录的有：

1. 东洋覆元刊本

沈德寿《抱经楼藏书志》载此本，其文曰：

《楚辞集注》八卷《辩证》二卷《后语》六卷

宋朱子集注

朱子序

余既集王、洪《骚》注，顾其训故文意之外，犹有不可不知者，然虑文字太繁，览者或没溺而失其要也。别记于后，以备参考。庆元已未三月戊辰。①

2. 日本东京使署景刊本

上海图书馆编《中国丛书综录》载此本，其文曰：

《古逸丛书》

（清）黎庶昌辑

清光绪中遵义黎氏日本东京使署景刊本②

贾晋华《香港所藏古籍书目》亦载此本，其文曰：

《楚辞集注》八卷《辩证》二卷《后语》六卷三册

宋朱熹撰

清光绪间（1875—1908）东京遵义黎氏日本东京使署影刻《古逸丛书》本

又题覆元本《楚辞集注》

中大③

---

① 沈德寿《抱经楼藏书志》，中华书局 1990 年版，第 576 页。
② 上海图书馆编《中国丛书综录》，上海古籍出版社 1982 版，第 259—262 页。
③ 贾晋华主编《香港所藏古籍书目》，上海古籍出版社 2003 年版，第 250 页。

3. 日本庆安四年(清顺治八年)刊本

贾晋华《香港所藏古籍书目》载此本,其文曰:

《楚辞集注》八卷《辩证》二卷《后语》六卷三册

　　宋朱熹撰

　　日本庆安四年(1651)京都村上平乐寺木活字印本

　　中大 PL2521. C5 1651①

姜亮夫《楚辞书目五种》曰:

日本庆安四年(即清顺治八年)刊本

　　内阁文库一部四册。静嘉堂藏一部,十一册,题"详解
楚辞全集"。按底本为成化何乔新本,无辩证。②

崔富章《楚辞书目五种续编》曰:

日本庆安四年(清顺治八年)刊本

　　题注解楚辞全集十一册,《集注》八卷,《后语》六卷,无
《辩证》。《集注》卷八末有刊记:"庆安四年三月吉祥　二
条通玉屋町　村上平乐寺"。首朱熹《楚辞后语》原序,次
何乔新《楚辞》序,次朱子叙目,次冯开之先生读《楚辞语
附》,次入正文(半叶九行,行十八字)。此本作为《楚辞》的
日本刻本,是最为古老的,并作了详细精密的日语训读,把
音训两读的所谓"文选读"方式推到登峰造极地步,在汉文
训读史上占有特殊地位。至享保年间,由八尾平兵卫将
《辩证》刊入,有刊记云:"享保甲辰年三月吉旦　八尾平兵
卫　文台屋治郎兵卫。"③

---

① 贾晋华主编《香港所藏古籍书目》,上海古籍出版社 2003 年版,第 250 页。
②《楚辞书目五种》,第 54 页。
③《楚辞书目五种续编》,第 66—67 页。

上述三个和刻本,第一种沈德寿《抱经楼藏书志》著录之东洋覆元刊本,疑与第二种黎氏日本东京使署景刊本同出一本,二者皆题"覆元本",附此待考。第三种日本庆安四年(清顺治八年)刊本,据姜亮夫著录,此本底本为明成化何乔新本,崔富章说此本"作为楚辞的日本刻本,是最为古老的",可见此本具有很高的文献价值。

(二)《楚辞集注》朝鲜刻本

姜亮夫《楚辞书目五种》著录《楚辞集注》朝鲜刻本三种:

朝鲜覆宋端平本

日本内阁文库。编首补钞何乔新序一篇。

朝鲜覆元刊活字本

后语目后有"建安虞信亨宅重刊,至治辛酉腊月印行"木记。又有"甲戌五月密阳府开板"一行。日本图书寮汉籍善本书目云:"三册。甲戌,即景泰五年也。庆长十九年(即万历四十二年),德川家康在骏府所贻其子秀忠"云。

朝鲜刊本 静嘉堂藏,四册

森立之《经籍访古志》云:"《楚辞集注》八卷,《后语》六卷,朝鲜国刊本,求古楼藏。卷首末有默轩懒斋题名,俱为天龙寺铁山和尚别号。"①

叶德辉《郎园读书志》著录有一种朝鲜刻本:

《楚辞辩证》二卷 高丽仿刻南宋嘉定本

此高丽仿南宋嘉定刻本楚辞辩证二卷。书中"桓"、

---

① 《楚辞书目五种》,第54页。

"匡"、"贞"、"顼"、"让"、"緪"等字避讳缺笔。"桓"嫌名"完",玄嫌名"县"、"悬"避。"殷"字有避有不避。"让（讓）"之嫌名"攘"、"壤"均不避。岂以已祧之庙故耶？因取黎庶昌刻元翻宋本校之。……"迁"作"纡"。其增损异同有如此者。又卷上十三叶"沈约"条，元本在十二叶"王逸"条后，其次第亦复相歧，盖彼为元人重刊，此为门人初刻，一切皆当以此为定本也。每叶八行，行十九字，字近柳体。与昔年在厂肆所见《资治通鉴》无注本同，盖一时风气为之。但彼为硬黄纸刷印，不及此本细茧纸之精，字迹亦无此明朗。前有"范从楫印"、"清誉堂藏书记"两朱文印。曾藏长沙周侍郎家。侍郎名寿昌，字荇农，晚号"自庵老人"，近为予得。书估坚持以为宋本，余亦漫应之。然不敢自欺以欺来者，故揭明之。光绪甲午冬月郋园主人德辉志。①

按：此本姜亮夫认为非高丽刻本，而是"宋嘉定四年同安郡斋刊本"。他说："叶德辉以为高丽刊本（见《郋园读书志》）者误也。"②

李仁荣《清芬室书目》著录有三种《楚辞集注》朝鲜刻本。李仁荣是朝鲜人，《清芬室书目》为其个人藏书目录。

《楚辞集注》残本二卷一册

　　中宗、明宗年间甲寅字刊本，存卷三四两卷，左右双边，有界，九行，行十六字，注双行匡郭长二四.〇厘米，广一六.〇厘米黑口。③

---

① 叶德辉《郋园读书志》，台北：明文书局1990年版，第758页。
② 《楚辞书目五种》，第342页。
③ 张伯伟《朝鲜时代书目丛刊》，中华书局2004年版，第4775页。

《楚辞》缺本一册

宋朱熹注。卷一缺。覆元刊本。木板,四周单边,无界,十一行,二十字,注双行二十四字,匡郭长一九厘米,广一二.五厘米,黑口。按隆庆乙亥字本《攷事撮要》,平壤藏此书册板。参照经籍访古志卷六。①

《楚辞后语》六卷《辩证》二卷一册

宋朱熹集注。端宗二年甲戌密阳刊。覆庚子字活字刊本。木板,四周双边,或单边,有界,十一行,二十一字,注双行。匡郭长二二.〇厘米,广一五.七厘米,黑口。首有目录,次建安虞信亨宅重刊至治辛酉□月印行木记,尾有都观察黜陟使李崇之等刊刻者列衔。及甲戌五月 日,密阳府开刊刊记。按隆庆乙亥字本《攷事撮要》密阳册板有此书。②

徐有榘《镂板考》卷六著录《楚辞集注》朝鲜刻本一种:

《楚辞》八卷《辩证》二卷《后语》六卷

宋朱子集注。以屈原所作二十五篇为《离骚》,宋玉以下十六篇为《续离骚》。随文诠释,各注以比兴赋字,如毛亨《诗传》例。其纠驳旧注者,别为《辩证》。又刊定晁补之《续楚词》、《变离骚》二书,录荀卿至吕大临所作五十二篇为《后语》。

□北观察营藏　刊　印纸七碟五张。③

---

① 张伯伟《朝鲜时代书目丛刊》,中华书局2004年版,第4618页。
② 同上,第4619页。
③ 同上,第2017页。

二、《楚辞集注》的域外藏本

《楚辞集注》的刻本藏于域外者，据书目著录，主要收藏在美国国会图书馆和日本的内阁文库和静嘉堂以及朝鲜的藏书机构。

（一）美国国会图书馆藏本

王重民《中国善本书提要》著录数种美国国会图书馆所藏《楚辞集注》刻本：

《楚辞集注》八卷《后语》六卷《反离骚》一卷《辩证》二卷

四册（《四库总目》卷一百四十八）（国会）

明翻宋刻本　　［十行十八字（19.4＊14.4）］

宋朱熹撰。按此本无刻书年月及序跋，又无牌记。考版心所记刻工，有李福、李俊、李进、张铎、张政、张胜、沈祥、王友、王海、王銮、王元、杨忠等名。卷内恒、贞、桓等字缺笔；《辩证》版心作"卞正"，均与袁耿刻本相同，版心、高宽、行款、字数，亦莫不与袁本相同。《艺风堂藏书续记》有一明翻宋本，卷末挖去牌子，殆是袁本？《善本书室藏书志》著录本无牌记，则疑为此本也。此本与袁本同出一源，或即翻袁本，因无序跋，不可知矣！

朱熹序

《楚辞集注》八卷《辩证》二卷《反离骚》一卷《后语》六卷

六册（国会）

明嘉靖间刻本　　［十行十八字（19.5＊14.5）］

宋朱熹撰。卷末有："嘉靖乙未汝南袁氏校刊"一行。卷内有："屠印用明"、"屠用明"、"屠沽儿"等印记。

朱熹序

《楚辞集注》八卷《后语》六卷《辩证》二卷

六册（国会）

明万历间刻本　［九行十九字(19.9＊13.4)］

原题："朱子集注，后学监察御史高安朱吾弼重编，礼部郎中婺源汪国楠、婺源知县嘉兴谭昌言、婺源教谕新淦朱家楸、光禄署丞歙邑吴勉学同校，婺源庠生王正巳，文公裔孙庠生朱崇沐阅梓。"按此本校刻人题名，与万历三十三年刻本《朱文公校昌黎先生文集》相同，朱吾弼序《韩集》云："崇沐尽刻紫阳遗集"，此亦其一也。此本为黄景仁所校阅，卷端有其题记云：

同治元年仲冬中旬，照听雨斋刻板八十四家评点本较阅，并节录评语，师山黄景仁志。

何乔新序　［成化十一年(一四七五)］

《楚辞》二十卷首一卷

八册（国会）

明天启间刻本　［九行二十一字(20.4＊12.9)］

原题："宋新安朱熹集注，明樵李蒋之翘评校。"按《小腆纪传》卷五十八："之翘，字楚稺，秀水布衣。甲申后隐于市，尝校刊《楚词》、《晋书》、《韩柳文集》。又辑《樵李诗乘》四十卷，晚年无子，书佚无存者。"按《四库存目》卷五十载之翘所辑《晋书别本》一百三十卷；其所校韩、柳集各五十二卷，今犹通行，且多翻本；《楚词》即是书矣。是书就朱熹《集注》而广之，凡分四集：一，《楚辞》八卷，即朱注，惟增眉评；二，《附览》二卷，辑《七谏》、《九怀》、《九叹》、《九思》四篇，朱子之所删，存以附览；三，《辩证》二卷；四，《后语》八卷,《后语》原为六卷,后二卷之翘所补续也。卷首一卷,则载吊屈原诗文与《楚辞总评》等。

自序　［天启六年(一六二六)］

黄汝亨序　［天启六年(一六二六)］①

(二) 日本内阁文库藏本

姜亮夫《楚辞书目五种》著录有《楚辞集注》日本内阁文库藏本三种:

吴讷刊本

日本内阁文库藏本。

讷字敏德,常熟人。宣德间官右都御史。有《文章辨体》。

日本庆安四年(即清顺治八年) 刊本

内阁文库一部四册。静嘉堂藏一部,十一册,题"详解楚辞全集"。按底本为成化何乔新本,无辩证。

朝鲜覆宋端平本

日本内阁文库。编首补钞何乔新序一篇。②

姜氏还著录《楚辞辩证》二卷日本内阁文库藏本一种:

元天历三年庚午陈忠甫宅刊本

有《辩证》、《后语》。半页十一行。大字二十,小字二十四。黑口。末有"天历庚午孟夏陈忠甫宅新刊"十二字。双边。见《文禄堂访书记》。但王氏以为与《集注》合刻皆

---

① 王重民《中国善本书提要》,上海古籍出版社 1983 年版,第 490 页。
② 《楚辞书目五种》,第 53—54 页。

误也。此本仅有《后语》、《辨证》二种。日本内阁文库藏。①

(三) 日本静嘉堂藏本

姜亮夫《楚辞书目五种》著录有两种日本静嘉堂《楚辞集注》藏本:

朝鲜刊本。静嘉堂藏,四册。

森立之《经籍访古志》云:"《楚辞集注》八卷,《后语》六卷,朝鲜国刊本,求古楼藏。卷首末有默轩懒斋题名,俱为天龙寺铁山和尚别号。"

日本庆安四年(即清顺治八年)刊本。

内阁文库一部四册。静嘉堂藏一部,十一册,题"详解楚辞全集"。按底本为成化何乔新本,无《辨证》。②

(四) 日本求古楼藏本

森立之《经籍访古志》卷八,载有日本求古楼藏本《楚辞集注》刊本一种:

《楚辞集注》八卷《后语》六卷　元椠本　求古楼藏

每半板十一行,行二十字,注双行二十四字。界长六寸五分,幅三寸九分。四周单边,记字数,不题刊行年月。

又卷首末有"默轩"、"懒斋"题名,俱为天龙寺铁山和尚别号。③

据森立之《经籍访古志》卷一可知,求古楼为日人狩谷氏之

---

① 《楚辞书目五种》,第 343 页。
② 同上,第 54 页。
③ 森立之《经籍访古志》(《海王邨古籍书目题跋丛刊》),中国书店 2008 年版,第 89 页。

藏书所。

（五）朝鲜清芬室藏本

清芬室为朝鲜人李仁荣的个人藏书室，据其藏书目录，藏有三种《楚辞集注》刻本：

《楚辞集注》残本二卷一册

中宗、明宗年间甲寅字刊本，存卷三四两卷，左右双边，有界，九行，行十六字，注双行匡郭长二四.〇厘米，广一六.〇厘米，黑口。①

《楚辞》缺本一册

宋朱熹注。卷一缺。覆元刊本。木板，四周单边，无界，十一行，二十字，注双行二十四字，匡郭长一九.〇厘米，广一二.五厘米，黑口。按隆庆乙亥字本《攷事撮要》，平壤藏此书册板。参照《经籍访古志》卷六。②

《楚辞后语》六卷《辩证》二卷一册

宋朱熹集注。端宗二年甲戌密阳刊。覆庚子字活字刊本。木板，四周双边，或单边，有界，十一行，二十一字，注双行。匡郭长二二.〇厘米，广一五.七厘米，黑口。首有目录，次建安虞信亨宅重刊至治辛酉□月印行木记，尾有都观察黜陟使李崇之等刊刻者列衔。及甲戌五月　日，密阳府开刊刊记。按隆庆乙亥字本《攷事撮要》密阳册板有此书。③

（六）朝鲜奎章阁藏本

奎章阁为朝鲜藏书机构，其西库藏有《楚辞后语》一件二

---

① 张伯伟《朝鲜时代书目丛刊》，中华书局 2004 年版，第 4775 页。
② 同上，第 4618 页。
③ 同上，第 4619 页。

册,据《西库藏书录》曰:

《楚辞后语》一件两册①
《楚辞辩证》一件一册②

(七) 朝鲜関北观察营藏本

徐有榘《镂板考》卷六著录《楚辞集注》朝鲜刻本一种,据其提要语,则为朝鲜関北观察营藏本:

《楚辞》八卷《辩证》二卷《后语》六卷

宋朱子集注。以屈原所作二十五篇为《离骚》,宋玉以下十六篇为《续离骚》。随文诠释,各注以比兴赋字,如毛亨《诗传》例。其纠驳旧注者,别为《辩证》。又刊定晁补之《续楚词》、《变离骚》二书,录荀卿至吕大临所作五十二篇为后语。

関北观察营藏　刊　印纸七碟五张。③

综上,《楚辞集注》的刊刻最早为庆元四年戊午(1198)刻本,这个刊本是《楚辞集注》八卷的单刻本,存佚情况不详;《楚辞辩证》卷二的刊刻最早为宋嘉定四年(1211)朱熹门人杨楫在同安郡斋所刊刻;《楚辞后语》六卷的刊刻最早为嘉定十年(1217),与《集注》合刊问世。嘉定十年刻本是将《楚辞集注》八卷、《楚辞辩证》二卷、《楚辞后语》六卷首次合刻而成,以后的通行本《楚辞集注》皆由上述三个部分合刻组成。现存最早的《楚辞集注》版本为宋嘉定六年(1213)章贡郡斋刻本,北京图书馆

---

① 《西库藏书录》,张伯伟《朝鲜时代书目丛刊》,中华书局2004年版,第737页。
② 同上,第744页。
③ 徐有榘《镂板考》卷六,张伯伟《朝鲜时代书目丛刊》,中华书局2004年版。

有藏本。《楚辞集注》与《楚辞章句》、《楚辞补注》相比,现存版本最古,后两者最早的刻本皆是明代刊本,独《楚辞集注》现存有数种宋代刻本,其中保存最完整,版本价值最高的为宋端平二年乙未(1235)朱鉴刊本。《楚辞集注》的现存版本数量也是最多的,元明清各代刻本保存下来也很多。朱熹《楚辞集注》的影响还扩展到了海外,在美国、日本和朝鲜半岛皆有《楚辞集注》的刻本和藏本。对《楚辞集注》版本的历史和现状的厘清,有助于我们对《楚辞集注》的进一步研究和利用。

第三章 朱熹《楚辞集注》
训诂研究

第一节 《楚辞集注》的训诂体例

朱熹作《楚辞集注》时，对王逸《楚辞章句》和洪兴祖《楚辞补注》的训诂成果充分吸收，同时在《楚辞》的注释上做了很大的创新，这表现在形式和内容两个方面。内容上《楚辞集注》特别重视义理的阐发，形式上朱熹在训诂体例上做了很大的改进。他说：

> 凡说诗者，固当句为之释，然亦但能见其句中训故字义而已，至于一章之内，上下相承、首尾相应之大指，自当通全章而论之，乃得其意。今王逸为骚解，乃于上半句下，便入训诂，而下半句下，又通上半句文义，而再释之，则其重复而繁碎甚矣。补注既不能正，又因其误。今并删去，而放《诗传》之例，一以全章为断，先释字义，然后通解章内之意云。（《楚辞辩证·离骚经》）①

---

① 《楚辞集注》，第174页。

诚如朱熹所说,王逸《章句》和洪兴祖《补注》在训诂上确有重复而繁碎之弊,一方面有征引广泛,保存大量原始文献的优长,另一方面也造成注释冗长,词义割裂,不便读者阅读和吟诵的弊端。朱熹因此在形式进行了创新,这可以在训诂体例上得到体现:他将《楚辞》原有的王逸和洪兴祖的注完全删去,然后重新作注,尽管新注吸收了王、洪二人的许多训诂成果,但在形式上则完全是创新的。他的训诂体例总体而言就是:"放《诗传》之例,一以全章为断,先释字义,然后通解章内之意云。"

体例一:以全章为断

朱熹《楚辞集注》训诂释义皆以章为断,先列全章诗句,然后在章下作注。《楚辞集注》的这种训诂体例,是朱熹继承了他的《诗集传》的训诂体例。他认为解诗时,对于每句诗中的字义固然需要——解释明了,但对于整章意旨,更应前后照应,"通全章而论之,乃得其意"。他的《诗集传》就是既重句中训故字义,又重通全章意旨的串讲。朱熹《楚辞集注》全仿《诗集传》之训诂体例。《楚辞》的一章,一般为四句,偶有四句以上者。朱熹《楚辞集注》即以章为断而下注。

(一) 四句为章

《楚辞》的大部分篇章皆以四句为章,如:

> 帝高阳之苗裔兮,朕皇考曰伯庸。摄提贞于孟陬兮,惟庚寅吾以降。陬,侧鸠反,又子侯反。降,叶乎攻反。○此章,赋也。德合天地称帝。高阳,颛顼有天下之号也。颛顼之后,有熊绎者,事周成王,封为楚子,居于丹阳。传国至熊通,始僭称王,徙都于郢,是为武王。生子瑕,受屈为卿,因

以为氏。苗裔，远孙也。苗者，草之茎叶，根所生也。裔者，衣裾之末，衣之余也，故以为远末子孙之称也。朕，我也，古者上下通称之。皇，美也。父死称考。伯庸，字也。屈原自道：本与君共祖，世有令名，以至于己，是恩深而义厚也。摄提，星名，随斗柄以指十二时辰者也。贞，正也。孟，始也。陬，隅也。正月为陬，盖是月孟春昏时，斗柄指寅，在东北隅，故以为名也。降，下也。原又自言：此月庚寅之日，己始下母体而生也。(《离骚》)①

曰遂古之初，谁传道之？上下未形，何由考之？ 遂，往也。道，犹言也。上下，谓天地也。问往古之初，未有天地，固未有人，谁得见之，而传道其事乎？(《天问》)

后皇嘉树，橘徕服兮。受命不迁，生南国兮。 徕，古来字。服，叶蒲北反。国，音域。○后皇，指楚王也。嘉，喜好也。言楚王喜好草木之树，而橘生其土也。《汉书》"江陵千树橘"，楚地正产橘也。受命不迁，《记》所谓"橘踰淮而北为枳"也。旧说：屈原自比志节如橘，不可移徙，是也。篇内意皆放此。(《九章·橘颂》)

衿荛茄之绿衣兮，被夫容之朱裳。芳酷烈而莫闻兮，不如襞而幽之离房。 衿，其禁反，带也。茄，古荷字；夫容，亦古芙蓉；字通用。余并见《骚经》。襞，音壁，迭衣也。离房，别房也。(《反离骚》)

《楚辞集注》中的《离骚》、《天问》几乎全篇，《九歌·大司命》、《九章·惜诵》、《九章·橘颂》、《楚辞后语·反离骚》全篇以及其他篇章中的大部分皆以四句为一章。

---

① 《楚辞集注》，第3页。

（二）四句以上为章者

《楚辞集注》中也有许多篇章是以四句以上为章者,主要以六句、八句、十二句为多:如:

1. 五句为章。《楚辞集注》中以五句为章者,很少见,主要有下列几例:

被明月兮佩宝璐,世溷浊而莫余知兮,吾方高驰而不顾。驾青虬兮骖白螭,吾与重华游兮瑶之圃。璐,音路。知下,一无分字;顾下,一有分字;皆非是。虬、螭,音义皆已见前篇。圃,叶去声。○在背曰被。明月,珠名,以其夜光,有似明月,故以为名。璐,美玉名。乘灵物,从圣帝,游宝所,皆见其志行之高远。(《九章·涉江》)

攀援桂枝兮聊淹留,虎豹斗兮熊罴咆,禽兽骇兮亡共曹。王孙兮归来!山中兮不可以久留。援,一作折,一无援字。咆,蒲交反,叶蒲侯反。曹,叶徂侯反。归来,一作来归。○再言攀援桂枝聊淹留者,明原未有归意,不可得而招也。故又言山中之不可居者,而于终篇卒致其意,若曰非不可留,但不可久耳,不敢遽必其来之词也。(《招隐士》)

2. 六句为章。《楚辞集注》中六句为章者,占有一定比例,《九歌》中的《湘君》、《东君》、《山鬼》、《国殇》等篇目中都有六句为章者;《远游》、《九辩》、《招隐士》等篇目中皆有六句为章者。

乘赤豹兮从文狸,辛夷车兮结桂旗。被石兰兮带杜衡,折芳馨兮遗所思。余处幽篁兮终不见天,路险难兮独后来。从,才用反。狸,一作狸。衡,一作蘅。折,音哲。遗,去声。篁,音皇。来,叶音厘。○所思,指人之悦己,而己欲媚之者

也。幽,深也。篁,竹丛也。后来,言其出之迟也。(《九
歌·山鬼》)

　　愿赐不肖之躯而别离兮,放游志乎云中。乘精气之抟
抟兮,骛诸神之湛湛。骖白霓之习习兮,历群灵之丰丰。
志,一作意。抟,度官反。湛,旧音羊戎反。骖,一作参,一
作六。灵,一作神。○既为谗妒所郭,故愿乞身而去也。精
气,谓日月。抟,与团同。湛湛,厚集貌。习习,飞动貌。丰
丰,言多也。(《九辩》)

　　3. 七句为章。《楚辞集注》中七句为章者,比较少见,试举
一例:

　　扬枹兮拊鼓,疏缓节兮安歌,陈竽瑟兮浩倡。灵偃蹇兮
姣服,芳菲菲兮满堂。五音纷兮繁会,君欣欣兮乐康。枹,
一作桴,房尤反。疏,平声。倡,音昌。姣服,一作妖般,古
字通也。乐,历各反。○扬,举也。枹,击鼓槌也。拊,击
也。疏,希也。举枹击鼓,使巫缓节而舞,徐歌相和,以乐神
也。陈,列也。浩,大也。竽,笙类,三十六簧。瑟,琴类,二
十五弦。灵,谓神降于巫之身者也。偃蹇,美貌。姣,好也。
服,饰也。古者,巫以降神,神降而托于巫,则见其貌之美而
服之好,盖身则巫而心则神也。菲菲,芳貌。五音,谓宫、
商、角、徵、羽也。纷,盛貌。繁,众也。君,谓神也。欣欣,
喜貌。康,安也。此言备乐以乐神,而愿神之喜乐安宁也。
(《九歌·东皇太一》)

　　4. 八句为章。《楚辞集注》中以八句为章者,和六句为章者
一样也有一定比例,如:

　　出不入兮往不反,平原忽兮路超远。带长剑兮挟秦弓,

首虽离兮心不惩。诚既勇兮又以武,终刚强兮不可凌。身既死兮神以灵,魂魄毅兮为鬼雄!忽兮路,一作路兮忽。弓,叶音经。虽,一作身。魂魄毅,一作子魂魄。雄,叶音形。○平原忽兮路超远,言身弃平原,神欲归而去家远也。带剑、挟弓,犹不舍武也。惩,创艾也。虽死而心不悔也。魂魄,死者之神灵,盖魂神而魄灵,魂气而魄精,魂阳而魄阴,魂动而魄静,生则魂载其魄,魄检其魂,死则魂游散而归于天,魄沦坠而归于地也。毅为鬼雄者,毅然为百鬼之雄杰也。(《九歌·国殇》)

5. 九句为章。《楚辞集注》中以九句为章者,很少见。

　　世溷浊而不清:蝉翼为重,千钧为轻;黄钟毁弃,瓦釜雷鸣;谗人高张,贤士无名。吁嗟默默兮,谁知吾之廉贞?张,音帐。吁,一作于。默,一作嘿。○此因而自叹之词也。蝉翼,言轻薄也。黄钟,谓钟之律黄钟者,器极大而声最闳也。瓦釜,无声之物。雷鸣,谓妖怪而作声如雷鸣也。张,自侈大也,《左传》曰:"随张必弃小国"(《卜居》)

6. 十句为章

　　魂兮归来!东方不可以托些。长人千仞,惟魂是索些。十日代出,流金铄石些。彼皆习之,魂往必释些。归来归来!不可以托些。索,叶先各反。铄,诗若反。石,叶时若反。释,叶诗若反。归来归来,一作魂兮归来,一作归来兮;通下六章并同。○托,寄也。八尺曰仞。索,求也。言东方有长人之国,人高千仞,主求人魂而食之也。铄,销也。言东方有扶桑之木,十日并在其上,以次更行,其热酷烈,金石坚刚,皆为销释也。彼,谓其处居人也。释,

解也。(《招魂》)

7. 十二句为章

　　观江河之纡曲兮,离四海之沾濡。攀北极而一息兮,吸沆瀣以充虚。飞朱鸟使先驱兮,驾太一之象舆。苍龙蚴虬于左骖兮,白虎骋而为右騑。建日月以为盖兮,载玉女于后车。驰骛于杳冥之中兮,休息虖昆仑之墟。以,一作吕。蚴,于纠反。虬,渠纠反。騑,叶芳无反。虖,一作乎。墟,丘于反。○《晋志》云:"北极五星,天运无穷,三光迭耀,而极星不移。故曰居其所而众星拱之。"《淮南》云:"左青龙,右白虎,前朱雀,后玄武。"注云:"角、亢为青龙,参、伐为白虎,星、张为朱雀,斗、牛为玄武。"沈存中云:"朱雀,莫知何物,但谓鸟而朱者,羽族赤而翔上,集必附木,此火之象也。或云:'鸟即凤也。'然天文家朱鸟,乃取象于鹑。南方七宿,曰鹑首、鹑火、鹑尾是也。盖鹑无尾,故以翼为尾云。"象舆,以象齿饰舆也。玉女、青要、乘弋等也。墟,大丘也。(《惜誓》)

8. 十四句为章

　　沉寥兮,天高而气清;宋廖兮,收潦而水清。憯凄增欷兮,薄寒之中人;怆怳懭悢兮,去故而就新;坎廪兮,贫士失职而志不平;廓落兮,羁旅而无友生;惆怅兮,而私自怜。沉,音血。寥,一作嘐。清,疾正反;古作瀞;一作平。宋,一作寂。廖,一作寥,一作漻,并音聊。憯,七感反。欷,虚毅反。中,去声。怆,初亮反。怳,许昉反。懭,口广反。悢,音朗,又音亮。廪,一作槟,并力敢反。贫,一作穷。羁,一作覊。一无生字,非是。怜,叶音邻。○沉寥,旷荡空虚也;

或曰萧条无云貌。清，无垢秽也。宋，无人声。寥，空虚也。收潦，水清；川水夏浊，至秋而清也。憯凄，悲痛貌。欷，泣叹貌。怆怳、懭悢，皆失意貌。去故就新，别离也。坎壈，不平也。廓落，空寂也。惆怅，悲哀也。(《九辩》)

9. 十六句为章

公正无私，反见从横；志爱公利，重楼疏堂；无私罪人，憼革二兵。道德纯备，谗口将将。仁人绌约，敖暴擅强，天下幽险，恐失世英。螭龙为蝘蜓，鸱枭为凤皇。比干见刓，孔子拘匡。 横，叶音黄。憼，与儆同。兵，叶补芒反。将，七羊反。敖，与傲同。英，叶音央。螭，丑知反。蝘，音偃。蜓，音典。鸱，称脂反。枭，工尧反。○反见从横者，反见谓为从横反复之人也。爱，犹贪也。窃，取公家之利以为己有，而反得华屋以居也。憼，戒也。革，甲也。二，副也。言无私心，而治有罪之人，乃反恐为所雠害，而常为兵革以备之也。将将，声也，《诗》曰："佩玉将将。"螭，见《九歌》。蝘蜓，蜥蜴也。鸱枭，见《惜誓》。(《楚辞后语·俭诗》)

上述十六句、十四句、十句为章者，都较少见，唯十二句为章者较为多见。《哀时命》"居处愁以隐约兮，志沈抑而不扬……众比周以肩迫兮，贤者远而隐藏。"共四十四句为章，仅此一例。

（三）四句以下为章者

《楚辞集注》也有少数四句以下为章者，如：

成礼兮会鼓，传芭兮代舞。姱女倡兮容与。 成，一作盛。芭，一作巴，卜加反。姱，音户。倡，音昌。与，一作冶。

〇会鼓,急疾击鼓也。芭,与葩同,巫所持之香草也。代,更也。持以舞讫,复传与人,更用之也。姱,好也。女倡,女子为倡优也。容与,有态度也。(《九歌·礼魂》)

宁与黄鹄比翼乎? 将与鸡鹜争食乎? 黄鹄,大鸟,一举千里。鹜,鸭也。(《卜居》)

吾告堵敖以不长。楚人谓未成君而死者曰敖。堵敖者,楚文王子成王兄也。(《天问》)

体例二: 先列校勘和注音,然后隔以"〇"符号,再列释义

朱熹《楚辞集注》的注释既重训诂字义,又重阐发义理,为此目的,《楚辞集注》在注释的形式上先列校勘和注音,再列释义,在"释义"之前标以"〇"符号与前者区隔。举例分析如下:

步余马于兰皋兮,驰椒丘且焉止息。进不入以离尤兮,退将复修吾初服。焉,尤虔反。离,力智反。一无复字。服,叶蒲北反。〇比也。步,徐行也。泽曲曰皋,其中有兰,故曰兰皋。丘上有椒,故曰椒丘。徐步驰走,而遂止息,必依椒兰,不忘芳香,以自清洁,所谓回朕车以复路也。进既不入以离尤,则亦退而复修吾初服耳。(《离骚》)

此例中:"步余马于兰皋兮,驰椒丘且焉止息。进不入以离尤兮,退将复修吾初服。"为楚辞诗句原文,原文之下即为朱熹《集注》的注释部分。我们可以清楚地看到注释中的"〇"符号将注释分成两个部分:前一部分为注音和校勘的部分,后一部分为释义的部分。其实这个注释由三个部分组成:

第一部分:注音和校勘部分,如例,"焉,尤虔反。离,力智

反。一无复字。服,叶蒲北反。"即为注音和校勘的部分。朱熹
不是按照先注音后校勘,或者先校勘后注音这一功能顺序来安
排这部分内容,而是按照诗句中字词的顺序来安排这部分内容
的。其中"焉,尤虔反。离,力智反",分别用反切法注释"驰椒
丘且焉止息"中的"焉"字的读音和"进不入以离尤兮"中"离"
的读音。下来"一无复字"是朱注的校勘内容,朱熹指出此章
"退将复修吾初服"一句别本"无复字",这是校勘版本的异同。
"服,叶蒲北反",又是注音内容,是用反切法注出"服"字的叶
韵。这部分共注释了四个字,其顺序就是其在诗句中出现的
顺序。

第二部分:"○",这是一个分隔符,这个分隔符将注释中不
同功能的两个部分进行了分隔,使得注释眉目清楚,极便读者阅
读使用。这个符号的运用在朱熹注释四书时亦为通例,这是先
秦两汉时代简帛书籍书写形式之遗。

第三部分:释义部分。上例中的"比也。步,徐行也。泽曲
曰皋,其中有兰,故曰兰皋。丘上有椒,故曰椒丘。徐步驰走,而
遂止息,必依椒兰,不忘芳香,以自清洁,所谓回朕车以复路也。
进既不入以离尤,则亦退而复修吾初服耳"。即为释义部分。
释义部分的顺序是先释词义再释句义,有时先释前两句的词义
和句义,再释后两句的字义和句义。

朱熹《楚辞集注》的这个训诂体例,是极为科学的,因为同
一种书有不同层次的、不同目的的读者,将注音和校勘部分与释
义部分区分开来就可以使不同层次、不同目的的读者更方便地
利用此书。如他先列注音,就很方便对此书的吟诵,这可满足讽
诵者的需要;"○"后的释义部分,方便对诗句的理解,这可满足
研读者的需要。

体例三：释义时,"先释字义,然后通解章内之意"

《楚辞集注》在释义时,先释字义词义,然后串讲整章意旨。如:

> 竭忠诚而事君兮,反离群而赘肬。忘儇媚以背众兮,待明君其知之。君兮之间,一有子字,非是。赘,之芮反。肬,音尤;一作尤,叶于其反。儇,许缘反。背,音佩。一无明字,一无君字,皆非是。○赘肬,肉外之余肉,《庄子》所谓"附赘悬肬"者是也。儇,轻利也。媚,柔佞也。言尽忠以事君,反为不尽忠者所摈弃,视之如肉外之余肉,然吾宁忘儇媚之态,以与众违,其所恃者,独待明君之知耳。(《九章·惜诵》)

此例中,"赘肬,肉外之余肉,……独待明君之知耳",即为释义的内容。朱注先释字义,依其在诗句中的顺序依次解释了"赘肬"、"儇"、"媚"等字词之意义,接着串讲整章意旨:"言尽忠以事君,……独待明君之知耳。"朱注先释字义,然后串讲的训诂体例,便于读者对诗句的理解。

体例四:《离骚》全篇及《楚辞》部分篇目在释义时,先指出赋比兴手法的种类

《楚辞集注》在释义时,往往先指出诗句的赋、比、兴手法。如:

> 日月忽其不淹兮,春与秋其代序。惟草木之零落兮,恐美人之迟暮。忽,一作智。零一作苓。○赋而比也。淹,久也。代,更也。序,次也。零落,皆坠也,草曰零,木曰落。

美人,谓美好之妇人,盖托词而寄意于君也。迟,晚也。此
承上章,言已但知朝夕修洁,而不知岁月之不留,至此乃念
草木之零落,而恐美人之迟暮,将不得及其盛年而偶之,以
比臣子之心,唯恐其君之迟暮,将不得及其盛时而事之也。
(《离骚》)

此例中,"○"后的注释部分即为释义部分。在释义部分中,第
一句话"赋而比也"即是指出整章诗句的赋、比、兴手法。例中
的诗句朱熹认为是"赋而比也",即此章诗句既有赋的手法,也
有比的手法。

朱熹在《楚辞集注》中揭示诗句的赋比兴手法这一训诂体
例,并非整个楚辞作品的通例。只是在《离骚》全篇,及《九歌》
等少数篇目中有此例。

体例五:《天问》的训诂体例,在通行体例基础上有小的变动

《楚辞集注》在《天问》的注释上,有些变动,《天问》的有些
诗句注释仍然是通行体例的三部分:注音和校勘;○释义。但
《天问》的大部分诗句注释的体例变成五部分了:注音和校勘;
○训释字义;○解释整章意旨,然后回答《天问》问题这五部分,
在第五部分朱熹回答问题时所用术语或为"今答之曰";或为
"答曰";或为"答之曰"。试举数例:

出自汤谷,次于蒙汜。自明及晦,所行几里? 汤,音阳;
一作旸。汜,音似,上声。○次,舍也。汜,水涯也。《书》
云:"宅嵎夷,曰旸谷。"即汤谷也。《尔雅》云:"西至日所
入,为太蒙。"即蒙汜也。○此问一日之间,日行几里乎?

答之曰：汤谷、蒙汜，固无其所，然日月出水，乃升于天，及其西下，又入于水，故其出入，似有处所，而所行里数，历家以为周天赤道一百七万四千里，日一昼夜而一周，春秋二分，昼夜各行其半，而夏长冬短，一进一退，又各以其什之一焉。(《天问》)

按：朱注回答时的术语是"答之曰"。

女歧无合，夫焉取九子？伯强何处？惠气安在？ 夫，音扶。强，巨良反。在，叶音紫。○女歧，神女，无夫而生九子。伯强，大厉疫鬼也，所至伤人。惠，顺也。惠气，谓和气也。○此章所问三事，今答之曰：天下之理，一而已，而有常变之不同。天下之气，亦一而已，而有逆顺之或异。夫乾道成男，坤道成女，凝体于造化之初，二气交感，化生万物，流形于造化之后者，理之常也。若姜嫄、简狄之生稷、契，则又不可以先后言矣，此理之变也。女歧之事，无所经见，无以考其实，然以理之变而观之，则恐其或有是也。但此篇下文，复有女歧易首之问，则又未知其果如何耳？释氏书有"九子母"之说，疑即谓此，然益荒无所考矣。惠者，气之顺也。疠者，气之逆也。以其强暴伤人，故为之名字以著其恶耳，初非实有是人也。气之流行充塞宇宙，其为顺逆，有以天时水土之所值，有以人事物情之所感，万变不同，亦未尝有定在也。(《天问》)

按：朱熹回答时的术语是"今答之曰"。

何阖而晦？何开而明？角宿未旦，曜灵安臧？ 阖，胡腊反。明，叶音芒。宿，音秀。臧，与藏同。○阖，闭户也。开，辟户也。阴阖而晦，阳开而明。角、亢，东方星。旦，明也。曜灵，日也。○此问何所开阖，而为晦明？且东方未明之时，日安所藏其精光乎？答曰：晦明之问，前屡发之，其实亦阴阳消息之所为耳！阳息而辟，则日出而明，阴消而阖，则日入而暗，又何疑乎！角宿固为东方之宿，然随天运转，不常在东，古经之言，多假借也。日之所出，乃地之东方，未旦则固已行地中，特未出地面之上耳。（《天问》）

按：朱熹回答时的术语是"答曰"。

《天问》的这个训诂体例，实际上是将原来释义的部分分成"训释字义"和"串讲整章"两部分了。检视其详，当朱注回答所在诗句的问题时，即用此特殊体例，而不回答诗句所问时，则还仍然用通行体例，下面是通行体例的例子：

鸱龟曳衔，鲧何听焉？顺欲成功，帝何刑焉？鸱，处脂反。听，叶平声。○鸱龟事，无所见。旧说谓鲧死为鸱龟所食，鲧何以听而不争乎？特以意言之耳。详其文势，与下文应龙相对，似谓鲧听鸱龟曳衔之计而败其事，然若且顺彼之欲，未必不能成功，舜何以遽刑之乎？然若此类无稽之谈，亦无足答矣。（《天问》）

鲧何所营？禹何所成？康回凭怒，地何故以东南倾？凭，皮膺反。墬，一作地。一无以字。○鲧、禹事，已见上六章，此不复答。旧说康回，共工名也。凭，盛满也。《列子》曰："共工氏与颛顼争为帝，怒而触不周之山，折天柱，绝地维，故天倾西北，日月星辰就焉；地不满东南，百川水潦归焉。"此亦无稽之言，不答可也。（《天问》）

体例六:《楚辞后语》训诂体例的不统一

《楚辞后语》为朱熹未完成的作品,因此其训诂体例的不统一,亦在情理之中,其中也反证出朱子晚年编定《楚辞后语》的治学史实。《楚辞后语》的《成相》、《佹诗》、《鸿鹄歌》、《绝命词》等篇目,其训诂体例与通行体例一致:

> **请成相,世之殃,愚闇愚闇堕贤良! 人主无贤,如瞽无相何伥伥!** 相,并息亮反,上叶平声。堕,许规反。伥,丑羊反。○相,助也。成相,助力之歌也。堕,坏也。瞽无相者,瞽者无目,故必使人助之,亦谓之相,不可无也。伥伥,狂惑之貌。(《楚辞后语·成相》)

> **鸿鹄高飞,一举千里。羽翼已就,横绝四海。** 海,叶音喜。○绝,谓飞而直度也。(《楚辞后语·鸿鹄歌》)

> **虹蜺曜兮日微,孽杳冥兮未开。** 开,叶音归。○孽,虹蜺覆日之气也。(《楚辞后语·绝命词》)

《楚辞后语》中的《瓠子之歌》、《哀二世赋》、《自悼赋》、《反离骚》等篇目,其注释体例不同于《楚辞集注》的通行体例,在这些篇目中,注音、释义杂揉在一起,最后或有整章串讲,或无串讲。可见这些注释是朱熹注释过程中的未定稿,反映了朱熹晚年注释楚辞的过程。

> **搴长筊兮湛美玉,河伯许兮薪不属。** 搴,音骞。筊,音交,竹筭绳,以引置土石者也。(《楚辞后语·瓠子之歌》)

> **汩湴靫以永逝兮,注平皋之广衍。观众树之翁蒌兮,览竹林之榛榛。** 汩,于笔反。湴,音域,疾貌。靫,先合反,轻举意。皋,水边地也。翁,乌孔反。蒌,音爱,阴蔽貌。榛,

侧巾反,盛貌。叶韵未详,恐有栈音。(《哀二世赋》)

第二节　《楚辞集注》的训诂内容

朱熹《楚辞集注》的训诂内容大略有注音、字义训诂、名物训诂、讲述语法、校勘等内容,下面分述之。

一、注音

朱熹注释古书特重音注,他曾说:"《诗》中头项多:一项是音韵,一项是训诂名件,一项是文体"①,可见朱熹在传注《诗经》时对音韵的重视。宋人注《诗》已将义注和音注分开,将音直接注在经文下,这样不看义注,也可直接读诗,这与宋人主张讽咏读诗,以声助解不无关系。朱熹是著名教育家,他更重视吟诵在学习经典时的作用。朱熹注释《楚辞》亦重视音释,注音的体例多仿《诗集传》。和《诗集传》一样,在《楚辞集注》中,凡是注音都直接附在正文下方,与释义截然分开。朱熹将所注对象分为两类:一类是那些并非常用的字,或是常用字而读音不同者。另一类则是韵脚字,给这类字注音通常是标明其与它字叶韵。综观朱熹《楚辞集注》的注音方式,大约有直音法、反切法、破读法和叶音法四种。

（一）直音法

用一个汉字直接标注另一个汉字读音的注音方法。如:

后辛之菹醢兮,殷宗用之不长。

集注:醢,音海。(《离骚》)

---

① 《朱子语类》卷八十,第2082页。

吉日兮辰良,穆将愉兮上皇。抚长剑兮玉珥,璆锵鸣兮琳琅。

集注:愉,音俞。珥,音饵。琳,音林。琅,音郎(《九歌·东皇太一》)

璜台十成,谁所极焉?

集注:璜,音黄。(《天问》)

乘鄂渚而反顾兮,欸秋冬之绪风。

集注:欸,音哀。(《九章·涉江》)

悲时俗之迫阨兮,愿轻举而远游。

集注:阨,音厄,一音隘。(《远游》)

属雷师之阗阗兮,通飞廉之衙衙。

集注:阗,音田。(《九辩》)

(二)反切法

用两个汉字合起来为一个汉字注音的方法。用作反切的两个字,前一个字叫反切上字,简称切上字或上字,后一个字叫反切下字,简称切下字或下字。被注音字叫被反切字,简称被切字。反切的基本原则是上字与被切字的声母相同,下字与被切字的韵母(包括介音)和声调相同,上下拼合就是被切字的读音。反切的产生可补读若、直音注音方法的不足。《楚辞集注》注音用的最为普遍的就是反切法。

摄提贞于孟陬兮,惟庚寅吾以降。

集注:陬,侧鸠反,又子侯反。(《离骚》)

抚长剑兮玉珥,璆锵鸣兮琳琅。

集注:璆,渠幽反。锵,七羊反。(《九歌·东皇太一》)

天何所沓? 十二焉分? 日月安属? 列星安陈?

集注:沓,徒合反……属,之欲反。(《天问》)

步余马兮山皋,邸余车兮芳林。

集注:邸,丁礼反,一作低。(《九章·涉江》)

吾宁悃悃款款,朴以忠乎?将送往劳来,斯无穷乎?

集注:悃,苦本反。款,一作欵,苦管反。(《卜居》)

朕幼清以廉洁兮,身服义而未沬。主此盛德兮,牵于俗而芜秽。

集注:沬,莫昧反。秽,乌会反。(《招魂》)

有时一字同时用直音和反切两种注音方法,如:

纷总总其离合兮,忽纬𦈡其难迁。

集注:𦈡,呼麦反,又音画。(《离骚》)

罔薜荔兮为帷,擗蕙櫋兮既张。

集注:擗,一作辟,普觅反,又音觅。(《九歌·湘夫人》)

设张辟以娱君兮,愿侧身而无所。

集注:辟,毗亦反,又音臂。(《九章·惜诵》)

袭九渊之神龙兮,沕渊潜以自珍。

集注:沕,音昧,又于笔反。(《吊屈原》)

枳棘之榛榛兮,蝯狖拟而不敢下。

集注:榛,音臻,又士巾反,(《楚辞后语·反离骚》)

(三)叶音法

叶音(读作"协音")也称叶韵,叶句。"叶"也作"协"。指以改读字音的方式,来读《诗经》和《楚辞》等先秦的韵文。叶音这个称呼由朱熹提出。南北朝以后的人读周秦两汉韵文感到不押韵,就临时改变其中一个或几个押韵字的读音,使韵脚和谐。叶音法其实并不符合语音的实际情况,这是由于古人不懂古今语音不同所致的。自从明代陈第提出所谓叶音恰好是古本音的说法以来,清代学者也极力反对叶音说。叶音事实上是对上古汉语韵部的一种误解,到了明清,开始对上古韵有所了解,知道哪些字在上古汉语中可以押韵,叶音的方法就被淘汰了。但朱熹的时代还没有这个认识高度,朱熹认为诵读《诗经》时要以叶韵之法读之,他说:"看《诗》,须并叶韵读,便见得他语自整齐。又更略知叶韵所由来,甚善。"①可见叶音之法对于《诗经》的诵读还是起了很大的作用。因此他在作《楚辞集注》时,也广泛使用叶韵的方法。叶音法现在看起来缺乏科学性,但在读音史上也保留了许多宋代的方音,特别是闽音,是重要的语音史资料。

> 纷吾既有此内美兮,又重之以修能。扈江离与辟芷兮,纫秋兰以为佩。
>
> 集注:能,叶奴代反。(《离骚》)
>
> 君回翔兮以下,逾空桑兮从女。纷总总兮九州,何寿夭兮在予!
>
> 集注:下,叶音户。女,读作汝。予,叶音与。(《九歌·大司命》)
>
> 或偷合而苟进兮,或隐居而深藏。苦称量之不审兮,同权概而就衡。
>
> 集注:衡,叶胡郎反。(《惜誓》)

《楚辞集注》也有一些字既注反切音,又注叶音,如:

> 舜闵在家,父何以鳏?尧不姚告,二女何亲?
>
> 集注:鳏,古顽反,叶音矜。(《天问》)

---

①《朱子语类》卷八十,第2083页。

忠何辜以遇罚兮？亦非余之所志也。行不群以巅越
兮，又众兆之所咍也。

集注：咍，呼来反，叶呼其反。（《九章·惜诵》）

猨狄群啸兮虎豹嗥。攀援桂枝兮聊淹留。

集注：嗥，呼高反，叶胡求反。（《招隐士》）

《楚辞集注》在注音的同时，有些还标明了声调，以确定其
在句中担当的词性，从而有助诗句的理解和讽诵。如：

忽奔走以先后兮，及前王之踵武。荃不揆余之中情兮，
反信谗而齌怒。

集注：怒，叶上声。（《离骚》）

合百草兮实庭，建芳馨兮庑门。九嶷缤兮并迎，灵之来
兮如云。

集注：迎，去声。（《九歌·湘夫人》）

九天之际，安放安属？隅隈多有，谁知其数？

集注：放，上声。（《天问》）

余幼好此奇服兮，年既老而不衰。带长铗之陆离兮，冠
切云之崔嵬。

集注：冠，去声。（《九章·涉江》）

或偷合而苟进兮，或隐居而深藏。苦称量之不审兮，同
权概而就衡。

集注：量，平声。（《惜誓》）

二、字义训诂

（一）解释词义

这是朱熹《楚辞集注》字义训诂的核心内容。朱熹解释词

义时,首先释词的本义引申义,再据以解释词组乃至整个句子的意义。这种以释词为基础,由词而词组而句子综合释义的方式是朱注的一大特点,能收到简明而透彻的训诂效果。如:

> **帝高阳之苗裔兮,朕皇考曰伯庸。摄提贞于孟陬兮,惟庚寅吾以降。**

集注:德合天地称帝。高阳,颛顼有天下之号也。颛顼之后,有熊绎者,事周成王,封为楚子,居于丹阳。传国至熊通,始僭称王,徙都于郢,是为武王。生子瑕,受屈为卿,因以为氏。苗裔,远孙也。苗者,草之茎叶,根所生也。裔者,衣裾之末,衣之余也,故以为远末子孙之称也。朕,我也,古者上下通称之。皇,美也。父死称考。伯庸,字也。屈原自道:本与君共祖,世有令名,以至于己,是恩深而义厚也。摄提,星名,随斗柄以指十二时辰者也。贞,正也。孟,始也。陬,隅也。正月为陬,盖是月孟春昏时,斗柄指寅,在东北隅,故以为名也。降,下也。原又自言:此月庚寅之日,己始下母体而生也。(《离骚》)

按:朱熹分别释:"帝"、"高阳"、"苗"、"裔"、"朕"、"皇"、"考"、"伯庸"、"摄提"、"孟"、"陬"等各词之意,进而解释"苗裔"之意,又进而解释整句文意。在解释词义时,对"苗裔"一词的解释是先指明其意旨,然后分别解释"苗"和"裔"的各自本意和引申义。这种字义训诂的方法明白晓畅,极便读者对整章诗句的理解。

> **女嬃之婵媛兮,申申其詈予,曰鲧婞直以亡身兮,终然殀乎羽之野。**

集注:婵媛,眷恋牵持之意。申申,舒缓貌也。(《离骚》)

按：婵媛之释义，王逸章句曰："婵媛，犹牵引也。"①洪兴祖无注。朱熹曰："婵媛，眷恋牵持之意。"王逸章句之释义，诗句意旨难通，朱熹集注的释义较能贴近诗句文义。

汝何博謇而好修兮，纷独有此姱节？薋菉葹以盈室兮，叛独离而不服。

集注：博謇，谓广博而忠直。(《离骚》)

按：博謇之释义，王逸章句和洪兴祖补注皆语焉不详，朱熹释之，可解读者之疑。

朝吾将济于白水兮，登阆风而缍马。忽反顾以流涕兮，哀高丘之无女。

集注：女，神女，盖以比贤君也。于此又无所遇，故下章欲游春宫，求虑妃、见佚女、留二姚，皆求贤君之意也。(《离骚》)

按：无女，章句曰："女以喻臣……无女，喻无与己同心也"；五臣云："女，神女，喻忠臣"；补注曰："《离骚》多以女喻臣，不必指神女。"②朱熹集注："女，神女，盖以比贤君也。于此又无所遇，故下章欲游春宫，求虑妃、见佚女、留二姚，皆求贤君之意也。"朱注贴近原义。

溘吾游此春宫兮，折琼枝以继佩。及荣华之未落兮，相下女之可诒。

集注：下女，谓神女之侍女也。(《离骚》)

---

① 《楚辞补注》，第18页。
② 同上，第30页。

按：关于下女。王逸意谓"天下贤人"；洪兴祖曰："下女，喻贤人之在下者。"朱注曰："下女，谓神女之侍女也。"王、洪二注引申太过，朱熹集注不事穿凿，只求原意，朱注为长。

民好恶其不同兮，惟此党人其独异！户服艾以盈要兮，谓幽兰其不可佩。

集注：党，朋也。（《离骚》）

按：王逸章句谓："党，乡党，谓楚国也。"洪兴祖曰："党，朋党，谓椒、兰之徒也。"王逸章句释党为乡党，与文义不符，屈原爱楚国，故党不谓楚国明矣；洪兴祖释党为朋党，朱熹取焉，然洪兴祖曰"党，谓椒、兰之徒"，则朱熹不与。洪氏以党为椒、兰之徒，指意过窄，故朱熹只谓"党，朋也"，朱熹注书非常严谨，很少做无根据的比附，于此可见一斑。

苟中情其好修兮，又何必用夫行媒？说操筑于傅岩兮，武丁用而不疑。

集注：行媒，喻左右之先容也。（《离骚》）

按：行媒，王逸章句曰"喻左右之臣也"[1]，朱熹集注曰"喻左右之先容也"，二注稍有差异。

何琼佩之偃蹇兮，众薆然而蔽之。惟此党人之不谅兮，恐嫉妒而折之。

集注：偃蹇，众盛貌。言我所佩琼玉，德美之盛，盖以自况也。（《离骚》）

按：朱注释词既解释词的本义，又解释词在句中的含义，还

---

[1]《楚辞补注》，第38页。

点明作者用词之用心。

时缤纷以变易兮,又何可以淹留?兰芷变而不芳兮,荃蕙化而为茅。

集注:茅,恶草,以喻不肖。(《离骚》)

按:朱注曰"茅,恶草,以喻不肖。"洪氏补注引:"五臣云:茅,恶草,以喻谗臣。"①则朱注稍有改动。

离骚以灵修、美人目君,盖托为男女之辞而寓意于君,非以是直指而名之也。灵修,言其秀慧而修饰,以妇悦夫之名也。美人,直谓美好之人,以男悦女之号也。今王逸辈乃直以指君,而又训灵修为神明远见,释美人为服饰美好,失之远矣。(《楚辞辩证·离骚经》)②

按:朱熹认为"灵修""美人"虽然寓意于君,但在诗句理解上仍应以本义为基础。寓意和引申只能在本义的基础上延伸。

《骚经》"女媭之婵媛",《湘君》"女婵媛兮为余太息",《哀郢》"心婵媛而伤怀"(三处王注皆云:"犹牵引也。")《悲回风》"忽倾寤以婵媛"(王注云:"心觉自伤,又痛恻也。")详此二字,盖顾恋留连之意,王注意近而语疏也。(《楚辞辩证·离骚经》)③

按:朱熹释"婵媛"为"顾恋留连之意",细为玩索,朱注恰合文意。

---

①《楚辞补注》,第40页。
②《楚辞集注》,第176页。
③ 同上,第178页。

> 索藑茅以筵篿兮，命灵氛为余占之。曰两美其必合兮，
> 孰信修而慕之。

　　集注：两美，盖以男女俱美，比君臣俱贤也。(《离骚》)

　　按：朱熹释词必释词之本义，若有喻义，亦为揭示，如此例即先释"两美"为"男女俱美"，然后说"比君臣俱贤"。这样释词更为科学，读者读之无"突兀"的感觉。朱熹《楚辞辩证》曰："'两美必合'，此亦托于男女而言之。注直以君臣为说，则得其意而失其辞也。"①这是说王逸章句虽然在诗句的喻义上是理解正确的，但诗句本身却讲不通，即"失其辞也"。

> 屈心而抑志兮，忍尤而攘诟。伏清白以死直兮，固前圣
> 之所厚。②

　　旧注以攘诟为"除去耻辱，诛谗佞之人"，非也。彼方遭时用事，而吾以罪戾废逐，苟得免于后咎余责，则已幸矣，又何彼之能除哉？为此说者，虽若不识事势，然其志亦深可怜云。(《楚辞辩证·离骚经》)③

　　按：朱熹谓王逸章句"攘诟"之释为"除去耻辱，诛谗佞之人"为不识事势，以为"彼方遭时用事，而吾以罪戾废逐，苟得免于后咎余责，则已幸矣，又何彼之能除哉？"这不免使人联想到朱熹晚年的个人遭迹。朱熹政治生涯的高峰"立朝四十日"之后，已渐被韩侂胄势力所排挤，赵汝愚被迫害致死，理学集团也被罗织成"伪学逆党籍"，朱熹正是处于"罪戾废逐"之状况，何能诛除谗佞，他自己的生命就时常处于危险之中，韩党党羽甚至

---

① 《楚辞集注》，第182页。
② 同上，第10页。
③ 同上，第177页。

乞斩朱熹,所以朱熹特别能够理解屈原所处的境地。屈原只能隐忍,只能以自己的死证明自己的清白,除去身上的耻辱。后句"伏清白以死直兮"就可证明屈子心境在于"屈心"、在于"抑志"、在于"忍尤"、在于"死直",他能做的只有保持清白和忠直,他还无力诛除谗佞。

　　浴兰汤兮沐芳,华采衣兮若英。灵连蜷兮既留,烂昭昭兮未央。

　　集注:言使灵巫先浴兰汤,沐香芷,衣采衣,如草木之英,以自洁清也。(《九歌·云中君》)

　　按:"若英",王逸、洪兴祖皆以"若"为"杜若"[1]。朱熹不与,他将"若英"释作"如草木之英",他说:"若,即如也,犹《诗》言美如英耳。注以若为杜若,则不成文理矣。"[2]

　　驾飞龙兮北征,邅吾道兮洞庭。薜荔兮蕙绸,荪桡兮兰旌。望涔阳兮极浦,横大江兮扬灵。

　　集注:驾龙者,以龙翼舟也……扬灵者,扬其光灵,犹言舒发意气也。(《九歌·湘君》)

　　按:"驾龙"、"扬灵"二词,王逸、洪兴祖未注,朱熹注之。"扬灵"一词,朱熹先注词之本义,继而解释词义内涵。

　　扬灵兮未极,女婵媛兮为余太息! 横流涕兮潺湲,隐思君兮陫侧。

　　集注:女婵媛,指旁观之人,盖见其慕望之切,亦为之眷恋而嗟叹之也。(《九歌·湘君》)

---

①《楚辞补注》,第 58 页。
②《楚辞集注》,第 186 页。

按：王逸曰："女谓女媭，屈原姊也。婵媛，犹牵引也。"[1]照此理解，诗句晦涩难通；洪兴祖未注"女婵媛"。朱注不事穿凿，其为通达。

> 愁人兮奈何！愿若今兮无亏。固人命兮有当，孰离合兮可为？
>
> 集注：无亏，保守志行，无损缺也。（《九歌·大司命》）

按：王逸曰："亏：歇也"，谓"无亏"为"无有歇也"[2]，不成文理。朱注与句意吻合。

> 暾将出兮东方，照吾槛兮扶桑。抚余马兮安驱，夜皎皎兮既明。
>
> 集注：暾，温和而明盛也。吾，主祭者自吾也。（《九歌·东君》）

按："暾"，王逸意谓："其容暾暾而盛大也。""吾"，王逸曰："吾，谓日也"[3]，朱注不同于王注。

> 乘赤豹兮从文狸，辛夷车兮结桂旗。被石兰兮带杜衡，折芳馨兮遗所思。余处幽篁兮终不见天，路险难兮独后来。
>
> 集注：所思，指人之悦己，而己欲媚之者也。（《九歌·山鬼》）

按：所思，王逸章句曰："所思，谓清洁之士，若屈原者也。"五臣云：所思，谓君也[4]。朱熹不同于此，谓"所思"为"指人之

---

① 《楚辞补注》，第61页。
② 同上，第70页。
③ 同上，第74页。
④ 同上，第79页。

悦己,而己欲媚之者也。"朱注从文本本身出发,不做牵强的比附,故而胜于旧注。

采三秀兮于山间,石磊磊兮葛蔓蔓。怨公子兮怅忘归,君思我兮不得间。

集注:公子,即所欲留之灵修也。鬼采芝于山间,而思此人,虽怨其不来,而亦知其思我之不能忘也。(《九歌·山鬼》)

按:此章朱熹解释最为简明顺畅,而王逸旧注谓公子为公子椒、君为怀王,我为屈原,比附太甚,致使文意断割淆乱。屈原文意固有托意君臣思慕之意,但诗句本义还是山鬼和灵修(山鬼思恋之人)之间的思慕之情,不能直指为屈原、怀王,所谓公子椒更是牵强附会。

惜诵以致愍兮,发愤以抒情。所非忠而言之兮,指苍天以为正。

集注:惜者,爱而有忍之意。诵,言也。(《九章·惜诵》)

按:惜字为《惜诵》此篇文眼,故而此字释义至为关键。王逸曰:"惜,贪也。诵,论也。"[1]朱熹曰:"惜者,爱而有忍之意",朱注较合文意。

(二) 指出古今字

如:

余既滋兰之九畹兮,又树蕙之百晦。

集注:晦,古亩字。(《离骚》)

---

[1]《楚辞补注》,第121页。

户服艾以盈要兮,谓幽兰其不可佩。

集注:要,即古腰字。(《离骚》)

荪壁兮紫坛,匊芳椒兮成堂。

集注:匊,古播字。(《九歌·湘夫人》)

天时怼兮威灵怒,严杀尽兮弃原壄。

集注:壄,古野字。(《九歌·国殇》)

汤出重泉,夫何辠尤?不胜心伐帝,夫谁使挑之?

集注:辠,古罪字。(《天问》)

厥萌在初,何所意焉?璜台十成,谁所极焉?

集注:意,古亿字。(《天问》)

信谗谀之溷浊兮,晠气志而过之。

集注:晠,古盛字。(《九章·惜往日》)

孤子唫而抆泪兮,放子出而不还。

集注:唫,古吟字。(《九章·悲回风》)

恭承嘉惠兮,俟罪长沙。仄闻屈原兮,自湛汨罗。

集注:仄,古侧字。湛,古沈字。(《吊屈原》)

每瘯寐而紊息兮,申佩离以自思。

集注:紊,古累字。(《楚辞后语·自悼赋》)

知众嫭之嫉妒兮,何必颙累之蛾眉?

集注:眉,古眉字。(《楚辞后语·反离骚》)

秋风为我唫,浮云为我阴。

集注:唫,古吟字。(《楚辞后语·绝命词》)

朱熹《楚辞集注》指明古今字,将生晦少见的古字注出明白易晓的今字,对诗句的理解非常有帮助,这一方面是朱熹继承了王逸、洪兴祖训诂成果,同时也有朱熹文字训诂的新发现。如:

"昔不可兮再得,聊逍遥兮容与。"(《九歌·湘君》)。旧注曰:
"昔,一作时"[①],朱熹集注曰:"昔,古时字,一作时。"旧注只是指
出异文,朱熹不但指出版本异文,同时指出异文之间的关系:二
者是古今字关系。类似的例子还有:

> 制芰荷以为衣兮,集芙蓉以为裳。不吾知其亦已兮,苟
> 余情其信芳。
>
> 集注:集,古集字,一作集。(《离骚》)
>
> 中央共牧,后何怒? 蠡蛾微命,力何固?
>
> 集注:蛾,古蚁字;一作蚁。(《天问》)
>
> 入景响之无应兮,闻省想而不可得。
>
> 集注:响,一作向,古字借用。(《九章·悲回风》)
>
> 居处愁以隐约兮,志沈抑而不扬。
>
> 集注:居,一作尻;以,一作㠯,并古字。(《哀时命》)

三、名物训诂

(一)考证史实

《楚辞》作品多涉历史事件,朱熹《楚辞集注》往往考证、讲
述史实,交代文本的历史背景和典故事实,这有助于对诗句的
理解。

> 苟中情其好修兮,又何必用夫行媒? 说操筑于傅岩兮,
> 武丁用而不疑。
>
> 集注:言傅说抱道怀德,而遭遇刑罚,操筑作于傅岩,
> 武丁思想贤者,梦得圣人,以其形像求之,因得傅说,登以为

公,道用大兴,为殷高宗也。孔安国曰:"傅氏之岩,在虞、虢之界,通道所经,有涧水坏道,常使胥靡刑人筑护此道,说贤而隐,代胥靡筑之,以供食也。"(《离骚》)

按:朱熹《集注》考述武丁任用傅说之事迹,并引孔安国注释之语考证傅岩之处所,及胥靡制度以明诗句之背景。

王逸曰:"同列大夫上官靳尚妒害其能。"似以为同列之大夫,姓上官而名靳尚者。洪氏曰:"《史记》云:'上官大夫与之同列。'又云:'用事臣靳尚'"则是两人明甚,逸以骚名家者,不应谬误如此。然词不别白,亦足以误后人矣。(《楚辞辩证·离骚经》)

按:朱熹《楚辞辩证》考定上官、靳尚为二人,引《史记》为证,可见朱熹之多读善思。

勋阖梦生,少离散亡。何壮武厉,能流厥严?

集注:阖,吴王阖庐也。梦,阖庐祖父寿梦。寿梦卒,太子诸樊立,诸樊卒,传弟余祭,余祭卒,传弟夷末,夷末卒,当传弟札,札不受,夷末之子王僚立。阖庐,诸樊之长子,次不得为王,少离散亡,放在外,乃使专诸刺王僚,代为吴王,以伍子胥为将,破楚入郢。是能壮其猛厉勇武,而流其威也。(《天问》)

按:朱注讲述吴王阖庐代为吴王及破楚入郢事迹,此为诗句所含典故,读者知此,则诗句所含意旨焕然可得。

年岁虽少,可师长兮。行比伯夷,置以为像兮。

集注:伯夷,孤竹君之长子也。父欲立少子叔齐,叔齐以让伯夷,伯夷又不肯受,兄弟弃国,俱去之周。及武王伐

纣,伯夷、叔齐扣马而谏,左右欲杀之,太公曰:"不可。"引而去之。遂不食周粟而饿死。(《九章·橘颂》)

按:朱注简述伯夷叔齐平生事迹,以便读者理解原文。

斯游遂成,卒被五刑;傅说胥靡,乃相武丁。

集注:斯,李斯也。游于秦,始皇以为丞相,后为赵高所谮,具五刑而死。(《服赋》)

按:朱注简括李斯生平史实。

请成相,言治方,君论有五约以明。君谨守之,下皆平正国乃昌。

集注:论为君之道有五,甚简约明白,谓臣下职,一也;君法明,二也;弄称陈,三也;言有节,四也;上通利,五也。(《楚辞后语·成相》)

按:朱注阐明君论有五之详情。

（二）考述名物

楚辞作品所涉山川、江河及自然名物甚多,朱熹往往言简意赅考述其简况,力求使读者知其梗概,以便诗句理解。

百神翳其备降兮,九疑缤其并迎。皇剡剡其扬灵兮,告余以吉故。

集注:九疑,在零陵、苍梧之间;疑,似也,山有九峰,其形相似,游者疑焉,故曰九疑也。(《离骚》)

按:朱注释九疑之得名缘由,为《章句》和《补注》所未载。

謇将憺兮寿宫,与日月兮齐光。龙驾兮帝服,聊翱游兮周章。

集注：寿宫，供神之处，汉武帝时置寿宫神君，亦此类也。（《九歌·云中君》）

按：朱注考述寿宫的来历。

君不行兮夷犹，蹇谁留兮中洲？美要眇兮宜修，沛吾乘兮桂舟。令沅湘兮无波，使江水兮安流。望夫君兮未来，吹参差兮谁思？

集注：君，谓湘君，尧之长女娥皇，为舜正妃者也，舜陟方死于苍梧，二妃死于江、湘之间，俗谓之湘君，湘旁黄陵有庙。（《九歌·湘君》）

按：朱注考述湘君之始末。

孔盖兮翠旍，登九天兮抚彗星，竦长剑兮拥幼艾，荪独宜兮为民正。

集注：彗星，妖星，光芒偏指如彗者也。（《九歌·少司命》）

按：彗星之义，王、洪骚注阙如。朱熹释之。

青云衣兮白霓裳，举长矢兮射天狼。操余弧兮反沦降，援北斗兮酌桂浆。撰余辔兮高驼翔，杳冥冥兮以东行。

集注：北斗七星，在紫宫南，其杓所建，周于十二辰之舍，以定十有二月，斟酌元气，运平四时者也。诗曰："维北有斗，不可以挹酒浆。"（《九歌·东君》）

按：朱注关于北斗七星的注释为王、洪骚注所无。

去故乡而就远兮，遵江夏以流亡。出国门而轸怀兮，甲之鼂吾以行。

集注：夏，水名，或以为自江而别以通于汉，还复入江，冬竭夏流，故谓之夏，而其入江处，今名夏口，即《诗》所谓"江有汜"也。(《九章·哀郢》)

按：朱注考证"夏"为江水支流。

(三) 格致物理

朱子所在之时代，为理学勃兴时代，而朱子集其大成。当时理学各家皆重"尊德性"一端，朱子虽亦重之，但在实践上则更多地强调"道问学"功夫。"尊德性"是向内的功夫，"道问学"是向外的功夫。朱子思想强调"道问学"功夫就是要人们向外博求广泛的知识学术，即格物以致知。在《楚辞集注》中就显示了朱子格物的"道问学"功夫。

夜光何德，死则又育？厥利维何，而顾菟在腹？

集注：故唯近世沈括之说，乃为得之。盖括之言曰："月本无光，犹一银丸，日耀之乃光耳。光之初生，日在其傍，故光侧而所见才如钩，日渐远则斜照而光稍满。大抵如一弹丸，以粉涂其半，侧视之，则粉处如钩；对视之，则正圆也。"近岁王普又申其说曰："月生明之夕，但见其一钩，至日月相望，而人处其中，方得见其全明。必有神人能凌到景，旁日月而往参其间，则虽弦晦之时，亦得见其全明，而与望夕无异耳。"以此观之则知月光常满，但自人所立处视之，有偏有正，故见其光有盈有亏，非既死而复生也。(《天问》)

按：朱熹引沈括及王普二人著述申说月光晦明变化之理。

九州安错？川谷何洿？东流不溢，孰知其故？

集注：九州所错，天地之中也。川谷之洿，众流之会也。不溢之故，则《列子》曰："渤海之东，不知几亿万里，有大壑焉，实惟无底之谷，名曰归墟，八纮九野之水，天汉之流，莫不注之，而无增无减焉。"《庄子》曰："天下之水，莫大于海，万川归之，不知何时止，而不盈；尾闾泄之，不知何时已，而不虚。"柳子曰："东穷归墟，又环西盈。……充融有余，泄漏复行。器运渀渀，又何溢焉！"三子之言，递相祖述，而柳又明归墟之泄，非出之天地之外也，但水入东，而复绕于西，又渗缩而升，乃复出于高原，而下流于东耳，此其说亦近似矣。然以理验之，则天地之化，往者消而来者息，非以往者之消，复为来者之息也。水流东极，气尽而散，如沃焦釜，无有遗余，故归墟、尾闾，亦有沃焦之号，非如未尽之水，山泽通气而流注不穷也。(《天问》)

按：朱注注释"东流不溢"之故，先引古代文献之有关说法，继而提出自己的自然哲学观："然以理验之，则天地之化，往者消而来者息"，认为"东流不溢"之故，在于"山泽通气而流注不穷也"。

(四) 讲解典章制度

朱熹注释《楚辞》常讲解古代田赋、礼制、兵役、丧葬等制度。

捐余玦兮江中，遗余佩兮澧浦。采芳洲兮杜若，将以遗兮下女。岂不可兮再得，聊逍遥兮容与。

集注：此言湘君既不可见，而爱慕之心终不能忘，故犹欲解其玦佩以为赠，而又不敢显然致之以当其身，故但委之水滨，若捐弃而坠失之意，以阴寄吾意，而冀其或将取之。若聘礼，宾将行，而于馆堂楹间，释四皮束帛，宾不致，而主不拜也。然犹恐其不能自达，则又采香草以遗其

下之侍女，使通吾意之殷勤，而幸玦佩之见取。其恋慕之
心如此，而犹不可必，则逍遥容与以俟之，而终不能忘也。
(《九歌·湘君》)

按：朱熹对古代礼制有专门深入研究，朱熹注骚常见此功
力。此注先串讲整章诗句意义，然后讲解古代聘礼，使读者了解
诗句中"捐玦"、"遗佩"的文化背景，这对理解诗句的意旨是非
常有益的。

子交手兮东行，送美人兮南浦。波滔滔兮来迎，鱼邻邻
兮媵予。

集注：交手者，古人将别，则相执手，以见不忍相远之
意。晋、宋间犹如此也。(《九歌·河伯》)

按：朱熹非常熟悉古代礼制民俗，此注讲述古代交手相别
之礼，有助诗句的理解。

四、讲述语法

朱熹《楚辞集注》对原文中一般词语的特殊用法进行认真
考察，指明使用上的特点和语法作用，同时对虚词则以"词"、
"辞"标出，并多能指出其用法、功能。如：

曰黄昏以为期兮，羌中道而改路！
集注：曰者，叙其始约之言也。(《离骚》)
女嬃之婵媛兮，申申其詈予，曰鲧婞直以亡身兮，终然
殀乎羽之野。
集注：曰，记女嬃之词也。(《离骚》)

按：朱熹集注指出《离骚》"曰"字的语法作用。

屈心而抑志兮,忍尤而攘诟。伏清白以死直兮,固前圣之所厚。

集注:自怨灵修以下至此,五章一意,为下章回车复路起。(《离骚》)

按:朱注讲述篇章结构,以便读者理解。

民生各有所乐兮,余独好修以为常。虽体解吾犹未变兮,岂余心之可惩。

集注:自悔相道至此五章,又承上文清白以死直之意,而下为女媭詈予起也。(《离骚》)

按:此为朱熹《集注》讲述篇章结构之例。

思九州之博大兮,岂惟是其有女?曰勉远逝而无狐疑兮,孰求美而释女?

集注:此亦灵氛之词。(《离骚》)

何琼佩之偃蹇兮,众薆然而蔽之。惟此党人之不谅兮,恐嫉妒而折之。

集注:此下至终篇,又原自序之词。(《离骚》)

按:朱熹讲述篇章结构之例。

余以兰为可恃兮,羌无实而容长。委厥美以从俗兮,苟得列乎众芳。

集注:此即上章兰芷变而不芳之意。(《离骚》)

按:朱熹认为此章意旨与上章相同,故而点明之,以使读者参互读之,意旨可得。

乱曰。

乱者,乐节之名。《国语》云:"其辑之乱。"辑,成也。凡作篇章既成,撮其大要,以为乱辞也。《史记》曰:"《关雎》之乱,以为《风》始。"《礼》曰:"既奏以文,又乱以武。"(《离骚》)

按:朱熹释乱为乐节之名,又以为乱辞是篇章既成,撮其大要之辞也。

"惟庚寅吾以降"、"岂维纫夫蕙茝"、"夫唯捷径以窘步"。据字书,惟从心者思也,维从系者系也,皆语辞也;唯从口者专词也,应词也。三字不同,用各有当。然古书多通用之,此亦然也。后放此。(《楚辞辩证·离骚经》)

按:朱熹辨析"惟"、"维"、"唯"三字的语法作用,认为前二字皆为语气助词,后者为应词。然而三字古书多通用,指出《离骚》中出现于不同句子中的这三个词是通用的。

沅有芷兮澧有兰,思公子兮未敢言。荒忽兮远望,观流水兮潺湲。

集注:而以芷叶子,以兰叶言,又隔句用韵法也。(《九歌·湘夫人》)

按:朱注讲解叶音用韵之例。

与女游兮九河,冲风起兮横波。乘水车兮荷盖,驾两龙兮骖螭。

集注:此亦为女巫之词。(《九歌·河伯》)

按:朱注交代此篇的叙述人称,认为全篇为女巫之词;而王逸注以为此篇抒情主人公是屈原。王逸曲解,朱注通达。

若有人兮山之阿,被薜荔兮带女罗。既含睇兮又宜笑,

子慕予兮蘦窈窕。

> 集注：以上诸篇，皆为人慕神之词，以见臣爱君之意。此篇鬼阴而贱，不可比君，故以人况君，鬼喻己，而为鬼媚人之语也。若有人者，既指鬼矣，子则设为鬼之命人，而予乃为鬼之自命也。（《九歌·山鬼》）

按：《九歌》诸篇最费解者是人物的指代及关系，朱注于此指出篇中人物的指代及关系，如"若有人者"、"子"、"予"等各自的指代，同时对人物的喻义也有交代，极便读者理清诗句文意脉络。

伏匿穴处，爰何云？荆勋作师，夫何长？
> 集注：自此至篇终，皆隔句叶韵。（《天问》）

按：朱注讲述诗句叶韵的情况。

惜诵以致愍兮，发愤以抒情。所非忠而言之兮，指苍天以为正。
> 集注：所者，誓词，犹所谓"所不与舅氏同心"、"所不与崔庆"者之类也。（《九章·惜诵》）

按：朱注此处解释"所"字的语法作用，并引两例来说明"所"字的用法。

纷逢尤以离谤兮，謇不可释也。情沈抑而不达兮，又蔽而莫之白也。
> 集注：謇，词也。（《九章·惜诵》）

按：朱注指出"謇"的语法作用，认为"謇"是语气助词。

余幼好此奇服兮，年既老而不衰。带长铗之陆离兮，冠切云之崔嵬。

集注：奇服，奇伟之服，以喻高洁之行，冠、剑、被服，皆是也。（《九章·涉江》）

按：朱注指出"奇服"的本义和喻义，并且贯通整篇指出冠、剑、被服皆包含在内。

《涉江》：此篇多以余、吾并称，详其文意，余平而吾倨也。

按：朱注指出《涉江》一篇的第一人称的用词特点，并且分析其细微差别。

此孰吉孰凶？何去何从？

集注：此结上八条，正问卜之词也。（《卜居》）

按：朱注讲述篇章结构。

朕幼清以廉洁兮，身服义而未沬。主此盛德兮，牵于俗而芜秽。

集注：此宋玉代为屈原之词。言朕者，为原之自朕也。（《招魂》）

按：朱注指出文章人称与作者之关系。

乃下招曰：魂兮归来！去君之恒干，何为乎四方些？舍君之乐处，而离彼不祥些。

集注：些，《说文》云："语词也。"沈存中云："今夔峡、湖湘及南北江獠人凡禁呪句尾皆称'些'，乃楚人旧俗。西域呪语未尝云'娑婆诃'，亦三合而为'些'也。"（《招魂》）

按：朱熹引用《说文》等文献，指出此处"些"字为起语助作用的虚词。

> **青春受谢,白日昭只,春气奋发,万物遽只。冥凌浃行,魂无逃只。魂魄归徕！无远遥只。**
>
> 集注：只,语已词。(《大招》)

按：朱熹指出"只"字是语末语气助词。

> **谇曰：谇,告也,即乱辞也。(《吊屈原》)**

按：朱注指出"谇"的词义和语法作用。

> **沅有芷兮澧有兰,思公子兮未敢言。荒忽兮远望,观流水兮潺湲。**
>
> 集注：而以芷叶子,以兰叶言,又隔句用韵法也。(《九歌·湘夫人》)

按：朱熹点明隔句用韵之例。

五、校勘

《楚辞集注》的校勘和注音,皆在分隔符"〇"之前出之。朱熹是宋代理学集大成的人物,宋学一般是重义理,而轻考据的,而汉学则重考据训诂,而轻义理,校勘为汉学所重视的领域之一。朱熹身为宋学魁首,却独能兼重汉学功夫,其中对校勘的重视和成就,使津津乐道于汉宋区别的人亦无所措词。朱熹的校勘学成就在《韩集考异》中得到最充分的体现。朱熹《楚辞集注》中的校勘成果,是朱熹参考校对《楚辞》各种版本的结果,现分类归纳其校勘内容：

（一）校正衍文例

> **世并举而好朋兮,夫何茕独而不予听？**

集注：不字疑衍。(《离骚》)

浇身被服强圉兮,纵欲而不忍。

集注：欲下,一有杀字,非是。(《离骚》)

扬云霓之晻蔼兮,鸣玉鸾之啾啾。

集注：扬下,一有志字,非是。(《离骚》)

与汝游兮九河,冲风至兮水扬波。

集注：古本无此二句,王逸亦无注。补曰："此《河伯》章中语也"。当删去。(《九歌·少司命》)

按：朱注以为此二句为衍文,洪兴祖以为"此《河伯》章中语也"[1],则此句或为错简,故当删去。

帝降夷羿,革孽夏民。胡躲夫河伯,而妻彼雒嫔?

集注：胡下,一有羿字,非是。(《天问》)

故相臣莫若君兮,所以证之不远。

集注：之下,一有而字,非是。(《九章·惜诵》)

闭心自慎,终不过失兮。秉德无私,参天地兮。

集注：失,叶音试。一作失过,一无失字,皆非是,或疑过字亦衍文。(《九章·橘颂》)

宁昂昂若千里之驹乎? 将泛泛若水中之凫?

集注：凫下,一有乎字,非是。(《卜居》)

(二)校正脱夺字句例

悟过改更,我又何言? 吴光争国,久余是胜。

集注：一无我字,非是。(《天问》)

忘儇媚以背众兮,待明君其知之。

---

① 《楚辞补注》,第73页。

集注：一无明字，一无君字，皆非是。(《九章·惜诵》)

被明月兮佩宝璐，世溷浊而莫余知兮，吾方高驰而不顾。驾青虬兮骖白螭，吾与重华游兮瑶之圃。

集注：知下，一无兮字；顾下，一有兮字；皆非是。(《九章·涉江》)

朕幼清以廉洁兮，身服义而未沫。主此盛德兮，牵于俗而芜秽。

集注：或疑主上有朕字。(《招魂》)

东有大海，溺水浟浟只。螭龙并流，上下悠悠只。雾雨淫淫，白皓胶只。魂乎无东！汤谷寂寥只。

集注：按下章例，此句上当有魂乎无东四字。……一无寥字，非是。(《大招》)

按：朱熹校勘，依据《大招》本身文例，认为此句上当有"魂乎无东"，此本脱之，朱注校勘有据，令人信服。朱注校出一本无寥字，为脱字也。

(三) 校正误字例

欲远集而无所止兮，聊浮游以逍遥。及少康之未家兮，留有虞之二姚。

集注：集，一作进，非是。(《离骚》)

纷吾既有此内美兮，又重之以修能。扈江离与辟芷兮，纫秋兰以为佩。

集注：能，一作态，非是。(《离骚》)

汤谋易旅，何以厚之？覆舟斟寻，何道取之？

集注：汤，与上句过浇、下句斟寻事不相涉，疑本康字之误，谓少康也。(《天问》)

登立为帝,孰道尚之?女娲有体,孰制匠之?

集注:匠,一作匹,非是。(《天问》)

比干何逆,而抑沈之?雷开何顺,而赐封之?

集注:何,一作巧,非是。(《天问》)

壹心而不豫兮,羌不可保也。疾亲君而无他兮,有招祸之道也。

集注:疾,一作病,非是。(《九章·惜诵》)

惜往日之曾信兮,受命诏以昭时。奉先功以照下兮,明法度之嫌疑。

集注:时,一作诗,非是。(《九章·惜往日》)

按:朱熹《楚辞辩证》曰:"时,一作诗,说者便引《国语·楚》'教太子以诗'为说,殊无意谓。"[1]朱熹指出"诗"为误字,而说者强为弥缝,是做毫无意义的工作。

左朱雀之芨芨兮,右苍龙之躍躍。属雷师之阗阗兮,通飞廉之衙衙。

集注:雀,一作荣,非是。芨,一作芙,非是。(《九辩》)

按:朱注校出误字:认为雀作荣、芨作芙,皆非是。朱熹《楚辞辩证》曰:"'朱雀',雀,一作荣,非是。盖下与苍龙为对,皆为飞行之物,不当作荣。王注亦自作雀,不知洪本何以作荣也?'芨芨',音旆,盖言朱雀飞扬其翼,芨芨然也。今一作芙,音于表反,乃随荣字误解耳。"[2]

---

① 《楚辞集注》,第198页。
② 同上,第203页。

前轻辌之锵锵兮，后辎乘之从从。载云旗之委蛇兮，扈屯骑之容容。

集注：轻，一作辌，音致，非是。(《九辩》)

按：朱注校出异文，轻一作辌，辌为误字。《楚辞辩证》曰："轻字义证甚明，辌乃车之行貌，于意不通。"①

(四) 校正异文例

彼尧舜之耿介兮，既遵道而得路；何桀纣之昌被兮，夫唯捷径以窘步。

集注：昌，一作猖，一作倡；被，一作披，并匹皮反。(《离骚》)

理弱而媒拙兮，恐导言之不固。世溷浊而嫉贤兮，好蔽美而称恶。

集注：美，一作善。(《离骚》)

惟党人之偷乐兮，路幽昧以险隘。岂余身之惮殃兮，恐皇舆之败绩。

集注：身，一作心。殃，一作怏。(《离骚》)

曰勉远逝而无狐疑兮，孰求美而释女?

集注：一无狐字。(《离骚》)

乘赤豹兮从文狸，辛夷车兮结桂旗。被石兰兮带杜衡，折芳馨兮遗所思。

集注：狸，一作狸。衡，一作蘅。(《九歌·山鬼》)

昏微遵迹，有狄不宁。何繁鸟萃棘，负子肆情?

集注：遵，一作循。有，一作佚。(《天问》)

---

①《楚辞集注》，第204页。

惜诵以致愍兮,发愤以抒情。所非忠而言之兮,指苍天以为正。

集注:抒,一作纾,亦通。非,一作作。(《九章·惜诵》)

按:中华书局点校本《楚辞补注》此句"非"字正作"作"字①,可见集注本与补注本楚辞正文既已有异,释义因之不同。

心郁邑余侘傺兮,又莫察余之中情。固烦言不可结而诒兮,愿陈志而无路。

集注:心,一作忱。中情,以韵叶之,当作善恶,而恶字又当从去声读,由《骚经》一句差互,故此亦因之耳。(《九章·惜诵》)

惟天地之无穷兮,哀人生之长勤。往者余弗及兮,来者吾不闻。

集注:吾不,一作余弗。(《远游》)

第三节　《楚辞集注》的释义内容

一、标明赋比兴

朱熹集注对《离骚》全篇和楚辞中的其他篇目的部分诗句标有赋比兴。赋比兴手法的揭示有益于对整章意旨的把握,因此朱熹对诗歌的赋比兴手法往往用心体会,然后标明之,期望读之者借此更好地理解诗句意旨。

---

① 《楚辞补注》,第 121 页。

（一）赋

帝高阳之苗裔兮，朕皇考曰伯庸。摄提贞于孟陬兮，惟庚寅吾以降。

集注：赋也。（《离骚》）

长太息以掩涕兮，哀民生之多艰。余虽好修姱以靰羁兮，謇朝谇而夕替。

集注：赋也。（《离骚》）

《惜诵》

集注：此篇全用赋体，无它寄托，其言明切，最为易晓。而其言作忠造怨、遭谗畏罪之意，曲尽彼此之情状。为君臣者，皆不可以不察。

（二）比

曰黄昏以为期兮，羌中道而改路！

集注：比也……中道而改路，则女将行而见弃，正君臣之契已合而复离之比也。（《离骚》）

初既与余成言兮，后悔遁而有他。余既不难夫离别兮，伤灵修之数化。

集注：比也。（《离骚》）

余既滋兰之九畹兮，又树蕙之百畮。畦留夷与揭车兮，杂杜衡与芳芷。

集注：比也。……言已种莳众香，修行仁义，以自洁饰，朝夕不倦也。（《离骚》）

朝饮木兰之坠露兮，夕餐秋菊之落英。苟余情其信姱以练要兮，长顑颔亦何伤。

集注：比也。（《离骚》）

《东皇太一》：此篇言其竭诚尽礼以事神，而愿神之欣悦安宁，以寄人臣尽忠竭力，爱君无已之意，所谓全篇之比也。

按：朱注揭示赋比兴手法时，不惟句子、章节作出说明，有时指出整篇亦是用比的手法，如《东皇太一》即是如此。

登白薠兮骋望，与佳期兮夕张。鸟何萃兮薠中？罾何为兮木上？

集注：二物所施不得其所，以比夕张之地，非神所处，而必不来也。（《九歌·湘夫人》）

（三）兴

沅有芷兮澧有兰，思公子兮未敢言。荒忽兮远望，观流水兮潺湲。

集注：此章兴也。……所谓兴者，盖曰沅则有芷矣，澧则有兰矣，何我之思公子而独未敢言耶？思之切，至于荒忽而起望，则又但见流水之潺湲而已。其起兴之例，正犹《越人之歌》所谓："山有木兮木有枝，心悦君兮君不知"。（《九歌·湘夫人》）

穊兰兮麋芜，罗生兮堂下。绿叶兮素枝，芳菲菲兮袭予。夫人兮自有美子，荪何以兮愁苦？

集注：上四句兴下二句也。（《九歌·少司命》）

穊兰兮青青，绿叶兮紫茎。满堂兮美人，忽独与余兮目成。

集注：此亦上二句兴下二句也。（《九歌·少司命》）

兰有秀兮菊有芳，怀佳人兮不能忘。泛楼船兮济汾河，横中流兮扬素波。箫鼓鸣兮以棹歌，欢乐极兮哀情多。少壮几时兮奈老何！

集注：兰秀、菊芳，以兴下句之词，与《湘夫人》及《越人歌》同法，知此则知兴之体矣。（《楚辞后语·秋风辞》）

（四）赋而比

纷吾既有此内美兮，又重之以修能。扈江离与辟芷兮，纫秋兰以为佩。

集注：赋而比也。（《离骚》）

昔三后之纯粹兮，固众芳之所在。杂申椒与菌桂兮，岂维纫夫蕙茝！

集注：赋而比也。（《离骚》）

彼尧舜之耿介兮，既遵道而得路；何桀纣之昌被兮，夫唯捷径以窘步。

集注：赋而比也。（《离骚》）

惟党人之偷乐兮，路幽昧以险隘。岂余身之惮殃兮，恐皇舆之败绩。

集注：赋而比也。（《离骚》）

（五）比而赋

忽奔走以先后兮，及前王之踵武。荃不揆余之中情兮，反信谗而齌怒。

集注：比而赋也。（《离骚》）

启九辩与九歌兮，夏康娱以自纵。不顾难以图后兮，五子用失乎家衖。

集注：自此以下皆比而赋也。（《离骚》）

按：集注指出自此章之下皆为"比而赋"，检核全文，《离骚》此章以下诚然如此,只是最后一章标明为"赋也"。

> 麋何为兮庭中? 蛟何为兮水裔? 朝驰余马兮江皋,夕
> 济兮西澨。

集注:比而赋也。……麋当在山林,而在庭中;蛟当在深渊,而在水裔。以比神不可见,而望之者失其所当也。(《九歌·湘夫人》)

(六) 比而又比

> 桂棹兮兰枻,斲冰兮积雪。采薜荔兮水中,搴芙蓉兮木末。心不同兮媒劳,恩不甚兮轻绝。

集注:此章比而又比也。盖此篇本以求神而不答,比事君之不偶,而此章又别以事比求神而不答也。(《湘君》)

按:标明赋比兴后,并在讲述章旨时加以具体分析。

(七) 兴而比

> 石濑濑兮浅浅,飞龙兮翩翩。交不忠兮怨长,期不信兮告余以不间。

集注:此章兴而比也。盖以上二句引起下句,以比求神不答之意也……所谓兴者,盖曰石濑则浅浅矣,飞龙则翩翩矣,凡交不以忠,则其怨必长矣;期不以信,则必将告我以不暇而负其约矣。所谓比者,则求神而不答之意,亦在其中也。其详已见上章,读者宜并考之。(《湘君》)

按:标明赋比兴后,并在串讲中具体分析。

二、串讲文意

汉、唐传注于字义及名物训诂方面考证详赡,不厌其烦,但

对文本大义却不甚措意,确有纠缠零辞碎语,繁琐失要之弊。朱熹则能革除此弊,他注释古书既能继承汉、唐训诂传统,同时也注重在大义阐发方面的创新。在对词语诠释的基础上,以串讲方式会通文意,这就有利于读者完整理解文意。如:

> 日月忽其不淹兮,春与秋其代序。惟草木之零落兮,恐美人之迟暮。

集注:淹,久也。代,更也。序,次也。零落,皆坠也,草曰零,木曰落。美人,谓美好之妇人,盖托词而寄意于君也。迟,晚也。此承上章,言己但知朝夕修洁,而不知岁月之不留,至此乃念草木之零落,而恐美人之迟暮,将不得及其盛年而偶之,以比臣子之心,唯恐其君之迟暮,将不得及其盛时而事之也。(《离骚》)

按:朱熹先分别释"淹"、"代"、"序"、"零落"、"美人"、"迟"各词之意,然后串讲整章章旨。释词简明扼要,串讲会通文意,极便览者理解诗句文意。

> 余既滋兰之九畹兮,又树蕙之百畮。畦留夷与揭车兮,杂杜衡与芳芷。

集注:言己种莳众香,修行仁义,以自洁饰,朝夕不倦也。(《离骚》)

> 既替余以蕙纕兮,又申之以揽茝。亦余心之所善兮,虽九死其犹未悔。

集注:此言君之废我,以蕙茝为赐而遣之,如待放之臣,予之以玦,然后去也。然二物芬芳,乃余心之所善,幸而得之,则虽九死而不悔,况但废替而已乎!(《离骚》)

按:王逸章句、洪兴祖补注皆措意于字义名物训诂,于整句文意不能会通,断裂隔绝,且甚为疏略,朱熹集注则会通文意,串讲整章文意,极便览者理解。

> **保厥美以骄傲兮,日康娱以淫游。虽信美而无礼兮,来违弃而改求。**
>
> 集注:言虑妃骄傲淫游,虽美而不循礼法,故弃去而改求也。(《离骚》)

按:此句文意,章句曰:"言宓妃用志高远,保守美德,骄傲侮慢,日娱乐以游戏自恣,无有事君之意也。""言宓妃虽信有美德,骄傲无礼,不可与共事君。来复弃去,而更求贤也。"补注曰:"此孔子所谓隐者,子路所谓洁身乱伦者。"[1]王逸既言宓妃用志高远,信有美德,又言其骄傲无礼、游戏自恣,王逸章句如此自相矛盾;洪兴祖补注谓宓妃"洁身乱伦",殊难理解。朱注文意通顺,胜于王、洪骚注。

> **心犹豫而狐疑兮,欲自适而不可。凤皇既受诒兮,恐高辛之先我。**
>
> 集注:犹,犬子也;人将犬行,犬好豫在人前,待人不得,又来迎候,故谓不决曰犹豫。狐多疑而善听,河冰始合,狐听其下,不闻水声乃敢过,故人过河冰者,要须狐行,然后敢渡,因谓多疑者为狐疑。高辛,帝喾有天下之号也。言以鸩鸠皆不可使,故中心疑惑,意欲自往,而于礼有不可者,凤皇又已受高辛之遗而来求之,故恐简狄先为喾所得也。(《离骚》)

按:朱注先释"犹豫"、"狐疑"、"高辛"各词之意,皆有取于

---

① 《楚辞补注》,第32页。

王、洪骚注之训诂成果，然已融入朱熹许多裁剪工夫，因此释词简明扼要。朱熹在释词的基础上串讲文意，也很通顺。相比而言，章句和补注的释词割裂繁琐，释义纷纭多歧，朱熹集注则能力纠上述弊病。

> 君回翔兮以下，踰空桑兮从女。纷总总兮九州，何寿夭兮在予！
>
> 集注：君与女，皆指神，君尊而女亲也。予者，赞神而为其自谓之称也。言见神既降，而遂往从之，因叹其威权之盛曰：九州人民之乐如此，何其寿夭之命，皆在于己也！（《九歌·大司命》）

按："君"、"女"、"予"，旧注指代纷挐，朱注谓："君与女，皆指神，君尊而女亲也。"而"予者"是以神的口气自称。朱注整句文意顺畅。

> 入不言兮出不辞，乘回风兮载云旗。悲莫悲兮生别离，乐莫乐兮新相知。
>
> 集注：此为巫言，司命初与己善，后乃往来飘忽，不言不辞，乘风载云以离于我，适相知而遽相别，悲莫甚焉！于是乃复追念始者相知之乐也。（《九歌·少司命》）

按：朱注点明此章乃巫言，然后串讲诗句文意。

三、阐述章旨

章旨是指诗文篇章的大意，训诂中常用概括的方法解释段、篇的主旨。

> 纷总总其离合兮，斑陆离其上下。吾令帝阍开关兮，倚

阊阖而望予。

　　集注：令帝阍开门，将入见帝，更陈己志，而阍不肯开，反倚其门，望而拒我，使不得入，盖求大君而不遇之比也。（《离骚》）

按：朱注先串讲文意，最后点明章旨："盖求大君而不遇之比也。"

时暧暧其将罢兮，结幽兰而延伫。世溷浊而不分兮，好蔽美而嫉妒。

　　集注：结幽兰而延伫，言以芳香自洁，而无所趋向也。溷，乱也。既不得入天门以见上帝，于是叹息世之溷浊而嫉妒，盖其意若曰：不意天门之下，亦复如此！于是去而它适也。（《离骚》）

按：朱注先串讲整章文意，接着点明章旨："盖其意若曰：不意天门之下，亦复如此！于是去而它适也。"

理弱而媒拙兮，恐导言之不固。世溷浊而嫉贤兮，好蔽美而称恶。

　　集注：恐道理弱于少康，而媒又无巧辞也，盖不待其不合，而已自知其必无所成矣，故再言世之溷浊而嫉贤蔽美。盖以为虽四方之远，而其风俗之不美，无以异于齐州也。（《离骚》）

按：朱熹集注阐述此章之旨："盖以为虽四方之远，而其风俗之不美，无以异于齐州也。"认为屈原此句的蕴义在于感慨四方遥远之地，大概也和中国一样有这种"蔽美而称恶"的风气，真是天下乌鸦一般黑。

及年岁之未晏兮,时亦犹其未央。恐鹈鴃之先鸣兮,使夫百草为之不芳。

集注:晏,晚也。央,尽也。鹈鴃,鸟名,即《诗》所谓"七月鸣鴃"者。盖鴃鹈声相近,又其声恶,阴气至,则先鸣而草死也。巫咸之言止此,亦勉原,使及此身未老,时未过而速行之意。鹈鴃先鸣,以比时一过,则事愈变而愈不可为也。(《离骚》)

按:王逸章句,尤其洪兴祖补注于此处下注极为繁琐,朱注至为简略,然文意明白晓畅。

时缤纷以变易兮,又何可以淹留?兰芷变而不芳兮,荃蕙化而为茅。

集注:补曰:"上云谓幽兰其不可佩,以幽兰之别于艾也;谓申椒其不芳,以申椒之别于粪壤也。今曰兰芷不芳、荃蕙为茅,则更与之俱化矣。当是时也,守死而不变者,楚国一人而已,屈子是也。"(《离骚》)

按:此章义旨,洪兴祖说尽矣。兰、芷、荃、蕙皆为香草,而今皆随时而化为臭物,屈子深恨之。洪兴祖深得屈子诗意,认为:"当是时也,守死不变者,楚国一人而已,屈子是也。"朱熹于洪氏感慨之言,亦有强烈共鸣,故引洪氏注释阐发此章文意。

椒专佞以慢慆兮,樧又欲充夫佩帏。既干进而务入兮,又何芳之能祗?

集注:椒,亦芳烈之物,而今亦变为邪佞。樧萸固为臭物,而今又欲满于香囊。盖但知求进而务入于君,则又何能复敬守其芬芳之节乎?(《离骚》)

　　按：王逸章句、洪兴祖补注皆作时事的比附，以为椒则楚大夫子椒。朱熹力排此议，认为所谓楚大夫子椒乃因《楚辞》而捏造之人物，朱子从椒的本意来理解句意，这种注释方法是比较客观的。

　　《东皇太一》：此篇言其竭诚尽礼以事神，而愿神之欣悦安宁，以寄人臣尽忠竭力，爱君无已之意，所谓全篇之比也。

　　《湘君》：此篇盖为男主事阴神之词，故其情意曲折尤多，皆以阴寓忠爱于君之意。而旧说之失为尤甚，今皆正之。

　　按：朱注在题名下写有小序，阐述全篇意旨。如《东皇太一》、《湘君》等。

　　《山鬼》：此篇文意最为明白，而说者自汨之。今既章解而句释之矣，又以其托意君臣之间者而言之，则言其被服之芳者，自明其志行之洁也，言其容色之美者，自见其才能之高也。子慕予之善窈窕者，言怀王之始珍己也。折芳馨而遗所思者，言持善道而效之君也。处幽篁而不见天，路险艰又昼晦者，言见弃远而遭障蔽也。欲留灵修而卒不至者，言未有以致君之寤而俗之改也。知公子之思我而然疑作，又知君之初未忘我，而卒困于谗也。至于思公子而徒离忧，则穷极愁怨，而终不能忘君臣之义也。以是读之，则其他之碎义曲说，无足言矣。

　　按：朱注《山鬼》小序，详细阐发篇中"托意君臣"的微言大义是怎样通过山鬼与灵修的爱慕思恋的曲折过程来表达的。

合百草兮实庭,建芳馨兮庑门。九嶷缤兮并迎,灵之来兮如云。

集注:言舜使九嶷山神缤然来迎二妃,而众神从之如云也。将筑室依湘夫人以为邻,而舜复迎之以去,则又不得见之。(《九歌·湘夫人》)

按:朱注谓舜"将筑室依湘夫人为邻",得诗句意旨。而王逸章句将筑室为邻诸事皆委诸屈原作为,致使整篇文意割裂,不复有文理也。

不任汩鸿,师何以尚之? 佥曰何忧,何不课而行之?

集注:问鲧才不任治鸿水,众人何以举? 尧知其不能,而众人以为无忧,尧何不且小试之,而遽行其说也? 答曰:鲧之才可任治水,当时无过之者,故众举之。尧则固知其方命圮族而不可用矣,四岳又请姑且试之,故尧不得已而用之耳。(《天问》)

按:天问诗句多不可解处,朱注阐释章旨重视诗句本身文意,并且对屈子所问做出认真回答,往往怡然理顺。

四、阐发义理

朱熹在《集注》中往往借诗句意旨,表达其理学思想,有时是自然观,有时是伦理观,涉及其理学思想的理气论、心性论等思想。

鸷鸟之不群兮,自前世而固然。何方圆之能周兮,夫孰异道而相安?

集注:圆凿方枘,不能相合,以其异道,故不能相安,贤者之居乱世,亦犹是也。(《离骚》)

按：朱熹集注先串讲此章文意："圆凿方枘，不能相合，以其异道，故不能相安。"然后作义理的发挥，以为"贤者之居乱世，亦犹是也"。

> 汤禹俨而祗敬兮，周论道而莫差。举贤才而授能兮，循绳墨而不颇。

集注：言殷汤、夏禹，周之文王，受命之君，皆畏天敬贤，讲论道义，无有过差，又举贤才，遵法度而无偏颇，故能获神人之助，子孙蒙其福佑。

按：朱熹集注引古圣先贤之道，阐发现实政治应当遵循尊贤授能的圣人之道。

> 屈心而抑志兮，忍尤而攘诟。伏清白以死直兮，固前圣之所厚。

集注：言与世已不同矣，则但可屈心而抑志，虽或见尤于人，亦当一切隐忍而不与之校，虽所遭者或有耻辱，亦当以理解遣，若攘却之而不受于怀。盖宁伏清白而死于直道，尚足为前圣之所厚，如比干谏死，而武王封其墓，孔子称其仁也。（《离骚》）

按：朱熹集注谓："虽所遭者或有耻辱，亦当以理解遣，若攘却之而不受于怀。"朱熹"以理解遣"之语，为王逸、洪兴祖所未言，所未能言，见朱熹创新之处，亦见朱熹理学家本色。朱熹此注另一可注意处在于，"固前圣之所厚"之释义，王逸曰："固乃前世圣王之所厚哀也。"①朱熹集注曰："盖宁伏清白而死于直道，尚足为前圣之所厚，如比干谏死，而武王封其墓，孔子称其仁

---

① 《楚辞补注》，第16页。

也。"则朱熹以厚为"称许"之意,无哀痛之意,这是朱熹训诂字义谨慎之处。

> 何昔日之芳草兮,今直为此萧艾也?岂其有他故兮,莫好修之害也!

集注:世乱俗薄,士无常守,乃小人害之,而以为莫如好修之害者,何哉?盖由君子好修,而小人嫉之,使不容于当世,故中材以下,莫不变化而从俗,则是其所以致此者,反无有如好修之为害也。东汉之亡,议者以为党锢诸贤之罪,盖反其词以深悲之,正屈原之意也。(《离骚》)

按:朱熹此注借芳草变化为萧艾之情状,阐发道德修养的道理,以为君子应当持守高洁的道德规范,不为世俗所改变。

> 惟兹佩之可贵兮,委厥美而历兹。芳菲菲而难亏兮,芬至今犹未沫。

集注:言琼佩有可贵之质,而能不挟其美以取世资,委而弃之,以至于此,然其芬芳实不可得而损减昏暗,此原之自况也。然上章讯兰既有委厥美之文矣,此美琼佩又以为言者,盖彼真弃其美之实以从俗,此则弃其美之利以徇道,其事固不同也。故彼虽苟得一时之势,而恶名不减;此虽失其一时之利,而芬芳久存。二者之间,正有志者所当明辩而勇决也。(《离骚》)

按:上文既言委厥美而从俗,而此言委厥美而历兹,朱熹详辨二者本质区别:一为得利;一为徇道。朱子谓此处乃屈子自况,他说:"彼虽苟得一时之势,而恶名不减;此虽失其一时之利,而芬芳久存。二者之间,正有志者所当明辩而勇决也。"

陟升皇之赫戏兮, 忽临睨夫旧乡。仆夫悲余马怀兮, 蜷
局顾而不行。

集注: 屈原托为此行, 而终无所诣, 周流上下, 而卒反
于楚焉, 亦仁之至而义之尽也。(《离骚》)

按: 朱注以儒家道德规范衡量屈原行迹, 认为屈原所为乃
是"仁之至而义之尽也", 这是朱熹对屈原的肯定。

洪氏曰: "偭规矩而改错者, 反常而妄作; 背绳墨以追
曲者, 枉道以从时。"论扬雄作《反离骚》, 言"恐重华之不累
与"而曰: "余恐重华与沈江而死, 不与投阁而生也。"又释
《怀沙》曰: "知死之不可让, 则舍生而取义可也。所恶有甚
于死者, 岂复爱七尺之躯哉!"其言伟然, 可立懦夫之气, 此
所以忤桧相而卒贬死也, 可悲也哉! 近岁以来, 风俗颓坏,
士大夫间, 遂不复闻有道此等语者, 此又深可畏云。(《楚
辞辩证·离骚经》)

按: 朱熹作《楚辞集注》每每引用洪兴祖之论, 以抒己之愤
愤不平之气。洪兴祖讥贬扬雄《反离骚》之作, 深恨扬雄为人偷
生苟免, 却讥消屈原舍生取义之行, 他说: "知死之不可让, 则舍
生而取义可也。所恶有甚于死者, 岂复爱七尺之躯哉!"[1]朱熹
深为赞同洪氏此言, 认为"其言伟然, 可立懦夫之气"。他对时
局世风感到深切的忧虑: "近岁以来, 风俗颓坏, 士大夫间, 遂
不复闻有道此等语者", 朱熹通过《集注》表明了自己的生死
义利观, 推崇"取义成仁"的儒家道德观, 朱熹的评论亦"可立
懦夫之气"。

---

[1]《楚辞补注》, 第146页。

愁人兮奈何！愿若今兮无亏。固人命兮有当，孰离合兮可为？

集注：无亏，保守志行，无损缺也。又言人受命而生，贫富贵贱，各有所当，或离或合，神实司之，非人之所能为也。因祀司命，而发此意，则原所以顺受其正者，亦严矣。（《九歌·大司命》）

按：王逸曰："亏，歇也。"朱注："无亏，保守志行，无损缺也。"较合文意。朱注"保守志行，无损缺"，显然蕴含理学意蕴，理学最重者"尊德行"、"道问学"内外两项功夫。保守志行，即重视修身持敬工夫，此为"尊德行"功夫也。

出不入兮往不反，平原忽兮路超远。带长剑兮挟秦弓，首虽离兮心不惩。诚既勇兮又以武，终刚强兮不可凌。身既死兮神以灵，魂魄毅兮为鬼雄！

集注：魂魄，死者之神灵，盖魂神而魄灵，魂气而魄精，魂阳而魄阴，魂动而魄静，生则魂载其魄，魄检其魂，死则魂游散而归于天，魄沦坠而归于地也。毅为鬼雄者，毅然为百鬼之雄杰也。（《九歌·国殇》）

按：魂魄之说，朱熹理学常所辩证，此注即其义理阐发之例。

此篇所问，虽或怪妄，然其理之可推，事之可鉴者，尚多有之。而旧注之说，徒以多识异闻为功，不复能知其所以问之本意，与今日所以对之明法。至唐柳宗元，始欲质以义理，为之条对，然亦学未闻道，而夸多衒巧之意，犹有杂乎其间，以是读之常使人不能无遗恨。若《补注》之说，则其厖乱不知所择，又愈甚焉。今存其不可阙者，而悉以义理正

之，庶读者之有补云。（《天问·小序》）

按：朱熹在《天问》序言下加小注，说明他做《天问》注时，对待旧注的处理办法是："悉以义理正之"。朱熹以为《天问》旧注，徒以多识异闻为功，不复能知《天问》之本意，柳宗元虽能质以义理，但犹嫌驳杂，洪兴祖亦不能矫正此弊，故朱熹欲以"义理正之"。

曰遂古之初，谁传道之？上下未形，何由考之？冥昭瞢闇，谁能极之？冯翼惟像，何以识之？

集注：右二章四问，今答之曰：开辟之初，其事虽不可知，其理则具于吾心，固可反求而默识，非如传记杂书谬妄之说，必诞者而后传，如柳子之所讥也。（《天问》）

按：朱熹此注见其理在事先的思想。朱熹理一元论认为，理在物先，未有是物，先有是理。朱熹又认为吾心具万物之理，故而可反求而默识。朱熹既重"尊德性"功夫，又重"道问学"功夫，因此对格物致知尤为强调重视，而对虚妄荒诞之说一概取排斥态度。观其《天问》注，尤能体会朱熹思想中这一特点。

明明闇闇，惟时何为？阴阳三合，何本何化？

集注：天地之化，阴阳而已。一动一静，一晦一明，一往一来，一寒一暑，皆阴阳之所为，而非有为之者也。然《穀梁》言天而不以地对，则所谓天者，理而已矣，成汤所谓"上帝降衷"、子思所谓"天命之性"是也。是为阴阳之本，而其两端循环不已者，为之化焉。周子曰："无极而太极，太极动而生阳；动极而静，静而生阴。静极复动，一动一静，互为其根。分阴分阳，两仪立焉。"正谓此也。然所谓太极，亦曰理而已矣。（《天问》）

按：此注阐发义理，朱熹认为万物化生的根本是理。所谓
"天"、所谓"太极"，皆是理而已。朱熹的太极学说更多继承于
周濂溪，因此他更推重周子之说，他认为周子的太极学说比二程
为精微完备。

**悲回风之摇蕙兮，心冤结而内伤。物有微而陨性兮，声
有隐而先倡。**

集注：言秋令已行，微物凋陨，风虽无形，而实先为之
倡也。世之治乱，道之兴废，亦犹是矣。（《九章·悲
回风》）

按：朱熹先释章旨，然后阐发义理。秋令万物凋陨，风实先
倡也，然风无形；世之治乱，道之兴废亦如是，世道治乱兴废皆由
理所决定，然理亦无形，正如风之无形也。

**惟天地之无穷兮，哀人生之长勤。往者余弗及兮，来者
吾不闻。**

集注：此章四言，乃此篇所以作之本意也。夫神仙度
世之说，无是理而不可期也审矣！屈子于此，乃独眷眷而不
忘者，何哉？正以往者之不可及，来者之不得闻，而欲久生
以俟之耳。然往者之不可及，则已末如之何矣；独来者之不
得闻，则夫世之惠迪而未吉、从逆而未凶者，吾皆不得以须
其反复熟烂，而睹夫天定胜人之所极，是则安能使人不为没
世无涯之悲恨？此屈子所以愿少须臾无死，而侥幸万一于
神仙度世之不可期也！呜呼远矣，是岂易与俗人言哉！
（《远游》）

按：朱熹阐发义理之例。朱熹对神仙度世之说向为反对，
但却能知人论世，他认为屈子亦借此表达对现实世界的极度失

望,而并非期冀如神仙般得到永年。

> 溷渔父之餔歠兮,絜沐浴之振衣。弃由聃之所珍兮,蹠彭咸之所遗!

集注:许由事,不经见,雄亦本不之信。今乃言之,已为抵牾,而又不察其生当尧、舜之间,身无谗贼之祸,与原事亦不相似也。老聃之学,私于为我,而无君臣之义,亦雄所知。至此乃以为言,亦其贪生惜生之心胜,是以溺焉而不自知耳。(《楚辞后语·反离骚》)

按:朱熹知人论世,先评论许由事,结合当时史实,认为不与屈原处境相类;后又分析老聃之学,以为不合君臣之义。而扬雄强以此人之事污于屈原,朱熹阐发义理,为屈原辩诬。

> 女歧无合,夫焉取九子? 伯强何处? 惠气安在?

集注:此章所问三事,今答之曰:天下之理,一而已,而有常变之不同;天下之气,亦一而已,而有逆顺之或异。夫乾道成男,坤道成女,凝体于造化之初,二气交感,化生万物,流形于造化之后者,理之常也。若姜嫄、简狄之生稷、契,则又不可以先后言矣,此理之变也。女歧之事,无所经见,无以考其实,然以理之变而观之,则恐其或有是也。但此篇下文,复有女歧易首之问,则又未知其果如何耳? 释氏书有"九子母"之说,疑即谓此,然益荒无所考矣。惠者,气之顺也。疠者,气之逆也。以其强暴伤人,故为之名字以著其恶耳,初非实有是人也。气之流行充塞宇宙,其为顺逆,有以天时水土之所值,有以人事物情之所感,万变不同,亦未尝有定在也。(《天问》)

按:朱注借女歧无夫生子事阐发其理气论。朱熹认为天下万殊,其理一也,女歧之事,不见经载,以理观之,则为理之变也。

永遏在羽山,夫何三年不施? 伯禹腹鲧,夫何以变化?

集注:此又问禹自少小习见鲧之所为,何以能变化而有圣德乎? 答曰:舜之四罪,皆未尝杀也。程子以为"《书》云殛死,犹言贬死耳。"盖圣人用刑之宽,例如此,非独于鲧为然也。若禹之圣德,则其所禀于天者,清明而纯粹,岂习于不善所能变乎? (《天问》)

按:朱注阐发义理之例。朱熹认为圣人所禀之气本乎天,清明纯粹,不会因不善的环境而变化。此注关涉朱子理气论、心性论。

五、辩驳妄说

《楚辞》旧注,多牵强附会之说,亦多荒诞不经之事,朱注一一辩驳之。

日安不到? 烛龙何照? 羲和之未扬,若华何光?

集注:旧注以为,天之西北,幽冥无日之国,有龙衔烛而照之。其有日处,日未出时,又有若木赤华照地也。夫日光弥天,其行匝地,固无不到之处。此章所问,尤是儿戏之谈,不足答也。(《天问》)

按:《天问》所问多涉神话,不合物理处多矣,朱熹必为辩驳,指为"儿戏之谈"。

白蜺婴茀,胡为此堂? 安得夫良药,不能固臧? 天式从横,阳离爰死。大鸟何鸣,夫焉丧厥体?

集注:旧注引《列仙传》云:"崔文子学仙于王子侨。

子侨化为白蜺而婴茀,持药与之。文子惊怪,引戈击蜺,因堕其药。俯而视之,子侨之尸也。须臾化为大鸟,飞鸣而去。"事极鄙妄,不足复论。(《天问》)

缘鹄饰玉,后帝是飨。何承谋夏桀,终以灭丧?

集注:言伊尹始仕,因缘烹鹄鸟之羹、修玉鼎以事汤,汤贤之,遂以为相,承用其谋而伐夏桀,终以灭桀也。此即《孟子》所辨"割烹要汤"之说,盖战国游士谬妄之言也。(《天问》)

水滨之木,得彼小子。夫何恶之,媵有莘之妇?

集注:言伊尹母姓身,梦神女告之曰:"臼灶生鼃,亟去无顾。"居无几何,臼灶中生鼃,母去东走,顾视其邑,尽为大水,母因溺死,化为空桑之木。水干之后,有小儿啼水涯,人取养之。既长大,有殊才。有莘恶其从木中出,因以送女。谬妄甚明,不必辩也。(《天问》)

武发杀殷,何所悒?载尸集战,何所急?

集注:言武王发欲诛殷纣,何所悁悒而不能久忍?遂载文王之柩于军中以会战,何所急而然也?此亦当时传闻之语,故为伯夷扣马之词,亦有父死不葬之云,与此皆误也。(《天问》)

彭铿斟雉,帝何飨?受寿永多,夫何长?

集注:彭铿,彭祖也。旧说:铿好和滋味,进雉羹于尧,尧飨之,而锡以寿考,至八百岁。《庄子》以为"上及有虞,下及五伯"是也。但此本谓上帝已为妄说,而旧注以为尧,又妄之尤也。(《天问》)

朱熹对《天问》中荒诞不经之事,皆力诋其说,指出旧注引经据典甚无谓也,儒家不语乱力怪神,于朱子注骚见其精神。朱熹每每以"怪妄不足辨"、"怪妄不足论"、"事极鄙妄,不足复论"、"盖战国游士谬妄之言也"、"谬妄甚明,不必辩也"等语表明自己对神怪之事的辩驳态度。

六、多闻阙疑

朱熹注书,遇有疑难,不作牵强附会的比附,而是引用前人时贤见解以备参考,亦时常发表自己的分析意见,但决不作意必的结论,这种态度是科学的注书态度。他在《楚辞辩证·九歌》中说:"《九歌》,而实十有一章,盖不可晓,旧以九为阳数者,尤为衍说。或疑犹有虞夏《九歌》之遗声,亦不可考,今姑阙之,以俟知者,然非义之所急也。"这就表明了他注书时实事求是、多闻阙疑的科学态度。在具体的注疏中,他也是秉承"多闻阙疑"的态度。如:

曰黄昏以为期兮,羌中道而改路!

集注:一无此二句。洪曰:"王逸不注此二句,后章始释羌义。疑此后人所增也。"……洪说虽有据,然安知非王逸以前此下已脱两句耶? 更详之。(《离骚》)

女歧无合,夫焉取九子? 伯强何处? 惠气安在?

集注:女歧,神女,无夫而生九子。……女歧之事,无所经见,无以考其实,然以理之变而观之,则恐其或有是也。但此篇下文,复有女歧易首之问,则又未知其果如何耳? 释氏书有"九子母"之说,疑即谓此,然益荒无所考矣。(《天问》)

咸播秬黍,莆雚是营。何由并投,而鲧疾修盈?

集注：秬黍，黑黍也，《说文》："黍，禾属而黏也。"莐，水草，可以作席。蘿，蔨也，与蘿同。左氏云"蘿苻之泽"是也。余未详。(《天问》)

何冯弓挟矢，殊能将之？既惊帝切激，何逢长之？

集注：冯，引弓持满也。其它文多不可晓。《注》以为后稷，《补》以为武王，未知孰是？今姑阙之。(《天问》)

伯林雉经，维其何故？何感天抑墜，夫谁畏惧？

集注：旧注：以此为晋太子申生之事，未知是否。(《天问》)

薄暮雷电，归何忧？厥严不奉，帝何求？

集注：此下皆不可晓，今阙其义。(《天问》)

悲秋风之动容兮，何回极之浮浮！数惟荪之多怒兮，伤余心之慢慢。

集注：回极浮浮，未详所谓。或疑回极指天极回旋之枢轴；浮浮，言其运转之速而不可当，亦未知其是否也。大抵此下诸篇，用字立语，多不可解，甚者今皆阙之，不敢强为之说也。(《九章·抽思》)

无伯乐之善相兮，今谁使乎誉之？

集注：誉，一作誉，音赀。(《九辩》)

辩证：誉，一作誉，相度之义也。又与上句知字叶韵，故当作誉为是。但下句两之上字复不韵，则又不可晓。故今且作誉，而四句皆以之字为韵。

按：朱熹根据叶韵之例，认为"作誉为是"，但这样又与下句不韵。虽如此，朱熹并不妄改原文，见其多闻阙疑之精神。

宁廉洁正直，以自清乎？将突梯滑稽，如脂如韦，以絜

楹乎？

集注：絜楹，未详，或疑絜如《大学》“絜矩”之絜，谓围束之也。楹，屋柱，亦圆物，又以脂灌韦而絜之，是以突梯滑稽，而无所止也，未知是否。（《卜居》）

巫阳对曰：“掌瘳！上帝其命难从！若必筮予之，恐后之谢，不能复用巫阳焉。”

集注：此一节巫阳对语，不可晓，恐有脱误。然其大意似谓帝命不可从者，如必筮其所在，而后招以与之，则恐其离散之远，而或后之，以至徂谢，且将不得复用巫阳之技矣。（《招魂》）

按：朱熹认为巫阳对语不可晓，疑有脱误。然对其大意仍能逆测之。

第四节　《楚辞集注》的训诂方法

一、声训法

声训法是以音释义的训诂，通过语音的联系而解释词义的一种方法。如《孟子》“庠者，养也；校者，教也；序者，射也”[1]。朱熹在训诂中继承了这一方法。声训的类别有：

（一）使用音同或音近的字相训

鸷鸟之不群兮，自前世而固然。何方圜之能周兮，夫孰异道而相安？

集注：鸷，执也，谓鸟之能执伏众鸟者，鹰鹯之类也。（《离骚》）

① 朱熹《孟子集注》卷五，《四书章句集注》，中华书局1983年版，第255页。

瑶席兮玉瑱,盍将把兮琼芳。蕙肴蒸兮兰藉,奠桂酒兮椒浆。

集注:瑱,音镇;一作镇。……瑱,与镇同,所以压神位之席也。(《九歌·东皇太一》)

(二)以通假通音义

鼂驰骛兮江皋,夕弭节兮北渚。鸟次兮屋上,水周兮堂下。

集注:鼂,与朝同。……鼂,早也。(《九歌·湘君》)

暾将出兮东方,照吾槛兮扶桑。抚余马兮安驱,夜皎皎兮既明。

集注:皎字,从日,与皎同。(《九歌·东君》)

成礼兮会鼓,传芭兮代舞。姱女倡兮容与。

集注:芭,与葩同,巫所持之香草也。(《九歌·礼魂》)

春兰兮秋鞠,长无绝兮终古。

集注:鞠,一作菊。(《九歌·礼魂》)

冥昭瞢闇,谁能极之?冯翼惟像,何以识之?

集注:闇,与暗同。(《天问》)

圜则九重,孰营度之?惟兹何功,孰初作之?

集注:圜,与圆同。(《天问》)

雄虺九首,儵忽焉在?何所不死?长人何守?

集注:儵,与倏同。(《天问》)

咸播秬黍,莆雚是营。

集注:雚,薍也,与萑同。左氏云"萑苻之泽"是也。(《天问》)

载营魄而登霞兮,掩浮云而上征。

集注：霞，与遐同，古字借用。……霞与遐通，谓远也。（《远游》）

乘精气之抟抟兮，骛诸神之湛湛。

集注：抟，与团同。（《九辩》）

朕幼清以廉洁兮，身服义而未沫。主此盛德兮，牵于俗而芜秽。

集注：沫，与昧同。（《招魂》）

斡流而迁，或推而还，形气转续，变化而嬗。

集注：嬗，音婵，与禅同。……嬗，相传与也。（《服赋》）

衣摄叶以储与兮，左袪挂于榑桑；右衽拂于不周兮，六合不足以肆行。

集注：榑，一作扶，与榑同。桑，一作桒，与桑同。（《哀时命》）

无私罪人，憝革二兵。道德纯备，谗口将将。仁人绌约，敖暴擅强，天下幽险，恐失世英。

集注：憝，与憝同。……敖，与傲同。（《楚辞后语·倗诗》）

临曲江之隑州兮，望南山之参差。

集注：隑，曲岸头也，与碕同。（《楚辞后语·哀二世赋》）

神眇眇兮密靓处，君不御兮谁为荣？

集注：靓，与静同。（《楚辞后语·自悼赋》）

按：上"载营魄而登霞兮"一例，朱注指出霞与遐通假。《楚辞辩证》云："登霞之霞，本遐之借用，犹曰适远云尔，《曲礼》

告丧之词,乃又借以为死之美称也。《庄子》作登假,盖亦此例。但此篇注者,遂解为赤黄之气,释《庄》音者又读假为格,而训至焉,则其误愈远矣。"①

二、对文则别

对文则别是指对同义词加以辨析的一种释义方法,传统训诂学很重视"对文则别"的释义方法,所谓"对文则别,散文则通"②,即是说一对同义词一起使用时,词义会有区别,单独使用时,又可以相互为训,词义通用。古人又常用"浑言"、"析言"的训诂术语来辨析这些同义词的同与异。如《说文解字注》:"暑,热也。"段注:"暑与热浑言则一,故许以热训暑。析言则二,……暑之义主湿,热之义主燥。"③显然,析言是辨同义词之异,浑言则是它们之同。朱熹《楚辞集注》也很重视使用这一原则进行训诂。如:

> 昔三后之纯粹兮,固众芳之所在。杂申椒与菌桂兮,岂维纫夫蕙茝。
>
> 集注:至美曰纯,齐同曰粹。(《离骚》)

按:纯、粹浑言皆为质地均一、无杂质之谓,朱熹以"对文则别"之法,指出这对同义词在一起使用时,词义偏重不同之处,对诗句的理解是有益的。

> 保厥美以骄傲兮,日康娱以淫游。虽信美而无礼兮,来违弃而改求。

---

① 《楚辞集注》,第 202 页。
② 卫湜《礼记集说》卷五十九,影印文渊阁四库全书本。
③ 段玉裁《说文解字注》,上海古籍出版社 1988 年版,第 306—307 页。

集注：倨简曰骄，侮慢曰傲。（《离骚》）

日月忽其不淹兮，春与秋其代序。惟草木之零落兮，恐美人之迟暮。

集注：零、落，皆坠也，草曰零，木曰落。（《离骚》）

按：朱熹释"零落"之意，谓"零、落，皆坠也"，是浑言则一；又谓"草曰零，木曰落"，是析言则二。

初既与余成言兮，后悔遁而有他。余既不难夫离别兮，伤灵修之数化。

集注：近曰离，远曰别。（《离骚》）

众皆竞进以贪婪兮，凭不厌乎求索。羌内恕己以量人兮，各兴心而嫉妒。

集注：爱财曰贪，爱食曰婪。……害贤为嫉，害色为妒。（《离骚》）

长太息以掩涕兮，哀民生之多艰。余虽好修姱以鞿羁兮，謇朝谇而夕替。

集注：鞿羁，以马自喻；缰在口曰鞿，革络头曰羁。言自绳束不放纵也。（《离骚》）

夏桀之常违兮，乃遂焉而逢殃。后辛之菹醢兮，殷宗用之不长。

集注：藏菜曰菹，肉酱曰醢。（《离骚》）

朝发轫于天津兮，夕余至乎西极。凤皇翼其承旂兮，高翱翔之翼翼。

集注：一上一下曰翱，直刺不动曰翔。（《离骚》）

鼌驰骛兮江皋，夕弭节兮北渚。鸟次兮屋上，水周兮堂下。

集注：骋，直驰也。骛，乱驰也。（《九歌·湘君》）

朕幼清以廉洁兮，身服义而未沫。主此盛德兮，牵于俗而芜秽。

集注：清者，其志之不杂。廉者，其行之有辨。洁者，其身之不污。（《招魂》）

苦称量之不审兮，同权概而就衡。

集注：称，所以知轻重。量，所以别多少。（《惜誓》）

三、引文献法

朱熹注释古书时，并非随心所欲地"空谈义理"，他往往在解说词句时引用古书、典故，使其说言之有据，这也是他重训诂考据的一个体现。

怨灵修之浩荡兮，终不察夫民心。众女嫉余之蛾眉兮，谣诼谓余以善淫。

集注：《尔雅》云："徒歌谓之谣。"《方言》云："楚南谓愬为诼。"（《离骚》）

按：朱注引《尔雅》及《方言》释证"谣诼"词义。

吾令凤鸟飞腾兮，继之以日夜。飘风屯其相离兮，帅云霓而来御。

集注：凤，灵鸟也。《山海经》云："丹穴之山，有鸟焉，其状如鸡，五彩而文，曰凤鸟。是鸟也，饮食则自歌自舞，见则天下大康宁。"飘风，回风也。屯，聚也。霓，虹属，阴阳交会之气也。郭璞云："雄曰虹，谓明盛者。雌曰蜺，谓暗微者。云薄漏日，日照雨点则生也。"（《离骚》）

按：朱注引《山海经》及其郭璞注释证凤鸟之义。

邅吾道夫昆仑兮,路修远以周流。扬云霓之晻霭兮,鸣玉鸾之啾啾。

集注:《后汉书》注云:"昆仑在肃州酒泉县西南,地之中也。"(《离骚》)

按:朱熹引《后汉书》注,说明昆仑之所在。

吉日兮辰良,穆将愉兮上皇。抚长剑兮玉珥,璆锵鸣兮琳琅。

集注:璆、锵,皆玉声。《孔子世家》云:"环佩玉声璆然。"《玉藻》云:"古之君子,必佩玉,进则揖之,退则扬之,然后玉锵鸣也。"(《九歌·东皇太一》)

按:朱熹引用《孔子世家》以释证玉声,又引《玉藻》以释古人佩玉之俗。《玉藻》所引文字与洪氏《补注》引自《礼记》文字相同。

浴兰汤兮沐芳,华采衣兮若英。灵连蜷兮既留,烂昭昭兮未央。

集注:汉乐歌言"灵安留",亦指神而言也。(《九歌·云中君》)

按:朱注引汉乐歌文献,为《楚辞》旧注所未有。可见朱熹读书之广,引证之博。

令五帝以折中兮,戒六神与向服。俾山川以备御兮,命咎繇使听直。

集注:折中,谓事理有不同者,执其两端而折其中,若《史记》所谓"六艺折中于夫子"是也。……服,服罪之词,《书》所谓"五刑有服"者也。(《九章·惜诵》)

按：朱注释"折中"、"服"二词，皆引文献为证。

竭忠诚而事君兮，反离群而赘肬。忘儇媚以背众兮，待明君其知之。

集注：赘肬，肉外之余肉，《庄子》所谓"附赘悬肬"者是也。（《九章·惜诵》）

言与行其可迹兮，情与貌其不变。故相臣莫若君兮，所以证之不远。

集注：言人臣之言行，既可踪迹，内情外貌，又难变匿，而人君日以其身亲与之接，宜其最能察夫忠邪之辨，盖其所以验之不在于远也。《左传》曰："知子莫若父，知臣莫若君。"此之谓也。（《九章·惜诵》）

按：集注引《左传》文字以证其章旨。

初吾所陈之耿著兮，岂不至今其庸亡？何独乐斯之蹇蹇兮？愿荪美之可完。

集注：庸，何用也，《左传》曰："晋其庸可冀乎！"言昔吾所陈之言，明白如此，岂不至今犹可覆视，而何用乃亡之耶？（《九章·抽思》）

按：朱熹引文献以释"庸"之用法，并作串讲。

愿至昆仑之县圃兮，采钟山之玉英。

集注：钟山，在昆仑山西北。《淮南》言："钟山之玉，烧之三日，其色不变。"（《哀时命》）

按：朱注引《淮南》有关的钟山之玉记载。

道德纯备，谗口将将。

集注：将将，声也，《诗》曰："佩玉将将。"（《楚辞后

语·倬诗》）

按：朱注释词，引《诗经》为证。

永遏在羽山，夫何三年不施？伯禹腹鲧，夫何以变化？

集注：施，谓刑杀之也。《左传》曰："乃施刑侯。"此问鲧功不成，何但囚之羽山，而不施以刑乎？禹，鲧子也。腹，怀抱也，《诗》曰："出入腹我。"（《天问》）

按：朱注分别引《左传》及《诗经》，来释证"施"及"腹"之词义。

纂就前绪，遂成考功。何续初继业，而厥谋不同？

集注：鲧、禹治水之不同，事见《洪范》。盖鲧不顺五行之性，筑堤以障润下之水，故无成。禹则顺水之性，而导之使下，故有功。《书》所谓"决九州，距四海，浚畎浍距川"，《孟子》所谓"禹之行水，得水之道，而行其所无事"是也。程子曰："今河北有鲧堤而无禹堤。"亦一证矣。（《天问》）

按：朱注述鲧、禹治水事，征引上古文献为征，且引程子著述，见其立论引征之广。

应龙何画？河海何历？

集注：《山海经》曰："禹治水，有应龙以尾画地，即水泉流通，禹因而治之也。"（《天问》）

按：朱注引《山海经》有关禹治水及应龙事为书证。

九州安错？川谷何洿？东流不溢，孰知其故？

集注：九州所错，天地之中也。川谷之洿，众流之会也。不溢之故，则《列子》曰："渤海之东，不知几亿万里，有大壑焉,实惟无底之谷,名曰归墟,八纮九野之水,天汉之流,莫不注之,而无增无减焉。"《庄子》曰:"天下之水,莫大于海,万川归之,不知何时止,而不盈;尾闾泄之,不知何时已,而不虚。"柳子曰:"东穷归墟,又环西盈。……充融有余,泄漏复行。器运潎潎,又何溢焉!"(《天问》)

按:朱注引《列子》、《庄子》及柳宗元《天对》等文献释证诗义。

争遣伐器,何以行之? 并驱击翼,何以将之?

集注:争遣伐器,谓《泰誓》言"群后以师毕会"也。并驱击翼,谓《六韬》曰:"翼其两旁,疾击其后",言武王之军,人人乐战,并驱而进之也。问此二者,何以使其然耶? (《天问》)

四、反面论证法

在释义中,有时正面论证某一观点,会很费周折,而此时运用反面论证的方法,或者正反对比的释义方法,则可使观点更易理解,同时使论述更加深刻。

子交手兮东行,送美人兮南浦。波滔滔兮来迎,鱼邻邻兮媵予。

集注:既已别矣,而波犹来迎,鱼犹来送,是其眷眷之无已也。三闾大夫岂至是而始叹君恩之薄乎! (《九歌·河伯》)

按:河伯与女巫,既已别矣,又相互迎送,眷眷不已,情深恩厚之至。反观屈原与楚王的关系,则屈原爱君,竟遭放逐境地。朱熹将诗句的情景与屈原的处境进行对比,逆测屈原此时心境,以为屈原此时必会感叹君恩之薄。朱注通过这个对比的释义,更显屈原内心之苦痛。诗句本身只写到了河伯与女巫的眷眷不已的情意,朱注却从反面逆测屈子苦痛的心境,这种对比和反面论证更能打动人。

> 表独立兮山之上,云容容兮而在下。杳冥冥兮羌昼晦,东风飘兮神灵雨。留灵修兮憺忘归,岁既晏兮孰华予?
>
> 集注:云反在下,言所处之高也……灵修,亦谓前所欲媚者也,欲俟其至,留使忘归,不然则岁晚而无与为乐矣。盖卒不来,而反欲使人造其所居也。(《九歌·山鬼》)

按:诗句有"云容容兮而在下",朱注以反面论证之法,注释为:"云反在下,言所处之高也。"朱注注释"留灵修兮憺忘归,岁既晏兮孰华予?"言山鬼盼灵修之来,此后朱注做进一步引申,"盖卒不至"正是从反面剖析如果最后灵修真的不来时山鬼之心理,此亦朱熹运用反面论证之例。

> 洪泉极深,何以寘之? 地方九则,何以坟之?
>
> 集注:禹之治水,行之而已,无事于寘也。水既下流,则平土自高,而可宫可田矣。若曰必寘之而后平,则是使禹复为鲧,而父子为戮矣。(《天问》)

按:朱注以为禹之治水,行之而已,无事于寘也。继而从反面论证不如此的结果:"若曰必寘之而后平,则是使禹复为鲧,而父子为戮矣。"

> 夫圣哲之不遭兮,固时命之所有。虽增欷以于邑兮,吾恐灵修之不累改。
>
> 集注:言楚王必不为屈原而改也。《孟子》曰:"千里而见王,是予所欲也。不遇,故去,岂予所欲哉!"圣贤之心

如此,原虽未及,而其拳拳于宗国,尤见臣子之至情,岂忍逆料其君之不可谏,而先自已哉!此等义理,雄皆不足以知之,唯有偷生惜死一路,则见之明而行之熟耳。以此讥原,是以鸱枭而笑凤皇也。(《楚辞后语·反离骚》)

按:朱熹以扬雄诗句意谓:楚王必不为屈原而改也。此是扬雄讥讽屈原所为必是徒劳。朱熹引用《孟子》阐发圣贤之心,指出屈子所为虽未臻至善,却类乎圣贤之心,尤见臣子之至情。而反观扬雄所为,只是"鸱枭而笑凤皇"的卑劣行径,朱熹极力贬斥、讥讽扬雄不知"臣子尽忠"之义理,却对"偷生惜死一路,则见之明而行之熟"。他在注中从正反两方面论证扬雄诗句的错误,从正面树立圣贤之心,以为屈原的忠君爱国行为不亏于臣子尽忠之义,从而驳斥了扬雄对屈原的讥讽;进而从反面论证扬雄只是一个"偷生惜死"的小人,他对屈原的讥讽只是"鸱枭而笑凤皇"而已,正所谓"燕雀安知鸿鹄之志"。

五、类比法

朱熹《楚辞集注》用类比的方法,使读者可以相互参照,增强对诗句的理解。

折疏麻兮瑶华,将以遗兮离居。老冉冉兮既极,不寖近兮愈疏。

集注:此以神既去而思之,如《云中君》卒章之意也。(《九歌·大司命》)

按:朱注阐述章旨,前后照应,以此章之意与《云中君》卒章之意相模拟,读者参互读之,体会意旨益明,此为朱注类比释义之例。

伯昌号衰,秉鞭作牧。何令彻彼岐社,命有殷国?

集注：岐社，太王所立岐周之社也。武王既有殷国，遂通岐周之社于天下，以为太社，犹汉初令民立汉社稷也。（《天问》）

按：朱注解释"岐社"词义时，将其与汉初的"社稷"相类比，这就使一个冷僻的词汇通过与较为常用的词汇相类比，从而变得容易理解了。

请布基，慎圣人，愚而自专事不治。主忌苟胜，群臣莫谏必逢灾。

集注：苟胜，不顾义理，而苟求胜人，若下文所引商纣之事也。（《楚辞后语·成相》）

按：朱熹阐释此章章旨，模拟下文所引商纣之事。

兰有秀兮菊有芳，怀佳人兮不能忘。泛楼船济汾河，横中流兮扬素波。箫鼓鸣兮以棹歌，欢乐极兮哀情多。少壮几时兮奈老何！

集注：兰秀、菊芳，以兴下句之词，与《湘夫人》及《越人歌》同法，知此则知兴之体矣。（《楚辞后语·秋风辞》）

按：朱注以此处"兴"的用法比况《湘夫人》及《越人歌》的类似用法，读者参互读之，有助对"兴"的了解。

六、例证法

《楚辞集注》释义时常常采用举例论证的方法，使诗句意旨变得容易理解，释义有据可寻，论述的观点也更有说服力。

屈心而抑志兮，忍尤而攘诟。伏清白以死直兮，固前圣之所厚。

集注：言与世已不同矣，则但可屈心而抑志，虽或见尤于人，亦当一切隐忍而不与之校，虽所遭者或有耻辱，亦当以理解遣，若攘却之而不受于怀。盖宁伏清白而死于直道，尚足为前圣之所厚，如比干谏死，而武王封其墓，孔子称其仁也。（《离骚》）

按：朱熹集注先串讲章旨，然后举例论证："如比干谏死，而武王封其墓，孔子称其仁也。"

阽余身而危死兮，览余初其犹未悔。不量凿而正枘兮，固前修以菹醢。

集注：惟善为可行，而前修乃有以此而至于菹醢，若龙逢、梅伯者然，亦不敢以为悔也。（《离骚》）

按：朱熹集注讲述文意，前贤行其善，却遭菹醢之命运，并以龙逢、梅伯事例为证。

何昔日之芳草兮，今直为此萧艾也？岂其有他故兮，莫好修之害也！

集注：世乱俗薄，士无常守，乃小人害之，而以为莫如好修之害者，何哉？盖由君子好修，而小人嫉之，使不容于当世，故中材以下，莫不变化而从俗，则是其所以致此者，反无有如好修之为害。东汉之亡，议者以为党锢诸贤之罪，盖反其词以深悲之，正屈原之意也。（《离骚》）

按：朱注阐述章旨，然后举东汉"党锢之祸"为例证。

和调度以自娱兮，聊浮游而求女。及余饰之方壮兮，周流观乎上下。

集注：言我和此调度以自娱，而遂浮游以求女，如前所

言虑妃、佚女、二姚之属,意犹在于求君也。(《离骚》)

按:朱注解释此句意旨时,与前面的句子相类比,以相互证明。

> 沅有芷兮澧有兰,思公子兮未敢言。荒忽兮远望,观流水兮潺湲。

> 集注:此章兴也。……所谓兴者,盖曰沅则有芷矣,澧则有兰矣,何我之思公子而独未敢言耶?思之之切,至于荒忽而起望,则又但见流水之潺湲而已。其起兴之例,正犹《越人之歌》所谓"山有木兮木有枝,心悦君兮君不知"。(《九歌·湘夫人》)

按:朱注引《越人之歌》作为例证,来讲解起兴之例。

> 心郁邑余侘傺兮,又莫察余之中情。固烦言不可结而诒兮,愿陈志而无路。

> 集注:烦言,谓烦乱之言。《左传》曰"啧有烦言"是也。《骚经》曰"解佩纕以结言",《思美人》曰"言不可结而诒",疑古者以言寄意于人,必以物结而致之,如结绳之为也。(《九章·惜诵》)

按:烦言,王逸曰"其言烦多"[1],王注文意不畅。朱注解释烦言为烦乱之言,并引《左传》、《离骚》、《思美人》等文献证之,又以古人结绳之俗证明其义。

> 詹尹乃释策而谢曰:"夫尺有所短,寸有所长,物有所不足,智有所不明,数有所不逮,神有所不通;用君之心,行

君之意。龟策诚不能知事！"

集注：尺长于寸，然为尺而不足，则有短者矣；寸短于尺，然为寸而有余，则有长者矣；物有所不足，天倾西北，地不满东南之类也；智有所不明，尧、舜知不遍物，孔子不如农圃之类也；数有所不逮，如言日月之行，虽有定数，然既是动物，不无赢缩之类是也；神有所不通，惠迪者未必吉，从逆者未必凶，伯夷饿死首阳，盗跖寿终牖下之类是也。（《卜居》）

按：詹尹的所言，朱熹一一释义，而对"物有所不足，智有所不明，数有所不逮，神有所不通"四事皆举例释之。

载营魄而登霞兮，掩浮云而上征。

集注：盖魄不受魂，魂不载魄，则魂游魄降，而人死矣。故修炼之士，必使魂常附魄，如日光之载月质；魄常检魂，如月质之受日光：则神不驰而魄不死，遂能登仙远去，而上征也。（《远游》）

按：魂魄之说既神秘奥妙，故常难言说，朱熹以日光及月质之例比况之，遂稍易理解耳。

第五节　《楚辞集注》的训诂术语

一、用来下定义、立界说的术语："曰"、"为"、"谓之"、"之谓"

（一）"曰"

被释词放在解释词之后。如：

汩余若将不及兮，恐年岁之不吾与。朝搴阰之木兰兮，夕揽洲之宿莽。

集注:水中可居者曰洲。草冬生不死者,楚人名曰宿莽。(《离骚》)

九州安错? 川谷何洿? 东流不溢,孰知其故?

集注:水注海曰川,注川曰溪,注溪曰谷。(《天问》)

吾谊先君而后身兮,羌众人之所仇也。专惟君而无他兮,又众兆之所雠也。

集注:怨耦曰仇。……百万曰兆。(《九章·惜诵》)

东驰土山兮,北揭石濑。

集注:石而浅水曰濑。(《楚辞后语·哀二世赋》)

(二) 为

众皆竞进以贪婪兮,凭不厌乎求索。羌内恕己以量人兮,各兴心而嫉妒。

集注:以心揆心为恕。……害贤为嫉,害色为妒。

(《离骚》)

君不行兮夷犹,蹇谁留兮中洲? 美要眇兮宜修,沛吾乘兮桂舟。令沅、湘兮无波,使江水兮安流。望夫君兮未来,吹参差兮谁思?

集注:吾,为主祭者之自吾也。(《九歌·湘君》)

(三) 谓之

闺中既以邃远兮,哲王又不寤。怀朕情而不发兮,余焉能忍而与此终古?

集注:小门谓之闺。(《离骚》)

浴兰汤兮沐芳,华采衣兮若英。灵连蜷兮既留,烂昭昭兮未央。

集注:荣而不实者谓之英。言使灵巫先浴兰汤,沐香

芷,衣采衣,如草木之英,以自洁清也。(《九歌·云中君》)

二、用来说明特指某一事物的术语:"谓"

日月忽其不淹兮,春与秋其代序。惟草木之零落兮,恐美人之迟暮。

集注:美人,谓美好之妇人,盖托词而寄意于君也。

(《离骚》)

朝发轫于天津兮,夕余至乎西极。凤皇翼其承旂兮,高翱翔之翼翼。

集注:天津,析木之津,谓箕斗之间汉津也。(《离骚》)

高飞兮安翔,乘清气兮御阴阳。吾与君兮齐速,导帝之兮九坑。

集注:清气,谓轻清之气。(《九歌·大司命》)

迁藏就岐,何能依? 殷有惑妇,何所讥?

集注:惑妇,谓妲己也。(《天问》)

吾谊先君而后身兮,羌众人之所仇也。专惟君而无他兮,又众兆之所雠也。

集注:雠,谓怨之当报者。(《九章·惜诵》)

恐情质之不信兮,故重著以自明。捞兹媚以私处兮,愿曾思而远身。

集注:媚,爱也,谓所爱之道,所守之节也。(《九章·惜诵》)

乘精气之抟抟兮,骛诸神之湛湛。骖白霓之习习兮,历群灵之丰丰。

集注:精气,谓日月。(《九辩》)

三、用来串讲句意或文意的术语:"言"

> 乘骐骥之浏浏兮,驭安用夫强策?

集注:浏浏,言如水之流也。(《九辩》)

按:此为朱熹《集注》用"言"解释短语文意之例。

> 初既与余成言兮,后悔遁而有他。余既不难夫离别兮,伤灵修之数化。

集注:言我非难与君离别也,但伤君志数变易,无常操也。(《离骚》)

按:此为朱熹集注用"言"串讲后两句句意之例。

> 众皆竞进以贪婪兮,凭不厌乎求索。羌内恕己以量人兮,各兴心而嫉妒。

集注:言在位之臣,心皆贪婪,内以其志量度他人,谓与己同,则各生嫉妒之心也。(《离骚》)

> 思九州之博大兮,岂惟是其有女?曰勉远逝而无狐疑兮,孰求美而释女?

集注:言天下之大,非独楚有美女,但当远逝而无疑,岂有美女求贤夫而舍汝者乎?(《离骚》)

> 尧舜皆有所举任兮,故高枕而自适。谅无怨于天下兮,心焉取此怵惕!乘骐骥之浏浏兮,驭安用夫强策?谅城郭之不足恃兮,虽重介之何益?

集注:言所任得人,无怨于下,则不假威刑,自成美化,不然则虽有城郭、甲兵,不足恃矣。(《九辩》)

按:上述为朱熹集注用"言"串讲整章句意之例。

四、用来表示"意隔而通之"的术语："犹"

和调度以自娱兮，聊浮游而求女。及余饰之方壮兮，周流观乎上下。

集注：调，犹今人言格调之调。（《离骚》）

高飞兮安翔，乘清气兮御阴阳。吾与君兮齐速，导帝之兮九坑。

集注：乘，犹乘车。……御，犹御马。（《九歌·大司命》）

永遏在羽山，夫何三年不施？伯禹腹鲧，夫何以变化？

集注：遏，犹禁止也。（《天问》）

壹心而不豫兮，羌不可保也。疾亲君而无他兮，有招祸之道也。

集注：疾，犹力也。（《九章·惜诵》）

愿岁并谢，与长友兮。淑离不淫，梗其有理兮。

集注：并谢，犹永谢也。（《九章·橘颂》）

宁诛锄草茅，以力耕乎？将游大人，以成名乎？

集注：大人，犹贵人也。（《卜居》）

载营魄而登霞兮，掩浮云而上征。

集注：载，犹加也。营，犹荧荧也。（《远游》）

闺中容竞淖约兮，相态以丽佳。

集注：态，犹胜也。（《楚辞后语·反离骚》）

五、用来解释形容词的术语："貌"、"之貌"

高余冠之岌岌兮，长余佩之陆离。芳与泽其杂糅兮，唯昭质其犹未亏。

集注：岌岌，高貌。佩，玉佩也。陆离，美好分散之貌。

（《离骚》）

雄虺九首，儵忽焉在？何所不死？长人何守？

集注：儵忽，急疾貌。（《天问》）

滔滔孟夏兮，草木莽莽。伤怀永哀兮，汩徂南土。

集注：滔滔，水大貌。莽莽，茂盛貌。汩，行貌。（《九章·怀沙》）

屈原曰："吾宁悃悃款款，朴以忠乎？将送往劳来，斯无穷乎？

集注：悃款，诚实倾尽之貌。（《卜居》）

按：悃款，王逸无注；五臣曰：悃款，懃苦貌；朱注文意较胜。

独申旦而不寐兮，哀蟋蟀之宵征。时亹亹而过中兮，蹇淹留而无成。

集注：亹亹，进貌。（《九辩》）

斡流而迁，或推而还，形气转续，变化而嬗。沕穆亡间，胡可胜言！

集注：沕穆，深微貌。（《鵩赋》）

冠崔嵬而切云兮，剑淋离而从横。衣摄叶以储与兮，左袪挂于榑桑；右衽拂于不周兮，六合不足以肆行。

集注："淋离，长貌也。""摄叶、储与，不舒展貌。"（《哀时命》）

山气茏苁兮石嵯峨，溪谷崭岩兮水曾波。

集注：茏苁，云气貌。嵯峨，高貌。崭岩，险峻貌。

（《招隐士》）

人主无贤,如瞽无相何伥伥!

集注:伥伥,狂惑之貌。(《楚辞后语·成相》)

六、用来注音的术语:"某与某同"、"某音某"、"某某反"、"如字"

(一)某与某同

鼂驰骛兮江皋,夕弭节兮北渚。

集注:鼂,与朝同。(《九歌·湘君》)

洪泉极深,何以窴之? 地方九则,何以坟之?

集注:窴,与填同。(《天问》)

雄虺九首,儵忽焉在? 何所不死? 长人何守?

集注:儵,与倏同。(《天问》)

眴兮杳杳,孔静幽默。

集注:眴,与瞬同。(《九章·怀沙》)

乘精气之抟抟兮,骛诸神之湛湛。

集注:抟,与团同。(《九辩》)

吾山平兮巨野溢,鱼弗郁兮柏冬日。

集注:柏,与迫同。(《楚辞后语·瓠子之歌》)

(二)某音某

羿淫游以佚畋兮,又好射夫封狐。

集注:佚,音逸。(《离骚》)

何阖而晦? 何开而明? 角宿未旦,曜灵安臧?

集注:宿,音秀。(《天问》)

宁廉洁正直,以自清乎? 将突梯滑稽,如脂如韦,以絜楹乎?

集注：滑，音骨。稽，音鸡。(《卜居》)

屈原既放，游于江潭，行吟泽畔，颜色憔悴，形容枯槁，

集注：槁，音考。(《渔父》)

(三) 某某反

擥木根以结茝兮，贯薜荔之落蕊。矫菌桂以纫蕙兮，索
胡绳之纚纚。

集注：薜，蒲计反。荔，郎计反。索，苏各反。纚，所绮
反。(《离骚》)

女嬃之婵媛兮，申申其詈予。

集注：嬃，私俞反。(《离骚》)

妖夫曳衒，何号于市？周幽谁诛？焉得夫褒姒？

集注：衒，荧绢反。(《天问》)

带长铗之陆离兮，冠切云之崔嵬。

集注：铗，古挟反。(《九章·涉江》)

惟天地之无穷兮，哀人生之长勤。

集注：勤，渠云反。(《远游》)

渔父莞尔而笑，鼓枻而去，乃歌曰。

集注：莞，胡板反。(《渔父》)

(四) 如字

吾令鸩为媒兮，鸩告余以不好。雄鸠之鸣逝兮，余犹恶
其佻巧。

集注：令，音零。鸩，直禁反。好，如字。(《离骚》)

心犹豫而狐疑兮，欲自适而不可。凤皇既受诒兮，恐高
辛之先我。

集注：犹，如字。(《离骚》)

高飞兮安翔,乘清气兮御阴阳。吾与君兮齐速,导帝之兮九坑。

集注:齐,如字。(《九歌·大司命》)

屈原曰:"吾宁悃悃款款,朴以忠乎? 将送往劳来,斯无穷乎?"

集注:来,如字,或亦读作去声,非是。(《卜居》)

七、用来说明通假字的术语:"某某通"、"某某古字通用"、"某某古字借用"

昔三后之纯粹兮,固众芳之所在。杂申椒与菌桂兮,岂维纫夫蕙茝!

集注:维,当作唯,古通用。(《离骚》)

何所独无芳草兮,尔何怀乎故宇? 世幽昧以眩曜兮,孰云察余之善恶?

集注:宇,一作宅,待洛反,《尚书》、《周礼》古文宅、度多通用也。(《离骚》)

灵偃蹇兮姣服,芳菲菲兮满堂。五音纷兮繁会,君欣欣兮乐康。

集注:姣服,一作妖般,古字通也。(《九歌·东皇太一》)

天命反侧,何罚何佑? 齐桓九合,卒然身杀。

集注:九、纠通用。(《天问》)

辩证:"齐桓九会",九本作纠字,借作九耳。《左传》展禽犒师之言,正作纠字。"纠合宗族",亦此义也。唯《庄子》"九杂天下之川",作九,则亦古字通用,而非九数之验也。(《楚辞辩证·天问》)

昔余梦登天兮,魂中道而无杭。

集注:"杭,一作航。"、"杭,方两舟而并济也。通作航。"(《九章·惜诵》)

所贵圣之神德兮,远浊世而自臧。

集注:臧,古藏通。(《吊屈原》)

袀茮茄之绿衣兮,被夫容之朱裳。芳酷烈而莫闻兮,不如襞而幽之离房。

集注:茄,古荷字;夫容,亦古芙蓉;字通用。(《楚辞后语·反离骚》)

入景响之无应兮,闻省想而不可得。

集注:景,于境反,葛洪始加"彡"为影字。响,一作向,古字借用。(《九章·悲回风》)

八、用来解释虚词的术语:"语词"、"词"、"辞"

謇将憺兮寿宫,与日月兮齐光。龙驾兮帝服,聊翱游兮周章。

集注:謇,词也。(《九歌·云中君》)

纷逢尤以离谤兮,謇不可释也。

集注:謇,词也。(《九章·惜诵》)

将呢訾粟斯,喔咿儒儿,以事妇人乎?

集注:斯,辞也。(《卜居》)

独申旦而不寐兮,哀蟋蟀之宵征。时亹亹而过中兮,蹇淹留而无成。

集注:蹇,语词也。(《九辩》)

乃下招曰:魂兮归来! 去君之恒干,何为乎四方些? 舍君之乐处,而离彼不祥些。

集注：些，《说文》云："语词也。"(《招魂》)

章甫荐履，渐不可久兮；嗟苦先生，独离此咎兮。

集注：或曰："苦，当作若，《易》曰：'则嗟若'"。若，语辞。(《吊屈原》)

九、校勘文字异同的术语："一作"、"或作"、"本作"

(一) 一作

日月忽其不淹兮，春与秋其代序。惟草木之零落兮，恐美人之迟暮。

集注：忽，一作曶。零，一作苓。(《离骚》)

驾飞龙兮北征，邅吾道兮洞庭。薜荔兮蕙绸，荪桡兮兰旌。望涔阳兮极浦，横大江兮扬灵。

集注：荪，一作荃。旌，一作旍，与旌同。(《九歌·湘君》)

与女沐兮咸池，晞女发兮阳之阿。望嬡人兮未徕，临风怳兮浩歌。

集注：池，一作沱，……嬡，一作美。徕，一作来。

(《九歌·少司命》)

斡维焉系？天极焉加？八柱何当？东南何亏？

集注：斡，一作筦。(《天问》)

九州安错？川谷何洿？东流不溢，孰知其故？

集注：安，一作何。(《天问》)

思君其莫我忠兮，忽忘身之贱贫。事君而不贰兮，迷不知宠之门。

集注：忠，一作知。而，一作其。(《九章·惜诵》)

屈原曰："吾宁悃悃款款，朴以忠乎？将送往劳来，斯无穷乎？"

集注：款，一作欵。(《卜居》)

宁戚讴于车下兮，桓公闻而知之。无伯乐之善相兮，今谁使乎誉之？闵流涕以聊虑兮，惟著意而得之。纷忳忳之愿忠兮，妒被离而鄣之。

集注：誉，一作訾，音赀。忳，一作纯。被，一作披。

(《九辩》)

(二) 或作

荃不揆余之中情兮，反信谗而齌怒。

集注：齌……一作齐，或作贵。(《离骚》)

屈心而抑志兮，忍尤而攘诟。

集注：诟，……又或作垢。(《离骚》)

薜荔兮蕙绸，荪桡兮兰旌。

集注：旌或作旗，(《九歌·湘君》)

世并举而好朋兮，壹斗斛而相量。

集注：壹，或作一。(《哀时命》)

列星陨坠，旦暮晦盲。幽闇登昭，日月下藏。

集注：昭，或作照。(《楚辞后语·偬诗》)

(三) 本作

天命反侧，何罚何佑？齐桓九合，卒然身杀。

集注：九、纠通用。

辩证："齐桓九会"，九本作纠字，借作九耳。(《天问》)

第六节　朱熹《楚辞集注》的
训诂成就及影响

一、朱熹的训诂学思想

在思想史和学术史上，宋代是一个创新的时代。变革创新始于对传统典籍的怀疑。宋初开国数十年间，承袭汉唐经学传统，编撰了《太平御览》等几部大型类书，还校定了《说文》等重要典籍。宋仁宗庆历（1044—1048）以后，学风为之一变。欧阳修、刘敞等重新审视经典，对汉唐旧说提出质疑，开一代疑古的先声①。宋代疑古思潮只是宋人跳脱汉唐学术思想窠臼的开始，逮至张载、二程出，宋代理学思想才真正成为与汉代经学思想相颉颃的独立思潮，而被称作宋学。到了朱熹则理学发展至顶峰，而朱熹成为集理学思想之大成的伟大思想家。

理学，又称道学，理学家在本体论、认识论、实践论等方面都有新的理论探索，丰富和推进了儒学思想的发展。但理学家所论之心性理气等话题，由于主观性太强，往往陷于空疏之境地。而训诂学是朴实之学，讲求实事求是，无征不信，此为汉学之能事。宋学的主流往往轻视训诂学这种朴学功夫。

但宋代理学的集大成人物朱熹，作为宋学的代表，却能做到汉学与宋学兼顾，训诂与义理并重。其《鹅湖寺和陆子寿》有曰：

---

① 欧阳修著为《诗本义》、《童子问》、《春秋论》等，对传统传注质疑驳正；刘敞著有《疑礼》一文，说"今之礼，非醇经也"，乃"圣人之徒合百说而杂编之"，对《礼》的经典地位提出质疑。

　　　　旧学商量加邃密,新知培养转深沉。①

旧学为汉唐注疏训诂之学,新知为宋代义理心性之学。可见朱熹对旧学、新知二者兼重。朱熹注释古书也体现了他的这种学术风格。他在注释中固然非常重视对义理的阐发,但并不偏废训诂考据,力矫同时代人轻视训诂的弊病。他说:

　　　　祖宗以来,学者但守注疏,其后便论道,如二苏直要论道,但注疏如何弃得?②

他重视旧学,视汉唐注疏、训诂为治学之基础。他说:"本之注疏,以通其训诂。"③"某寻常解经,只要依训诂说字。"④"先儒训诂,直是不草草。"⑤朱子在那种"直要论道"的大氛围下,说出这些话,既见其卓识,更见其勇气。而朱子训诂学的继承与创新的特质,在训诂学史上具有其独特地位。郭在贻在他的《训诂学》一书中说:

　　　　宋代在经学方面集大成人物朱熹,同时也是在训诂学方面能够加以变革的代表人物。朱熹著述宏富,重要的有《四书集注》、《诗集传》、《楚辞集注》等。朱熹注书,不墨守旧注,不规矩于零词碎句,而能会通大意,简洁明了,无诘诎繁碎之病,为训诂学放一异彩。⑥

郭在贻对朱子训诂学地位、成就和独特贡献的评价是恰当和公

---

① 朱熹《鹅湖寺和陆子寿》,《晦庵集》卷四。
② 《朱子语类》卷一百二十九,第3091页。
③ 朱熹《论语训蒙口义序》,《晦庵集》卷七十五。
④ 《朱子语类》卷七十二,第1812页。
⑤ 朱熹《答李公晦》,《晦庵集》卷五十九。
⑥ 郭在贻《训诂学》,《郭在贻文集》第一卷,中华书局2002年版,第581页。

允的。

　　朱子训诂思想中,特重汉唐旧注,特重训诂,这在宋儒中实为罕见。然朱子亦很重视义理阐发,其实超过对训诂的重视,他在《楚辞集注》序中说:

　　　　而独东京王逸章句与近世洪兴祖补注并行于世,其于训诂名物之间,则已详矣。顾王书之所取舍,与其题号离合之间,多可议者,而洪皆不能有所是正。至其大义,则又皆未尝沈潜反复、嗟叹咏歌,以寻其文词指意之所出,而遽欲取喻立说,旁引曲证,以强附于其事之已然,是以或以迂滞而远于性情,或以迫切而害于义理,使原之所为壹郁而不得申于当年者,又晦昧而不见白于后世。①

朱熹认为王、洪骚注在训诂名物方面“详矣”;但对诗句大义,则“皆未尝沈潜反复”,以至于“迂滞而远于性情”、“迫切而害于义理”,显然朱熹是不满意于《楚辞》旧注对义理阐发的迂滞、迫切。旧注之所以有此弊病,是由于汉唐经学注疏皆是以经解经,因此往往牵强附会。可见朱熹既重视旧注,又不迷信旧注,以旧注训诂为基础,解释诗句义旨,阐发其理气论、心性论、格物致知等理学思想。钱穆在《朱子学提纲》中总结朱子经学的特点时说:

　　　　朱子治经,一面遵依汉唐儒训诂注疏旧法,逐字逐句加以理会,力戒自立说笼罩。一面则要就经书本文来解出圣贤所说道理,承守伊洛理学精神。②

---

① 《楚辞集注》序。
② 钱穆《朱子学提纲》,三联书店 2002 年版,第 162 页。

这也是朱子训诂学的特点,正是由于朱熹对旧学的扬弃,对新知的开拓,成就了他致广大而尽精微、综罗百代的学术大家风范。

二、《楚辞集注》的训诂学成就

朱熹作《楚辞集注》,在其晚年,他的理学思想已经成熟,他的训诂理念随着他的《诗集传》、《四书集注》等注疏之作、《楚辞协韵》音韵之作及《韩集考异》校勘之作等诸多训诂实践而更趋完善,因此《楚辞集注》的训诂学成就可以作为研究朱熹训诂学成就的一个范例。下面简述《楚辞集注》的训诂学成就。

(一)扬弃旧学

朱熹做《楚辞集注》时,首先对当时的通行《楚辞》注本加以研究与利用,他接受先儒训诂注疏旧法,逐字逐句加以理会,力求诗句中每字稳当,得其正解。他对王逸《章句》和洪兴祖《补注》的训诂成果充分加以吸收,此外还吸收了郭璞、颜师古的《楚辞》训诂材料以及《文选》李善注、五臣注的《楚辞》训诂成果。

日月忽其不淹兮,春与秋其代序。惟草木之零落兮,恐美人之迟暮。

集注:淹,久也。代,更也。序,次也。零落,皆坠也,草曰零,木曰落。美人,谓美好之妇人,盖托词而寄意于君也。迟,晚也。此承上章,言己但知朝夕修洁,而不知岁月之不留,至此乃念草木之零落,而恐美人之迟暮,将不得及其盛年而偶之,以比臣子之心,唯恐其君之迟暮,将不得及其盛时而事之也。(《离骚》)

此章注释中,训诂字义方面几乎全依旧注。王逸曰:"淹,久也。"" "代,更也。序,次也。" "零、落,皆堕也,草曰零,木曰落。"
"迟,晚也。"①朱熹曰:"淹,久也。代,更也。序,次也。零落,皆
坠也,草曰零,木曰落。……迟,晚也。"全依王逸。在对待字义
训诂上,朱熹实事求是,并不刻意标新立异。同时此章注释中,
也有与旧注不同者,"美人",王逸曰:"美人,谓怀王也。人君服
饰美好,故言美人也。"朱熹《集注》曰:"美人,谓美好之妇人,盖
托词而寄意于君也。"王逸得其意而失其辞,其曰"美人谓怀
王",指意太迫,虽得其内涵意旨,但直谓美人即怀王,于诗句文
意不通。朱注以美人为美好之妇人,释其本意,这样诗句文意通
顺,然后指出美人的寓意:"盖托词而寄意于君也。"于此可见朱
注对旧注的扬弃态度,既不强为异说,又不苟同旧注。朱熹之所
以遵依王洪旧注,是因为王逸时代与屈子时代较近,与其他楚辞
作品时代更近,所以释义也较接近当时的真实情况;而洪兴祖
《补注》补王逸《章句》之未备,征引大量文献,以作释义证明,训
诂态度极其严谨,洪兴祖虽为宋人,然尊尚汉学传统,故而其训
诂名物多可信从。

朱注不但在训诂上遵依旧注,有时在诗句意旨上,也有取于
旧注,如:

**惟党人之偷乐兮,路幽昧以险隘。岂余身之惮殃兮,恐
皇舆之败绩。**

集注:惟,思念也。党,朋也。偷,苟且也。幽昧,不明
也。险,临危也。隘,履狭也。惮,难也。殃,咎也。皇,君
也。绩,功也。君车宜安行于大中至正之道,而当幽昧险隘
之地,则败绩矣。故我欲谏争者,非难身之被殃咎也,但恐

君国倾危,以败先王之功耳。(《离骚》)

此章释文曰:"君车宜安行于大中至正之道,而当幽昧险隘之地,则败绩矣。"这是依据洪兴祖《补注》,《补注》曰:"皇舆宜安行于大中至正之道,而当幽昧险隘之地,则败绩矣。"①朱注与洪注几乎全同;此章释文又曰:"故我欲谏争者,非难身之被殃咎也,但恐君国倾危,以败先王之功耳。"此与王逸《章句》全同。

在阐发诗句意旨和义理时,朱熹《集注》中有许多地方,直接引用洪兴祖《补注》内容。如:

固时俗之工巧兮,偭规矩而改错。背绳墨以追曲兮,竞周容以为度。

集注:偭,背也。规,所运以为圆之筳也。矩,所拟以为方之器,今曲尺也。错,置也。绳墨,引绳弹墨以取直者,今墨斗绳是也。追,犹随也。言舍直而随曲也。竞,争也。周,合也。度,法也。言争以苟合求容,为常法也。洪曰:"偭规矩而改错者,反常而妄作。背绳墨以追曲者,枉道以从时。"(《离骚》)

又如:

依前圣以节中兮,喟凭心而历兹。济沅湘以南征兮,就重华而陈词:

集注:节,度也。喟,叹也。凭,满也,恚盛貌。《左传》、《列子》、《天问》皆云"凭怒"是也。历,经历之意。沅、湘,皆水名,沅水出象郡镡城西,东注江,合洞庭中;湘水出帝舜葬东,入洞庭下。重华,舜号也。帝系曰:"瞽叟生

①《楚辞补注》,第8页。

重华,是为帝舜,葬于九疑山,在沅、湘之南。"洪曰:"天下明德,皆自虞帝始,其于君臣之际详矣。屈原以世莫能察己之志,故欲就之而陈词。"如下文所云也。(《离骚》)

上述两章释文最后皆直接引用洪兴祖《补注》内容。在《楚辞辩证》中,朱熹更是直接称许洪兴祖释义之确:

补注曰:"女婴詈原之意,盖欲其为宁武之愚,而不欲其为史鱼之直耳。非责其不为上官靳尚以徇怀王之意也。而说者谓其詈原不与众合,以承君意,误矣。"此说甚善。(《楚辞辩证》)①

(二) 发明新知

朱熹《集注》于训诂字义多依旧注,但也时有发明,如:

女婴之婵媛兮,申申其詈予,曰鲧婞直以亡身兮,终然殀乎羽之野。

集注:婵媛,眷恋牵持之意。申申,舒缓貌也。(《离骚》)

婵媛之释义,王逸章句曰:"婵媛,犹牵引也。"洪兴祖无注。朱熹曰:"婵媛,眷恋牵持之意。"王逸《章句》之释义,诗句意旨难通;朱熹《集注》释义于诗句文义较为贴切。又如:

汝何博謇而好修兮,纷独有此姱节? 薋菉葹以盈室兮,叛独离而不服。

集注:博謇,谓广博而忠直。(《离骚》)

"博謇"之释义,王逸章句和洪兴祖补注皆语焉不详,朱熹释之,可解读者之疑。上述两例可见朱熹在训诂上的发明创新

---

①《楚辞集注》,第178 页。

之处。

朱熹《集注》开创新知尤在于训诂理念的创新,表现在对诗句大义阐发的强调、对注释接受者的重视等方面。朱熹《集注》在字义训诂上多采王、洪旧注,而将注释的重点放在大义的阐发上。他在《楚辞集注目录序》中说:

> 而独东京王逸章句与近世洪兴祖补注并行于世,其于训诂名物之间,则已详矣。顾王书之所取舍,与其题号离合之间,多可议者,而洪皆不能有所是正。至其大义,则又皆未尝沈潜反复、嗟叹咏歌,以寻其文词指意之所出,而遽欲取喻立说,旁引曲证,以强附于其事之已然,是以或以迂滞而远于性情,或以迫切而害于义理,使原之所为壹郁而不得申于当年者,又晦昧而不见白于后世。①

他认为当时通行于世的楚辞注本王逸《章句》和洪兴祖《补注》在大义阐发方面,都不能"沈潜反复、嗟叹咏歌,以寻文词指意之所出",就是说王逸和洪兴祖在大义阐发方面不能反复斟酌,逐字逐句理会,以求整章义理的至当,因而他们的注释"或以迂滞而远于性情,或以迫切而害于义理",不能真实顺畅的表达诗句的本义。致使屈原壹郁不平之志既"不得申于当年者,又晦昧而不见白于后世"。朱熹对《楚辞》注本的这个现状感到不满,因而他作《楚辞集注》就特别重视大义的阐发,以伸屈原爱国之志,以白屈原忠君之心。如:

> **屈心而抑志兮,忍尤而攘诟。伏清白以死直兮,固前圣之所厚。**

---

① 《楚辞集注》目录后跋。

> 集注：抑，按也。尤，过也。攘，除也。诟，耻也。言与世已不同矣，则但可屈心而抑志，虽或见尤于人，亦当一切隐忍而不与之校，虽所遭者或有耻辱，亦当以理解遣，若攘却之而不受于怀。盖宁伏清白而死于直道，尚足为前圣之所厚，如比干谏死，而武王封其墓，孔子称其仁也。自怨灵修以下至此，五章一意，为下章回车复路起。（《离骚》）

王逸章句、洪兴祖补注皆措意于字义名物训诂，于整句文意不能会通，断裂隔绝，且甚为疏略，朱熹集注则会通文意，串讲整章文意，极便览者理解。朱熹集注先串讲章旨，然后举例论证："如比干谏死，而武王封其墓，孔子称其仁也。"朱熹集注谓："虽所遭者或有耻辱，亦当以理解遣，若攘却之而不受于怀。"朱熹"以理解遣"之语，为王逸、洪兴祖所未言，所未能言，见朱熹创新之处，亦见朱熹理学精神。朱熹此注另一可注意处在于，"固前圣之所厚"之释义，王逸曰："固乃前世圣王之所厚哀也"，朱熹集注曰"盖宁伏清白而死于直道，尚足为前圣之所厚，如比干谏死，而武王封其墓，孔子称其仁也"，则朱熹以厚为"称许"之意，无哀痛之意，这是朱熹训诂字义谨慎之处，在诗句意旨把握上也更胜一筹。

朱熹《集注》的创新还在于对经典接受者的重视。注释体例、注释风格都显示出这一特点。《楚辞》旧注皆孜孜于字义训诂，考证名物不厌其烦，旁征博引，多多益善，前有注，后更重之以疏，重复繁琐，凌乱冗长。这种繁乱的注疏体例，根本不便读者阅读讽诵，对学术而言，虽可以保留大量原始文献，而且字义训诂，书证丰富，对楚辞专门研究家来说是最有价值的，但对于大多数楚辞的接受者而言是非常不便的，因为注疏繁乱，不仅不能清楚地了解注释的内容，而且也影响到对《楚辞》正文的阅读。朱熹在训诂理念的理论高度上，重视《楚辞》经典的接受者，一切以接受者的方便为宗旨。在注释体例上他明确地分成三部分：校勘和注音；分隔符"○"；释义。这样注疏眉目清晰，极便读者的观览。校勘和注音以及释义皆按每字在句中的顺序依次出之，也便于读者寻绎考索。在注释风格上，以简明扼要为宗旨。旧注训诂考证广博，《集注》则力求简明。如：

> 启九辩与九歌兮，夏康娱以自纵。不顾难而以图后兮，五子用失乎家衖。难，乃旦反。衖，一作巷，与巷同，叶乎贡反；一作居，非是。○自此以下皆比而赋也。启，禹子也。九辩、九歌，禹乐也。言禹平治水土，以有天下，启能承先志，缵叙其业，故九州之物皆可辩数，九功之德皆有次序而可歌也。夏康，启子太康也。娱，乐也。纵，放也。图，谋也。五子，太康昆弟五人也。家衖，宫中之道，所谓永巷也。太康以逸豫灭厥德，盘游无度，田于洛南，十旬弗反，有穷后羿距之于河，而五子用此亦失其家衖，言国破而家亡也。事见《尚书·大禹谟》及《五子之歌》。此为舜言之，故所言皆舜以后事也。（《离骚》）

此章四句，《集注》字数 187 字。而王逸《章句》字数 190 字，洪兴祖《补注》字数多达 301 字，而《楚辞补注》又是补王逸注的，所以《楚辞补注》的注释文字多达 491 字。可见《集注》对于旧注来说是极为精简的。

> 忽反顾以游目兮，将往观乎四荒。佩缤纷其繁饰兮，芳菲菲其弥章。缤，匹宾反。○比也。荒，远也。缤纷，盛貌。繁，众也。菲菲，犹勃勃，芳香貌也。章，明也。言虽已回车

反服,而犹未能顿忘此世,故复反顾而将往观乎四方绝远之国,庶几一遇贤君,以行其道。佩服愈盛而明,志意愈修而洁也。(《离骚》)

此章四句,《集注》字数 80 字,而王逸《章句》101 字,多于《集注》字数,再加上《补注》字数 127 字,旧注多达 228 字,远远多于《集注》字数。上述两例中,《集注》注释字数少于《章句》和《补注》,《集注》的这种简明扼要特点,并非特例,而是常态。旧注不但内容繁冗,而且每句出注,整章文意割裂繁碎,读者读之如坠雾里。这是朱熹作注时,极力反对和避免的。他在《记解经》中更是明确指出"不可让注脚成文",他说:

> 凡解释文字,不可令注脚成文。成文,则注与经各为一事,人惟看注而忘经。不然,即须各做一番理会,添却一项功夫。窃谓须只似汉儒毛、孔之流,略释训诂名物及文义理致尤难明者。而其易明处,更不须贴句相续,乃为得体。盖如此,则读者看注,即知其非为经外之文。却须将注再就经上体会,自然思虑归一,功力不分,而其玩索之味,亦益深长矣。①

注脚成文,必然使注疏篇幅增大,必然将正文淹没在繁冗的注释之中,不便于读者的阅读和使用。朱熹认为注释只需"略释训诂名物及文义理致尤难明者",只有这样注才与经"思虑归一,功力不分"。如果注脚成文,就会使"注与经各为一事,人惟看注而忘经"。这种简洁的训诂风格就使读者读注与读经相互为用,便于读者阅读和使用文本。虽然朱熹的这段议论是针对儒

---

① 朱熹《记解经》,《晦庵集》卷七十四。

家经书的注疏而发的,但却是他注疏一切古书的训诂风格,他的《诗集传》、《楚辞集注》都贯穿着这种简洁的训诂体例和训诂风格。而这种简洁的训诂体例和训诂风格都是对经典的接受者高度重视的表现。

朱熹《楚辞集注》对于读者高度重视还表现在注音方面。朱熹《楚辞集注》于每章章下对诗句中的难字和韵脚字加以注音,有的注有叶音,这些注音紧接诗句出之,极便读者寻览。朱熹注音,使读者阅读诗句扫除了语音障碍,极便读者讽诵咏歌。朱熹一贯重视吟诵在经典学习中的作用,朱熹教人读书最重"反复涵泳",他说:

> 读书须要涵泳,须要浃洽。……某为见此中人读书大段卤莽,所以说读书须当涵泳,只要仔细寻绎,令胸中有得尔。[1]

> 读书之法无他,唯是笃志虚心,反复详玩,为有功耳。[2]

> 《论语》一章不过数句,易以成诵。成诵之后,反复玩味于燕闲静一之中,以须其浃洽可也。[3]

> 读《诗》正在于吟咏讽诵,观其委曲折旋之意,如吾自作此诗,自然足以感发善心。[4]

---

[1] 《朱子语类》卷一百一十六,第2790页。
[2] 朱熹《答李守约》,《晦庵集》卷五十五。
[3] 朱熹《读书之要》,《晦庵集》卷七十四。
[4] 《朱子语类》卷八十,第2086页。

《诗》……但须是沉潜讽诵,玩味义理,咀嚼滋味,方有
所益。①

学问者:"诵《诗》,每篇诵得几遍?"曰:"……涵泳读取
百来遍,方见得那好处。"②

朱子教人读书,一再强调"涵泳"、"反复玩味"、"吟咏讽诵"、
"涵泳读取百来遍",这是他自己学习研究经典的亲身体验。而
要"吟咏讽诵",必当明其音读,所以朱子注《楚辞》在章下首先
注出句中难字和韵脚字的读音,这样就使读者消除了读音障碍,
便于读者阅读讽诵。朱熹在谈到《楚辞》旧注时也认为王、洪等
人对楚辞诗句没有能够熟悉深思,寻其文词指意,他说:

顾王书之所取舍,与其题号离合之间,多可议者,而洪
皆不能有所是正。至其大义,则又皆未尝沈潜反复、嗟叹咏
歌,以寻其文词指意之所出,而遽欲取喻立说,旁引曲证,以
强附于其事之已然,是以或以迂滞而远于性情,或以迫切而
害于义理,使原之所为壹郁而不得申于当年者,又晦昧而不
见白于后世。③

指出王、洪二人对《楚辞》诗句大义,"未尝沈潜反复,嗟叹咏
歌",可见朱子对包括《楚辞》在内的经典著作,皆以为当熟读成
诵为首先要务,而朱子注音即是这一思想的体现。

(三)求其本义,反对穿凿

汉唐注疏用经学方式注释解读古代典籍,常常做牵强附会

①《朱子语类》卷八十,第 2086 页。
② 同上,第 2087 页。
③《楚辞集注》序。

的比附，如《诗经》首篇《关雎》，旧注以为寓后妃之德，这首诗现在看起来应当是爱情诗，与后妃之德根本无关，但汉代经学就是这样比附的。再如《诗经·邶风·静女》，是一首热恋的情人约会的情诗，《诗小序》曰："刺时也。卫君无道，夫人无德。"①这种注释解读典籍的方式，完全扭曲了诗歌本义，只是从政治教化的意义来理解诗歌意旨，完全不顾诗歌内容，牵强附会太甚，简直毫无理由。相对而言，朱熹能够实事求是，力求诗歌本意。如他在解释《诗经·邶风·静女》大义时说："此淫奔期会之诗也。"②这个解释虽然对诗歌的道德含义评价很低，即认为是所谓"淫诗"，但在事实判断方面却是正确的，因为这首诗的确是男女情侣约会之诗，而不是讽刺国君无道，夫人无德的政治讽刺诗。只是他认为男女之间的这种约会不合儒家道德规范，因而是"淫诗"。

在《楚辞》旧注中以现实政治比附诗歌文意的也颇多，朱熹熟读精思，反对这种牵强附会的比附，他对诗歌本意都能作出实事求是的解释。如：

> **日月忽其不淹兮，春与秋其代序。惟草木之零落兮，恐美人之迟暮。**
>
> 集注：美人，谓美好之妇人，盖托词而寄意于君也。迟，晚也。此承上章，言己但知朝夕修洁，而不知岁月之不留，至此乃念草木之零落，而恐美人之迟暮，将不得及其盛年而偶之，以比臣子之心，唯恐其君之迟暮，将不得及其盛时而事之也。（《离骚》）

---

① 孔颖达《毛诗注疏》卷三，影印文渊阁四库全书本。
② 朱熹《诗集传》，上海古籍出版社1958年版（按，以后出现该书，不再标明版本），第26页。

此章"美人"的释义,王逸曰:"美人,谓怀王也。人君服饰美好,故言美人也。"王逸此说牵强附会,不合整章诗意。此章本言岁月流逝,时光飞转,草木由盛而衰,美人亦随时光流转而垂垂迟暮,韶华不在。若按逸注,则感突兀,整章意脉不谐,不合文理。洪兴祖《补注》曰:"屈原有以美人喻君者,'恐美人之迟暮'是也。"[1]洪说或可成立。朱熹《集注》曰:"美人,谓美好之妇人,盖托词而寄意于君也。"朱熹从文本本身去解释诗句文意,整章诗意也怡然理顺。朱熹也体味到此句的比喻意义:"盖托词而寄意于君也","盖"为推测之词,可见朱熹的态度是特别谨慎的,不作意必之词。朱熹注释的这种先释本意,后推测引申意的释义方法,是科学的,实事求是的。

朱熹极力反对不顾诗句本意,随意比附的汉儒解经方法。他在《楚辞辩证》中说:

> 《离骚》以灵修、美人目君,盖托为男女之辞而寓意于君,非以是直指而名之也。灵修,言其秀慧而修饰,以妇悦夫之名也。美人,直谓美好之人,以男悦女之号也。今王逸辈乃直以指君,而又训灵修为神明远见,释美人为服饰美好,失之远矣。(《楚辞辩证·离骚经》)

朱熹认为"灵修"、"美人"虽然寓意于君,但在诗句理解上仍应以本义为基础。寓意和引申只能在本义的基础上延伸。如:

> **扬灵兮未极,女婵媛兮为余太息!横流涕兮潺湲,隐思君兮陫侧。**
>
> 集注:极,至也。未极,未得所止也。女婵媛,指旁观

之人,盖见其慕望之切,亦为之眷恋而嗟叹之也。潺湲,流貌。隐,痛也。君,湘君也。俳,隐也。侧,不安也。(《九歌·湘君》)

此章"女"字,王逸曰:"女谓女嬃,屈原姊也。""君"字,王逸曰:"君谓怀王也。"①王逸之注,全然不顾《九歌》祭祀娱神之歌的性质,全然不顾此篇乃以湘君为歌舞娱神之对象,而是穿凿比附于楚国的现实政治中,牵强附会地释作政治讽喻诗,致使全章文意不合篇旨。朱熹在《楚辞辩证》中指出王逸章句之失:

> "女婵媛",旧注以为女嬃,似无关涉,但与《骚经》用字偶同耳。以思君为直指怀王,则太迫,又不知其寄意于湘君,则使此一篇之意皆无所归宿也。②

朱熹指出:"女婵媛","但与《骚经》用字偶同耳",王逸遂坐实为"女嬃","思君"又直指为怀王,皆是与现实政治相比附的经学解诗方法,朱熹极力反对。

朱熹在分析王逸旧注之失时,并不一概否定,而是指出王逸章句之失在于"得其意而失其辞",即王逸骚注亦能体味屈原诗歌的意旨,这是其得,但是王逸比附太过,将比喻义直接解为本意,致使文理不通,以致于"迂滞而远于性情"、"迫切而害于义理"。朱熹在《楚辞辩证》中说:

> "两美必合",此亦托于男女而言之。注直以君臣为说,则得其意而失其辞也。下章"孰求美而释女",亦然。至说"岂惟是其有女",而曰:岂惟楚有忠臣,则失之远矣。

---

①《楚辞补注》,第61页。
②《楚辞集注》,第186页。

其以芳草为贤君，则又有时而得之。大率前人读书，不先寻其纲领，故一出一入，得失不常，类多如此。①

"两美必合"是指《离骚》中的诗句"曰两美其必合兮，孰信修而慕之。"朱熹《集注》曰："两美，盖以男女俱美，比君臣俱贤也。"朱注先指出两美本义，谓两美为"男女俱美"，继而指出其寓意，即男女俱美，比喻君臣俱贤。朱熹批评旧注不顾诗句本身文意，直接以暗含的寓意解说章旨，这样释义是"得其意而失其辞"，而"岂惟是其有女"一句，释为："岂惟楚有忠臣"，直接以"女"指为"忠臣"，则与诗句文意更不相属。

朱熹《集注》在释义时对诗句沈潜反复，涵泳玩味，皆从诗句本身求其意旨，不做牵强附会的比附，遇有诗句含有比喻意旨时，亦能揭示其内涵，但都以释其本意为基础。朱注释义得其意，亦得其辞。

（四）阐发义理，标举气节

朱熹作《集注》，亦将其理学精神熔铸其中，而他对屈原其人其文推崇有加，他借《集注》标举气节以正人心。他说：

窃尝论之，原之为人，其志行或过于中庸而不可以为法，然皆出于忠君爱国之诚心。原之为书，其辞旨虽或流于跌宕怪神、怨怼激发而不可以为训，然皆生于缱绻恻怛、不能自已之至意。虽其不知学于北方，以求周公、仲尼之道，而独驰骋于变风、变雅之末流，以故醇儒庄士或羞称之。然使世之放臣、屏子、怨妻、去妇，抆泪讴唫于下，而所天者幸而听之，则于彼此之间，天性民彝之善，岂不足以交有所发，

①《楚辞集注》，第182页。

而增夫三纲五典之重？①

他认为屈原之心为"忠君爱国之诚心"，屈原著作是有"不能自已之至意"的真情之作，可以起到"增夫三纲五典之重"的儒家伦理教化作用。可见朱熹充分认识到《楚辞》一书所含有的儒家伦理价值，通过注释《楚辞》来阐发义理、标举气节，使《楚辞》中的儒家伦理价值得到彰显。如：

> 屈心而抑志兮，忍尤而攘诟。伏清白以死直兮，固前圣之所厚。
>
> 集注：言与世巳不同矣，则但可屈心而抑志，虽或见尤于人，亦当一切隐忍而不与之校，虽所遭者或有耻辱，亦当以理解遣，若攘却之而不受于怀。盖宁伏清白而死于直道，尚足为前圣之所厚，如比干谏死，而武王封其墓，孔子称其仁也。（《离骚》）

朱熹此章注释直谓"以理解遣"，是以屈原诗句阐发其君子修养之德行，认为君子名节若遭诬蔑，应当以理来排遣之，攘除之，否则当以死殉于正直之道，这才是古圣前贤所尊尚之品德。如比干以死谏商纣王，周武王封其墓，孔子称许他的仁德。朱熹通过此注阐发义理，称许忠臣义士之所为。又如：

> 何昔日之芳草兮，今直为此萧艾也？岂其有他故兮，莫好修之害也！
>
> 集注：世乱俗薄，士无常守，乃小人害之，而以为莫如好修之害者，何哉？盖由君子好修，而小人嫉之，使不容于当世，故中材以下，莫不变化而从俗，则是其所以致此者，反

---

① 《楚辞集注》目录后跋。

> 无有如好修之为害也。东汉之亡,议者以为党锢诸贤之罪,
> 盖反其词以深悲之,正屈原之意也。(《离骚》)

朱熹此注借芳草变化为萧艾之情状,阐发君子坚持操守之行,因
其遭逸遭嫉,而更显艰难,故而中材以下之人皆随俗而化,芳草
而变萧艾也,从而砥砺坚持气节修养的君子。

朱熹在《楚辞集注》中标举气节,对扬雄之类的偷生苟免之
徒屡致其贬词,他收录扬雄《反离骚》,是作为反面教材。他在
《反离骚》小序中说:"然则雄固为屈原之罪人,而此文乃《离骚》
之谗贼矣。"[①]在《反离骚》的注释中,他亦表达了自己对扬雄的
批评嘲讽,如:

> 舒中情之烦或兮,恐重华之不累与。陵阳侯之素波兮,
> 岂吾累之独见许?

> 集注:阳侯,见《九章》。言屈原欲自投江以陵素波,舜
> 必不许之也。洪兴祖曰:"吾恐重华许原之沈江而死,不许
> 雄之投阁而生也。"斯言得之矣。(《楚辞后语·反离骚》)

诗句中扬雄讥讽屈原,认为屈原投江而死必不为圣人所赞许,这
是扬雄为自己偷生苟免的行为掩饰。洪兴祖鄙视扬雄为人,在
《补注》中嘲讽扬雄贪生怕死的丑态,朱熹引用洪兴祖的话:"吾
恐重华许原之沈江而死,不许雄之投阁而生也。"这也表达了自
己的态度,深为赞同洪兴祖所说。《楚辞后语》中收录《胡笳》这
篇不完全合乎儒家伦理规范的作品,其目的就是为了反衬扬雄
品行之低劣。朱熹在《胡笳》小序中明确说:"琰失身胡虏,不能
死义,固无可言。然犹能知其可耻,则与扬雄《反骚》之意又有

---

① 《楚辞集注》,第237页。

间矣。今录此词，非恕琰也，亦以甚雄之恶云尔。"①朱熹《集注》如此安排的用意就在于标举气节，以正人心。

在标举气节上，朱熹与洪兴祖达到共鸣。朱熹经常引用洪氏补注，以其评论往往代表自己心声。如：

> 时缤纷以变易兮，又何可以淹留？兰芷变而不芳兮，荃蕙化而为茅。
>
> 　集注：补曰："上云谓幽兰其不可佩，以幽兰之别于艾也；谓申椒其不芳，以申椒之别于粪壤也。今日兰芷不芳、荃蕙为茅，则更与之俱化矣。当是时也，守死而不变者，楚国一人而已，屈子是也。"（《离骚》）

此章诗意为屈子感叹时代变易，众人变节，如昔之香草化为今之臭物："兰芷不芳、荃蕙为茅"，洪注得其意旨，并联系上章"幽兰不可佩"、"申椒其不芳"，与此章意旨相互发明，申说此章意旨。朱熹全引洪注，未另置词。特别洪氏"当是时也，守死不变者，楚国一人而已，屈子是也"一语，最足代表朱子心声。

朱熹《集注》，阐发义理，标举气节，在朱子而言，亦希望借此有补于治道。朱熹说："若是字字而求，句句而论，不于身心上著切体认，则又无所益。"②又说："只是讲明义理以淑人心，使世间识义理之人多，则何患政治之不举耶！"③可见朱子用心于儒家伦理体系的建构，并希望从人心正气这个根本上巩固当时的封建统治基础。

---

① 《楚辞集注》，第 255 页。
② 《朱子语类》卷十九，第 435 页。
③ 同上卷十三，第 237 页。

三、《楚辞集注》的训诂影响

朱熹《楚辞集注》的训诂代表了《楚辞》宋学的最高成就，《集注》训诂字义简洁明了，阐释章旨，要言不烦，力矫汉唐旧注繁碎冗长之弊。郭在贻说：

> 如果说，读六朝、唐人义疏之类的旧注，有堕五里雾中之感，那么读朱熹所著书，便如坐光风霁月之中，有心旷神怡之概。这不能不说是宋学的优异之处。①

朱注《楚辞》确有文从字顺、明白晓畅的优长。朱熹《楚辞集注》的训诂一方面遵依汉唐旧注的训诂成果，一方面发掘诗句蕴含的情感，又一方面阐发理学精神，故而《集注》是集科学性、艺术性、思想性为一体的训诂佳作。正是由于朱熹《集注》的巨大成就，使他成为楚辞学史上与王逸《楚辞章句》、洪兴祖《楚辞补注》齐名的三大楚辞注本，其训诂思想、训诂方法、注释风格、训诂成就影响于后世者至巨。

《集注》一出，时人即有评论。宋楼钥称赞"晦翁集注尤详明"，其诗曰：

> 平时感叹屈灵均！《离骚》三诵涕欲零。向来传注赖王逸，尚以舛陋遭讥评。河东《天对》最杰作，释问多本《山海经》。练塘后出号详备，晦翁集注尤精明。比逢善本穷日诵，章分句析无遁情。②

楼钥诗中评论历代楚辞注本，以为朱熹《楚辞集注》尤为详明，

---

① 郭在贻《训诂学》，《郭在贻文集》第一卷，中华书局 2002 年版，第 581 页。
② 楼钥《攻媿集》卷六，上海书店 1989 年版四部丛刊本。

赞赏朱熹对《楚辞》反复吟诵,比勘各《楚辞》善本,训诂解析无不谨慎精勤。后代对朱熹《楚辞集注》的训诂得失多有评论,如明人方承章评论曰:

> 叔师句解,似太离析。元晦韵分,旨稍可寻。①

朱熹作《集注》以章为单位进行诂释,这样就克服了王逸《章句》作注时"句为之释"的繁冗重复之弊。方承章指出了《集注》按韵分章释义的方法,对比了《楚辞章句》与《楚辞集注》在这方面的优劣。

后代《楚辞》注释之作,大多参考朱注,将他与王逸、洪兴祖并列,即便反对朱注者,也把朱注作为参照对象。而以朱注为主,然后疏通证明者,几乎成为后代注骚者的一个主流,可见朱熹《集注》对后代的影响。如明代来钦之作《楚辞述注》即以朱注为主。清来逢春为此书所作《后序》曰:

> 屈原具可大用之才,而见沮于子兰上官之徒。此《离骚》二十五篇之所由作也。朱晦翁生当宋之中叶,困于大奸,亦有可大用之才,而不得盛其发施。其事亦差与原类。故合诸贤之注而统集其成。迄今学士家咸奉朱子集注,此即屈原之所作之之意也。吾宗圣源,博学宏才,其所疏注,自经及史,率皆千古盛业。可以大用,而尚不遇于时。故读屈原之词,取晦翁之注,而少加衰益,书始大定,而曰述注云者,其亦同屈原晦翁两人有大悲慨也夫! 有大悲慨也夫! 崇祯戊寅月嘉平。②

---

① 方承章《楚辞述注序》,崔富章《楚辞书目五种续编》,第83页。
② 来逢春《楚辞述注后序》,姜亮夫《楚辞书目五种》,第78页。

来氏说"迄今学士家咸奉《朱子集注》",可见朱熹《楚辞集注》在当时学术界的主流地位。《后序》又说:《楚辞述注》是"取晦翁之注,而少加裒益。"的著作,可见该书是以朱注为主,然后加以补益。

又如清人钱澄之《屈诂》,"先列朱熹集注,次标'诂曰'者,盖又演绎朱注之义也"①;《四库全书总目提要》谓此书"以朱子集注为主,而以己意论断于后"②。澄之《自引》曰:

> 紫阳朱子,遭伪学之禁,读其词有所谓'往者余弗及,来者吾不闻',慨焉悲之,乃取王氏及洪、晁之书,为之删定,以成《集注》。《集注》之善,在遵王逸之《章句》,逐句解释,不为通篇贯串,以失于牵强也。……故因朱子之集注,更加详绎,不立意见,但事诂释。③

可见《屈诂》的成书完全是对《楚辞集注》的训诂注释。遵依朱子集注者,还有清吴世尚《楚辞疏》,其叙目曰:

> 右《楚辞》八卷,其去取皆遵朱子所论定。其篇次唯六七两卷今从林说,略一移置,非敢背朱也。理有可通,谅亦朱子之所不深罪者也。夫朱子之于屈原,论之审矣。……噫! 原之所以千古,骚之所以千古,朱子之论尽之矣!④

在叙目中,吴世尚高度评价朱熹《楚辞集注》的思想成就,而在训诂中也完全遵依朱子所论定。

后代注骚之作或以朱熹《集注》所定次序为标准,如明陆时

---

① 《楚辞书目五种》,第 93 页。
② 《四库全书总目提要》卷 134,中华书局 1965 年版,第 1139 页。
③ 钱澄之《屈诂自引》,姜亮夫《楚辞书目五种》,第 94 页。
④ 吴世尚《楚辞疏叙目》,《楚辞书目五种》第 158 页。

雍《楚辞榷》即如此,金兆清为此书写的条例曰:

> 《楚辞》次序无定,今从朱晦翁本。……朱晦翁句解字
> 释,大便后学。然骚人用意幽深,寄情微眇,觉朱注于训诂
> 有余,而发明未足。①

或以朱熹所定训诂体例为标准,如清张诗《屈子贯》,张诗
自序曰:

> 因取王氏、洪氏、考亭夫子之集注,损益去取,参以己
> 见,联缀其词,以贯穿其意而已。②

《屈子贯》凡例曰:

> 从来注《楚辞》者甚多,苦未有联络其神气者。即考亭
> 夫子,亦仅详于物类音释,与其意之大都耳。予不揣,依考
> 亭《诗经》圈下注法,使其神气联络而已。
>
> 叶韵十九依考亭。至其中奇难字,惟于不经见者音切,
> 余亦从略。③

据此可见,《屈子贯》的训诂体例是依朱熹《诗集传》"圈下作注
法",而朱熹《楚辞集注》训诂体例亦是此法;朱熹《楚辞集注》的
注音采用叶韵法,张诗几乎全依朱注,所谓"叶韵十九依考亭"。

或以朱熹注释风格为高妙,如清曹同春在《楚辞约注序》
中说:

> 朱晦翁论《诗》,要在吟咏讽诵,以观其委曲折旋之意。

---

① 金兆清《楚辞榷条例》,《楚辞书目五种续编》第115页。
② 张诗《屈子贯·自序》,《楚辞书目五种》第133页。
③ 张诗《屈子贯·凡例》,《楚辞书目五种》第135页。

故其为注也，于《诗》之本文，略增数字，令人反复以求其意，初未尝多为之说也。其注《楚辞》也亦然。释名物，辨兴比，明其大旨而已。岂非欲人讽诵而自得其性情哉？性情既得，则其词有不足言者。苟徒拟其词，而于性情顾失之，则辞愈工而与古人相去愈远，无惑乎其莫之能继也……独取王逸、朱晦翁、黄坤五三子之书，删其繁芜，去其穿穴，依文立解，使观者一览而其意晓然。①

曹氏分析朱熹注书风格，认为朱熹论《诗》注《骚》皆简明扼要，其苦心在于"欲人讽诵而自得其性情哉。性情既得，则其词有不足言者"。曹氏此说深得朱熹注书之三昧。而高秋月、黄同春在作《楚辞约注》时，独取王逸、朱熹、黄文焕三子之书，在此基础上，删繁就简，依文立解。

综上所述，朱熹《楚辞集注》在训诂思想、训诂体例、训诂方法、阐释风格等诸多方面对后代楚辞注释著作影响巨大。

---

① 曹同春《楚辞约注序》，《楚辞书目五种》第131—132 页。

第四章　朱熹《楚辞集注》
诗学研究

第一节　朱熹的文学思想和诗歌美学观

朱熹作为宋代理学的集大成人物,其思想致广大而尽精微,综罗百代,开创新知,使理学成为此后封建社会的主流思想。朱熹不但是理学大家,在文学思想和文学创作方面也有很高成就。由于他在思想史上的成就和地位太过伟大,所以其文学思想方面的特立独出和文学创作方面的焕然可观都被这光环所遮蔽,他的文学主张也被正反两个阵营抑扬失当地误读着。正确解读朱熹的文学思想和诗学观,应当将其置于宋代的社会文化环境和朱熹的理学思想体系中去把握。

宋代在经济文化上空前发达,文人地位也得到很大提高,但宋代又是一个积弱的时代,民族危机极度深重,这是宋代社会结构的二重性;宋代的理学思想是道德伦理的极端强化,但宋词又是感官情欲的刻意追求,这显示了宋人文化心理结构的二重性。宋代社会经济和文化心理的二重性特征,也反映在朱熹的理学思想和文学思想上。"即使一个有着强烈的伦理抱负、经世意识的伦理美学家也不得不对超现实、超功利的具有无限韵味和意趣的审美境界采取某种自觉不自觉的认同态度,或是既惧且喜的矛盾心理。"①的确如此,在朱熹的文学思想和诗歌美学观上,他一面强调"文以明道"、"文从道出"的伦理之维;一面又强调"感物道情"、"玩物适情"的审美之维,二者激烈冲突,而朱熹不断调和,时而强调此,时而强调彼,对此我们不能作一偏之认识,必须结合当时的语境来理解。

一、"文道合一"的文道观是朱熹文学思想的大纲

(一)"文"与"道"

朱熹思想中"道"和"文"是两个含义丰富的范畴,如不辩证,则会引起淆乱。"道"在朱熹的哲学体系中与"理"、"太极"几乎是同一的概念,朱熹说:

> 阴阳,气也,形而下者也;所以一阴一阳者,理也,形而上者也,道即理之谓也。②

> 阴阳非道也,一阴又一阳,循环不已,乃道也。只说"一阴一阳",便见得阴阳往来循环不已之意,此理即道也。③

> 一阴一阳,此是天地之理。④

> 一阴一阳之谓道,太极也。⑤

---

① 潘立勇《朱子理学美学》,东方出版社 1999 年版,第 71 页。
② 朱熹《通书·诚上注》,《周濂溪集》卷五,中华书局 1985 年版,第 75 页。
③《朱子语类》卷七十四,第 1896 页。
④⑤ 同上,第 1897 页。

　　问:"一阴一阳之谓道,是太极否?"曰:"阴阳只是阴阳,道是太极,程子说:'所以一阴一阳者,道也。'"①

朱熹明白地说"道即理之谓"、"此理即道也"、"一阴一阳之谓道,太极也",张立文在《朱熹思想研究》中指出"道"、"太极"、"理"三者之间的相类关系:

　　　　既"道"为"太极"、为"理",那么,它在朱熹哲学逻辑结构中与其最高哲学范畴——"理"与"太极"相类。②

可见在朱熹的哲学逻辑结构中,"道"便是"理",便是"太极",这三个范畴同体而异名。在朱熹的论述中,三者之间亦有微殊,限于本文旨趣,不做深究。

　　在朱熹哲学中,"道"也像"理"那样内涵丰富,具有多层次的含义。张立文归纳为:1."道"是形而上之"理",是超形器的精神;2."道"是无形体的永恒的绝对;3."道"是"性"与"五常"的伦理道德观念。朱熹说:

　　　　故程子曰:形而上为道,形而下为器。③

　　　　若论道之常存,……自是亘古亘今,常在不灭之物,虽千五百年被人作坏,终殄灭他不得耳。④

　　　　吾道一以贯之,此圣人之道,所以为大中至正之极,亘

---

①《朱子语类》卷九十四,第2390页。

② 张立文《朱熹思想研究》,中国社会科学出版社1981年版,第225页。

③ 朱熹《太极图说解·附辨》,《周濂溪集》卷一,中华书局1985年版,第27页。

④ 朱熹《答陈同甫》,《晦庵集》卷三十六。

万世而无弊者也。①

> 人之生也,均有是性;均有是性,故均有是伦;均有是
> 伦,故均有是道。然惟圣人能尽其性,故为人伦之至,而
> 所由无不尽其道焉。此尧舜之为君臣,所以各尽其道,而
> 为万世之法,犹规矩之尽夫方圆,而天下之为方圆者,莫
> 不出乎此也。②

可见,"道"是形而上之"理",超形器的意识,是无形体、无声臭
的绝对精神,是"五伦"、"五常"之伦理道德观念。

朱熹哲学中的"文"亦是内涵丰富,具有多义性的范畴。莫
砺锋在《朱熹文学研究》中描述了朱熹对"文"的论述,他结合朱
熹的文道观,从四个层次来归纳朱熹"文"的含义③。

1. "文"是典章制度

> 道只是有废兴,却丧不得。文如三代礼乐制度,若丧,
> 便扫地。④

这里的"道"是指形而上之理,永恒的绝对。"文"则是指典章
制度。

2. "文"是一切文化学术

> 古之为教者,有小子之学,有大人之学。小子之学,洒
> 扫应对进退之节,诗、书、礼、乐、射、御、书、数之文是也。大

---

① 朱熹《杂学辨·苏黄门老子解》,《晦庵集》卷七十二。
② 朱熹《四书或问》卷三十二,影印文渊阁四库全书本。
③ 莫砺锋《朱熹文学研究》,南京大学 2000 年版,第 110 页。
④ 《朱子语类》卷三十六,第 958 页。

人之学,穷理修身齐家治国平天下之道是也。①

这里的"道"是指儒家的学说,而"文"则是指一切学术文化。

3. "文"是文字

　　道之在天下,其实原于天命之性,而行于君臣、父子、兄弟、夫妇、朋友之间。其文则出于圣人之手,而存于《易》、《书》、《诗》、《礼》、《乐》、《春秋》、孔孟氏之籍。本末相须,人言相发,皆不可以一日而废焉者也。盖天理民彝,自然之物,则其大伦大法之所在,固有不依文字而立者。然古之圣人欲明是道于天下而垂之万世,则其精微曲折之际,非托于文字,亦不能以自传也。②

这里的"道"既是指形而上之理,亦指儒家的伦理道德观念。而"文"则是指文字,或文本,或文献。

4. "文"是文章

　　去春赐教,语及苏学,以为世人读之,止取文章之妙,初不于此求道,则其失自可置之。夫学者之求道,固不于苏氏之文矣。然既取其文,则文之所述有邪有正,有是有非,是亦皆有道焉,固求道者之所不可不讲也。③

这里的"道"主要指文章所表达之内容,"文"则是指文章,或文章所赖之文学形式。显然"文"的第四个含义更接近文学,因此我们探讨朱子文道观时,取其第四层含义,即"文"为文章或文学形式。而"道"的取义则不妨宽泛些,指一切文学形式所表达的思想内

---

① 朱熹《经筵讲义·大学》,《晦庵集》卷十五。
② 朱熹《徽州婺源县学藏书阁记》,《晦庵集》卷七十八。
③ 朱熹《与汪尚书》,《晦庵集》卷三十。

容,具体地讲就是形而上之"理"、绝对精神、儒家的伦理道德观念。对"文"与"道"概念的梳理,有助于我们对文道关系的探讨。

(二)"文道合一"的文道观

文与道的关系是儒家文艺理论的根本命题,而且无一例外地强调"道"这一方面,强调以道为本。朱熹的文道观也是以"道本文末"为基本倾向的,但他对传统的文道观既有继承的一面,也有突破、修正及发展等创新的一面。

在先秦时期,就已出现探索文道关系的萌芽,如《论语》里说:"有德者必有言,有言者不必有德。"①强调"德"是内在根本,"言"只是外在表现,因此内在的道德修养才是德与言关系中最根本、最关键之处,而德与言关系的论述是道与文关系的探讨的萌芽形态。南北朝刘勰首次系统论述文道关系,他在《文心雕龙·原道篇》中系统地阐释了文道关系:"道沿圣以垂文,圣因文以明道,旁通而无滞,日用而不匮。《易》曰:'鼓天下之动者存乎辞。'辞之所以能鼓天下者,乃道之文也。"②又在《序志》篇里说:"文心之作也本乎道。"③显然刘勰的文道关系所强调的是道的方面,但同时也重视文的作用,认为"道垂文"、"文明道",文与道相互交融,这样才能"旁通而无滞、日用而不匮"。但是刘勰所谓"道"既发挥了老子自然之道的思想,又糅合了儒家圣人之道的观念;既有自然本体论的倾向,又带上了神理意志论的痕迹,因而还带有某种神秘发生论的特征。

到了唐代,文学思想和文学创作的进一步成熟和进步,文人们更加自觉地讨论文道关系,特别是唐代古文运动更是试图以

---

① 朱熹《论语集注》卷七,《四书章句集注》,中华书局1983年版,第149页。
② 《文心雕龙汇评》,第15页。
③ 同上,第164页。

恢复儒家道统为己任,他们更加重视"道"这一方面。古文运动的魁首韩愈提出"文以贯道"的思想,他的门人李汉在《昌黎先生集序》中明确地说:"文者,贯道之器也。"①"愈之志在古道,又甚好其言辞。"②"读书以为学,缵言以为文,非以夸多而斗靡也;盖学所以为道,文所以为理耳。"③韩愈的道,是指儒家道统,即圣人之道。他的"文以贯道"说,直接针对的是魏晋以来浮靡的形式主义文风,强调作家主观道统修养为作好文章的根本,为唐宋古文家所推崇。唐代古文运动的干将柳宗元同样强调"文以明道",他说:"圣人之言,期以明道,学者务求诸道而遗其辞。"④"始吾幼且少,为文章,以辞为工。及长,乃知文者以明道,是固不苟为炳炳烺烺,务采色夸声音而以为能也。"⑤到了宋代,古文家中欧阳修及苏轼等人均继承韩柳"文以贯道"的思想,欧阳修说:"道胜者,文不难而自至也。"⑥这显然是以道为作文的根本和关键,表现出重道轻文的倾向。苏轼在文道关系上,主张的是"文与道俱",他虽有重道的方面,但也相对地更多强调了文的重要性和独立性。理学家周敦颐提出著名的"文以载道"说:"文所以载道也。……文辞艺也,道德实也。……不知务道德而第以文辞为能者,艺焉而已。"⑦到了二程,他们的文道观可以说是最为倒退的,他们极端强调"道",极端排斥"文",提出"作

---

① 李汉《昌黎先生集序》,《东雅堂昌黎集注》,影印文渊阁四库全书本。
② 韩愈《答陈生书》,《东雅堂昌黎集注》卷十六,影印文渊阁四库全书本。
③ 韩愈《送陈秀才彤序》,《东雅堂昌黎集注》卷二十,影印文渊阁四库全书本。
④ 柳宗元《报崔黯秀才论为文书》,《柳河东集》卷三十四,上海人民出版社 1974 年版,第 550—551 页。
⑤ 柳宗元《答韦中立论师道书》,《柳河东集》卷三十四,上海人民出版社 1974 年版,第 543 页。
⑥ 欧阳修《答吴充秀才书》,《文忠集》卷四十七,影印文渊阁四库全书本。
⑦ 周敦颐《通书·文辞》,《周濂溪集》卷六,中华书局 1985 年版,第 117—118 页。

文害道"和"玩物丧志"的文道观。

> 问作文害道否？曰：害也。凡为文不专意则不工，若专意则志局于此，又安能与天地同其大也？《书》云"玩物丧志"，为文亦玩物丧志也。……古之学者惟务养性情，其他则不学。今为文者，专务章句，悦人耳目。既务悦人，非俳优而何？[①]

程颐明确指出"为文"就是"玩物丧志"，他的观点是对讲究文学艺术形式的极端偏见和极端排斥。由于二程在宋代理学发展上的地位，因此他的排斥文学的态度在北宋理学家中具有重大的影响，为许多理学家们所遵从。

朱熹继承了儒家文道观的传统，对古文家和理学家的文道观皆做出批评和修正。张立文说：

> 朱熹有分析地批评了唐代古文家韩、柳及宋初古文革新运动的柳开、欧阳修的"文以明道"、"文以贯道"和"文与道俱"等观点和失足之处，对道学家周敦颐和程颐的"文以载道"、"作文害道"，亦作了修正和阐发，由此，朱熹综罗各家得失利弊，而开创出"文道合一"论。[②]

朱熹正是在批判继承古文家和理学家的文道观的基础上，形成自己"文道合一"的文道观。

首先，他强调文道关系中道的根本性地位。他说：

> 道者，文之根本；文者，道之枝叶。惟其根本乎道，所以

发之于文，皆道也。①

　　　　不必著意学如此文章，但须明理。理精后，文字自
　　典实。②

"道者，文之根本；文者，道之枝叶。"显然他的文道观是重道轻
文的，并且认为"道"是为文之关键，所以他说"理精后，文字
自典实"，为文者"但须明理"，此为为文之关键。他对道的强
调是要求人们致力于道的学习和修养。他认为人生最要紧的
事是讲明义理，即研求儒家圣贤之道，而不应当把精力和时间
浪费在追求文章辞采方面。他说："才要作文章，便是枝叶，害
着学问，反两失也。"就是认为作文害道。他的这些议论都是
强调"道"而轻视"文"，这是他对北宋理学乃至整个儒家文道
观的继承。

　　但是朱熹的重道轻文观与古文家和理学家的重道轻文观又
有不同。古文家的"文以明道"、"文以贯道"、"文与道俱"，虽
然强调以"道"为本，但也在理论上强调了"文"的重要作用，即
"道"需要"文"来彰明、来贯穿，特别是古文家"文与道俱"的主
张，更是把"文"几乎抬到与"道"同等的高度。在实践上，古文
家对"文"的兴趣和爱好就更是远甚于"道"了，他们的文并非只
是追求明道、贯道，在实践上是更重视文学艺术形式这一方面
的。朱熹作为理学家，自然对这种观念是不能赞同的，他评论苏
轼说："今东坡之言曰：'吾所谓文，必与道俱。'则是文自文而道
自道，待作文时，旋去讨个道来入放里面，此是它大病处。"③认

---

①③《朱子语类》卷一百三十九，第3319页。
② 同上，第3320页。

为苏轼为文,根本上是与道相隔离的;他又说苏轼"不是先理会得道理了,方作文,所以大本都差。"①指出苏轼在文道关系上,"大本"上都背离了。

他认为古文家的文道观是"本末倒置"、"艺焉而已",他评论韩愈及其门人时说:

> 韩愈氏出,始觉其陋,慨然号于一世,欲去陈言以追《诗》《书》六艺之作。而其弊精神、糜岁月,又有甚于前世诸人之所为者。然犹幸其略知不根无实之不足恃,因是颇泝其源而适有会焉,于是《原道》诸篇始作,而其言曰:"根之茂者其实遂,膏之沃者其光晔,仁义之人,其言蔼如也。"其徒和之,亦曰未有不深于道而能文者,则亦庶几其贤矣。然今读其书,则其出于诙谐戏豫,放浪而无实者自不为少。若夫所原之道,则亦徒能言其大体,而未见其有探讨服行之效,使其言之为文者,皆必由是以出也。故其论古人,则又直以屈原、孟轲、马迁、相如、扬雄为一等,而犹不及于董、贾;其论当世之弊,则但以词不己出而遂有神徂圣服之叹。至于其徒之论,亦但以剽掠僭窃为文之病,大振颓风,教人自为为韩之功,则其师生之间,传受之际,盖未免裂道与文以为两物,而于其轻重缓急、本末宾主之分又未免于倒悬而逆置之也。②

朱熹批评韩愈及门徒"徒能言其大体,而未见其有探讨服行之效",他们以明道为名,实则是重文轻道,阳道阴文。他们虽以"道"相标榜,但却没有切身体会"道",以"道"行事,他们"只是

---

① 《朱子语类》卷一百三十九,第3319页。
② 朱熹《读唐志》,《晦庵集》卷七十。

要做得言语似《六经》，便以为传道。至其每日工夫，只是做诗，博弈，酣饮取乐而已。"①

韩愈"文以贯道"的文道观，朱熹亦认为不妥。他说："若以文贯道，却是把本为末，以末为本，可乎？"②朱熹批评韩愈等古文家"文以贯道"的思想是"文道观"上的本末倒置。这就指出了古文家表面上重"道"，而实际上重"文"的实质。这种文道观实际上是"本末宾主之分未免于倒悬而逆置也"，可以看出朱熹认为古文家的文道观之根本错误即在于颠倒了文与道的关系，同时认为古文家割裂文与道的关系也是其不足之处。

其次，朱熹恢复了"文"在文道关系中的恰当地位。朱熹通过对古文家文道观的批评，确立了"道"在文道关系中的本体地位；而他对理学家文道观的修正则恢复了"文"在文道关系中的恰当地位。理学家"作文害道"，将文与道截然对立起来的极端看法，朱熹是不赞同的。朱熹针对理学家未能圆融地将文道合而为一，以及过于贬低文的地位和价值的取消论倾向，提出"文道两得"、"文道合一"的文道观。他说：

> 夫文与道，果同耶？异耶？若道外有物，则为文者可以肆意妄言而无害于道。惟夫道外无物，则言而一有不合于道者，则于道为有害。③

> 故即文以讲道，则文与道两得而一以贯之，否则亦将两失之矣。④

---

① 《朱子语类》卷一百三十七，第3260页。
② 同上，第3305页。
③ 朱熹《答吕伯恭》，《晦庵集》卷三十三。
④ 朱熹《与汪尚书》，《晦庵集》卷三十。

　　朱熹认为道外无物,文当亦含在道中,故文道合一。如果文道割裂为二,文自文,道自道,则文与道不能相互成全,皆失其用。朱熹在强调"道"的第一性的同时,也给"文"以恰当的地位,因为"道"外无物,"文"亦属道,因此对"文"的讲究也就有了合理性。

　　再次,朱熹认为"文"自道中流出。朱熹在反对韩愈"文以贯道"观点时提出了"文自道出"的思想,他说:

　　　　这文皆是从道中流出,岂有文反能贯道之理? 文是文,道是道,文只如吃饭时下饭耳。若以文贯道,却是把本为末,以末为本,可乎?①

朱熹"文皆是从道中流出"的思想包含对文学本体的体认。本体指事物的终极根源,根本性质或形上根据,而"文"的终极根源和形上本体就是"道"。朱熹又说:"道者,文之根本;文者,道之枝叶。惟其根本乎道,所以发之于文,皆道也。"②"道之显者谓之文。"③所以朱熹的"文从道出"是指本体论而不是发生论,即"文从道出"主要不是说"文"直接产生于道,而是说"文"的显现必然有"道"的依据。朱熹的文与道的关系是"体用"的关系。朱熹曾说:"盖用即是体中流出也。"④很明显朱熹所谓"文皆是从道中流出",这里的"文"即相当于"用",而"道"即相当于"体"。"体"是本体、依据,"用"是现象、功用;"用"从"体"中流出,即"用"是"体"的显现、运用。"文从道出",也即"文"是

---

① 《朱子语类》卷一百三十九,第 3305 页。
② 同上,第 3319 页。
③ 朱熹《论语集注》卷五,《四书章句集注》,中华书局 1983 年版,第 110 页。
④ 《朱子语类》卷四十二,第 1095 页。

"道"的显现,这是究其形上的本体论。

最后,"文道合一"是朱熹文道观的结论。朱熹批判继承唐宋古文家和理学家的文道观。他的"文从道出"思想,以道为文之本体,以文为道的显现,文与道相辅相成,就顺理成章地引出其"文道合一"的思想。朱熹论文道关系时说"道外无物",这也是"文道合一"的思想。朱熹说"即文以讲道,则道与文两得而一以贯之,否则将两失之",可见文与道的相互依存关系。在朱熹"文道合一"文道关系的本体论体系中,文与道是本体与现象、本体与功能的一体相关、一体两面的关系,两者不能割裂,必"两得而一以贯之"。朱熹"文道合一"思想是其理学本体论中的理气、道器关系的延伸,即理与气、道与器不即不离、两在合一。朱熹反复强调:"道外有物,固不足以为道,且文而无理,又安足以为文乎? 盖道无适而不存者也。"①将"文道合一"的关系讲得很明白了。何寄澎评价朱熹的文道观时说:

> 朱子一方面以其对文学深厚的素养,平衡了二程的偏颇;一方面却也为二程崇"道"的主张,做了更巩固的理论建树;尤有进者,更强化了道学家对古文家的党同伐异。朱子这种种相反相成、相成相反的错综表现,既宣示了他鲜明的"道学"标记,又展示了他对文学艺术性的充分了解;既建构了道学家圆融平和的文学理论,又巧妙地压抑了纯文学的价值地位,朱子在道学派文学理论发展过程中,可谓最具伟业之人物。……质言之,朱子这个理论有破有立:他站在道学的立场上,一方面破古文家之论点,划清界线,不容"文以贯道"、"文与道俱"与"道文合一"鱼目混珠;一方

---

① 朱熹《与汪尚书》,《晦庵集》卷三十。

面补救道学家无心的疏失与无理的偏激,攻守相得,构建了道学家最周密的理论系统。①

何氏的评价对朱熹文道关系论的理论来源、继承创新、理论意义皆做出了公允的评价。朱熹文道关系论不仅批判了古文家重文轻道的本质论缺陷,也批判了理学家过于重道轻文、以道废文的偏颇,这是朱熹文道观"破"的一方面。朱熹文道观将文与道的关系明确地上升到本体论的高度,这是"立"的一方面。朱熹文道观既破又立的特点也是朱熹学术的总体风格,即"旧学商量加邃密,新知培养转深沉"。朱熹既有对旧的文道观的继承批判,更有对新文道观的理论创新,从而建构了理学圆融平和的文学理论。朱熹"文道合一"的文道观,一方面从体用关系上肯定了文的存在的合理性,可以为朱熹整合包括文学在内的文化活动于其庞大的理学体系提供了学理依据。既可以纠正理学先驱特别是程颐的排斥文学的极端倾向,也为自己的文学活动留下了余地。另一方面则是为强化理学对文学的统治、制约、指导提供了理论和方法依据。

二、朱熹的诗歌美学观及其在《楚辞集注》中的表现

朱熹一生创作有大量的诗歌,著有《诗集传》和《楚辞集注》两部诗歌注疏著作,他在总结自己的诗歌创作经验和诗歌审美体验的基础上,结合自己对古典诗歌学习和注疏的体会,发表了许多有关诗歌理论与批评的见解,从而形成了自己的理学诗学理论。在《诗集传》的写作中,朱熹的诗歌美学观已经相当成熟,因此朱熹晚年所作《楚辞集注》也体现了他的诗歌美学观。

---

① 潘立勇《朱子理学美学》,东方出版社1999年版,第203页。

(一)"思无邪"的诗歌教化理论

"思无邪",本是《诗经·鲁颂·駧》中的诗句:"思无邪,思马斯徂。"①孔子借此来概括整部《诗经》的意旨,朱熹继承孔子的这个思想,进一步发展了自己的诗教理论。朱熹在《诗集传》中说:

> 孔子曰:"诗三百,一言以蔽之,曰思无邪。"盖诗之言美恶不同,或劝或惩,皆有以使人得其情性之正。然其明白简切,通于上下,未有若此言者。故特称之,以为可当三百篇之义,以其要为不过乎此也。学者诚能深味其言,而审于念虑之间,必使无所思而不出于正,则日用云为,莫非天理之流行矣。②

朱熹认为《诗经》中的诗篇,皆可以使人从中得到"情性之正",而这正是《诗经》所具有的伦理教化功能。如果人们能够体味到此,于日常行为中可以有所借鉴,则时时都可以体现出"天理之流行"。朱熹又说:

> 或问:"思无邪。"曰:"此诗之立教如此,可以感发人之善心,可以惩创人之逸志。"

> 问"思无邪"。曰:"若言作诗者'思无邪',则其间有邪底多。盖诗之功用,能使人无邪也。"

> 徐问"思无邪"。曰:"非言作诗之人'思无邪'也。盖谓三百篇之诗,所美者皆可以为法,而所刺者皆可以为戒,读之者'思无邪'耳。作之者非一人,安能'思无邪'乎?只是要正人心。统而言之,三百篇只是一个'思无邪';析而

---

①② 朱熹《诗集传》,第238页。

言之,则一篇之中自有一个'思无邪'。"①

朱熹一再强调诗的感发人心,惩恶劝善的教化功能,这是朱熹"思无邪"诗教理论的核心。朱熹"思无邪"诗教理论是朱熹理学在文学领域的表现形态,从"文从道出"的观点来看,只有那些体现天理流行、合乎圣贤之道的诗歌才是合乎理学标准的"文",朱熹的"思无邪"诗教理论正是要求诗歌要像《诗经》中的诗歌那样"感发人之善心"、"惩创人之逸志",朱熹认为"思无邪"的内涵"只是要正人心"。这就是希望通过对诗歌的吟诵涵咏,达到"情性之正",达到"正人心",厚人伦的儒家道德境界。

在《楚辞集注》中,朱熹也贯穿了他的"思无邪"的伦理教化的诗教理论,他在《楚辞集注目录序》中说:

> 原之为人,其志行或过于中庸而不可以为法,然皆出于忠君爱国之诚心。原之为书,其辞旨虽或流于跌宕怪神、怨怼激发而不可以为训,然皆生于缱绻恻怛、不能自已之至意。虽其不知学于北方,以求周公、仲尼之道,而独驰骋于变风、变雅之末流,以故醇儒庄士或羞称之。然使世之放臣、屏子、怨妻、去妇,抆泪讴唫于下,而所天者幸而听之,则于彼此之间,天性民彝之善,岂不足以交有所发,而增夫三纲五典之重?此予之所以每有味于其言,而不敢直以"词人之赋"视之也。……而独东京王逸《章句》与近世洪兴祖《补注》并行于世,其于训诂名物之间,则已详矣。……至其大义,则又皆未尝沈潜反复、嗟叹咏歌,以寻其文词指意

---

① 《朱子语类》卷二十三,第538页。

之所出，而遽欲取喻立说，旁引曲证，以强附于其事之已然，
是以或以迂滞而远于性情，或以迫切而害于义理，使原之所
为壹郁而不得申于当年者，又晦昧而不见白于后世。①

朱熹认为屈原作品表现了其"忠君爱国之诚心"，皆出于真情实
感，"不能自已之至意"，可以感发人的情性之正，可以感发"天
性民彝之善"，起到"增夫三纲五典之重"的作用，这就明确地指
出了《楚辞》作品的伦理教化功能。朱熹指出王逸、洪兴祖《楚
辞》旧注对《楚辞》作品的大义未能充分揭示，所以"迂滞而远于
性情"、"迫切而害于义理"，而朱熹作《楚辞集注》就是要对《楚
辞》作品沈潜反复、嗟叹咏歌，揭示其感发人心的性情之正，从
而"增夫三纲五典之重"。朱熹这个注释《楚辞》的观念是其"思
无邪"的诗教理念的体现。

（二）"感物道情"的诗歌艺术发生论

朱熹"文从道出"思想揭示的是文学艺术的终极本原，是本
体论，不是发生论，它还没有揭示出文学艺术具体产生的动因。
朱熹在"感物道情"思想的有关论述中实际上揭示了其诗歌艺
术发生论。朱熹说：

　　大率古人作诗，与今人作诗一般，其间亦自有感物道
情，吟咏情性，几时尽是讽刺他人？只缘序者立例，篇篇要
作美刺说，将诗人意思尽穿凿坏了！②

朱熹论作诗，认为古今一例，皆是"感物道情"、"吟咏情性"，即
认为诗人是由于受到外界事物的刺激，从而触发内心的情感，这

---

① 《楚辞集注》目录后跋。
② 《朱子语类》卷八十，第 2076 页。

才产生创作的冲动,去表达这种情感。朱熹提出这个主张是针对旧儒解《诗》时所遵循的汉代经学美刺说而发的。朱熹承认诗的美刺作用,也承认确有美刺诗存在,然而篇篇如《诗序》的美刺说那样解读《诗经》作品,则不仅与《诗经》作品的真实情景不符,而且违反诗歌创作的基本规律。朱熹提出"感物道情"的诗歌艺术发生论有其理论根源,古人常常将诗歌本体的"情"归因于"感物而动"。如:

> 人禀七情,应物斯感,感物吟志,莫非自然。(《文心雕龙·明诗》)①
>
> 岁有其物,物有其容,情以物迁,辞以情发。……是以诗人感物,联类不穷。……然屈平所以能洞监《风》、《骚》之情者,抑亦江山之助乎?(《文心雕龙·物色》)②
>
> 诗人之作,感于物,动于中,发于咏歌,形于事业。③
>
> 大凡人之感于事,则必动于情,然后兴于嗟叹,发于吟咏,而形于歌诗矣。④

古人的这种感物道情的观念,反映了诗歌艺术发生的规律。朱熹虽为理学宗师,但他能够遵循诗歌艺术发展的规律,这在理学家中是不多见的。他在大谈义理性命的理学氛围下,强调"情"在文学创作中的重要性,这是难能可贵的。朱熹说"诗人道言语,皆发乎情"⑤,指出了诗歌创作皆由于情感的作用。朱熹"感物道情"的"情"是真情实感,他反对矫揉造作,无病呻吟的作

---

① 《文心雕龙汇评》,第 27 页。
② 同上,第 150—151 页。
③ 梁肃《周公瑾墓下诗序》,《文苑英华》卷七一六,影印文渊阁四库全书本。
④ 白居易《策林》第六十九,《白氏长庆集》卷六十五,影印文渊阁四库全书本。
⑤ 《朱子语类》卷八十一,第 2098 页。

品,他的楚辞研究也反映了他的这个诗歌美学观。

朱熹极力推崇屈原其人其作,他认为屈原作品虽然不尽合乎儒家教义,但屈原其人的"忠君爱国"诚心,屈原其作的真情实感"缱绻恻怛、不能自已之至意",都表现了屈原作品的情感的真实,揭示了屈原诗歌"发乎情"的特点,也证明了屈原诗歌"感物道情"的艺术魅力。朱熹说《楚辞》作品可以使"天性民彝之善"交有所发,"而增夫三纲五典之重",指出《楚辞》的真情实感具有可以"正人心","使人得其情性之正"的道德教化功能。朱熹在《楚辞后语》序中也强调了屈原作品感情真挚的特点,他说:

> 盖屈子者,穷而呼天,疾痛而呼父母之词也。故今所欲取而使继之者,必其出于幽忧穷蹙、怨慕凄凉之意,乃为得其余韵,而宏衍巨丽之观,欢愉快适之语,宜不得而与焉。至论其等,则又必以无心而冥会者为贵,其或有是,则虽远且贱,犹将汲而进之;一有意于求似,则虽迫真如扬、柳,亦不得已而取之耳。若其义,则首篇所著荀卿子之言,指意深切,词调铿锵,君人者诚能使人朝夕讽诵,不离于其侧,如卫武公之抑戒,则所以入耳而著心者,岂但广厦细旃,明师劝诵之益而已哉!此固余之所为眷眷而不能忘者。①

在这里,朱熹说屈原作品是"穷面呼天,疾痛而呼父母之词也",指出屈原作品悲天悯人、感情真挚的特点。朱熹《楚辞后语》在论述选取篇目的标准时说:"故今所欲取而使继之者,必其出于幽忧穷蹙怨慕凄凉之意,乃为得其余韵。"这就是完全以内在情

---

① 《楚辞集注·楚辞后语》目录后跋。

感是否与《楚辞》作品一致为选取标准，而不是以外在形式为标准。朱熹《集注》还删掉了《楚辞》作品中的《七谏》、《九怀》、《九叹》、《九思》，他认为："《七谏》、《九怀》、《九叹》、《九思》，虽为骚体，然其词气平缓，意不深切，如无所疾痛而强为呻吟者。"①这也完全是以感情的真挚与否作为取舍标准的。

（三）"托物兴词"的诗歌艺术表现论

朱熹标举"感物道情"的诗歌艺术发生论，肯定诗歌创作冲动的兴起缘于"感物"，诗歌创作的完成缘于"道情"，然而诗歌中情和物的表达，都离不开一定的情感符号和表达方式，并且诗歌的这种表达方式要求以有限的情感符号传达无限的神韵。朱熹"感物道情"说，首先情由物而触发，接着又借物而达情，这后一阶段，即朱熹在《诗经》研究中归纳出的"取物为比"和"托物取兴"的诗歌艺术表现手法，即比兴的手法，就是用写物来寄托或触发所要表达之情感。

朱熹的"取物比兴"、"托物兴词"的比兴说是儒家"六义"说的发展。《周礼》最早提出"六诗"的概念；《诗大序》提出"诗有六义"②，即风、赋、比、兴、雅、颂。汉代郑玄进一步阐发其意：

> 风，言贤圣治道之遗化也；赋之言铺，直铺陈今之政教善恶；比，见今之失不敢斥言，取比类以言之；兴，见今之美嫌于媚谀，取善事以喻劝之；雅，正也，言今之正者以为后世法；颂之言诵也，容也，诵今之德，广以美之。③

郑玄的说法带有很浓厚的经学色彩，他对《诗》之六义的说法皆

---

① 《楚辞集注》，第 172 页。
② 孔颖达《毛诗正义》卷一，《十三经注疏》，中华书局 1980 年版，第 271 页。
③ 郑玄《周礼注疏》卷二十三，《十三经注疏》，中华书局 1980 年版，第 796 页。

牵涉到政治或道德教化方面，朱熹对这种无视诗歌本身艺术规律的美刺说颇为不满，他认为"'诗有六义'，先儒更不曾说得明"①，他明确指出：

> 盖所谓'六义'者，《风》、《雅》、《颂》乃是乐章之腔调，如言仲吕调，大石调，越调之类；至比、兴、赋，又别：直指其名，直叙其事者，赋也；本要言其事，而虚用两句钓起，因而接续去者，兴也；引物为况者，比也。立此六义，非特使人知其声音之所当，又欲使歌者知作诗之法度也。②

朱熹认为《风》、《雅》、《颂》只是乐章的腔调，并非如先儒那样把《风》、《雅》当作政治教化的工具，如郑玄所说："《风》言贤圣治道之遗也。""《雅》言今之正者为后世法。"这完全是将《风》、《雅》作为政治及道德的传声筒。而对于比兴赋的解释，朱熹也是按照诗歌本身的艺术规律加以解释，不做政治伦理的比附。他说："直叙其事者，赋也。"而郑玄说："赋之言铺，直陈今之政事善恶。"郑玄用美刺说解释赋，是很难解释《诗经》中有些篇章的。比、兴二义的解释，郑玄亦赋予伦理道德意义，是牵强附会之说。朱熹则说："本要言其事，而虚用两句钓起，因而接续去者，兴也；引物为况，比也。"这完全是把比和兴作为诗歌的艺术表现手法来对待，认为这是"作诗之法度"，"虚用两句"和"引物为况"都是托物以兴词的诗歌艺术表现手法。朱熹剥去了比、兴两种诗歌艺术表现手法上的经学伦理道德光环，使读者更能真实地了解诗歌的本来意义。朱熹的赋比兴诗歌表现方法论的内核是"取物为比"、"托物兴词"，这种诗歌艺术的表现论也应

_____

①②《朱子语类》卷八十，第2067页。

用于他的楚辞研究中,他说:

> 不特《诗》也,楚人之词,亦以是而求之,则其寓情草木,托意男女,以极游观之适者,变风之流也;其叙事陈情,感今怀古,以不忘乎君臣之义者,变雅之类也。至于语冥婚而越礼,摅怨愤而失中,则风、雅之再变矣。其语祀神歌舞之盛,则几乎颂,而其变也,又有甚焉。其为赋,则如《骚》经首章之云也;比,则香草恶物之类也;兴,则托物兴词,初不取意,如《九歌》沅芷澧兰以兴思公子而未敢言之属也。然《诗》之兴多而比、赋少,《骚》则兴少比、赋多,要必辨此,而后词义可寻,读者不可以不察也。①

在这里朱熹明确地提出"托物兴词"的说法,他认为《楚辞》"寓情草木,托意男女"的比兴手法是《楚辞》作品的重要艺术表现手法,也是读者解读《楚辞》的不二法门。

第二节　朱熹的《楚辞》诗歌美学观

一、《楚词》不甚怨君: 朱熹对《楚辞》思想内容的体认

　　朱熹在评论《楚辞》时,在思想内容方面他着力挖掘屈原思想中符合儒家义理的成分。他的有关"《楚词》不甚怨君"的说法是他对《楚辞》内容的总体评价,这是站在儒家忠君思想的基础上来评论《楚辞》作品的,可以说是朱熹对《楚辞》内容特点的总体概括。他说:

> 《楚词》不甚怨君。今被诸家解得都成怨君,不成模

---

① 《楚辞集注》,第2页。

样。《九歌》是托神以为君,言人间隔,不可企及,如己不得亲近于君之意。以此观之,他便不是怨君。至《山鬼》篇,不可以君为山鬼,又倒说山鬼欲亲人而不可得之意。今人解文字不看大意,只逐句解,意却不贯。①

朱熹举《九歌》为例证明"《楚词》不甚怨君",《九歌》是屈原根据楚国南郢沅、湘之间的祭祀乐歌改编而成,当地习俗"信鬼而好祀,其祀必使巫觋作乐,歌舞以娱神。"②屈原据此作成《九歌》。《九歌》诗句内容皆为歌舞娱神之词,屈原是"托神以为君",他借对神的仰慕、敬爱、眷恋来寄寓自己"忠君爱国眷恋不忘之意",朱熹因此说:"以此观之,他便不是怨君。"

朱熹说"《楚词》不甚怨君",这是有感于历代评者对《楚辞》作品内容的误读而发的。屈原作品的内容意旨表达了屈原"忠君爱国"的诚心。他屡次进谏,楚王不听,反而将他流放。尽管受到楚国统治阶层的排挤、打击,但他仍然忧国爱君。他的作品一方面"跌宕怪神、怨怼激发",抒发悃郁不平之气;另一方面则"缱绻恻怛、不能自已",表达"忠君爱国眷恋不忘之意"。由于屈原作品感情激越,如朱熹所说"盖屈子者,穷而呼天、疾痛而呼父母之词也"③,这当然不尽合乎儒家"温柔敦厚"的诗教规范,所以遭到历代所谓"醇儒庄士"的质疑。他们认为屈原作品表达的怨怼激烈情绪是不合儒家规范的,如汉代扬雄嘲讽屈原说:"君子得时则大行,不得时则龙蛇,遇不遇命也,何必湛身哉!"④反对屈原投江的行为;他在《反离骚》中说:"夫圣哲之不

---

① 《朱子语类》卷一百三十九,第 3297 页。
② 《楚辞集注》,第 29 页。
③ 《楚辞集注·楚辞后语》目录后跋。
④ 班固《汉书·扬雄传》,《汉书》卷八十七,中华书局 1964 年版,第 3515 页。

遭兮,固时命之所有。虽增欷以于邑兮,吾恐灵修之不累改"①,
讥讽屈原"增欷以于邑"的悲叹悒郁之状,认为楚王必不为屈原
而改变,他是用消极的全身远祸的人生观来指责屈原的忠直行
为的。

历代批评屈原作品的代表性人物是班固,他说:

今若屈原,露才扬己,竞乎危国群小之间,以离谗贼。
然责数怀王,怨恶椒、兰,愁神苦思,强非其人,忿怼不容,沈
江而死,亦贬絜狂狷景行之士。②

这是对屈原人格和作品的极端贬损。南北朝的颜之推继承了班
固的观点,他说:"自古文人,多陷轻薄。屈原露才扬己,显暴君
过。"③颜之推指责屈原的时候,其实却陷自己于"轻薄"之地,屈
原竭忠尽智,自身荣辱、利害得失皆所不顾,扬雄、颜之推之流汲
汲于全身自保,骨气、节操皆所不顾,二者相较,君子小人之分至
为明显。

战国末期楚国的外交形势要求楚国应该联合六国实行合纵
政策才能抗衡强大的秦国,屈原就奉行这个政策,认为楚国应当
与齐国交好,抗击秦国。楚怀王、顷襄王政策摇摆,多次与秦国
交好,但都被秦国欺骗和侮辱,最后被秦国灭亡。楚国的灭亡与
怀王、顷襄王的昏庸有极大关系。当时屈原作为一个有政治眼
光的忠臣,他当然对楚王是爱之深故而责之切,这完全是出于对
楚国和楚王的忠诚之心,关于这点,晚唐诗人崔涂亦有同感,他

① 《楚辞集注》,第 240 页。
② 《楚辞补注》,第 49 页。
③ 颜之推《颜氏家训》,中华书局 1993 年版,第 237 页。

在《屈原庙》一诗中明确地说屈原"本图安楚国,不是怨怀王"①;
至于怨恶椒兰这些只为自己私利,不顾楚国利益的奸佞之徒更
是无可非议的。班固等人对屈原的贬损是出于那种"温柔敦
厚"的儒家诗教规范,但他们这样评价屈原其人其作本身也是
有失"温柔敦厚"之旨的。

朱熹是宋代理学家的代表人物,他没有用儒家的伦理规范
去套活生生的《楚辞》作品,正如他对待《诗经》"以诗说诗"的
态度一样,他对待《楚辞》也是从作品本身去体味《楚辞》的意
旨。他"反复涵咏"、"沈潜玩味"《楚辞》之大义,认为"《楚词》
不甚怨君",这个结论是他在研读和注疏《楚辞》时对其内容的
真实感受。他说:

> 窃尝论之,原之为人,其志行虽或过于中庸而不可以为
> 法,然皆出于忠君爱国之诚心。原之为书,其辞旨虽或流于
> 跌宕怪神、怨怼激发而不可以为训,然皆生于缱绻恻怛、不
> 能自已之至意。虽其不知学于北方,以求周公、仲尼之道,
> 而独驰骋于变风、变雅之末流,以故醇儒庄士或羞称之。然
> 使世之放臣、屏子、怨妻、去妇,扶泪讴唫于下,而所天者幸
> 而听之,则于彼此之间,天性民彝之善,岂不足以交有所发,
> 而增夫三纲五典之重? 此予之所以每有味于其言,而不敢
> 直以"词人之赋"视之也。②

朱熹认为屈原作品的思想感情不尽合乎儒家"中庸"之道,但却
是出于"忠君爱国"的真情实感,客观上可以起到"正人心"的作
用,同时也符合儒家"吟咏性情之正"之诗教理想。屈原作品的

---

① 崔涂《屈原庙》,《全唐诗》卷六七九,影印文渊阁四库全书本。
② 《楚辞集注》目录后跋。

感情表达过于"跌宕怪神、怨怼激发",不尽符合儒家"温柔敦厚"的诗教主张,但其皆出于"缱绻恻怛、不能自已之至意"。屈原对楚王、对楚国爱之深,故而责之切;对郑袖、子兰误国害国之流深为憎恶,故而发为言辞必然激越忿恚。可见屈原作品皆是屈原"忠君爱国"诚心的自然流露,感情真挚,无暇顾及感情表达的方式,"盖屈子者,穷而呼天、疾痛而呼父母之词也"。因此朱熹认为《楚辞》作品的内容思想绝不是"怨君",而是"忠君",楚辞作品情感表达的方式虽然过于激烈,但这非但不是怨君的表现,反而是忠君太过的深情至意难以遏制的流露。

朱熹认为"《楚词》不甚怨君",这是对《楚辞》作品思想内容的总体认识,是对屈原"忠君爱国"思想行为的肯定。他在《楚辞》的各篇章中一再重申屈原的作品的"忠君爱国"思想。如《离骚》小序曰:

> 屈原被谗,忧心烦乱,不知所愬,乃作《离骚》,上述唐、虞、三后之制,下序桀、纣、羿、浇之败,冀君觉悟,反于正道,而还己也。……而襄王立,复用谗言,迁屈原于江南。屈原复作《九歌》、《天问》、《九章》、《远游》、《卜居》、《渔父》等篇,冀伸己志,以悟君心,而终不见省。不忍见其宗国将遂危亡,遂赴汨罗之渊自沈而死。①

又《九歌》小序曰:

> 九歌者,屈原之所作也。昔楚南郢之邑,沅、湘之间,其俗信鬼而好祀,其祀必使巫觋作乐,歌舞以娱神。蛮荆陋俗,词既鄙俚,而其阴阳人鬼之间,又或不能无亵慢淫荒之

---

① 《楚辞集注》,第 1 页。

杂。原既放逐,见而感之,故颇为更定其词,去其泰甚,而又
因彼事神之心,以寄吾忠君爱国眷恋不忘之意。是以其言
虽若不能无嫌于燕昵,而君子反有取焉。①

又《九章》小序曰:

> 屈原既放,思君念国,随事感触,辄形于声。后人辑之,
> 得其九章,合为一卷,非必出于一时之言也。今考其词,大
> 抵多直致,无润色,而《惜往日》、《悲回风》又其临绝之音,
> 以故颠倒重复,倔强疏卤,尤愤懑而极悲哀,读之使人太息
> 流涕而不能已。董子有言:"为人君者,不可以不知春秋,
> 前有谗而不见,后有贼而不知。"呜呼,岂独《春秋》也哉!②

朱熹认为,屈原所作《离骚》、《九歌》等作品,都是在屈原被放逐
后,因为"思君念国"、"随事感触",发而为文的。屈原在文章中
以比兴的手法,寄寓了自己"忠君爱国眷恋不忘之意",希望楚
王能够觉悟,从而铲除奸佞,恢复正直,屈原之作皆是出于不能
自已的爱国忠君的深情挚意。由此观之,朱熹所说"《楚词》不
甚怨君",是对屈原作品思想内容的正确概括。

二、《楚词》平易:朱熹对《楚辞》艺术风格的体认

《楚辞》作品,评者往往以为艰深,朱熹论到此,却多次以为
楚辞平易。他说:

> 《楚词》平易。后人学做者反艰深了,都不可晓。③

---

① 《楚辞集注》,第 29 页。
② 同上,第 73 页。
③ 《朱子语类》卷一百三十九,第 3299 页。

> 古人文章，大率只是平说而意自长。后人文章务意多
> 而酸涩。如《离骚》初无奇字，只恁说将去，自是好。后来
> 如鲁直恁地著力做，却自是不好。①

朱熹说到《楚辞》平易时，他只是说"《楚辞》平易"、"《离骚》初
无奇字，只恁说将去，自是好"，并没有论到《楚辞》如何平易，只
是将《楚辞》与后人的文章做对比，认为后人"学做者反艰深"、
"后人文章务意多而酸涩"、"鲁直恁地著力做，却自是不好"。
从他这些言论可以看出，他所说"平易"是与后人文章的刻意雕
琢之风相对的，他赞成的是"平易"、"平说"、"无奇字"；他反对
的是"艰深"、"务意多而酸涩"、"著力做"。在这种对比中，他
明确支持的是：平淡、质朴、自然、不事雕琢的艺术风格，而这正
是他对《楚辞》艺术风格的体认。

朱熹推崇"平易"的艺术风格，是欣赏那种"清水出芙蓉，天然
去雕饰"的自然流出，不事雕琢的文风。他说："德性之美皆出于
自然而非勉强，所谓性之者也。"②他认为自然而然的才是美的，
他反对那种矫饰的形式主义文风。他在论到屈原作品时说：

> 原之为人，其志行虽或过于中庸而不可以为法，然皆出于
> 忠君爱国之诚心。原之为书，其辞旨虽或流于跌宕怪神、怨怼
> 激发而不可以为训，然皆生于缱绻恻怛、不能自已之至意。

他对屈原的肯定就在于"诚心"和"至意"，这是"自然而非勉
强"的"德性之美"，他在谈到《楚辞后语》的选文标准时说：

> 至论其等，则又必以无心而冥会者为贵，其或有是，则
> 虽远且贱，犹将汲而进之；一有意于求似，则虽迫真如扬、

----

① 《朱子语类》卷一百三十九，第3299页。
② 滕珙《经济文衡》后集卷二，影印文渊阁四库全书本。

柳，亦不得已而取之耳。①

"无心而冥会者"就是一种自然流出的平易之作，对待这种作品，朱熹的做法是"虽远且贱，犹将汲而进之"；相反，对于那种"一有意于求似"的作品，他则一概摈弃之。可见他对待楚辞作品，赞许的是那种自然流出的真情实感之作，对于只讲求形式、刻意模仿之作他是反对的。

他对历代诗歌的评价也是推崇不刻意为之的自然平易之诗风，他说：

> 渊明诗平淡出于自然。后人学他平淡，便相去远矣。②

> 若但以诗言之，则渊明所以为高，正在其超然自得，不费安排处。东坡乃欲篇篇句句依韵而和之，虽其高才合揍，得着似不费力，然已失其自然之趣矣。③

> 杜子美"暗飞萤自照"，语只是巧。韦苏州云"寒雨暗深更，流萤度高阁"，此景色可想，但则是自在说了，因言："《国史补》称韦'为人高洁，鲜食寡欲。所至之处，扫地焚香，闭合而坐。'其诗无一字做作，直是自在。其气象近道，意常爱之。"④

> 诗须是平易不费力，句法混成。如唐人玉川子辈句语虽险怪，意思亦自有混成气象。因举陆务观诗："春寒催唤

---

① 《楚辞集注·楚辞后语》目录后跋。
② 《朱子语类》卷一百四十，第3324页。
③ 朱熹《答谢成之》，《朱文公文集》卷五十八，影印文渊阁四库全书本。
④ 《朱子语类》卷一百四十，第3327页。

客尝酒,夜静卧听儿读书。"不费力,好。①

　　放翁之诗,读之爽然,近代唯见此人为有诗人风致。如
此篇者,初不见其著意用力处,而语意超然,自是不凡,令人
三叹不能自已。②

"平淡"、"出于自然"、"超然自得,不费安排"、"无一字做作,直
是自在"、"平易不费力",皆是朱熹推崇的诗风,他评价最高的
诗人,如陶渊明、李白、韦应物、陆游等人,皆在于他们不费安排、
顺性而为、超然自得的自然诗风,他反对那种"著意用力"、刻意
为之的矫饰诗风。朱熹提倡自然和平淡,是对当时求奇求异,求
新求巧的流行文风诗风的纠正;与此相对,他对古人或圣人的自
然平易之道非常赞同。他说:

　　今人言道理,说要平易,不知到那平易处极难。被那旧
习缠绕,如何便摆脱得去。譬如作文一般,那个新巧者易
作,要平淡便难。然须还他新巧,然后造于平淡。又曰:
"自高险处移下平易处,甚难。"③

　　比年以来,方且穷经会友,日反诸心而验诸行事之实,
盖有所谓不知年数之不足者。是以其学日新而无穷。其见
于言语文字之间,始皆极于高远,而卒反就于平实。此其浅
深疏密之际,后之君子其必有以处之矣。④

---

① 《朱子语类》卷一百四十,第 3328 页。
② 朱熹《答徐载叔》,《晦庵集》卷五十六,影印文渊阁四库全书本。
③ 《朱子语类》卷八,第 145 页。
④ 朱熹《张南轩文集序》,《晦庵集》卷七十六。

在他看来,无论在学术还是在艺术上,平淡自然其实是很高的艺术境界。后人不明白这一点而去刻意求艰深,反失文章"自然之趣",在《楚辞后语》中,他评论《秋风三叠》时说:"然味其言,神会天出,如不经意,而无一字作今人语"①,这是对"神会天出,如不经意"的自然天成的文风的赞赏。

然而楚辞作品奇幻多彩,用"平易"二字概括似难包笼,刘勰《文心雕龙》即指出楚辞作品的多样风格:

> 《骚经》、《九章》,朗丽以哀志;《九歌》、《九辩》,绮靡以伤情;《远游》《天问》,瓌诡而惠巧;《招魂》、《大招》,耀艳而深华;《卜居》标放言之致,《渔父》寄独往之才。故能气往轹古,辞来切今,惊采绝艳,难与并能矣。自《九怀》已下,遽蹑其迹,而屈宋逸步,莫之能追。故其叙情怨,则郁伊而易感;述离居,则怆怏而难怀;论山水,则循声而得貌;言节候,则披文而见时。枚、贾追风以入丽,马、扬沿波而得奇,其衣被词人,非一代也。②

在刘勰的观念里,楚辞作品的艺术风格是"朗丽"、"绮靡"、"瓌诡而惠巧"、"耀艳而深华",而枚乘、贾谊之徒,从楚辞作品中学习到的风格是"丽";司马相如、扬雄等人从《楚辞》中学习到的是"奇"。所有这些都显示出《楚辞》的艺术风格是"奇丽"、"绮靡"、"耀艳",与朱熹所说"平易"有较大距离。而刘勰所体悟到的楚辞作品的奇丽耀艳的风格,也代表了大多数读者对《楚辞》风格的体认。何以《楚辞》"惊彩绝艳"的艺术风格,未见朱熹称赏,而独称"《楚辞》平易",此中原因是什么?

---

① 《楚辞集注》,第 302 页。
② 《文心雕龙汇评》,第 25—26 页。

我们认为朱熹所说"楚辞平易"与《楚辞》固有的奇幻异彩、瑰丽多姿的艺术风格并不矛盾,朱熹所说平易是指情感的真挚和自然流出,他的平易是与"无病呻吟"的矫情之风和"一味求巧"的形式主义文风相对的。明乎此,则屈原作品"辞旨虽或流于跌宕怪神、怨怼激发而不可以为训,然皆生于缱绻恻怛、不能自已之至意",虽然屈原作品在形式上奇幻无比,感情也过于激烈,但都是真情流露,是为情造文,而不是为文造情,这正是不费安排、自然流出,朱熹所谓平易之处。朱熹之所以删掉《楚辞》中原有的《七谏》、《九怀》、《九叹》、《九思》四篇,就是认为它们只是在形式上模仿的《楚辞》的风格,并不具有楚辞作品那种真情感人的力量,朱熹认为它们"虽为骚体,然其词气平缓,意不深切,无所疾痛而强为呻吟者"。

综上,朱熹说"《楚词》平易"是指楚词作品感情是真挚的,表达是自然流出、不费安排的,尽管在感情和表达上都不尽合乎儒家"温柔敦厚"之旨,但在艺术风格上却达到了"平易"这样最高的境界。明乎此,则所谓"词气平缓"、内容干枯、文字浅白、意旨单调等风格都与朱熹所谓"平易"无关。朱熹所说"平易",是最高的艺术境界,所谓"返朴归真"的境界,是内在在精神的真与纯,而不是外在形式的简单。所以尽管楚辞作品形式上奇幻多彩、"惊彩绝艳",但在艺术风格上却达到了"平易"的艺术巅峰。

第三节　朱熹论屈原的人格精神

一、历代对屈原思想行为的评价

对屈原思想行为的评价,是楚辞学史上的重要内容。汉代是楚辞研究的开创期,同时也是楚辞研究的繁荣期,由于汉代皇族来自楚地,深受楚文化的熏染,对楚风楚韵、楚辞楚歌,熟悉而喜爱,"昔汉武爱《骚》,而淮南作传"①,皇帝本人也是对楚辞喜爱的,所以以屈原为代表的楚辞作品深受重视。同时出现了大量的拟骚作品,楚辞创作和研究出现繁荣局面。而这时期对屈原的评论也是汉代楚辞学的重要内容,李大明《汉楚辞学史》对此时期屈原评论有一总结:

> 汉初贾谊的《吊屈原赋》,用避害全身、"远浊世而自藏"的人生观念批评屈原的思想行为,影响甚大。司马迁、扬雄、班彪、班固等人大体上皆继承其说,班固《离骚序》更将这一批评推衍到极点,不但指斥屈原不能明哲保身,还违背了君臣之义。但是另一方面,西汉前期刘安作《离骚传》,肯定屈原的"忠怨"思想和崇高人格,并从中总结人君治世的历史经验教训。这一观点大致更符合屈原的思想实际,也更易于为后人所理解和接受。所以,王褒、刘向、梁竦等人肯定屈原的忠信,王逸《楚辞章句》又进一步通过批评班固的观点,张扬屈原忠信名节、守志不移的思想行为。这些观点及其论争,推动了汉代屈原研究的深入开展,对我们后人也很有启发,其历史意义是很深远的。②

可见汉代对屈原思想行为的评价既有褒扬的方面,又有贬损的方面,而贾谊、刘安、司马迁、扬雄、梁竦、班固、王逸等人对屈原的评论极大地推动了对屈原行为的研究。

（一）贾谊对屈原的评论

贾谊的《吊屈原赋》追悯屈原,借以表达自伤不遇之情,文

---

① 《文心雕龙汇评》,第24页。
② 李大明《汉楚辞学史》,中国社会科学出版社2004年版,第4页。

中对屈原的思想行为委婉地表达了自己的感慨：

> 所贵圣之神德兮,远浊世而自藏。使麒麟可系而羁兮,
> 岂云异夫犬羊? 般纷纷其离此邮兮,亦夫子之故也! 历九
> 州而相其君兮,何必怀此都也?①

"远浊世而自藏"、"般纷纷其离此邮兮"、"历九州而相其君兮,
何必怀此都也",是说屈原应该明哲保身,远离这个浊世,远离
这个是非之地,甚至择明君而辅佐之,不必对故国眷眷不舍。与
其说这是对屈原不知"自藏"的责难,毋宁说是贾谊自己对现实
政治的极度失望的表露。

(二) 刘安对屈原的评论

首次直接对屈原人格进行评价的大概是淮南王刘安。刘安
奉汉武帝之命作《离骚传》,高度评价屈原其人其作,下面是《史
记·屈原列传》所引一段《离骚传》遗文：

> 《国风》好色而不淫,《小雅》怨诽而不乱,若《离骚》
> 者,可谓兼之矣。上称帝喾,下道齐桓,中述汤武,以刺世
> 事,明道德之广崇,治乱之条贯,靡不毕见。其文约,其辞
> 微,其志洁,其行廉,其称文小而其旨极大,举类迩而见义
> 远。其志洁,故其称物芳,其行廉,故死而不容自疏。濯淖
> 污泥之中,蝉蜕于浊秽,以浮游尘埃之外,不获世之滋垢,皭
> 然泥而不滓者也。推此志也,虽与日月争光可也。②

在《离骚传》中,刘安高度评价《离骚》是体兼风雅,刺世事,明道
德、治乱的作品。称颂屈原人格是"志洁"、"行廉",认为他出污泥

---

① 《楚辞集注》,第 158 页。
② 司马迁《屈原贾生列传》,《史记》卷八十四,中华书局 1973 年版,第 2482 页。

而不染的品行,可以与日月争光。这是对屈原人格的极度赞扬。

（三）司马迁对屈原的评论

司马迁继承了刘安对屈原人格的评价,他做《屈原列传》引刘安《离骚传》文字以抒己意①。他通过对屈原生平的记述,字里行间浸透着对屈原的同情和赞赏:首先,他把屈原创作《离骚》作为圣贤发愤著书之例,他在《史记·太史公自序》中说:

> 夫《诗》、《书》隐约者,欲遂其志之思也。昔西伯拘羑里,演《周易》;孔子厄陈、蔡,作《春秋》;屈原放逐,著《离骚》;左氏失明,厥有《国语》;孙子膑脚,而论兵法;不韦迁蜀,世传《吕览》;韩非囚秦,《说难》、《孤愤》;《诗》三百篇,大抵贤圣发愤之所为作也。此人皆意有所郁结,不得通其道也,故述往事,思来者。②

司马迁对屈原的评价首先强调了屈原的"发愤著书",这是与自身的遭际有联系的。司马迁遭腐刑,是人生之大辱,他效法前代圣贤身遭困厄而发愤著书,来抒发自己心中的怨结。在这里,司马迁和屈原可谓同此一心,找到了共鸣。他在《史记·屈原列传》中说:"屈平疾王听之不聪也,谗谄之蔽明也,邪曲之害公也,方正之不容也,故忧愁幽思而作《离骚》。"③这指出了屈原"发愤"著《离骚》的动因,同时也是对屈原忠直品行的肯定。

司马迁对屈原的评价还肯定了屈原"忠直"的伟大人格。

---

① 有论者考证认为:《屈原列传》中的刘安《离骚传》为后人窜入《史记》者,非司马迁原文。认为刘安与司马迁同时之人,刘安进献武帝之文,司马迁或难以看到。本文虽认为其说或有理,但终属推测,故仍依《史记》原文之现状立论。

② 司马迁《史记·太史公自序》,《史记》卷一百三十,中华书局1973年版,第3300页。

③ 司马迁《屈原贾生列传》,《史记》卷八十四,中华书局1973年版,第2482页。

他说:

> 《离骚》者,犹离忧也。夫天者,人之始也。父母者,人
> 之本也。人穷则反本。故劳苦倦极,未尝不呼天也;疾痛惨
> 怛,未尝不呼父母也。屈平正道直行,竭忠尽智,以事其君,
> 谗人间之,可谓穷矣。信而见疑,忠而被谤,能无怨乎! 屈
> 平之作《离骚》,盖自怨生也。①

司马迁说屈原"正道直行",肯定他正直的品行;"竭忠尽智,以
事其君",肯定他的忠君;"信"、"忠"都是对他正直、忠君人格品
行的正确评价。

司马迁不仅赞赏屈原的人格,同时同情屈原的身世,即"悲
其志"的方面,他说:

> 余读《离骚》、《天问》、《招魂》、《哀郢》……悲其志。
> 适长沙,观屈原所自沉渊,未尝不垂涕,想见其为人。及见
> 贾生吊之,又怪屈原以彼之材游诸侯,何国不容? 而自令若
> 是。《读服鸟赋》,同生死,轻去就,又爽然自失矣。②

司马迁对屈原的不幸遭遇寄寓了深切的同情,他读屈原作品时,
"悲其志",是感叹屈原"以彼之材",却身遭昏主谗臣打击排挤,
不能施展抱负。他亲临屈原沉江处,更是黯然泪下,可见他对屈
原其人之崇敬。

(四) 扬雄对屈原的评论

扬雄和贾谊、司马迁等人一样对屈原的遭遇非常同情,他读
《离骚》,悲其文,未尝不流涕,表达了对屈原的敬仰、惋惜之情

---

① 司马迁《屈原贾生列传》,《史记》卷八十四,中华书局1973年版,第2482页。
② 同上,第2503页。

和对邪恶势力的义愤。但另一方面,扬雄却用消极避世的人生态度批评屈原不能自保远祸,他说:"君子得时则大行,不得时则龙蛇,遇不遇命也,何必湛身哉!"①他自己有亏于儒家"取义成仁"之大义,却对屈原的忠直行为责难、嘲讽,认为君子应当明哲保身、全身远害、随时而化。

(五)梁竦对屈原的评论

梁竦是东汉明帝时人,游历沅、湘,"感悼子胥、屈原以非辜沉身,乃作《悼骚赋》,系玄石而沉之。"梁竦的屈原评论见于他的《悼骚赋》:

> 祖圣道而垂典兮,褒忠孝以为珍。既匡救而不得兮,必殒命而后仁。惟贾傅其违指兮,何杨生之败真?②

梁竦褒扬屈原忠孝的品德,标举匡世救民的政治理想,若不能匡正补救,则"必殒命而后仁"。这就是《论语·卫灵公》所谓的"志士仁人,无求生以害仁,有杀身以成仁"③。梁竦积极评价屈原的品德,认为屈原之死是"匡救不得,殒命成仁",认为屈原是遵循古圣先贤之道。对于贾谊和扬雄二人对屈原的责难,梁竦加以批评:"惟贾傅其违指兮,何杨生之败真",他完全不同意贾谊、扬雄等人用消极避世、保全自身的人生态度来诋毁屈原高洁人格的行为,认为贾谊、扬雄二人是违背了儒家仁义忠信的旨意和真谛。梁竦评论屈原的观点,区别于此前贾谊、扬雄之徒用避世远患思想苛责屈原的顺世苟安的消极人生观。梁竦从忠孝仁义的角度称颂屈原,并用这一观点批评贾谊的"违指"和扬雄的

---

① 扬雄《自序传》,《汉魏六朝百三家集》卷八,影印文渊阁四库全书本。
② 梁竦《悼骚赋》,《东观汉记》卷十二,影印文渊阁四库全书本。
③ 朱熹《论语集注》卷八,《四书章句集注》,中华书局1983年版,第163页。

"败真",代表着汉代一种新的评屈观念的出现。李大明评论说：

> 先前在对屈原较多理解和肯定的楚辞学者中,刘安是
> 用儒、道融合的观点肯定屈原的忠怨和崇高人格,王褒是用
> 仁义讽谏的观点肯定屈原,刘向是用宗室信义的观点肯定
> 屈原,而梁竦则更进一步用忠孝仁义、舍身成仁的观点肯定
> 屈原。①

梁竦对屈原"忠孝"、"仁义"人格的评价,是符合屈原思想实际
的。因为屈原思想大致表现在忠君爱国、守志不移、忧民怨上、
痛斥谗邪、追求理想、以身殉志等方面。梁竦的评屈观点,后来
王逸和洪兴祖进一步作了发展。

（六）班固对屈原的评论

班固评论屈原的言论主要在《离骚赞序》和《离骚序》二篇
序文中,但是两篇序的内容在观点上却有着很大的不同。《离
骚赞序》：

> 《离骚》者,屈原之所作也。屈原初事怀王,甚见信任。
> 同列上官大夫妒害其宠,谗之王,王怒而疏屈原。屈原以忠
> 信见疑,忧愁幽思而作《离骚》。离,犹遭也。骚,忧也。明
> 己遭忧作辞也。是时周室已灭,七国并争。屈原痛君不明,
> 信用群小,国将危亡,忠诚之情,怀不能已,故作《离骚》。
> 上陈尧、舜、禹、汤、文王之法,下言羿、浇、桀、纣之失,以风
> 怀王,终不觉寤,信反间之说,西朝于秦。秦人拘之,客死不
> 还。至于襄王,复用谗言,逐屈原。在野又作《九章》赋以
> 风谏,卒不见纳。不忍浊世,自投汨罗。原死之后,秦果灭

---

① 李大明《汉楚辞学史》,中国社会科学出版社2004年版,第252页。

楚。其辞为众贤所悼悲,故传于后。①

这篇序中班固称屈原为"忠信"、"忠诚之情,怀不能已"、"以风怀王"②"作《九章》赋以风谏",对屈原是完全肯定的,认为他的《离骚》和《九章》都是讽谏之作,希望怀王能够觉悟,对他的忠君之诚心给予了充分的肯定。而《离骚序》则态度有了很大的不同,其文曰:

> 昔在孝武,博览古文,淮南王安叙《离骚传》,以《国风》好色而不淫,《小雅》怨诽而不乱,若《离骚》者,可谓兼之。蝉蜕浊秽之中,浮游尘埃之外,皭然泥而不滓;推此志,虽与日月争光可也。斯论似过其真。又说:五子以失家巷,谓五子胥也。及至羿、浇、少康、二姚、有娀佚女,皆各以所识有所增损,然犹未得其正也。故博采经书传记本文以为之解。且君子道穷,命矣。故潜龙不见是而无闷,《关雎》哀周道而不伤,蘧瑗持可怀之智,宁武保如愚之性,咸以全命避害,不受世患。故《大雅》曰:既明且哲,以保其身。斯为贵矣。今若屈原,露才扬己,竞乎危国群小之间,以离谗贼。然责数怀王,怨恶椒、兰,愁神苦思,强非其人,忿怼不容,沈江而死,亦贬絜狂狷景行之士。多称昆仑、冥婚宓妃虚无之语,皆非法度之政,经义所载。谓之兼《诗》风雅,而与日月争光,过矣!然其文弘博丽雅,为辞赋宗。后世莫不斟酌其英华,则象其从容。自宋玉、唐勒、景差之徒,汉兴,枚乘、司马相如、刘向、扬雄,骋极文辞,好而悲之,自谓不能及也。

---

① 《楚辞补注》,第51页。
② 《楚辞补注》中华书局1983年版此句断句疑误,"以风"属上,文气旨意割裂,今以"以风"属下,作"以风怀王"。

虽非明智之器,可谓妙才者也。①

班固在这篇序中,对屈原的态度发生了一百八十度的大转弯,绝口不提屈原的"忠信"、"风谏",而是指责屈原"露才扬己"、"责数怀王,怨恶椒、兰"。班固对屈原的批评从对刘安《离骚传》的批评开始,首先向刘安《离骚传》发难,指出刘安所说《离骚》兼《小雅》、《国风》之长以及屈原之志"与日月争光可也"等观点言过其实;然后标举"君子道穷,命矣"的宿命论观点,认为君子应当"全身避害,不受世患",明哲保身才是值得推崇的。班固从他的消极避世的人生观出发,对屈原忠直的行为进行曲解和责难,他说:"今若屈原,露才扬己,竞乎危国群小之间,以离谗贼。然责数怀王,怨恶椒、兰,愁神苦思,强非其人,忿怼不容,沈江而死,亦贬絜狂狷景行之士。"显然歪曲了屈原思想实际。

（七）王逸对屈原的评论

王逸是东汉人,顺帝时为侍中。他钦佩屈原的人格,同情其不幸遭遇,作《九思》伤悼屈原身遭厄运:"悼屈子兮遭厄,沉玉躬兮湘汨。"②他著有《楚辞章句》,是现存最早也是最有影响的《楚辞》结集。在《楚辞章句》中,王逸总结了刘安、刘向、司马迁、班固等人以来的楚辞研究成果,对历代评论屈原的观点有继承有批判。他继承刘安"志洁行廉"和梁竦"忠孝仁义"的评屈观;驳斥了班固等人对屈原人格的诋毁。王逸评论屈原大致在三个方面:

首先,王逸肯定屈原"忠正高洁"的品德。他说:

今若屈原,膺忠贞之质,体清洁之性,直若砥矢,言若丹

---

① 《楚辞补注》,第 49 页。
② 同上,第 321 页。

青,进不隐其谋,退不顾其命,此诚绝世之行,俊彦之英也。①

他高度评价屈原"忠贞"、"清洁"的品行,正直光明的作风,认为屈原是"绝世之行,俊彦之英"。王逸认为"屈原履忠被谮,忧悲愁思,独依诗人之义而作《离骚》",把屈原创作《离骚》归因于屈原的忠贞和"诗人之义"。

其次,王逸在肯定屈原忠贞品德的同时,驳斥了班固对屈原的诋毁。班固说屈原"露才扬己"、"怨刺其上,强非其人",王逸认为这样的评论"是亏其高明而损其清洁者也",并为屈原辩护说:

> 昔伯夷叔齐让国守分,不食周粟,遂饿而死,岂可复谓有求于世而怨望哉!且诗人怨主刺上,曰"呜呼小子,未知臧否,匪面命之,言提其耳"。风谏之语,于斯为切。然仲尼论之,以为大雅。引此比彼,屈原之辞,优游婉顺,宁以其君不智之故,欲提携其耳乎?而论者以为露才扬己,怨刺其上,强非其人,殆失厥中矣。②

王逸说伯夷、叔齐不食周粟而死,以班固的观点也当属"露才扬己"、"怨刺其上"之类,还有《诗经》中"怨主刺上"的诗很多,而孔子皆认为大雅。而屈原作品也是如此,他一再讽谏其君,冀其觉悟,是孔子所谓大雅,是合乎诗人之义的。班固"以为露才扬己,怨刺其上,强非其人",王逸认为这是有失公允的。

最后,王逸批驳了历史上以宿命论和全身远患人生观责难屈原的观点;颂扬了屈原"忠贞"、"舍生取义"的品行。

> 且人臣之义,以忠正为高,以伏节为贤,故有危言以

①②《楚辞补注》,第48页。

存国,杀身以成仁。是以伍子胥不恨于浮江,比干不悔于
剖心。然后忠立而行成,荣显而名著。若夫怀道以迷国,
佯愚而不言,颠则不能扶,危则不能安,婉娩以顺上,逡巡
以避患,虽保黄耇,终寿百年,盖志士之所耻,愚夫之所
贱也。①

历史上贾谊、扬雄等人,非常崇敬屈原的为人,对屈原的不幸遭
遇深感同情惋惜,也写有大量伤悼追悯屈原的拟骚作品;但另一
方面,他们从明哲保身的人生观出发,又极不赞同屈原"守志不
移"、"舍生取义"、"以身殉志"的忠直行为。王逸在这里从君臣
关系的角度,指出作为人臣,应当竭忠尽智,"以忠正为高,以伏
节为贤",批驳"君子得时则大行,不得则龙蛇"的观点,指出这
种消极避世,全身远害的人生观不可取:"若夫怀道以迷国,佯
愚而不言,颠则不能扶,危则不能安,婉娩以顺上,逡巡以避患,
虽保黄耇,终寿百年,盖志士之所耻,愚夫之所贱也。"他按儒家
思想中君子修身立德的要求来评价屈原的人格,极度推崇屈原
"舍生取义"、"杀身成仁"的崇高品德。

（八）南北朝刘勰和颜之推对屈原的评论

刘勰在《文心雕龙·辨骚》中全面概括了楚辞作品的产生、
历代的评价、作品的思想内容和艺术风格,其中也蕴含着对屈原
思想行为的评价。刘勰首先指出屈原作品在诗—骚—赋之诗歌
发展史上的承上启下地位,继而总结楚辞研究的历史,即汉武
帝、淮南王刘安、班固、王逸、汉宣帝、扬雄等人对《楚辞》的褒贬
评论,他说:

---

① 《楚辞补注》,第48页。

　　昔汉武爱《骚》，而淮南作《传》，以为："《国风》好色而不淫，《小雅》怨诽而不乱。若《离骚》者，可谓兼之。蝉蜕秽浊之中，浮游尘埃之外，皭然涅而不缁，虽与日月争光可也。"班固以为："露才扬己，忿怼沈江。羿、浇、二姚，与左氏不合；昆仑悬圃，非《经》义所载。然其文辞丽雅，为词赋之宗，虽非明哲，可谓妙才。"王逸以为："诗人提耳。屈原婉顺。《离骚》之文，依经立义；驷虬乘鹥，则时乘六龙；昆仑流沙，则《禹贡》敷土。名儒辞赋，莫不拟其仪表，所谓'金相玉质，百世无匹'者也。"及汉宣嗟叹，以为"皆合经术"；扬雄讽味，亦言"体同诗雅"。①

　　刘勰认为各家评论各执一词，对楚辞作品随其好恶而"褒贬任声，抑扬过实"②，"鉴而弗精，玩而末核"，并没有客观公正地评论《楚辞》。各家的评论皆以儒家的经义来评价《楚辞》，刘勰也是这样，他认为楚辞作品有"同于风雅者"、亦有"异乎经典者"，既是"《雅》、《颂》之博徒"，又是"辞赋之英杰"③。表面上他的观点是对历史上颂扬屈原和诋毁屈原两种观点的公平折衷，但实际上，对屈原其人其作是给予很高评价的。他在《辨骚》最后的赞语中说："不有屈原，岂见《离骚》。惊才风逸，壮志烟高。山川无敌，情理实劳。金相玉式，艳溢锱毫"④，肯定了屈原的"壮志"。他评价屈原的壮志当指"同于风雅者"而言，即"典诰之体"、"规讽之旨"、"比兴之义"、"忠怨之辞"四事。可见刘勰对屈原的"怨主刺上"是持肯定态度的。在《文心雕龙·明诗》

───────────

① 《文心雕龙汇评》，第24页。
②③ 同上，第25页。
④ 同上，第26页。

里他说:"逮楚国讽怨,则《离骚》为刺。"①在《文心雕龙·比兴》里说:"楚襄信谗,而三闾忠烈。依《诗》制《骚》,讽兼比兴。"②肯定了屈原的忠烈与其讽谏比兴。

颜之推对屈原的评价直接继承了班固的"露才扬己"论,他在《颜氏家训·文章篇》里说:"自古文人,多陷轻薄。屈原露才扬己,显暴君过。"③颜氏从儒家的正统观念出发,轻视文人,屈原也被他诬为"轻薄",显然是极为偏颇的。他说"屈原露才扬己,显暴君过"是班固所说"屈原露才扬己"的重申,可见他并没有真正理解屈原作品中"忠君爱国"的真挚情感,他的评论只是道貌岸然的皮相之论,并不符合屈原思想和行为的实际。

（九）宋代晁补之和洪兴祖对屈原的评论

宋代在楚辞研究方面取得较高成就的人,除朱熹外,是晁补之和洪兴祖。二人时代皆在朱熹之前,晁补之是北宋人;洪兴祖是两宋之际人。晁氏编著《续楚辞》二十卷、《变离骚》二十卷,这是自刘向编集《楚辞》以来的第一次拟骚作品的结集,具有开创之功。洪兴祖著有《楚辞补注》,是补充疏证王逸《楚辞章句》的注疏之作,在楚辞史上与王逸《楚辞章句》、朱熹《楚辞集注》并称。

晁补之的《续》、《变》二书现已亡佚,他的楚辞观见于他的文集《鸡肋集》中的《离骚新序》和《续楚辞序》等几篇序言中,其中也有对屈原人格进行评价的内容:

> 盖《诗》之所嗟叹,极伤于人伦之废,哀刑政之苛。而

---

① 《文心雕龙汇评》,第28页。
② 同上,第121页。
③ 颜之推《颜氏家训》,中华书局1993年版,第237页。

人伦之废,刑政之苛,孰甚于屈原时邪? 国无人。原以忠放。欲返,幸君之一悟,俗之一改也。一篇之作,三致志焉。与夫三宿而后出画,于心犹以为速者何异哉! 世衰,天下皆不知止乎礼义,故君视臣如犬马,则臣视君如国人。而原一人焉,被谗且死,而不忍去。其辞止乎礼义可知。则是《诗》虽亡,至原而不亡矣。使后之为人臣,不得于君而热衷者,犹不懈乎爱君如此,是原有力于《诗》亡之后也。此《离骚》所以取于君子也。①

序言中晁补之说:"原以忠放"、"不懈乎爱君"是对屈原行为的肯定,他说在屈原的时代,"天下皆不知止乎礼义"、"君视臣如犬马","臣视君如国人",惟屈原一人,"其辞止乎礼义",虽然屈原被楚王所疏远甚至放逐,但屈原"犹不懈乎爱君"。

> 世衰,君臣道丧,去为寇敌,而原且死忧君,斯已忠矣!……固又以谓:"原露才扬己,竞于危国群小之中。"是乃上官大夫、靳尚之徒,所以诬原"伐其功,谓非我莫能为"者也,固奈何亦信之! 原惟不竞,故及此。司马迁悲之曰:"忠而被谤,能无怨乎? 屈平之作《离骚》,盖自怨生也。"而固方且非怨刺怀、襄、椒、兰。原曾不忘以义劘上,而固儒者,奈何亦如高叟之为诗哉? 又王逸称《诗》曰:"匪面命之,言提其耳。"谓原讽谏者,不如此之斥,逸论近之。刘勰亦援逸此论,称固抑扬过实。君子之与人为善,义当如此也。②

---

① 晁补之《离骚新序上》,《鸡肋集》卷36,影印文渊阁四库全书本。
② 晁补之《离骚新序下》,《鸡肋集》卷36,影印文渊阁四库全书本。

在这篇序言中，晁补之仍然强调屈原的"忠"，他说在这衰世，君臣之间的道义都已丧失殆尽，唯有屈原一人忠君，他虽然不被重用，郁结将死，仍然忧君，这是非常"忠"的表现。他批驳了班固对屈原的诋毁。班固说屈原露才扬己，竞于危国群小之中，而晁补之认为屈原恰恰是因为不知竞于群小之间才被疏放。屈原只是正道直行，何尝肯竞于群小之间，所以他说："原惟不竞，故及此。"这真是高明的论断。

> 《诗》亡而《春秋》作，其事则齐桓、晋文。其书王也，以其无王也，存王制以惧夫乱臣贼子之无诛者也。以迄周亡，至战国时，无《诗》无《春秋》矣。而孟子之教又未兴，足迹接乎诸侯之境者，谏不行，言不听，则怒，悻悻然去君，又极之于其所往，君臣之道微，寇敌方兴，而原一人焉，以不获乎上而不怨，犹睠顾楚国，系心怀王，不忘而望其改也。夫岂曰"是何足与言仁义也"云耳。则原之敬王，何异孟子？其终不我还也，于是乎自沉。与夫去君事君，朝楚而暮秦，行若犬彘者比，谓原虽与日月争光可也，岂过乎哉！然则不独《诗》，至原于《春秋》之微，乱臣贼子之无诛者，原力犹能愧之，而扬雄以谓何必沉江。原惟可以无死，行过乎恭。使原不得则龙蛇，虽归洁其身，而《离骚》亦不大耀。则世之所以贤原者，亦由其忠死，故其言至于今而不废也。而后世奈何独窃取其辞以自名，不自知其志不类而无愧。①

在这篇序言中，晁补之更是把屈原的"敬王"思想，提高到亚圣孟子的高度："原之敬王，何异孟子？"他更说："与夫去君事君，

---

① 晁补之《续楚辞序》，《鸡肋集》卷36，影印文渊阁四库全书本。

朝楚而暮秦,行若犬彘者比,谓原虽与日月争光可也,岂过乎哉!"晁氏的这个言论突出了屈原守志不移的忠贞品格,是对班固对屈原诬评的最有力驳斥。

综观晁补之对屈原评价的,有两点值得注意,一是他毫无疑义地称颂屈原之"忠";二是他批驳班固"屈原露才扬己,竞乎危国群小之中"的观点,提出正因为屈原"不竞",所以渐被疏远,甚至放逐。晁氏的观点极富新意,强调了屈原正道直行,不善钻营的品行,是晁氏对屈原之"直"的肯定。

两宋之际的洪兴祖身历靖康之耻,家国之恨,所以屈原的经历特别引起他的共鸣,他是一个积极主张抗金的主战派,反对秦桧卖国求荣,也因此被秦桧迫害致死。他是一个有气节的人,因此他也特别推崇屈原舍生取义的行为。他对屈原的评论见于他的楚辞名著《楚辞补注》一书中。

洪兴祖驳斥班固、扬雄等人对屈原的责难,他在《楚辞补注·离骚后序》中说:

> 或问:古人有言:杀其身有益于君则为之。屈原虽死,何益怀、襄?曰:忠臣之用心,自尽其爱君之诚耳。死生、毁誉,所不顾也。故比干以谏见戮,屈原以放自沉。比干,纣诸父也。屈原,楚同姓也。为人臣者,三谏不从则去之。同姓无可去之义,有死而已。《离骚》曰:阽余身而危死兮,览余初其犹未悔。则原之自处审矣。或曰:原用智于无道之邦,亏明哲保身之义,可乎?曰:愚如武子,全身远害可见。有官守言责,斯用智矣。山甫明哲,固保身之道。然不曰夙夜匪解,以事一人乎!士见危致命,况同姓,兼恩与义,而可以不死乎!且比干之死,微子之去,皆是也。

屈原其不可去乎？有比干以任责，微子去之可也。楚无人焉，原去则国从而亡。故虽身被放逐，犹徘徊而不忍去。生不得力争而强谏，死犹冀其君感发而改行，使百世之下，闻其风者，虽流放废斥，犹知爱其君，眷眷而不忘，臣子之义尽矣。非死为难，处死为难。屈原虽死，犹不死也。后之读其文知其人如贾生者，亦鲜矣。然为赋以吊之，不过哀其不遇而已。余观自古忠臣义士，慨然发愤，不顾其死，特立独行，自信而不回者，其英烈之气，岂与身俱亡哉！仍羽人于丹丘，留不死之旧乡，超无为以至清，与太初而为邻，比《远游》之所以作，而难为浅见寡闻者道也。仲尼曰：乐天知命，故不忧。又曰：乐天知命，有忧之大者。屈原之忧，忧国也；其乐，乐天也。《离骚》二十五篇，多忧世之语。独《远游》曰：道可受兮不可传，其小无内兮其大无垠。无滑滑而魂兮，彼将自然。壹气孔神兮，于中夜存。虚以待之兮，无为之先。此老、庄、孟子所以大过人者，而原独知之。司马相如作《大人赋》，宏放高妙，读者有凌云之意。然其语多出于此。至其妙处，相如莫能识也。太史公作传，以为其文约，其辞微，其志絜，其行廉，其称文小而其指极大，举类迩而见义远。其志絜，故其称物芳。其行廉，故死而不容自疏。濯淖污泥之中，以浮游尘埃之外，推此志也，虽与日月争光可也。斯可谓深知己者。杨子云作《反离骚》，以为君得时则大行，不得时则龙蛇。遇不遇，命也，何必沈身哉！屈子之事，盖圣贤之变者。使遇孔子，当与三仁同称雄，未足以与此。班孟坚、颜之推所云，无异妄妇儿童之见。①

---

① 《楚辞补注》，第50页。

洪兴祖对屈原的评价是完全肯定的,他赞扬屈原的"爱君"、"忧国"。他说屈原是"爱君",这是对屈原"忠君"评价的进一步深化。他说屈原与楚同姓,"兼恩与义",所以"虽身被放逐,犹徘徊而不忍去",他所能做的就是:"生不得力争而强谏,死犹冀其君感发而改行。"所以他的死就是为了楚王有所觉悟,从而改行正道,拯救楚国。屈原的忠君有宗族和国家两重含义,他与楚国皇族同姓,从宗族的角度他是"爱君"的;他又忧国,忧民,从国家的角度他也是"爱君"的。洪兴祖说:"屈原之忧,忧国也;其乐,乐天也。"洪兴祖认为屈原的忠君行为,流风所及,必然有助于建立合乎儒家伦理规范的"君臣道义",他说:"使百世之下,闻其风者,虽流放废斥,犹知爱其君,眷眷而不忘,臣子之义尽矣。"

洪兴祖还特别崇敬屈原"守志不移"、"取义成仁"的品德,而这正是儒家伦理规范所提倡的。《论语》曰:"志士仁人,无求生以害仁,有杀身以成仁。"[1]屈原"虽其不知学于北方,以求周公、仲尼之道",但他"守志不移"、"取义成仁"的立身行事,皆合儒家之伦理道德规范。洪兴祖在《楚辞补注》"兰芷变而不芳兮,荃蕙化而为茅"句下注疏曰:"今曰兰芷不芳、荃蕙为茅,则更与之俱化矣。当是时,守死而不变者,楚国一人而已,屈子是也。"[2]洪兴祖在注释中极度推崇屈原守志不移的品格,认为在那个乱世,只有屈原一人具有守死不变、守志不移的品格。

洪兴祖极度推崇屈原"杀身成仁"、"舍生取义"的品德,对于扬雄偷生苟免之辈极度鄙视。扬雄《反离骚》"舒中情之烦或兮,恐重华之不累与。陵阳侯之素波兮,岂吾累之独见许?"[3]一

---

① 朱熹《论语集注》卷八,《四书章句集注》,中华书局1983年版,第163页。
② 《楚辞补注》,第40页。
③ 《楚辞集注》,第239页。

句,意谓屈原欲投江以陵素波,先行告舜,而舜必不听取、不赞同屈原的投江行为。这是扬雄对屈原的讥讽,扬雄是说屈原的投江行为肯定不会得到圣人的赞同。洪兴祖接过扬雄的话头说:"吾恐重华许原之沈江以死,不许雄之投阁而生也。"①讽刺扬雄为避祸而投阁逃跑的丑行,说:舜一定会称许屈原的舍生取义行为,而对扬雄的"投阁而生"是不许可的。通过这个对比,鲜明地表达了洪兴祖对屈原人格的极度推崇。

洪兴祖的评屈言论深得朱熹的赞许,朱熹说:

> 洪氏曰:"俪规矩而改错者,反常而妄作;背绳墨以追曲者,枉道以从时。"论扬雄作《反离骚》,言"恐重华之不累与",而曰:"余恐重华与沈江而死,不与投阁而生也。"又释《怀沙》曰:"知死之不可让,则舍生而取义可也。所恶有甚于死者,岂复爱七尺之躯哉!"其言伟然,可立懦夫之气,此所以忤桧相而卒贬死也,可悲也哉! 近岁以来,风俗颓坏,士大夫间,遂不复闻有道此等语者,此又深可畏云。②

朱熹同情洪兴祖的遭遇,高度评价洪兴祖的评屈言论,认为洪氏"其言伟然,可立懦夫之气"。在当时奸相秦桧当道的情况下,洪兴祖发表这样的评屈言论需要极大之勇气。朱熹之敬佩洪兴祖,在于洪氏褒扬屈原的舍生取义,守志不移的言论,有益于树立当时的正气。

二、朱熹评价屈原人格的"忠君爱国"论

朱熹楚辞研究的一个重大贡献,是他首次用"忠君爱国"这

① 《楚辞集注》,第239页。
② 同上,第177页。

个命题来概括屈原的人格精神。尽管此前褒扬屈原的论者也曾有过类似的说法，如王逸说屈原"膺忠贞之质"，洪兴祖说屈原"爱君"、"忧国"，但都没有朱熹"忠君爱国"这个命题来得准确，也没有这个命题对后世的影响大。

历史上对屈原人格的评价分成褒、贬两个阵营：对屈原人格褒扬者，推崇屈原的"忠"、"直"、"守志不移"、"忧国"、"讽谏"等品格；而贬损屈原者，谓屈原"露才扬己"、"显露君过"，谓屈原不知自藏，不能全身远患，有亏"明哲保身"之义。朱熹在他的理学思想的指导下，虽然也曾指出屈原微小之失，但他对屈原的肯定和褒扬是主要方面，尤其推崇屈原的"忠君爱国"思想。朱熹在《九歌序》中说："因彼事神之心，以寄吾忠君爱国眷恋不忘之意。"[1]首次将"忠君爱国"这个命题引入到对屈原的评价上。在《楚辞集注目录序》中他更郑重评价屈原的为人：

> 原之为人，其志行虽或过于中庸而不可以为法，然皆出于忠君爱国之诚心。原之为书，其辞旨虽或流于跌宕怪神、怨怼激发而不可以为训，然皆生于缱绻恻怛、不能自已之至意。虽其不知学于北方，以求周公、仲尼之道，而独驰骋于变风、变雅之末流，以故醇儒庄士或羞称之。然使世之放臣、屏子、怨妻、去妇，扶泪讴唫于下，而所天者幸而听之，则于彼此之间，天性民彝之善，岂不足以交有所发，而增夫三纲五典之重？此予之所以每有味于其言，而不敢直以词人之赋视之也。[2]

他说：屈原的为人处事，用儒家中庸之道来衡量，可能有不

---

① 《楚辞集注》，第29页。
② 《楚辞集注》目录后跋。

适当的地方,但是他的"忠君爱国"之心却是真挚而恳切的。朱熹重视屈原为人的内在实质,即忠君爱国,而对屈原的行为方式则抱以理解的态度,因为"中庸"固为儒家推崇之理想人格,而"忠君"也是儒家伦理最为推崇的价值观之一,所以朱熹是非常推崇屈原的为人的。

朱熹在《楚辞集注》中一再强调屈原的"忠君"思想:

> 汩余若将不及兮,恐年岁之不吾与。朝搴阰之木兰兮,夕揽洲之宿莽。
>
> 集注:言所采取皆芳香久固之物,以比所行者,皆忠善长久之道也。(《离骚》)
>
> 《东皇太一》:此篇言其竭诚尽礼以事神,而愿神之欣悦安宁,以寄人臣尽忠竭力,爱君无已之意,所谓全篇之比也。
>
> 《云中君》:此篇言神既降而久留,与人亲接,故既去而思之不能忘也,足以见臣子慕君之深意矣。
>
> 《湘君》:此篇盖为男主事阴神之词,故其情意曲折尤多,皆以阴寓忠爱于君之意。而旧说之失为尤甚,今皆正之。
>
> 《九章》者,屈原之所作也。屈原既放,思君念国,随事感触,辄形于声。
>
> 惩热羹而吹齑兮,何不变此志也?欲释阶而登天兮,犹有曩之态也。
>
> 集注:盖羹热而齑冷,有人歠羹而太热,其心惩恚,后见冷齑犹恐其热而吹之,以喻常情既以忠直得罪,即痛自惩恚,过为阿曲。而我今尚欲释阶而登天,则是不自惩恚,而

犹有前日忠直之意也。(《九章·惜诵》)

夫圣哲之不遭兮,固时命之所有。虽增欷以于邑兮,吾恐灵修之不累改。

集注:言楚王必不为屈原而改也。《孟子》曰:"千里而见王,是予所欲也。不遇,故去,岂予所欲哉!"圣贤之心如此,原虽未及,而其拳拳于宗国,尤见臣子之至情,岂忍逆料其君之不可谏,而先自已哉!此等义理,雄皆不足以知之,唯有偷生惜死一路,则见之明而行之熟耳。以此讥原,是以鸱枭而笑凤皇也。(《楚辞后语·反离骚》)

在《集注》中朱熹不断标举屈原"忠君爱国"的思想和行为,诸如"忠善"、"人臣尽忠竭力,爱君无已"、"臣子慕君"、"忠爱于君"、"思君念国"、"忠直"、"拳拳于宗国"、"臣子之至情"等词句都是对屈原"忠君爱国"思想行为的一再肯定。

在对屈原人格的评价上,"怨"成为概括屈原思想行为的一个重要命题,即认为屈原的思想行为是"怨"。这种体认既存在于褒扬屈原者之中,也存在于贬损屈原者之中,但双方对"怨"的理解其实是有差异的。在贬损屈原的人当中,班固是个代表,他说"屈原露才扬己"、"责数怀王,怨恶椒、兰",这是用愚忠的信条来指责屈原,班固并不去体会屈原对怀王的"责数"乃是爱之深故而责之切的衷肠,而屈原对椒、兰等奸佞之辈的怨恶,更不应是屈原的罪责,而是屈原忠诚正直的表现,恰是屈原应当被表彰的地方,所以班固对屈原"怨"的不加分析的指责是失当的,欠公允的。与此相反,司马迁在肯定屈原的"忠"时,对屈原的"怨"作了深刻的分析,他说:"屈平正道直行,竭忠尽智以事其君,谗人间之,可谓穷矣。信而见疑,忠而被谤,能无怨乎?屈平之作《离骚》盖自怨生也。"司马迁强调屈原的"忠",他认为屈原的"怨"由于"忠"而发,是一种讽谏的精神。他认为"怨"正是屈原发愤著书的动因,而他自己发愤著《史记》也是由于"怨"。司马迁对屈原的"怨"抱理解态度,而朱熹进一步指出屈原之"怨"的实质:"其辞旨虽或流于跌宕怪神、怨怼激发而不可以为训,然皆生于缱绻恻怛、不能自已之至意。"在朱熹的观念里,屈原的作品虽然有"怨怼激发"的特点,但皆是真情实感的流露,是对楚王楚国爱之深,故而责之切的表现。在这里,朱熹把屈原的"怨"的感情理解为一种自然流出、不能自已的真挚情感,因此朱熹认为这种"怨"的感情是可以理解的,也是合乎儒家"发乎情,止乎礼"的内涵的,是诗歌"吟咏性情之正"。屈原的这种感情是正直无邪的,所以朱熹有时直接指出屈原并不怨,《楚辞》也不怨:"《楚词》不甚怨君。今被诸家解得都成怨君,不成模样。"①

在朱熹晚年最后时光所著的《楚辞后语》中,他对屈原的人格进行了总结性的评价,可以说代表了他对屈原思想行为的成熟看法:

> 然屈原之心,其为忠清洁白,固无待于辩论而自显,若其为行之不能无过,则亦非区区辩说所能全也。故君子之于人也,取其大节之纯全,而略其细行之不能无弊。则虽三人同行,犹必有可师者,况如屈子,乃千载而一人哉!孔子曰:"人之过也,各于其党。观过,斯知仁矣。"此观人之法也。夫屈原之忠,忠而过者也。屈原之过,过于忠者也。故论原者,论其大节,则其他可以一切置之而不问。论其细

① 《朱子语类》卷一百三十九,第 3297 页。

行,而必其合乎圣贤之矩度,则吾固已言其不能皆合于中庸
矣,尚何说哉! 且凡洪氏所以为辩说者三:其一,以为忠臣
之行,发其心之所不得已者,而不暇顾世俗之毁誉,则几矣;
其一,引仲山甫、宁武子事,而不论其所遭之时、所处之位有
不同者,则疏矣;其一,欲以原比于三仁,则夫父师、少师者,
皆以谏而见杀、见囚耳,非故捐生而赴死,如原之所为也。
盖原之所为虽过,而其忠终非世间偷生幸死者所可及。洪
之所言,虽有未至,而其正终非雄、固之推之徒所可比,余
是以取而附之《反骚》之篇。①

在《反离骚》的篇末,洪兴祖驳斥了扬雄对屈原的责难,讽刺扬
雄的贪生怕死。而朱熹因洪说而进一步阐发了自己对屈原的评
价。他认为评价一个人要看其大节,他说:"君子之于人也,取
其大节之纯全,而略其细行之不能无弊。"以此观人之法,朱熹
对屈原的总体评价是:"屈原之忠,忠而过者也。屈原之过,过
于忠者也。"这表现在两个方面:一是忠;一是过。论屈原之
"忠",他说:"屈原之心,其为忠清洁白"、"忠臣之行,发其心之
所不得已者,而不暇顾世俗之毁誉",高度评价屈原之忠"乃千
载而一人";论屈原之过,他认为屈原之行为不尽合乎儒家"中
庸之道",在他看来这是"细行"之有弊,即细枝末节方面的过
失。正确的评价屈原的人格应当观其大节而略其细行,朱熹说:
"故论原者,论其大节,则其他可以一切置之而不问。"屈原的大
节就是"忠君爱国"。

面对历史上有关屈原人格的诸多评论,朱熹作为理学宗师
能够对屈原人格做出积极评价,是难能可贵的。他的评价不但

①《楚辞集注》,第243页。

高度赞扬了屈原"忠君爱国"、"志行高洁"的大节,而且指出屈原行为亦有不尽合乎儒家中庸之道的微小瑕疵。他对屈原的评价总体说是全面客观的,纠正了历史上对屈原评价的"抑扬过实"之弊。

第四节 《楚辞集注》中"赋比兴"学说的美学意义

一、朱熹的"赋比兴"学说

朱熹最早是在《诗集传》中运用"赋比兴"来解诗的,《毛诗》中只有对"兴"诗作了标示,而《诗集传》全书各章皆标示出"赋"、"比"、"兴"的用法。朱熹晚年作《楚辞集注》时,也广泛应用"赋比兴"学说进行注释,如:

> 呦呦鹿鸣,食野之苹。我有嘉宾,鼓瑟吹笙。吹笙鼓簧,承筐是将。人之好我,示我周行。
>
> 集传:兴也。(《小雅·鹿鸣》)①

> 朝饮木兰之坠露兮,夕餐秋菊之落英。苟余情其信姱以练要兮,长顑颔亦何伤。
>
> 集注:比也。(《离骚》)

在《诗集传》全书和《楚辞集注》的部分篇章中,朱熹用"赋比兴"学说解释诗句意旨,在注释中标示"赋比兴"的做法,是《诗经》注疏史上的一次创新,虽然《毛诗》也偶有对"兴"诗的标明,

---

① 朱熹《诗集传》,第99页。

但都不涉及"赋"和"比"的用法,朱熹对《诗经》中每章皆标以"赋比兴",开创了用"赋比兴"学说全面解释《诗经》诗句意旨内涵的先河。

"赋比兴"本是先秦时期所谓"六义"中的内容。《周礼》最早提出"六诗"的概念,《诗大序》提出"诗有六义",即风、赋、比、兴、雅、颂。汉代郑玄阐发其意:

> 风,言贤圣治道之遗化也;赋之言铺,直铺陈今之政事善恶;比,见今之失不敢斥言,取比类以言之;兴,见今之美嫌于媚谀,取善事以喻劝之;雅,正也,言今之正者以为后世法;颂之言诵也,容也,诵今之德,广以美之。①

郑玄对"六义"的解释都是从政治或道德教化方面来阐发的,带有浓厚的经学色彩,朱熹对此颇为不满,他说"'诗有六义',先儒更不曾说得明"②,他明确指出:

> 盖所谓'六义'者,《风》、《雅》、《颂》乃是乐章之腔调,如言仲吕调、大石调、越调之类;至比、兴、赋,又别:直指其名,直叙其事者,赋也;本要言其事,而虚用两句钓起,因而接续去者,兴也;引物为况者,比也。立此六义,非特使人知其声音之所当,又欲使歌者知作诗之法度也。③

朱熹认为《风》、《雅》、《颂》只是乐章的腔调,并非如先儒所说那样"《风》言贤圣治道之遗也"、"《雅》言今之正者以为后世法",这就剥离了经学家在风雅颂含义上所附着的政治伦理意义。对于"赋比兴"的解释,他也是按照诗歌本身的艺术规律加

---

① 郑玄《周礼注疏》卷二十三,影印文渊阁四库全书本。
②③《朱子语类》卷八十,第 2067 页。

以认识的,他说:"直叙其事者,赋也;本要言其事,而虚用两句钓起,因而接续去者,兴也;引物为况,比也。"他是将"赋比兴"作为一种诗歌艺术的表现手法来看待的,即"作诗之法度"。

在《诗集传》中朱熹首次使用"赋比兴"手法对诗句意旨进行分析,建立了以"赋比兴"学说解释诗句意旨的注疏体例。他在下列三章的注释中首次提出他对"赋"、"比"、"兴"概念的解释:

> 关关雎鸠,在河之洲。窈窕淑女,君子好逑。
>
> 集传:兴也。……兴者,先言他物以引起所咏之词也。……后凡言兴者,其文意皆放此云。①

> 葛之覃兮,施于中谷,维叶萋萋。黄鸟于飞,集于灌木,其鸣喈喈。
>
> 集传:赋也。……赋者,敷陈其事而直言之者也。盖后妃既成绤丝而赋其事,追叙初夏之时,葛叶方盛,而有黄鸟鸣于其上也。后凡言赋者放此。②

> 螽斯羽,诜诜兮。宜尔子孙,振振兮。
>
> 集传:比也。……比者,以彼物比此物也。……后凡言比者放此。③

他认为:"兴者,先言他物以引起所咏之词也。""赋者,敷陈其事而直言之者也。""比者,以彼物比此物也。"

---

① 《诗集传》,第1页。
② 同上,第3页。
③ 同上,第4页。

朱熹认为赋就是直白无隐地陈述事实的诗歌表现手法。赋的手法是较容易理解的，"比"和"兴"是两个较难把握的艺术表现手法，所以朱子经常加以辨析：

> 问："比、兴。"曰："说出那物事来是兴，不说出那物事是比。如'南有乔木'，只是说个'汉有游女'；'奕奕寝庙，君子作之'，只是说个'他人有心，予忖度之'；《关雎》亦然，皆是兴体。比底只是从头比下来，不说破。兴、比相近，却不同。《周礼》说'以六诗教国子'，其实只是这赋、比、兴三个物事。《风》、《雅》、《颂》，诗之标名。理会得那兴、比、赋时，里面全不大段费解。今人要细解，不道此说为是。如'奕奕寝庙'，不认得意在那'他人有心'处，只管解那'奕奕寝庙'。"①

> 问："《诗》中说兴处，多近比。"曰："然。如《关雎》、《麟趾》相似，皆是兴而兼比。然虽近比，其体却只是兴。且如'关关雎鸠'本是兴起，到得下面说'窈窕淑女'，此方是入题说那实事。盖兴是以一个物事贴一个物事说，上文兴而起，下文便接说实事，如'麟之趾'，下文便接'振振公子'，一个对一个说。盖公本是好底人，子也好，孙也好，族人也好。譬如麟趾也好，定也好，角也好。及比，则却不入题了。如比那一物说，便是说实事。如'螽斯羽诜诜兮，宜尔子孙振振兮'，'螽斯羽'一句，便是说那人了，下面'宜尔子孙'，依旧是就'螽斯羽'上说，更不用说实事，此所以谓之比。大率《诗》中比、兴皆类此。②"

---

① ②《朱子语类》卷八十，第2069页。

比虽是较切，然兴却意较深远。也有兴而不甚深远者，比而深远者，又系人之高下，有做得好底，有拙底。常看后世如魏文帝之徒作诗，皆只是说风景。独曹操爱说周公，其诗中屡说。便是那曹操意思也是较别，也是乖。①

比是以一物比一物，而所指之事常在言外。兴是借彼一物以引起此事，而其事常在下句。但比意虽切而却浅，兴意虽阔而味长。②

《诗》之兴，全无巴鼻，振录云："多是假他物举起，全不取其义。"后人诗犹有此体。如"青青陵上柏，磊磊涧中石。人生天地间，忽如远行客"！皆是此体。③

朱熹对于"比"和"兴"的含义用法，举有大量例证加以辨析说明，他辨析"比"、"兴"含义时说："说出那物事来是兴，不说出那物事是比。""比是以一物比一物，而所指之事常在言外。兴是借比一物以引起此事，而其事常在下句。"朱熹通过对比辨析的方法来说明"比"、"兴"的含义，有助于读者对二者含义的理解。朱熹还指出"比"和"兴"在诗歌表达上的各自优劣特点，认为"比意虽切而却浅，兴意虽阔而味长"，"比虽是较切，然兴却意较深远"。朱熹通过"比"、"兴"含义的辨析以及大量例证的举例说明，较清楚地解释了"比"、"兴"的含义、用法和特点。朱熹还指出"赋比兴"与《风》、《雅》、《颂》的关系：

或问《诗》六义，注"三经，三纬"之说。曰："'三经'是

---

① ②《朱子语类》卷八十，第 2069 页。
③ 同上，第 2070 页。

赋、比、兴,是做诗底骨子,无诗不有,才无,则不成诗。盖不
是赋,便是比;不是比,便是兴。如《风》、《雅》、《颂》却是
里面横弗底,都有赋、比、兴,故谓之'三纬'。"①

朱熹在这里指出"赋、比、兴"是"做诗底骨子,无诗不有,才无,
便不成诗。"而《风》、《雅》、《颂》里面都有赋、比、兴贯穿,不是
赋,就是比,不是比,就是兴,总之总会有一种或一种以上的表达
方法。用"三经"、"三纬"的说法来比拟"赋比兴"与"风雅颂"
之间的关系。

朱熹的"赋比兴"学说,是其"诗六义"学说的重要组成部
分,他跳出"诗六义"解释中的儒家伦理道德教化的经学窠臼,
将"赋比兴"手法只是当作诗歌艺术的表现手法来看待,认为
"赋比兴"是诗歌"属辞命意之不同"而造成的不同诗歌艺术的
表现方法,这就使"赋比兴"手法的解释合乎了艺术本身的规
律,从而使"赋比兴"学说的解释具有了科学性。

二、朱熹在《楚辞集注》中对"赋比兴"学说的系统论述

朱熹在《诗集传》中全面使用"赋比兴"学说来解释诗句意
旨,但他并没有全面系统论述学说,只是在"赋比兴"各自手法
首次出现时,对其概念做出了解释。他晚年做《楚辞集注》时,
再次运用"赋比兴"手法解释诗句时,对此学说的认识进一步成
熟、深化了,阐释也更具系统性了,他在《楚辞集注》中说:

按《周礼》:太师掌六诗以教国子,曰风,曰赋,曰比,曰
兴,曰雅,曰颂,而《毛诗大序》谓之六义,盖古今声诗条理,

---

① 《朱子语类》卷八十,第 2070 页。

无出此者。《风》则闾巷风土男女情思之词,《雅》则朝会燕享公卿大人之作,《颂》则鬼神宗庙祭祀歌舞之乐,其所以分者,皆以其篇章节奏之异而别之也。赋则直陈其事,比则取物为比,兴则托物兴词,其所以分者,又以其属辞命意之不同而别之也。诵诗者先辨乎此,则《三百篇》者,若网在纲,有条而不紊矣。不特诗也,楚人之词,亦以是而求之,则其寓情草木,托意男女,以极游观之适者,变风之流也;其叙事陈情,感今怀古,以不忘乎君臣之义者,变雅之类也。至于语冥婚而越礼,摅怨愤而失中,则风、雅之再变矣。其语祀神歌舞之盛,则几乎颂,而其变也,又有甚焉。其为赋,则如《骚经》首章之云也;比,则香草恶物之类也;兴,则托物兴词,初不取意,如《九歌》沅芷、澧兰以兴思公子而未敢言之属也。然《诗》之兴多而比、赋少,《骚》则兴少而比、赋多,要必辨此,而后词义可寻,读者不可以不察也。①

在这段文字中,朱熹建构起了自己的"六义"学说,具体内容大致包括以下方面:

(一)"六义"学说之来历。他认为最早《周礼》有六诗教国子的内容,具体为"风、赋、比、兴、雅、颂"六项,而《毛诗大传》称六诗为"六义",朱熹认为古今声诗条理,皆以此为基础。

(二) 朱熹"六义"学说之内容。朱熹在此解释风、雅、颂、赋、比、兴的各自含义。他将《风》、《雅》、《颂》分为一组,并指出它们各自进行区别的依据:"《风》则闾巷风土男女情思之词,《雅》则朝会燕享公卿大人之作,《颂》则鬼神宗庙祭祀歌舞之

---

① 《楚辞集注》,第 2 页。

乐,其所以分者,皆以其篇章节奏之异而别之也。"而将"赋比兴"分成另一组,指出它们的含义及各自区别的依据:"赋则直陈其事,比则取物为比,兴则托物兴词,其所以分者,又以其属辞命意之不同而别之也。"

(三)"六义"学说是理解《诗经》、《楚辞》的关键。朱熹说:"诵《诗》者先辨乎此,则《三百篇》者,若网在纲,有条而不紊矣。"不惟《诗经》如此,解读《楚辞》作品,亦当以"六义"学说读《诗》解《诗》之法,他说"楚人之词,亦以是而求之"。朱熹在其他地方也曾论过"六义"在读《诗》中的重要性,他说:"上蔡曰:'学《诗》,须先识得六义体面,而讽咏以得之。'此是读《诗》之要法。"①可见他认为"六义"是读《诗》的关键法门。

以上是朱熹在《楚辞集注》中所阐发的"六义"学说的基本内容。

(四)《楚辞集注》中的"赋比兴"理论

在《楚辞集注》开篇不久,朱熹就比较有系统地论述了他的"《诗》六义"的学说,他把"赋比兴"作为"属辞命意之不同"而形成的不同诗歌艺术表现风格,规范地解释了"赋比兴"各自的含义,为《楚辞集注》中运用"赋比兴"手法对诗句意旨的分析和对诗歌表现手法的揭示奠定了基础。在这段文字的后半段,朱熹认为"诗六义"的观诗解《诗》之法亦可用于《楚辞》解读上,他解释说:"其寓情草木,托意男女,以极游观之适者,变风之流也;其叙事陈情,感今怀古,以不忘乎君臣之义者,变雅之类也。至于语冥婚而越礼,摅怨愤而失中,则风、雅之再变矣。其语祀神歌舞之盛,则几乎颂,而其变也,又有甚焉。"他认为《楚辞》作

---

① 《朱子语类》卷八十,第 2086 页。

品丰富多彩的内容接近《诗经》的风雅颂,是"变风之流","变雅之类","几乎颂"。他的这个说法是以儒家"六义"说来评判《楚辞》的内容,尽管也揭示了《楚辞》的某些特点,但仍觉有些牵强附会。

尽管朱熹"《诗》六义"学说中,以《诗经》中的《风》、《雅》、《颂》来比附楚辞作品,从而认为《楚辞》作品是"变风、变雅之类",不免牵强附会。但他用这一学说中的"赋比兴"学说来解读《楚辞》作品,则是有益于诗歌意旨阐发的,因为这是从诗歌艺术表现手法本身的特点来把握诗歌的意旨。他用举例说明的方法解释《楚辞》中的赋、比、兴用法:"其为赋,则如《骚经》首章之云也;比,则香草恶物之类也;兴,则托物兴词,初不取意,如《九歌》沅芷、澧兰以兴思公子而未敢言之属也。"朱熹说:"《诗》之兴多而比、赋少,《骚》则兴少比赋多。"揭示了《楚辞》中赋、比、兴用法与《诗经》中用法的区别。

朱熹在《楚辞集注》中阐发的"赋比兴"的含义,与在《诗集传》中的解释,已有不同。对"赋"的解释基本是一致的,对"兴"和"比"含义的解释则稍有不同。对于"比",《楚辞集注》说:"比,则取物为比",《诗集传》说:"比者,以彼物比此物也。"对于"兴",《楚辞集注》说"兴则托物兴词",《诗集传》说:"兴者,先言他物以引起所咏之词也。"显然《楚辞集注》的释义更精炼、更具有概括性,而《诗集传》中的释义则是解释性的。

三、朱熹"赋比兴"学说在《楚辞集注》中的运用

朱熹注释《楚辞》诗句时,在释意之前,先标明赋、比、兴用法,有时还对这个用法做进一步说明。

赋:赋则直陈其事。对于《楚辞》中的"赋"的用法,朱熹这

样说:"其为赋,则如《骚经》首章之云也。"在《离骚》开篇数章,屈原主要用了赋的手法,即直接陈述事件本身。如:

> 帝高阳之苗裔兮,朕皇考曰伯庸。摄提贞于孟陬兮,惟庚寅吾以降。

集注:此章赋也(《离骚》)

> 皇览揆余于初度兮,肇锡余以嘉名:名余曰正则兮,字余曰灵均。

集注:赋也。(《离骚》)

此为《离骚》首章、次章,皆用赋的手法:屈原自述祖先及父辈,自己的出生时辰,以及自己得名之经过及含义,其写作手法完全是一种事实的描述。可见"赋"是一种直接陈述事实的诗歌表现方法。《离骚》中还有整篇用"赋"的手法。如:

> 《惜诵》:此篇全用赋体,无它寄托,其言明切,最为易晓。而其言作忠造怨、遭谗畏罪之意,曲尽彼此之情状。为君臣者,皆不可以不察。

朱熹在《九章·惜诵》的小序里面说"此篇全用赋体",又说"无它寄托,其言明切,最为易晓",指出了"赋"这种诗歌表现手法的特点及优长之处,即"无它寄托"、"明切"、"最为易晓"等特点。可见"赋"的手法就是直接陈述事实的表现手法,其特点是明白易晓,无它寄托。

比:比则取物为比。对于《楚辞》中的"比"的用法,朱熹曰:"比,则香草恶物之类也。"如:

> 余既滋兰之九畹兮,又树蕙之百畮。畦留夷与揭车兮,杂杜衡与芳芷。

集注:"比也。……言己种莳众香,修行仁义,以自洁饰,朝夕不倦也。"(《离骚》)

朝饮木兰之坠露兮,夕餐秋菊之落英。

集注:比也。……饮露、餐华,言动以香洁自润泽也。(《离骚》)

屈原诗句多用"比"的手法,多是香草恶物之类,用于比喻君子和小人,有时又用以比喻屈原高洁的品格。朱熹有时指明诗句为"比",并解释"比"之内容,如:

曰黄昏以为期兮,羌中道而改路!

集注:"比也……中道而改路,则女将行而见弃,正君臣之契已合而复离之比也。"(《离骚》)

朱熹明确指出此处诗句是比喻:"君臣之契已合而复离。"不惟整章为"比",朱熹还指出《楚辞》中整篇为"比"者,如:

《东皇太一》:此篇言其竭诚尽礼以事神,而愿神之欣悦安宁,以寄人臣尽忠竭力,爱君无已之意,所谓全篇之比也。

朱熹认为《东皇太一》整篇内容是描写"竭诚尽礼以事神,而愿神之欣悦安宁"的情况,用于比喻"人臣尽忠竭力,爱君无已"的意思。

朱熹论"比"时,对于王逸、洪兴祖等人的旧说,吸收其可取之处,批评其"穿凿附会"的弊病,他说:

王逸曰:"《离骚》之文,依《诗》取兴,引类譬喻。故善鸟香草,以配忠贞;恶禽臭物,以比谗佞;灵修美人,以媲于君;虙妃佚女,以譬贤臣;虬龙鸾凤,以托君子;飘风云霓,以为小人。"今按逸此言，有得有失。其言配忠贞、比谗佞、灵修美人者，得之，盖即《诗》所谓比也。若虙妃佚女，则便是美人，虬龙鸾凤则亦善鸟之类耳，不当别出一条，更立它义也。飘风云霓，亦非小人之比。逸说皆误，其辩当详说于后云。(《楚辞辩证·离骚》)

他认为王逸所说"善鸟香草，以配忠贞；恶禽臭物，以比谗佞；灵修美人，以媲于君"，这是正确的，是《诗经》中"比"的用法，从而肯定了王逸用"赋比兴"的理论来解释《楚辞》作品的做法。同时他指出王逸在解读《楚辞》作品时，"比"的用法的具体运用上有失当的地方，他认为"虙妃佚女"亦是美人，不应从"美人"之意中别出一条，指出了王逸注释的前后矛盾之处。朱熹对王逸《楚辞》注释中比附太过的现象提出批评，他说：

荃以喻君，疑当时之俗，或以香草更相称谓之词，非君臣之君也。此又借以寄意于君，非直以小草喻至尊也。旧注云"人君被服芳香，故以名之"，尤为谬说。(《楚辞辩证·离骚》)

《离骚》以灵修、美人目君，盖托为男女之辞而寓意于君，非以是直指而名之也。灵修，言其秀慧而修饰，以妇悦夫之名也。美人，直谓美好之人，以男悦女之号也。今王逸辈乃直以指君，而又训灵修为神明远见，释美人为服饰美好，失之远矣。(《楚辞辩证·离骚》)

朱熹指出："荃"是以香草为喻寄意于君，不能直接就说"香草"就是"君"；灵修、美人也是托为男女之辞而寓意于君，非是直指而名之，朱熹批评王逸旧注不顾"荃"及"灵修、美人"皆是借香草和男女相悦之辞来比况于君这层关系，而是直接把"荃"及

"灵修"、"美人"称作君,这就弄得诗句意义滞碍不通。他在《楚辞辩证》中批评王逸比附太过之弊:

> 望舒、飞廉、鸾凤、雷师、飘风、云霓,但言神灵为之拥护服役,以见其仗卫威仪之盛耳,初无善恶之分也。旧注曲为之说,以月为清白之臣,风为号令之象,鸾凤为明智之士,而雷师独以震惊百里之故使为诸侯,皆无义理。至以飘风、云霓为小人,则夫《卷阿》之言"飘风自南",《孟子》之言"民望汤、武如云霓"者,皆为小人之象也耶?(《楚辞辩证·离骚》)

> 王逸又以飘风云霓之来迎己,盖欲己与之同,既不许之,遂使阍见拒而不得见帝。此为穿凿之甚,不知何所据而生此也!(《楚辞辩证·离骚》)

> 鸩及雄鸠,其取喻为有意,具文可见。注于它说,亦欲援此为例,则凿矣。《补注》又引《淮南》说"运日知晏,则鸩乃小人之有智者,故虽能为谗贼,而屈原亦因其才而使之",是以屈原为真尝使鸩媒简狄而为所卖也。其固滞乃如此,甚可笑也。(《楚辞辩证·离骚》)

朱熹的这些论述都认为王逸《章句》在运用"比"来解释诗句时,太过穿凿,求之太过,反使文意滞碍不通。

兴:兴则托物兴词。对于《楚辞》中"兴"的用法,朱熹曰:"兴,则托物兴词,初不取意,如《九歌》沅芷、澧兰以兴思公子而未敢言之属也。"

沅有芷兮澧有兰,思公子兮未敢言。荒忽兮远望,观流

水兮潺湲。

> 集注：此章兴也。……所谓兴者，盖曰沅则有芷矣，澧
> 则有兰矣，何我之思公子，而独未敢言耶？思之之切，至于
> 荒忽而起望，则又但见流水之潺湲而已。其起兴之例，正犹
> 越人之歌，所谓"山有木兮木有枝，心悦君兮君不知"。
> （《九歌·湘夫人》）

朱熹指出此章为"兴"，并且详细说明"兴"的用法。"沅有芷兮
澧有兰"是虚句，通过这句的"兴"，引起下句"思公子兮未敢
言"，而"思公子兮未敢言"才是实句，才是诗人欲要表达之句，
所以上句是起兴，下句才是欲说之事。朱熹用"托物兴辞"来解
释"兴"的含义，他说：

> 问："《诗传》说六义，以'托物兴辞'为兴，与旧说不
> 同。"曰："觉旧说费力，失本指。如兴体不一，或借眼前物
> 事说起，或别自将一物说起，大抵只是将三四句引起，如唐
> 时尚有此等诗体。如'青青河畔草'，'青青水中蒲'，皆是
> 别借此物，兴起其辞，非必有感有见于此物也。有将物之
> 无，兴起自家之所有；将物之有，兴起自家之所无。前辈都
> 理会这个不分明，如何说得《诗》本指！只伊川也自未见
> 得。看所说有甚广大处，子细看，本指却不如此。若上蔡怕
> 晓得《诗》，如云：'读诗，须先要识得六义体面。'这是他识
> 得要领处。"[1]

朱熹的"赋比兴"学说，认为"托物兴辞"为"兴"，这与旧说不
同。朱熹认为旧说并没有揭示出"兴"的本旨，他解释说"兴"是

---

[1]《朱子语类》卷八十，第 2070 页。

"借眼前物事说起,或别自将一物说起",他举《古诗十九首》的例子"青青河畔草"等,说明"兴""皆是别借此物,兴起其辞,非必有感有见于此物也。有将物之无,兴起自家之所有;将物之有,兴起自家之所无"。通过举例论述,朱熹清楚明了地解释了"兴"的用法。

朱熹论到"赋比兴"时说:"赋、比、兴,是做诗底骨子,无诗不有,才无,则不成诗。盖不是赋,便是比;不是比,便是兴。"①上面论述了《楚辞集注》中"赋"、"比"、"兴"的情况,然而在《楚辞集注》中,朱熹还指出有些诗句一章之内有"赋、比、兴"三者中的两种用法,如"赋而比"、"比而赋"、"比而又比"、"兴而比"。下面举例说明之,如:

赋而比

> 汩余若将不及兮,恐年岁之不吾与。朝搴阰之木兰兮,夕揽洲之宿莽。

> 集注:赋而比也。……言己之汲汲自修,常若不及者,恐年岁之不待我而过去也。……言所采取皆芳香久固之物,以比所行者,皆忠善长久之道也。(《离骚》)

赋而比,是前两句直接陈述事情,后两句加以比喻。如上例"汩余"一章,前两句"汩余若将不及兮,恐年岁之不吾与",朱熹释曰:"言己之汲汲自修,常若不及者,恐年岁之不待我而过去也。"是说屈原重视个人道德修养,唯恐时光荏苒,难臻期待的境界,这是"赋"的用法;后两句"朝搴阰之木兰兮,夕揽洲之宿莽",朱熹释曰:"言所采取皆芳香久固之物,以比所行者,皆忠

---

① 《朱子语类》卷八十,第 2070 页。

善长久之道也。"明确指出这两句是"比"的用法。

比而赋

忽奔走以先后兮，及前王之踵武。荃不揆余之中情兮，反信谗而齌怒。

集注：比而赋也。（《离骚》）

启九辩与九歌兮，夏康娱以自纵。不顾难以图后兮，五子用失乎家衖。

集注：自此以下皆比而赋也。（《离骚》）

麋何为兮庭中？蛟何为兮水裔？朝驰余马兮江皋，夕济兮西澨。

集注：比而赋也。……麋当在山林，而在庭中；蛟当在深渊，而在水裔。以比神不可见，而望之者失其所当也。（《九歌·湘夫人》）

比而赋，与赋而比的用法刚好相反，是前两句比况，后两句实说。朱熹往往点明"比"之内容。

比而又比

桂棹兮兰枻，斫冰兮积雪。采薜荔兮水中，搴芙蓉兮木末。心不同兮媒劳，恩不甚兮轻绝。

集注：此章比而又比也。盖此篇本以求神而不答，比事君之不偶，而此章又别以事比求神而不答也。（《九歌·湘君》）

朱熹指出此章用法为"比而又比"，是以诗句表达的各种物态情势的艰难和求索失途的情况来比喻求神的艰难，而此章所在全篇又是一个比喻，是用"求神而不答"来比喻"事君之不偶"。

兴而比

>**石濑濑兮浅浅，飞龙兮翩翩。交不忠兮怨长，期不信兮
>告余以不间。**

>>集注：此章兴而比也。盖以上二句引起下句，以比求
>>神不答之意也……所谓兴者，盖曰石濑则浅浅矣，飞龙则翩
>>翩矣，凡交不以忠，则其怨必长矣；期不以信，则必将告我以
>>不暇而负其约矣。所谓比者，则求神而不答之意，亦在其中
>>也。(《九歌·湘君》)

朱熹指出此章用法是"兴而比"。前两句是兴，后两句是比。并
详释其所以然。

四、《楚辞集注》中"赋比兴"学说的美学意义

朱熹在《楚辞集注》中对"赋比兴"的含义做出明确解释，他
说："赋则直陈其事，比则取物为比，兴则托物兴词"，历代"赋比
兴"学说，很少论及"赋"的美学意义，大概以为"赋"直接陈述事
实的艺术表现手法缺乏美学的意蕴。然则屈原作品，尤其后期
作品，可以看出他对现实的愤懑难以舒解。他用直白无隐的话
语直接宣泄自己的感情，表现出来的激烈忿怼最能体现"忠君
爱国"之诚。在屈子作品中大量运用"赋"的手法，是与屈子感
情真挚激切有关的。由于感情真挚激切，所以无暇顾及作品的
艺术手法的雕琢。但这种"从心中流出"的文字本身就具有打
动读者的力量，而这正是屈原作品"赋"的表现手法所具有的美
学意蕴。朱熹在《九章·惜诵》的小序中指出"赋"所具有的艺
术特点：

>>此篇全用赋体，无它寄托，其言明切，最为易晓。而其

言作忠造怨、遭谗畏罪之意,曲尽彼此之情状。为君臣者,
皆不可以不察。①

朱熹认为赋体"其言明切,最为易晓"、"曲尽彼此之情状",对屈原
作品应用"赋"的艺术手法所产生的"明切"、"易晓"等审美效应
给以充分肯定。朱熹在《楚辞集注》中标示"赋"的篇章以《离骚》
中为最多,《离骚》中"赋"的表现手法及其产生的审美效果,与朱
熹在《惜诵》中对此篇全用赋体所产生的"其言作忠造怨、遭谗畏
罪之意,曲尽彼此之情状"的表达效果和审美效应是一致的。通
过在《离骚》中"赋"的运用,屈原把自己的不幸遭遇和忠君爱国
的热忱淋漓尽致地表现了出来,其中心灵的痛苦、内心的挣扎、
守志不移的情状也通过"赋"的表现手法有力地表达出来。

朱熹"赋比兴"学说中,论述最多的是"兴"。他说"兴则托
物兴词",又常常对"比"和"兴"进行辨析比较。他说:"比是以
一物比一物,而所指之事常在言外。兴是借彼一物以引起此事,
而其事常在下句。"②他认为"比意虽切而却浅,兴意虽阔而味
长"③,可见他更强调兴的"味长",具有含蓄而隽永,意味悠长的
特点,"诗之兴,全无巴鼻"④,也是说明"兴"的含蓄、朦胧的非
逻辑的模糊性特征。但是朱熹在《楚辞集注》中标示"兴"的地
方很少,他认为《楚辞》"兴少比、赋多"与《诗经》中的情况刚好
相反。朱熹在《楚辞集注》中标注"兴"的有《九歌·湘夫人》中
的"沅有芷兮澧有兰,思公子兮未敢言。荒忽兮远望,观流水兮
潺湲。"一章。他在此章下注曰:"此章兴也。……所谓兴者,盖

---

① 《楚辞集注》,第78页。
② 《朱子语类》卷八十,第2069页。
③④ 同上,第2070页。

曰沅则有芷矣,澧则有兰矣,何我之思公子,而独未敢言耶? 思之之切,至于荒忽而起望,则又但见流水之潺湲而已。其起兴之例,正犹越人之歌,所谓'山有木兮木有枝,心悦君兮君不知'①,我们从朱熹有关"兴"的论述,来分析一下此章"兴"的用法。朱熹说:"上文兴而起,下文便接说实事。"②"说出那物事来是兴,不说出那物事是比。"③"比底只是从头比下来,不说破。"④因此"沅有芷兮澧有兰"、"山有木兮木有枝"皆是所谓"上文兴起",是虚说;而"思公子兮未敢言"、"心悦君兮君不知"才是下文要接说的实事。朱熹对"兴"的论述常常通过"比"与"兴"的辨析来解释其含义和特点,他对"兴"的解释是符合诗歌艺术实际的。

朱熹说:"《诗》之兴,是劈头说那没来由底两句,下面方说那事。"⑤《楚辞》也是这样。如《九歌·湘君》"石濑兮浅浅,飞龙兮翩翩。交不忠兮怨长,期不信兮告余以不闲"一章,朱熹《集注》曰:"所谓兴者,盖曰石濑则浅浅矣,飞龙则翩翩矣。"⑥的确是这样,"石濑兮浅浅,飞龙兮翩翩。"两句真的是"劈头说那没来由底两句",这两句只是为了兴起下面所要说的事。可见朱熹对"兴"的辨析是准确的。

朱熹说"托物兴辞"是"兴","兴起其辞,非必有感有见于此物也。有将物之无,兴起自家之所有;将物之有,兴起自家之所无。"我们举"沅有兰兮澧有兰,思公子兮未敢言"一章进行分析,前句"沅有兰兮澧有兰"是所托之物,是"将物之有";后句

---

① 《楚辞集注》,第 36 页。
②③④ 《朱子语类》卷八十,第 2069 页。
⑤ 同上,第 2072 页。
⑥ 《楚辞集注》,第 34 页。

"思公子兮未敢言"是所兴之辞，是"兴起自家之所无"。作为审美主体的人，我之感情无有依归或者无法言说，故而借"物之有"，即"托物"，兴起审美主体心中欲言之辞。可见"兴"的作用是使审美主体心中难以言说的感情和审美体验借助"物"的描述，引出"情"的告白。从这个意义上说，"托物兴辞"和"感物道情"是并不相同的，前者"物"只是工具，是因"辞"而托物；后者"物"是缘起，因"物"触发而表达感情。可见朱熹对"兴"的解释、分析是十分精密的。赵沛霖说：

> 从兴产生以后，诗歌艺术才正式走上主观思想感情客观化、物象化的道路，并逐渐达到了情景相生、物我浑然、思与境偕的主客观统一的完美境地，最后完成诗歌艺术特殊本质的要求。①

赵氏的论断是精当的，我们认为朱熹对"兴"的分析，"将物之有，兴起自家之所无"的说法，是认识到主观审美感受客观化、物象化的表现，是诗歌艺术主客观统一融合的艺术规律的揭示。

以上分析了朱熹"赋比兴"学说中"赋"和"兴"在《楚辞集注》中运用的美学意义，下面接说"比"。"比"在《楚辞集注》运用非常广泛，朱熹说："《骚》则兴少而比、赋多"，指出"比"的表现手法在《楚辞》中的运用所占比例很大。朱熹解释"比"的含义时说："比"是"取物为比"。他对"比"的论述，常常在和"兴"对比辨析时加以说明。他说"说出那物事来是兴，不说出那物事是比"②、"比底只是从头比下来，不说破"③。按照他的论述，比是借助"物"的叙述，表达一定的寓意，而寓意并不说破，只是

---

① 赵沛霖《兴的源起》，中国社会科学出版社 1987 年版，第 184 页。
②③《朱子语类》卷八十，第 2069 页。

将"物"一直说到底。《楚辞》作品大量使用"比"的艺术手法，朱熹《集注》皆在章下一一注明。如：

> 日月忽其不淹兮，春与秋其代序。惟草木之零落兮，恐美人之迟暮。

> 集注：美人，谓美好之妇人，盖托词而寄意于君也。……言己但知朝夕修洁，而不知岁月之不留，至此乃念草木之零落，而恐美人之迟暮，将不得及其盛年而偶之，以比臣子之心，唯恐其君之迟暮，将不得及其盛时而事之也。①

朱熹《集注》认为美人是"托词寄意于君"，而草木零落、美人迟暮都是"比"，是用以"比臣子之心，唯恐其君之迟暮，将不得及其盛时而事之也"。屈原用美人、草木之事比拟于君，但在文中却并没有说破、点明，这就是用"比"的手法。屈原用美人迟暮、草木零落的情事，比拟自己系心怀王的忠臣之心，意象贴切，特别能起到感发人心的情感力量。屈原"比"的意象十分丰富，王逸评论说："《离骚》之文，依《诗》取兴，引类譬喻。故善鸟香草，以配忠贞；恶禽臭物，以比谗佞；灵修美人，以媲于君；宓妃佚女，以譬贤臣；虬龙鸾凤，以托君子；飘风云霓，以为小人。"②在《离骚》中善鸟香草、恶禽臭物、灵修美人、宓妃佚女、虬龙鸾凤、飘风云霓等丰富奇幻的意象，屈原皆引入到他"比"的范畴，给我们创造了一个奇幻多彩的"比"的意象世界。朱熹肯定了王逸所列举的意象，但指出王逸所谓"取兴"其实就是《诗》中的"比"。

朱熹在《楚辞集注》中的"赋比兴"学说的一个贡献是：他

---

① 《楚辞集注》，第4页。
② 《楚辞补注》，第2页。

辨析了"比"和"兴",把"比"从"兴"中分析出来。王逸《楚辞章句》中,"比"和"兴"似乎是混淆的,如"沅有兰兮澧有芷"一句,王逸《章句》曰:"言沅水之中有盛茂之茝,澧水之内有芬芳之兰,异于众草,以兴湘夫人美好亦异于众人也。"①王逸把"沅茝"、"澧兰"芬芳异于众草,比拟于湘夫人美好异于众人。显然他这里所说的"兴"是"比"的意思。又王逸《离骚序》说"《离骚》之文,依《诗》取兴,引类譬喻。故善鸟香草,以配忠贞;恶禽臭物,以比谗佞;灵修美人,以媲于君;宓妃佚女,以譬贤臣;虬龙鸾凤,以托君子;飘风云霓,以为小人"②。他说的是"《离骚》之文,依《诗》取兴,引类譬喻",但后面举的例子都是"比"的例子,并没有"取兴"的例子。所以朱熹对此评论说:"今按逸此言,有得有失。其言配忠贞、比谗佞,灵修美人者,得之;盖即《诗》所谓比也。"③他明确指出王逸所谓"取兴",应当就是《诗经》中所谓"比"也。朱熹对"比"和"兴"的辨析,是对传统比兴观的进一步发展,他的比兴观更加精微,揭示了比、兴两种艺术表现手法的特点和区别。

王逸在《楚辞章句》中虽然认识到屈原创造的"比"的形象的丰富性,但他往往比附现实政治,完全不顾诗句文意,致使文意割裂滞涩。朱熹从诗句本身文意出发,理解其"比"的用法,在讲通诗句本身文意的基础上,指出屈原所要表达的比喻意义,这样的读诗、解诗方法才是符合诗歌艺术本身特点的。如《九歌·山鬼》"被石兰兮带杜衡,折芳馨兮遗所思"一句,其意大概是说:我用香草鲜花装扮自己的身儿,折芳香的花朵放在此处,

---

① 《楚辞补注》,第65页。
② 同上,第2页。
③ 《楚辞集注》,第173页。

期望我思念的那个人能够发现、拾取。但是旧注比附太过,如王逸说:"所思,谓清洁之士,若屈原者也。"①《文选》五臣云:"所思,谓君也。"②旧注把"所思"指为"屈原"和"君(楚王)",完全割裂了文意。朱熹《集注》说:"所思,指人之悦己,而己欲媚之者也。"朱熹只是把"所思"作为"那个恋慕的人",这是从诗句本身出发来解释诗意,才使诗句文意晓畅。《楚辞》旧注中这类经学式的比附甚多,朱熹多次驳正之。他说:

> 盖以君臣之义而言,则其全篇皆以事神为比,不杂它意。以事神之意而言,则其篇内又或自为赋、为比、为兴,而各有当也。然后之读者,昧于全体之为比,故其疏者以它求而不似,其密者又直致而太迫,又其甚则并其篇中文意曲折而失之,皆无复当日吟咏情性之本旨。③

朱熹指出虽然《九歌》全篇"以事神为比"蕴含"君臣之义",但文字本身是写"事神"之事。而在写"事神"之事时,本身又包含"赋"、"比"、"兴"等各种表现手法来表现"事神"之事的"曲折情状"。而后之解读此篇者,只紧紧抓住此篇是比"君臣之义",于是处处求索所比的对象,理解疏浅的人找到的比附对象根本就是错的,理解较深刻的找到的又太过拘泥。而文章脉络曲折情状都被破坏,不成文理。朱熹指出这种解读诗歌的方法是错误的,他认为对诗歌意旨的解读应该首先从诗句本身的文意出发,然后在此基础上再深究诗句所蕴含之喻义。如对《九歌》而言,诗句都写"事神"之事,诗句中的"比"的用法也首先就从"事神"之事来理解解读。而诗句寄寓的"君臣之义"当是全篇所含

---

①②《楚辞补注》,第 79 页。
③《楚辞集注》,第 185 页。

的隐喻。

屈原所创造的"比"的意象既有直观的美人香草之类，又有超现实的虬龙鸾凤等神话形象，极大地丰富了"比"的意象范围，和《诗经》中"比"的意象相比范围更加宽广。而且屈原辞中的"比"不仅形象丰富，而且灵动多变。有的整章用"比"，有的全篇用比，如《九歌》"全篇皆以事神为比"。朱熹对《楚辞》中"比"的用法的注明和论述，大多符合《楚辞》作品的实际情况，对"比"和"兴"的精微辨析有益于我们更好地理解《楚辞》作品的艺术表现手法，从而更好地理解诗句意旨，体味其美学意蕴。《楚辞》旧注中对"比"的穿凿附会的误读，朱熹加以纠正，就使《楚辞》诗句的本来意旨得到重光。

朱熹在《楚辞集注》中运用"赋比兴"学说，解释诗句章旨句意，这是从诗歌艺术本身的规律来揭示诗句意旨的，有助于读者对诗句的理解。但朱熹并没有将这一学说运用于《集注》全书，只是在《离骚》全篇和《九歌》中的部分篇章标明了"赋比兴"的用法。究其原因，一是《楚辞集注》为其晚年最后时光所做，时间迫促，未及推广全书；二是朱熹以举一反三之意，来做这项工作。朱熹在《离骚》中详细标明"赋比兴"用法，并在开篇即阐明其"赋比兴"学说，希望读者能从《离骚》一篇中，知"赋比兴"之用法，从而举一反三地理解《离骚》、《九歌》以后篇章的"赋比兴"用法。

结　论

我们对朱熹《楚辞集注》做了全面、系统的考察，认为朱熹作《楚辞集注》,既有现实政治的感发,又有内心情感的共鸣,还有对学术本身的探索热情以及构建理学文化体系的自觉等诸多因素的影响。《楚辞集注》乃朱熹晚年所作,其中蕴含了朱子思想和学术的精髓,从对《楚辞集注》文本的细读中我们寻绎到朱熹的思想和学术的创新。《楚辞集注》一方面吸收了汉唐旧注的训诂成果,但又力避汉学烦琐冗长之弊,字义训诂简明扼要;另一方面《楚辞集注》力矫宋代理学家空谈心性义理之弊,阐释诗句完全从涵泳《楚辞》文本出发,不做牵强附会的比附。因此《楚辞集注》的注疏既吸收了传统训诂学的优长,又融汇了宋代的时代精神,开创出一种全新的楚辞注释风格。郭在贻高度赞赏朱熹的注疏风格:"如果说,读汉唐旧注,有堕五里雾中之感,那么读朱熹所注书,便如坐光风霁月之中,有心旷神怡之概。"①今天我们学习《楚辞》,朱熹的《楚辞集注》是最好的入门书,因为它释义简明扼要、实事求是,串讲章旨文意晓畅明白,体现出思想家的深邃、学术家的严谨、教育家的畅达等多重风格。当我们考察《楚辞集注》的版本时,发现《楚辞集注》是现存《楚辞》注本中版本时代最早,版本数量最多的著作,而且域外也有刻本和藏本,反映了《楚辞集注》影响之巨和传播之广。我们认为:对《楚辞集注》的全面研究在楚辞学、朱子学以及古典文献学等方面都具有重要意义。

我们对《楚辞集注》的成书、版本、训诂、诗学等方面做了系统考察,虽然粗疏,但凭着对学术尊尚的诚意,我有勇气将此书奉献于学术之林,希望它能促进朱子楚辞学研究的不断深化。

---

① 郭在贻《训诂学》,《郭在贻文集》第一卷,中华书局 2002 年版,第 581 页。

参 考 文 献

凡 例

一、参考文献的排列按文献典籍、研究著作、博硕士论文三类顺序排列。

二、文献典籍、研究著作内部又按朱熹相关著作、《楚辞》相关著作、其他著作的顺序排列。

1. ［宋］朱熹：《晦庵集》（影印文渊阁四库全书本），上海：上海古籍出版社 1987 年版

2. ［宋］朱熹：《朱子文集》（丛书集成初编），北京：中华书局 1985 年版

3. ［宋］黎靖德：《朱子语类》，北京：中华书局 1986 年版

4. ［宋］朱熹：《诗集传》，上海：上海古籍出版社 1958 年版

5. ［宋］朱熹：《近思录》，南京：江苏古籍出版社 2001 年版

6. ［宋］朱熹：《四书章句集注》，北京：中华书局 1983 年版

7. ［宋］朱熹：《伊洛渊源录》，北京：中华书局 1985 年版

8. ［宋］朱熹：《昌黎先生集考异》，上海：上海古籍出版社 1985 年版

9. ［宋］朱熹：《周易本义》，北京：中国书店 1987 年版

10. 黄灵庚：《楚辞章句疏证》，北京：中华书局 2007 年版

11. ［宋］洪兴祖：《楚辞补注》，北京：中华书局 1983 年版

12. ［宋］朱熹：《楚辞集注》，清乾隆五十三年听雨斋刊本

13. ［宋］朱熹：《楚辞集注》，上海：上海古籍出版社 1979 年版

14. ［清］王夫之：《楚辞通释》，上海：上海人民出版社 1975 年版

15. ［清］蒋骥：《山带阁注楚辞》，北京：中华书局 1958 年版

16. ［清］胡文英：《屈骚指掌》，北京：北京古籍出版社 1979 年版

17. 姜亮夫：《重订屈原赋校注》，天津：天津古籍出版社 1987 年版

18. 金开诚：《屈原集校注》，北京：中华书局 1996 年版

19. 黄灵庚：《离骚校诂》，郑州：中州古籍出版社 1996 年版

20. ［清］阮元校刻：《十三经注疏》，北京：中华书局 1979 年影印本

21. 程树德：《论语集释》，北京：中华书局 1990 年版

22. ［清］焦循：《孟子正义》，北京：中华书局 1987 年版

23. ［清］王引之：《经义述闻》，南京：江苏古籍出版社 1985 年版

24. ［清］段玉裁：《说文解字注》上海：上海古籍出版社 1988 年版

25. ［汉］司马迁：《史记》，北京：中华书局 1973 年版

26. ［汉］班固：《汉书》，北京：中华书局 1962 年版

27. ［南朝］范晔：《后汉书》，北京：中华书局 1965 年版

28. ［唐］令狐德棻：《周书》，北京：中华书局 1971 年版

29. ［唐］魏徵：《隋书》，北京：中华书局 1973 年版

30. 〔宋〕欧阳修:《新唐书》,北京:中华书局 1975 年版

31. 〔元〕脱脱:《宋史》,北京:中华书局 1977 年版

32. 〔宋〕司马光:《资治通鉴》,北京:中华书局 1956 年版

33. 〔宋〕李焘:《续资治通鉴长编》,上海:上海古籍出版社 1986 年版

34. 〔宋〕赵汝愚:《宋朝诸臣奏议》,上海:上海古籍出版社 1999 年版

35. 〔清〕黄宗羲:《宋元学案》,北京:中华书局 1986 年版

36. 〔宋〕叶绍翁:《四朝闻见录》,北京:中华书局 1989 年版

37. 〔宋〕范成大:《吴郡志》,北京:中华书局 1985 年版

38. 〔宋〕祝穆:《方舆胜览》,北京:中华书局 2003 年版

39. 〔宋〕晁公武著,孙猛校证:《郡斋读书志校证》,上海:上海古籍出版社 1990 年版

40. 〔宋〕陈振孙:《直斋书录解题》,北京:中华书局 1985 年版

41. 〔元〕马端临:《文献通考·经籍考》,上海:华东师范大学出版社 1985 年版

42. 〔明〕高儒:《百川书志》,上海:上海古籍出版社 2005 年版

43. 〔明〕赵用贤:《赵定宇书目》,上海:上海古籍出版社 2005 年版

44. 〔明〕焦竑:《国史经籍志》(丛书集成初编),北京:中华书局 1985 年版

45. 〔清〕钱谦益:《绛云楼书目》(丛书集成初编),北京:中华书局 1985 年版

46. 北京图书馆:《稿抄本明清藏书目三种》,北京:北京图书馆出版社 2003 年版

47. 〔清〕钱曾:《述古堂藏书目》(丛书集成初编),北京:中华

书局 1985 年版

48. ［清］纪昀：《四库全书总目提要》，北京：中华书局 2000 年版

49. ［清］季振宜：《季沧苇藏书目》（丛书集成初编），北京：中华书局 1985 年版

50. ［清］孙星衍：《孙氏祠堂书目》（丛书集成初编），北京：中华书局 1985 年版

51. ［清］陈揆：《稽瑞楼书目》（丛书集成初编），北京：中华书局 1985 年版

52. ［清］马瀛：《唫香仙馆书目》，上海：上海古籍出版社 2005 年版

53. ［清］沈复粲：《鸣野山房书目》，上海：上海古籍出版社 2005 年版

54. ［清］邵懿辰撰；邵章续录：《增订四库简明目录标注》，上海：上海古籍出版社 1959 年版

55. 中国书店：《海王邨古籍书目题跋丛刊》，北京：中国书店 2008 年版

56. ［清］瞿镛等：《铁琴铜剑楼藏书目录》，北京：中华书局 1990 年版

57. ［清］瞿良士：《铁琴铜剑楼藏书题跋集录》，上海：上海古籍出版社 2005 年版

58. ［清］瞿启甲：《铁琴铜剑楼书影》，北京：北京图书馆出版社 2003 年版

59. ［清］杨绍和：《楹书隅录》，北京：中华书局 1990 年版

60. ［清］潘祖荫：《滂喜斋藏书记》，上海：上海古籍出版社 2007 年版

61. ［清］陆心源：《皕宋楼藏书志》，北京：中华书局 1990 年版

62. ［清］张之洞著；范希曾补正：《书目答问二种》，北京：生活·读书·新知三联书店 1998 年版

63. ［清］缪荃孙：《艺风藏书记》，上海：上海古籍出版社 2007 年版

64. 王文进：《文禄堂访书记》，上海：上海古籍出版社 2007 年版

65. 张人凤：《张元济古籍书目序跋汇编》，北京：商务印书馆 2003 年版

66. 傅增湘：《藏园群书题记》（第四集），上海：上海古籍出版社 1989 年版

67. 孙殿起：《贩书偶记》，上海：上海古籍出版社 1982 年版

68. 李盛铎：《木犀轩藏书题记及书录》，北京：北京大学出版社 1985 年版

69. 王献唐：《双行精舍书跋辑存》（续编），济南：齐鲁书社 1986 年版

70. 王重民：《中国善本书提要》，上海：上海古籍出版社 1983 年版

71. 施廷镛：《丛书子目书名索引》，台北：文海出版社 1971 年版

72. 上海图书馆：《中国丛书综录》，上海：上海古籍出版社 1982 年版

73. 北京图书馆：《西谛书目》，北京：文物出版社 1963 年版

74. 中国古籍善本书目编辑委员会：《中国古籍善本书目·集部》，上海：上海古籍出版社 1998 年版

75. 贾晋华：《香港所藏古籍书目》，上海：上海古籍出版社

2003 年版

76. 许逸民：《中国历代书目丛刊》（第一辑），北京：现代出版社 1987 年版

77. 张伯伟：《朝鲜时代书目丛刊》，北京：中华书局 2004 年版

78. ［日］森立之：《经籍访古志》，北京：中国书店 2008 年版

79. ［清］叶德辉：《郎园读书志》，台北：明文书局 1990 年版

80. ［清］叶德辉：《书林清活》，北京：中华书局 1957 年版

81. 陈鼓应：《老子注译及评价》，北京：中华书局 1984 年版

82. 陈鼓应：《庄子今注今译》，北京：中华书局 1983 年版

83. 何宁：《淮南子集释》，北京：中华书局 1998 年版

84. ［隋］虞世南：《北堂书钞》，天津：天津古籍出版社 1988 年版

85. ［唐］欧阳询：《艺文类聚》，上海：上海古籍出版社 1982 年版

86. ［宋］李昉：《太平御览》，北京：中华书局 1998 年版

87. ［南朝梁］萧统：《文选》，上海：上海古籍出版社 1986 年版

88. ［清］董诰等：《全唐文》，北京：中华书局 1983 年版

89. ［清］彭定求等：《全唐诗》，北京：中华书局 1960 年版

90. ［唐］韩愈：《韩昌黎全集》，北京：商务印书馆 1933 年版

91. ［唐］韩愈著；阎琦校注：《韩昌黎文集注释》，西安：三秦出版社 2004 年版

92. ［唐］柳宗元：《柳河东集》，上海：上海人民出版社 1974 年版

93. ［宋］欧阳修：《欧阳修全集》，北京：中国书店 1986 年版

94. ［宋］苏轼：《苏轼文集》，北京：中华书局 1986 年版

95. ［宋］陆游：《陆游集》，北京：中华书局 1976 年版

96. ［宋］周敦颐：《周濂溪集》，北京：中华书局1985年版

97. ［宋］程颢，程颐：《二程集》，北京：中华书局1981年版

98. ［宋］张载：《张载集》，北京：中华书局1978年版

99. ［宋］楼钥：《攻媿集》（四部丛刊本），上海：上海书店1989年版

100. ［宋］杨万里：《诚斋集》（四部丛刊本），上海：上海书店1989年版

101. ［宋］晁补之：《鸡肋集》（四部丛刊本），上海：上海书店1989年版

102. ［宋］陆九渊：《象山集》（四部丛刊本），上海：上海书店1989年版

103. ［清］陈洵著；刘斯翰笺注：《海绡词笺注》，上海：上海古籍出版社2002年版

104. 黄霖：《文心雕龙汇评》，上海：上海古籍出版社2005年版

105. 袁珂：《山海经校注》，上海：上海古籍出版社1980年版

106. ［北朝］颜之推：《颜氏家训》，北京：中华书局1993年版

107. ［宋］张戒：《岁寒堂诗话》，北京：中华书局1985年版

108. ［宋］严羽著；郭绍虞校释：《沧浪诗话校释》，北京：人民文学出版社1983年版

109. ［宋］王应麟：《困学纪闻》（四部丛刊本），上海：上海书店1985年版

110. 束景南：《朱子大传》，福州：福建教育出版社1992年版

111. 束景南：《朱熹年谱长编》，上海：华东师范大学出版社2001年版

112. 钱穆：《朱子新学案》，成都：巴蜀书社1986年版

113. 钱穆：《朱子学提纲》，北京：生活·读书·新知三联书店

2002 年版

114. 莫砺锋：《朱熹文学研究》，南京：南京大学出版社 2000
年版

115. 余英时：《朱熹的历史世界》，北京：生活·读书·新知三
联书店 2004 年版

116. 张立文：《朱熹思想研究》，北京：中国社会科学出版社
2001 年版

117. 张立文：《朱熹评传》，南京：南京大学出版社 1998 年版

118. 范寿康：《朱子及其哲学》，北京：中华书局 1983 年版

119. 潘立勇：《朱子理学美学》，北京：东方出版社 1999 年版

120. 陈正夫：《朱熹评传》，南昌：江西人民出版社 1984 年版

121. 黄坤：《朱熹诗文选译》，成都：巴蜀书社 1990 年版

122. 邹其昌：《朱熹诗经诠释学美学研究》，北京：商务印书馆
2004 年版

123. 蔡方鹿：《朱熹经学与中国经学》，北京：人民出版社 2004
年版

124. 赵峰：《朱熹的终极关怀》，上海：华东师范大学出版社
2004 年版

125. 朱谦之：《日本的朱子学》，北京：人民出版社 2000 年版

126. 陈来：《朱熹哲学研究》，北京：中国社会科学出版社 1988
年版

127. 陈来：《朱子书信编年考证》，北京：生活·读书·新知三
联书店 2007 年版

128. 陈荣捷：《朱子门人》，上海：华东师范大学出版社 2007
年版

129. 陈荣捷：《朱子新探索》，上海：华东师范大学出版社 2007

年版

130. 陈荣捷：《朱子论集》，上海：华东师范大学出版社 2007 年版

131. ［韩］金永植：《朱熹的自然哲学》，上海：华东师范大学出版社 2004 年版

132. 孟淑慧：《朱熹及其门人的教化理念与实践》，台北：国立台湾大学出版委员会 2003 年版

133. 黄忠慎：《朱子〈诗经〉学新探》，台北：五南图书出版股份有限公司 2002 年版

134. ［日］盐见邦彦：《朱子语类"口语语汇"索引》，京都：株式会社中文出版社 1988 年版

135 黄灵庚：《楚辞异文辨证》，郑州：中州古籍出版社 2000 年版

136. 姜亮夫：《楚辞书目五种》，上海：上海古籍出版社 1993 年版

137. 崔富章：《楚辞书目五种续编》，上海：上海古籍出版社 1993 年版

138. 赵逵夫：《屈原与他的时代》，北京：人民文学出版社 2002 年版

139. 赵逵夫：《屈骚探幽》，成都：巴蜀书社 2004 年版

140. 潘啸龙：《楚汉文学综论》，合肥：黄山书社 1993 年版

141. 李大明：《汉楚辞学史》，北京：中国社会科学出版社 2004 年版

142. 易重廉：《中国楚辞学史》，长沙：湖南出版社 1991 年版

143. 李中华：《楚辞学史》，武汉：武汉出版社 1996 年版

144. 汤炳正：《楚辞类稿》，成都：巴蜀书社 1988 年版

145. 姜亮夫：《楚辞学论文集》,上海：上海古籍出版社 1984
　　　年版

146. 姜亮夫：《楚辞今译讲录》,北京：北京出版社 1981 年版

147. 孙作云：《天问研究》,北京：中华书局 1989 年版

148. 王力：《楚辞韵读》,上海：上海古籍出版社 1980 年版

149. 朱季海：《楚辞解故》,上海：上海古籍出版社 1963 年版

150. 金开诚：《屈原辞研究》,南京：江苏古籍出版社 1992 年版

151. 何剑熏：《楚辞拾沉》,成都：四川人民出版社 1984 年版

152. 萧兵：《楚辞与神话》,南京：江苏古籍出版社 1987 年版

153. 姜亮夫：《楚辞通诂》,济南：齐鲁书社 1985 年版

154. 杨义：《楚辞诗学》,北京：人民出版社 1998 年版

155. 李诚：《楚辞评论集览》,武汉：湖北教育出版社 2003 年版

156. 崔富章：《楚辞集校集释》,武汉：湖北教育出版社 2003
　　　年版

157. 李浩：《唐诗的美学阐释》,合肥：安徽大学出版社 2000
　　　年版

158. 李浩：《诗史之际：唐代文学发微》,北京：商务印书馆
　　　2000 年版

159. 李浩：《唐代关中士族与文学》,北京：中国社会科学出版
　　　社 2003 年版

160. 袁行霈：《中国诗歌艺术研究》,北京：北京大学出版社
　　　1996 年版

161. 朱自清：《古诗歌笺释三种》,上海：上海古籍出版社 1981
　　　年版

162. 朱自清：《诗言志辨》,上海：上海古籍出版社 1980 年版

163. 朱自清：《朱自清说诗》,北京：东方出版社 2007 年版

164. 赵沛霖：《兴的源起》，北京：中国社会科学出版社 1987 年版

165. 张富祥：《宋代文献学研究》，上海：上海古籍出版社 2006 年版

166. 郭在贻：《郭在贻文集·训诂学》，北京：中华书局 2002 年版

167. 黄灵庚：《训诂学与语文教学》，杭州：浙江古籍出版社 1998 年版

168. 王力：《汉语语音史》，北京：中国社会科学出版社 1985 年版

169. 王力：《汉语音韵史》，北京：中华书局 1956 年版

170. 刘尚恒：《徽州刻书与藏书》，扬州：广陵书社 2003 年版

171. 黄裳：《来燕榭读书记》，沈阳：辽宁教育出版社 2001 年版

172. 万国鼎：《中国历史纪年表》，北京：中华书局 1978 年版

173. ［清］俞樾：《古书疑义举例》，上海：上海古籍出版社 2007 年版

174. 侯外庐：《中国思想通史》，北京：人民出版社 1960 年版

175. 侯外庐：《宋明理学史》，北京：人民出版社 1997 年版

176. 牟宗三：《宋明儒学的问题与发展》，上海：华东师范大学出版社 2004 年版

177. 徐复观：《中国人性论史》，上海：华东师范大学出版社 2005 年版

178. 韩经太：《理学文化与文学思潮》，北京：中华书局 1997 年版

179. 许总：《宋明理学与中国文学》，南昌：百花洲文艺出版社 1999 年版

180. 包丽虹:《朱熹〈诗集传〉文献学研究》,浙江大学 2004 年博士论文

181. 陈战锋:《宋代〈诗经〉学与理学》,西北大学 2005 年博士论文

182. 陈尚敏:《〈楚辞集注〉研究》,西北师范大学 2003 年硕士论文

183. 罗小如:《论朱熹〈论语集注〉的训诂价值》,宁夏大学 2003 年硕士论文

后　记

谨以此书献给我的导师黄灵庚先生和李浩先生。

十年前，我在西北大学师从李浩先生攻读中国古代诗学博士学位。浩师揆度我的学习经历，许我继续做楚辞研究，并且提供了"朱熹《楚辞集注》研究"这个博士论文的选题，令我深为感佩。浩师嘱我先做文献研究，再做理论研究，以避空疏不实之病，这特别合于我的心意。因为我在硕士阶段研治《楚辞》时，就对《离骚》"夫唯捷径以窘步"一句感慨颇深，走捷径反而可能困住自己，所以从文献研究这个基础工作做起，才能"遵道而得路"。最后论文终于写成，也顺利通过答辩，这一切都要归功于浩师的远见卓识和悉心指导。现在论文即将出版，看着浩师通读博士论文初稿时的红笔批注，感念恩师的辛苦付出，由衷表达对恩师的深切谢意。

五年前，我的硕士导师黄灵庚先生漫游陕甘。我在陕西师大拜访黄先生。先生肯定了我的博士论文，并提出修改意见，嘱我将博士论文认真修改，他愿为我推荐出版。越四年，我将修改好的论文呈上，黄先生曰可矣。此书得以出版全赖黄先生之力。在学业上，黄先生是我的导师，是他引领我进入《楚辞》研究领域；在生活上，他就像我的父亲，对我关爱扶持。在我硕士毕业后，黄先生仍然经常关心我的学习，对我的学术研究和博士论文写作都给予了很大的帮助。现在论文即将出版,由衷表达对灵庚师的深切谢意。

在治学的道路上,以我驽钝之才,却先后侍坐于黄灵庚先生和李浩先生左右,得以常聆教诲,让我时时感到幸运和温暖。本书得以出版,特别感谢二位恩师的教诲、关爱与提携。

博士论文写作过程中,师长的教诲、师友的切磋亦留下许多美好的回忆。西北大学的师长们:韩理洲教授、张弘教授之讲席教诲;薛瑞生教授、房日晰教授、阎琦教授、郝润华教授、贾三强教授对我的论文写作提供了许多有益的帮助,在此对西北大学的师长们表达深切的谢意。陕西师大霍有明教授、刘锋焘教授审阅我的论文,付出许多精力,在此我亦表达深切谢意。感谢赵涛、刘林魁、高春艳等学长的关怀;感谢马新广、魏宏利、储晓军、张鹏等同年的帮助。还要感谢西北大学,感谢激发了我无限学术活力的伟大母校!

感谢西藏民族学院资助本书出版。感谢西藏民族学院池万兴副院长、文学院袁书会院长、科研处狄方耀处长对本书出版的支持和帮助。

感谢上海古籍出版社高克勤社长慨然应允出版本书,感谢李保民主任、责任编辑袁啸波先生付出的辛劳。

李永明

2015 年 1 月于咸阳渭城